임진왜란 365일 숨은 영웅들

경상우도 의병들의 삶과 죽음을 기억하다

임진왜란 365일 숨은 영웅들

경상우도 의병들의 삶과 죽음을 기억하다

2021년 8월 15일 초판1쇄 발행
2021년 8월 30일 초판2쇄 발행

지은이 김중열 | 교정교열 정난진 | 펴낸이 이찬규 | 펴낸곳 북코리아
등록번호 제03-01240호 | 전화 02-704-7840 | 팩스 02-704-7848
이메일 sunhaksa@korea.com | 홈페이지 www.북코리아.kr
주소 [13209] 경기도 성남시 중원구 사기막골로 45번길 14
우림 2차 A동 1007호
ISBN 978-89-6324-786-1(03810)
값 17,000원

임진왜란 365일 숨은 영웅들

경상우도 의병들의 삶과 죽음을 기억하다

김중열 지음

북코리아

일러두기

1. 이 글은 역사적 사실에 근거하여 썼으나 소설이다.
2. 선비 김면과 정인홍을 '대감'(당상관: 정3품 이상을 높여서 부르는 칭호)이라 통칭한 것은 각각 공조 좌랑과 사헌부 장령을 지낸 바 있어 향리에서 일반적으로 높여 부르는 이름을 그대로 썼다. 그리고 '의병장 김면'이라는 공식 호칭은 무계 전투 이후부터 사용했음을 밝힌다.
3. 우척현 전투는 1차와 2차로 전개되었는데, 여기서는 산척(사냥과 약초로 생업을 하는 사람)의 공이 빛난 2차 전투를 다뤘고 무계 전투 역시 2차 전투를 서술했음을 밝혀둔다.
4. 풍신수길豊臣秀吉(도요토미 히데요시)이 팔만대장경을 약탈하려고 해인사로 별동대를 보냈으나 실제로 이곳에서 전투가 있었다는 기록은 찾을 수 없었다. 그러나 해인사 인근에 왜구치倭寇峙라고 불리는 지명이 지금도 있어 상상에 기초해 왜군을 해인사 경내로 끌어들여 승병僧兵들의 호국정신을 그렸다.
5. 날짜는 모두 음력으로 표기했다.

김면 장군 군가

김면 장군 군가는 송암 김면선생 후원회에서 제공했습니다.

왜군 침략 경로

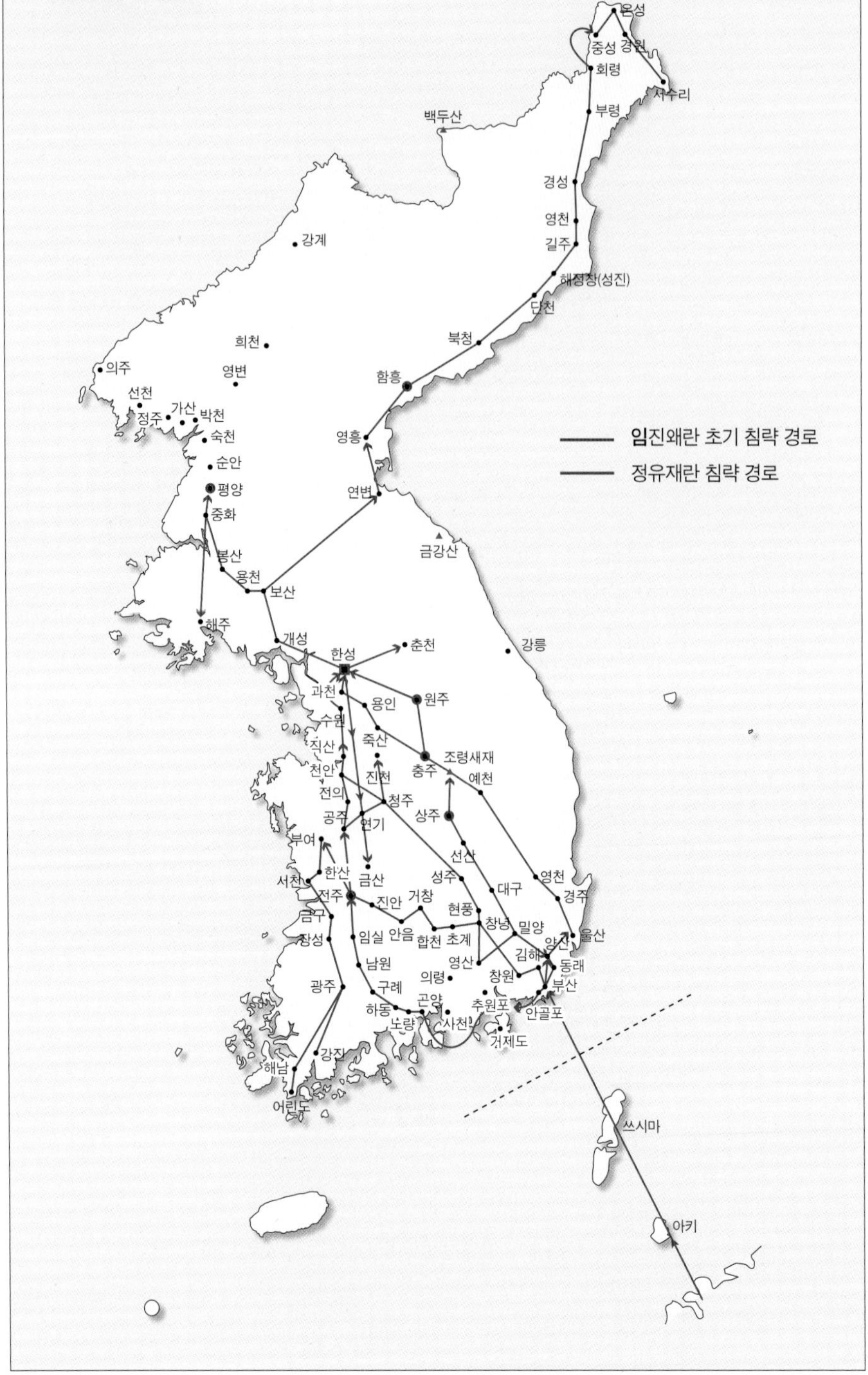
임진왜란 초기 침략 경로
정유재란 침략 경로
온성
종성
경원
회령
서수리
부령
백두산
경성
영천
길주
해정창(성진)
단천
북청
함흥
강계
희천
영변
의주
선천
정주
가산
박천
숙천
순안
평양
중화
봉산
용천
보산
해주
영흥
연변
금강산
개성
한성
춘천
강릉
과천
용인
원주
수원
직산
죽산
충주
조령새재
예천
천안
진천
전의
청주
상주
공주
연기
부여
선산
한산
금산
성주
대구
영천
경주
서천
전주
진안
거창
현풍
금구
창녕
밀양
울산
임실
안음
합천
초계
양산
장성
김해
동래
남원
영산
의령
창원
부산
광주
구례
곤양
추원포
안골포
하동
노량
사천
거제도
강진
해남
어란도
쓰시마
아키

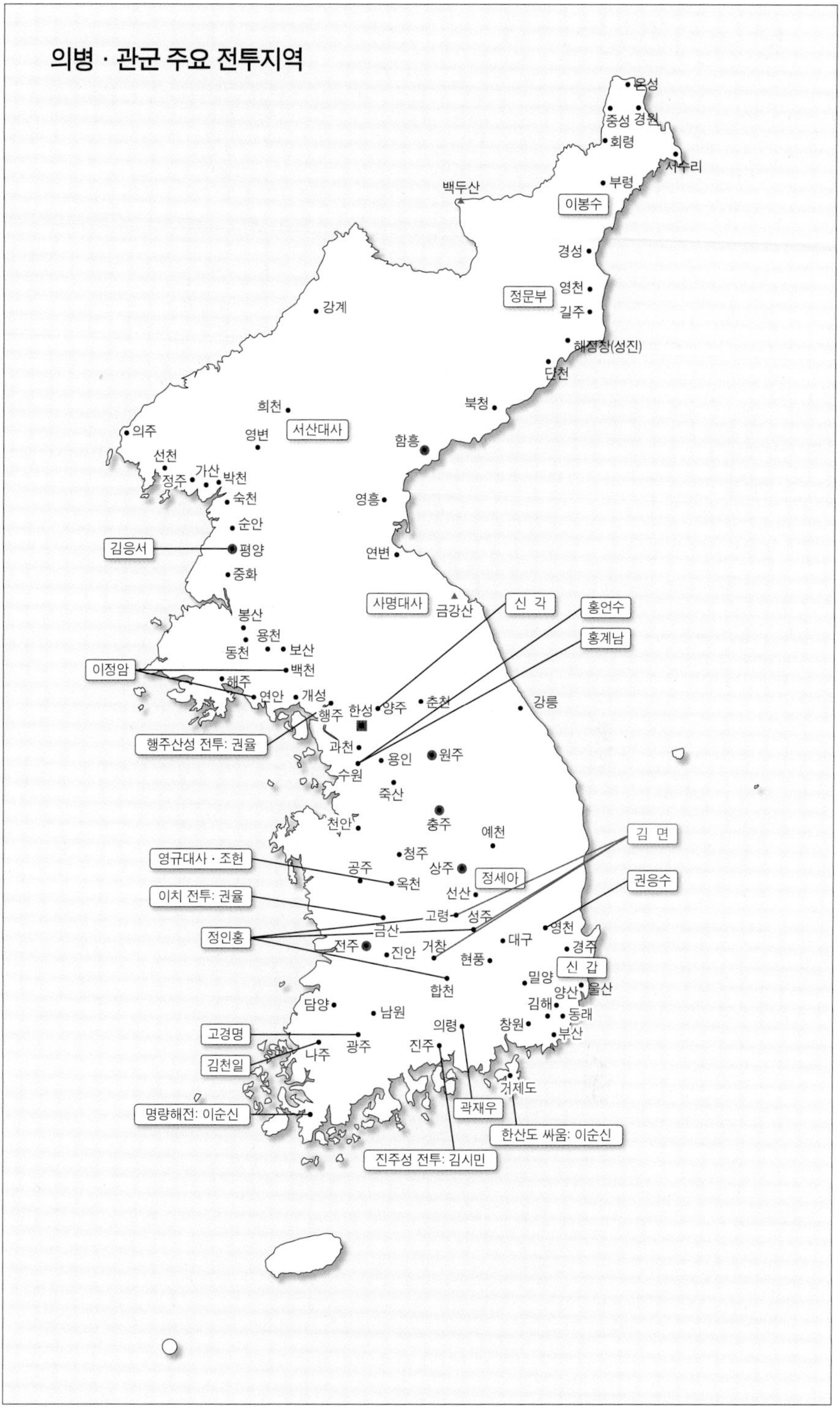
의병 · 관군 주요 전투지역
온성
종성
경원
회령
서수리
부령
백두산
이봉수
경성
영천
정문부
길주
해정창(성진)
단천
강계
북청
희천
서산대사
의주
영변
함흥
선천
가산
박천
정주
숙천
영흥
순안
김응서
평양
연변
중화
사명대사
금강산
신 각
홍언수
봉산
홍계남
용천
보산
동천
이정암
백천
해주
연안
개성
행주
한성
양주
춘천
강릉
행주산성 전투: 권율
과천
용인
원주
수원
죽산
충주
천안
예천
김 면
청주
영규대사 · 조헌
공주
상주
옥천
정세아
권응수
선산
이치 전투: 권율
고령
성주
금산
영천
정인홍
전주
대구
진안
거창
경주
현풍
신 갑
밀양
합천
울산
양산
김해
담양
남원
동래
의령
창원
부산
고경명
광주
진주
나주
김천일
거제도
명량해전: 이순신
곽재우
한산도 싸움: 이순신
진주성 전투: 김시민

김면 군의 후기 의병조직

직책	성명	지역
의병도대장	김면	고령
의병좌장	곽재우	의령
의병우장	정인홍	합천
초유사(순찰사)	김성일	안동
초모유사	김응성, 정이례	고령
참모장서기	문위, 곽준, 윤경남, 박정번, 유중룡	거창, 현풍, 고령
조군	조종도, 김회	함안, 고령
전향	박성	현풍
왕례모획	이승	고령
선봉장	변혼, 김홍한	거창, 청도
복병장	김선, 이형	
상도위장(거제 현령)	김준민	
하도위장(곤양 군수)	이광악	
좌부장(제포 만호)	황응남, 민척	
중위장(김해 부사)	서예원	
주부	권세춘	단성
사사	이죽	
별장	정국상	
위장	한응린, 이후경, 이도고	영산
가장	권응성, 손인갑, 손승의	거창, 진주
성주모병관	이홍우	고령
단성 소모관	권위	
고령 가장	곽대성	해남
초계 가장	정언충, 진한언	초계
가수	곽주일	현풍
소모관(지례 현감)	여대로	금산
영주위장	우도남	
풍기의병유사	안두	
안동의병	김송	
종사관	한명윤, 박이룡, 강절, 신수을, 문홍유	황간, 회덕, 한성
외방장	전치원	성주
군관	장응린 외 28명	
제의사	김영남 외 57명	
친족의사	김회, 김연, 김양, 김함, 김급, 김성, 김홍한, 김홍원	
기병유사	정유명, 성팽년, 노사상, 박신, 오현, 임응빙, 이로, 김경근 외 9명	

글머리에

현재는 과거의 연장이다.

어제의 햇빛은 오늘을 여물게 하고, 아픈 역사도 민족의 정체성을 담고 강물처럼 쉼 없이 흐른다.

역사라는 거대한 수레를 움직이는 중심에는 언제나 인물人物이 있었다.

인물들의 정신이나 행적은 갖가지 기록에 의해 후세에 전해진다. 그러나 일부 위정자들의 정치적 판단에 따라 모래에 쓴 글씨처럼 지워지거나 묻혀버리는 경우도 적지 않다. 특히 임진년 전란을 통해 보여준 경상우도 의병들의 창의정신과 선비정신은 더더욱 그랬다.

어느 해 봄 경상우도 의병도대장義兵都大將 김면과 의병들의 전투지인 거창 우척현과 고령군 낙동강 변의 개산포(개경포)와 무계 나루터 등을 찾았다.

거창 우척현과 무계 나루터엔 그 어떤 승전의 흔적도 찾을 수 없었다.

개산포 강 옆 깎아지른 절벽 위엔 이곳이 전적지임을 알리는 작은 표지석이 퇴색된 채 쓸쓸히 서 있었다.

전란의 소용돌이 속에서 의병들은 무엇을 꿈꾸었을까? 또 그들이 세상을 향해 외친 소리는 무엇이었을까?

역사 속에 묻힌 영웅들을 만나 그날의 이야기를 듣고 싶었다. 그들의 모습은 현실의 거울이고 스승이기 때문이다.

눈비가 오기 전에 하늘이 흐려지고 바람이 불 듯 임진왜란은 전혀 예고가 없었던 것이 아니었다.

당시 조선은 무사의 길을 걷고 있는 왜국(일본)과 달리 문치文治를 국가 운영 수단으로 삼아 200여 년의 태평성대를 구가하며 국방에 대한 의식은 느슨함을 넘어 무관심했고, 국론분열을 초래하는 당파싸움은 끊임이 없었다.

이에 반해 100여 년의 전국시대를 무력으로 통일하며 권력을 장악한 풍신수길은 세 차례 조선에 보낸 사신과 국서에서 침략을 암시했다.

왜란 1년 전 통신사로 왜국을 다녀온 서인西人인 정사 황윤길이 "풍신수길은 안광이 빛나니 반드시 병화가 있을 것이다"라며 왜국의 침략을 경고하고 대책을 촉구했으나 동인東人인 부사 김성일은 같은 시간, 같은 곳에 서 있었으면서도 민심의 동요를 우려했음인지 "풍신수길의 용모는 비루하고 눈은 쥐와 같으니 전혀 두려워할 위인이 못 된다"라는 등 다른 풍경을 말하며 침략의 가능성을 부인했다.

이렇게 조선 조정이 왜국의 움직임을 놓고 입씨름을 하는 사이 풍신수길은 "명나라를 치고자 하니 조선은 길을 빌려 달라"라는 정명가도征明假道를 내세워 결국 조선을 침략했다.

병란兵亂이 일어나자 나라의 녹祿을 먹는 벼슬아치들은 목숨을 부지하려 몸을 숨기기 바빴고, 이성理性이 흐려진 국왕은 백성을 버리고 파천하니 강토는 쑥대밭으로 변했다. 하지만 초야의 재지 사족과 이름 모를 민초들은 백척간두에 선 나라를 구하려고 들불처럼 일어나 전장의 한복판으로 뛰어들었다.

이 가운데 고령에서 8인의 친족과 분연히 창의하여 만석꾼 가산家産을 전비戰費로 쓰며 고령 무계·개산포, 김천 지례·사랑암, 거창 우척현, 성주 등 30여 차례 크고 작은 전투에서 혁혁한 전공을 세우고 순절하며 "오직 나라 있는 줄만 알았지 내 몸 있는 줄은 몰랐다(只知有國 不知有身)"라는 마지막 말을 남긴 선비 송암 김면.

의병도대장과 병마절도사로서 5천여 명의 의병과 1만 5천여 명의 관군을 지휘해야 하는 막중한 책무를 무겁게 여겨 피난지를 떠돌던 가족이 격전지 10여 리 밖에서 문전걸식해도 한 번도 찾지 않은 김면의 선공후사先公後私 정신과 타고난 신분에 따른 특혜를 내던지고 백성과 함께 죽음의 길에 들어선 의병장들의 노블레스 오블리주 정신. 이는 이 시대를 살아가는 우리에게 귀감이 되고도 남음이다.

왜란 8년 전 '10만 양병'을 주창한 율곡 이이를 제지하며 급변하는 국제정세에 까막눈을 만든 붕당정치와 서애 류성룡의 통렬한 임진란 반성문인《징비록懲毖錄》을 다시 들여다보지 않아도 말이다.

임란 400년이 지난 지금 의병들의 정신은 우리에게 무엇이고, 또 우리는 그들을 위해 무엇을 할 것인가?

죽은 나무는 다른 생명을 싹틔우는 밑거름이 된다.

켜켜이 쌓인 역사의 더께를 들추어 그들의 우국충정, 그리고 피와 눈물로 쓴 교훈을 상기하여 좀 더 나은 미래를 준비하고 가슴 아픈 일을 조금이나마 덜어낼 수 있었으면 하는 작은 바람이다.

이 이야기는《선조실록》,《송암선생실기》,《고대일록》,《난중잡록》등에 기록된 역사적인 사실을 토대로 현장을 찾아 허구와 상상으로 덧대었으나 빈틈과 부족함이 많다.

졸렬한 글이지만, 역사 속에 묻혀 있는 의병장들과 핏빛 꽃으로 소리 없이 스러져간 의병들에게 바치고 싶다.

신축년(2021) 봄날 도암서원에서 김중열 쓰다

목차

낙동강 인근 7인의 선비 '낙강칠현'

천한 사람에게도 몸과 마음을 낮추어
민심을 크게 얻는다

어느 날 갑자기 산이 무너져 내리고 땅이 갈라졌으며 들판의 바윗돌은 저절로 일어났다. 수백 년 된 궁궐의 나무가 쓰러지고 머리가 흰 까마귀가 궁중 후원에서 며칠 밤을 울다가 머리를 찧었다.

또 달이 태양을 모두 가려 암흑이 일어나고 한강과 대동강에선 물고기들이 뭍으로 올라와 떼로 죽고 삼남 지방 강에선 자라들이 배를 뒤집어 강물이 붉게 물들었다.

마른하늘에서 큰 구렁이가 떨어지고 어느 집 누구는 뇌물로 관직을 사고 죄인을 빼돌렸다.

이에 더해 장차 한양을 옮길 것이라는 이야기 등 조선 곳곳에서 일어나는 변괴變怪는 이루 다 말하기 어려울 정도였다.

이 모두 불과 얼마 전 신묘년辛卯年에 일어난 일이다.

사람들은 시간이 지나면 흉흉한 소문이 사라지는 예삿일로 생각했지만, 불안감은 끝을 보이지 않고 임진년壬辰年(1592, 선조 25년)을 맞았다.

햇볕 따사로운 3월(음력) 경상우도 고령 송곡동松谷洞(송천방松泉坊).

금산錦山(289m)을 등에 업은 송곡동은 좌우에 학의 날개 같은 적림산赤林山과 비룡산飛龍山이 자리 잡고 있어 학의 머리에 해당하는 지세다.

또 마을 앞쪽은 낙동강과 회천강을 따라 형성된 비옥한 농토가 융단처럼 펼쳐져 있었다.

송곡동은 밭이 많다고 하여 '양전量田'으로도 불리다가 임진왜란 후 광해군 때 나라의 재정을 확보하기 위해 삼남 지방에 양전 정책을 시행하면서 마을 이름이 '풍요로운 농토가 많은 좋은 밭'이라는 뜻의 양전良田으로 바뀌었다.

향민들의 심성은 너그러워 누구 하나 이웃을 헐뜯거나 송사訟事도 없었다.

마을에서 흘러나오는 쌀뜨물은 회천강을 따라 낙동강 어귀인 우곡면 연동 앞까지 이어졌다.

이러한 마을 환경에 사람들은 오래전부터 언젠가 큰 인물이 나든지 큰 수가 생길 것이라고 믿고 있었다.

이른 아침 희끄무레한 안개 속 괴목槐木(홰나무)에 참새들이 시끄럽게 몰려갔다 오기를 반복하며 하루의 시작을 알렸다.

마소馬牛(말과 소)들은 이미 잠을 깨 되새김질을 하고 있었다.

하지만 해가 솟아오르려면 아직 이각(30분)쯤 더 있어야 할 시간이라 새벽 기운이 새파랗게 남아 있었다.

"대감마님, 기침起枕하셨습니까? 탕약 드실 시간입니다."

"그래, 들어오너라."

"연화 네가 아침마다 고생이 많구나."

"아니옵니다, 대감마님. … 하루빨리 쾌차하셔야지요."

"그래, 고맙구나. 마님과 네 정성을 봐서라도 어서 좋아져야 할 텐데…"

탕약은 씀바귀를 끓인 물처럼 쌉쌀했다.

"오늘은 탕약이 조청처럼 달짝지근하구나. 허허!"

김면은 건강이 좋지 않음에 대한 미안함을 에둘러 말했다.

약이 달다는 말에 연화가 찡그린 표정을 지으며 말했다.

"약이 달다고요? 쓰지 않고요?"

"아니다. 농弄으로 해본 소리다. 좋은 약은 입에 쓰다 하지 않더냐."

김면이 연화가 건네준 수건으로 입가를 닦으며 말했다.

"연화야, 내 뜬금없는 이야기 같지만, 장기리 알터卵峴(선사시대 암각화 소재 마을)에 사는 칠성이, 그래 칠성이라고 했지. 나도 여러 번 본 적 있는데, 그 젊은이를 어떻게 생각하느냐? 들리는 이야기로는 올해 스무 살에 심성이 착하고 이 근동에선 그런 효자가 없다고 하더라. 연화 너도 이제 혼인할 나이가 되었으니…."

'얼마 전부터 칠성이를 남몰래 만나고 있는 것을 대감마님께서 벌써 다 알고 계신 것인가?'

얼굴이 복사꽃처럼 발그레하게 달아오른 연화가 부끄러운 듯 고개를 살짝 숙이고 답했다.

"예에, 가끔 보기는 하지만…. 대감마님과 마님의 뜻에 따르도록 하겠습니다."

"알겠다. 하면 마님과 상의하여 조만간 매듭짓도록 하마."

"예, 대감마님."

연화가 종종걸음으로 소반을 들고 나갔다.

김면은 벌써 혼기婚期가 된 연화의 오래전 일을 회상했다.

그러니까 연화가 여섯 살 때인 여름.

비가 사흘 밤낮을 퍼부어 논밭이 잠기고 쓸려갔다.

올해 연화가 열일곱이니 벌써 열한 해 전의 일이다.

연화 아버지는 이른 아침 논에 물꼬를 트러 갔다가 그만 급류에 휩쓸리고 말았다.

마을 사람들이 물길을 따라 며칠을 찾았으나 생사를 확인할 수 없었다.

이 일이 있은 다음 해 연화 어머니도 '마음의 병'을 얻어 세상을 등지고 말았다.

어린 나이에 고아가 된 연화는 친인척 하나 없어 의지할 곳이 없었다.

마을 사람들은 "저 어린 것을 어쩌나!"라며 걱정을 드러냈지만, 누구 하나 선뜻 나서서 품기는 부담스러워했다.

이를 안타까이 여긴 김면이 연화를 거둬 자식처럼 귀히 여기며 틈틈이 글도 가르쳤다.

연화는 하나를 가르치면 열 가지를 생각하고 답했다.

총명함에 심성 또한 반듯해 이웃에서 칭찬이 끊이지 않았다.

* * *

봄은 하늘과 땅 사이에서 나왔다.

한결 부드러워진 바람이 겨우내 얼어붙었던 나뭇가지를 어루만졌고 흙은 살을 부풀렸다.

마당 비질을 마치고 집안을 둘러보던 머슴 만석이가 말했다.

"대감마님, 늘 논을 둘러보고 오겠습니더."

"그래라. 농사철이 시작됐으니 빈틈없이 준비해야지."

"예, 대감마님."

가노家奴(양반들이 개인적으로 집에서 부리던 종)들은 벌써 논밭으로 나가고 없었다.

만석이는 말이 머슴이지 선대 때부터 김면의 1만여 석이나 되는 농사를 관리하고 집안 대소사를 직접 챙겨 집사執事나 다름없었다.

어제 갈아놓은 못자리의 물을 살피던 가노가 만석이를 보고 말했다.

"어르신, 나오셨습니꺼?"

"그래, 논물은 많이 들었느냐?"

"예, 어르신. 아직 많지는 않으나 잘 들어오고 있습니더."

"올해 농사도 너희들 손에 달렸으니 게을리해서는 안 될 것이야."

만석이가 가노들에게 격려성 말을 던지고는 논둑 옆 버드나무 밑에서 다리쉼을 하고 있던 알터 마름(지주를 대리하여 소작권을 관리하는 사람)

에게 다가가 말을 건넸다.

"어르신, 어디 갔다 오시는 길입니꺼?"

"어! 만석이 아닌가? 수고가 많으이. 대감님도 무탈하시지?"

"예에, 곧 볍씨를 뿌려야 하기에 못자리를 보러 나왔심더."

"어르신, 작년 가을 곡수穀數(논밭에서 나는 곡식의 양)는 어땠습니꺼? 그리고 올 소작은 다 끝났습니꺼?"

"내가 양보하고 양보해 소작은 대충 매듭지었지만, 자네도 알다시피 고것이 참! … 소작인들이 곡식을 요리조리 빼돌리고 앓는 소리를 내며 소작료를 낮춰달라고 달라붙어 떼를 쓰는 바람에 골치가 아팠다네."

"소출所出(논밭에서 나는 곡식의 양)이 적으면 소작료를 낮춰달라고 하는 게 당연지사지요. 그런데 곡식을 감췄다고 하는 게 참말인가요?"

"참말이고말고. 내가 왜 비싼 밥 묵고 허튼소리를 하겠나."

만석이가 마름의 말에 반신반의하는 표정을 지으며 말했다.

"어르신, 그건 저 멀리 다른 마을 이야기 아닙니꺼? 이 근동近洞에선 그런 말 들어본 적이 없는데…."

사실 송곡동 인근에선 그렇게 악한 지주나 마름이 없었다.

당시 소작인들은 소작이 떼일까 봐 마름에게 있는 것 없는 것 다 갖다 바치며 지주와 마름의 눈에 들어야 했고, 쌀인 장리長利에 추수가 끝나면 오히려 굶주림에 시달렸다.

봄에 한 섬 먹고 가을에 석 섬을 토해내야 했다.

마름은 한마디로 지주의 손발 노릇을 하며 소작인의 등골을 빼먹는 존재였다.

"어르신, 그건 그렇고 올 농사는 어떻겠습니꺼?"

"지난겨울에 눈이 많이 왔으니 작년보다는 낫겠지. 대풍을 바라고는 싶지만, 농사란 다 사람과 하늘에 달린 거라…."

"예, 그건 그렇지요. 그리고 우리 대감마님께서 항시 말씀하시기를 농부는 임금의 마음으로 또 임금은 농부의 마음을 가져야 한다고 했습니다."

"맞는 말이네. 그 말인즉슨 농부가 성군의 마음으로 농작물을 돌본다면 그 결실이 가득하다는 것일게고, 임금이 부지런한 농부의 마음으로 나라를 다스리면 태평성대가 온다는 뜻 아니겠나? 비가 많이 와도 걱정, 적게 와도 걱정이듯이 세상일이란 게 마음처럼 쉬운 게 없지. 허나 천기를 따르면 매사가 술술 풀릴 것이네."

만석이와 마름이 이런저런 이야기를 나누고 있는 사이 저 멀리 중화中火(점심)를 머리에 인 여비女婢(계집종)가 좁은 논두렁을 넘어질 듯 아슬아슬하게 걸어가고 있었다.

"벌써 중화참이 되었나?"

"예, 중화가 조금 지났지요."

논바닥에 고인 연두 물빛에 구름이 지나고 햇빛이 등줄기를 타고 흘러내렸다.

만석이와 마름의 낯빛이 가을 대추처럼 빨갛게 달아올랐다.

까악 깍깍 까아악!

바람을 탄 한 무리의 까마귀가 회천강 갈 숲에 내려앉고 치솟기를 수차례 거듭하더니 갑자기 솔숲으로 사라졌다.

가끔 있는 일이지만, 오늘은 까마귀의 날갯짓이 어딘가 모르게 그 무엇에 쫓기는 듯했다.

아니나 다를까 하늘 높이 솔개 한 마리가 헤엄을 치듯이 빙빙 돌고 있었다.

"무슨 나쁜 일이라도 생기려나?"

만석이가 하늘을 물끄러미 쳐다보며 지나가는 듯한 말을 하자 마름이 기다렸다는 듯이 말했다.

"저눔의 시꺼먼 까마구는 송장을 파묵는 흉조여, 흉조! 한두 마리도 아니고 수백 마리가 저리 미친 듯이 나는 걸 보니 분명히 좋은 징조는 아니여. 옛말 그른 것이 어디 있던감?"

"까마귀는 우는 소리가 음흉하고 죽었거나 썩은 고기를 즐겨 먹지만 흉조라고 하는 것은 사람들이 일부러 지어낸 말이 아니겠습니꺼? 까마귀는 새끼가 자라 늙고 힘없는 어미를 먹여 살린다고 안 합디꺼. 따지고 보면 이 시상에 까마귀보다도 못한 인간이 천지인데."

"흠 어흠!"

만석이의 뼈있는 말을 들은 마름이 심기가 많이 불편한 듯 연거푸 헛기침을 했다.

"허허! 만석이 자네 유식하네그려. 그런 소리는 어디서 들었는감? … 그럼 나 먼저 들어가네."

"예에, 지도 금방 들어갈 낍니더. 살펴 들어가이소."

"그러게나. 또 보세."

마름이 두 팔을 휘휘 저으며 잰걸음을 내디뎠다.

"저런 마름 때문에 소작인은 일 년 내내 뼈가 빠지게 일을 해도 배를 곯지."

만석이가 들릴 듯 말 듯 가시 돋친 말을 내뱉었다.

어느새 햇빛이 엷어지며 강바람을 타고 넘어온 물안개가 산과 들에 하얀 천을 풀어놓은 것처럼 내려앉았다.

* * *

김면金沔(1541~1593)은 고령인으로 자는 지해志海이고 호는 송암松菴이다.

조부 때인 1535년 170여 년 세거지世居地인 고령 안림동이 역참驛站으로 바뀌면서 송천동으로 옮겨와 살았다.

스무 살 무렵 퇴계 이황李滉(1501~1570)과 남명 조식曺植(1501~1572) 문하에서 실천적 성리학을 수학修學하고 막역지우인 옥산 이기춘李起春

(1541~1597), 청휘당 이승李承(1552~1596), 모재 이홍우李弘宇(1535~1594), 한강 정구鄭逑(1543~1620), 대암 박성朴惺(1549~1606), 육일헌 이홍량李弘量(1531~1592) 등 당대 영남의 이름난 선비 6명과 도의지교를 맺으며 '낙강칠현洛江七賢'이라 불리었다.

서른한 살이던 1571년(선조 4년) 효렴孝廉(효성스럽고 청렴한 인물)에 천거되어 참봉參奉(종9품)에 임명되었으나 사양하다가 다시 유일遺逸(학문이 높으나 벼슬하지 않은 사람)로 천거돼 공조 좌랑(정6품)에 임명되자 조정에 나아가 성은聖恩에 예禮를 표하고 홀로 계시며 건강이 좋지 못한 모친을 봉양해야 한다는 이유로 관직을 사양하고 낙향했다.

고향으로 돌아온 김면은 임금의 은혜를 잊을 수 없어 그날의 감은感恩을 이렇게 적었다.

莫謂行藏付樂憂
벼슬길에 나아감과 물러남이 즐거움과 근심을 준다고 말하지 말라.
君恩未報是臣羞
임금의 은혜를 갚지 못함이 신하의 부끄러움일 뿐
無才工部空懷志
재주 없이 공조에 있으면 무슨 쓸모가 있으랴
多病中郎屢告由
병치레 잦은 몸으로 여러 번 말미 청했네
考績嚴明宣罷黜
엄격하고 명백하게 성적을 조사해 내쫓아야 마땅한데
原情寬恕得歸休
내 작은 하소연을 너그럽게 받아주어 돌아올 수 있었나니
天生地養無窮德
하늘과 땅이 낳고 기른 무궁한 덕으로
徒祝堯年嶺外州

멀리 영외에서 다만 요년순일(태평)을 비노라

- 松庵先生實記(송암선생실기)

김면이 여러 차례 벼슬을 고사한 가장 큰 이유는 '칼을 찬 선비' 스승 남명 조식南冥 曺植(1501~1572)의 '안으로 마음을 밝게 하는 것이 경敬이요, 밖으로 시비를 결단하는 것은 의義다'라는 출사관을 좇은 영향이 컸다.

관직에 나아가기보다 산림처사山林處士로 위기지학爲己之學(자신을 위한 학문)에 뜻을 두고 수많은 후학을 가르치니 선비들의 우러름과 신망이 높았다.

* * *

하루하루가 쏜살같이 지나갔다.

만물이 생장하고 가득 찬다는 소만小滿이 며칠 남지 않았다.

해가 중천을 지나갈 시간 알터 강변 기암절벽 회선대.

'알터'라는 지명은 꿩이 알을 품은 지형이라 붙여진 이름이다.

상념에 젖은 김면이 먼 곳을 응시하며 한동안 움직일 줄 몰랐다.

그러는 사이 옅은 산바람이 아름드리 소나무에서 흘러나온 송진 냄새를 실어오고 노란 연기 같은 송화松花(소나무 꽃가루)를 흩뿌렸다.

김면은 거의 하루도 거르지 않고 양전동에서 10리 거리의 회선대에 올라 선산先山 고령 쌍림 칠등七嶝에 안장돼 있는 선친을 못 잊어 멀리서나마 망배望拜하며 사무치는 그리움을 달랬다.

23년 전 경원도호부사(종3품: 지금의 나진·선봉) 재직 중 임소任所에서 돌아가신 부친의 영구靈柩(시신을 담은 관)를 이곳 고령까지 2천 리 길을 도보로 운구했던 염천炎天의 아픈 기억과 병중病中의 부친을 한 번도 곁에서 보살펴 드리지 못한 한恨이 무수한 봄꽃처럼 피어났다.

꾸루루 꾹꾹 꾸르륵!

덤불 숲에서 장끼가 목청을 길게 뽑으며 날아갔다.

"그놈 참 목소리 한번 시원하네."

김면이 혼잣말을 던지며 산길을 따라 마을 어귀로 내려오니 칠성이와 의원이 무슨 일인지 목청을 높이고 있었다.

"의원님, 이렇게 그냥 가시면 우리 엄니는 우짭니꺼?"

모친의 병구완을 위해 사정사정하는 칠성이의 목소리에 슬픔과 안타까움이 가득 실려 있었다.

하지만 의원은 싸늘한 표정으로 말했다.

"칠성이 자네 마음은 알고도 남지만, 지난번 약값도 밀려 있어 이번엔 정말 어려우니 그리 알게. 나도 밑천이 있어야 약을 만들지 않겠나?"

"올 가을걷이가 끝나면 이자를 쳐서 한꺼번에 갚겠십더."

이 상황을 본 김면이 두 사람 사이에 끼어들었다.

"칠성이 아닌가? 그리고 박 의원, 무슨 일인가?"

"예, 대감마님 오셨습니꺼."

칠성이와 의원이 서둘러 허리를 굽혔다.

"소인 모친이 며칠째 몸져누워 풍등골 의원에게 보였는데, 형편이 이러니 약 처방도 못 받고…."

"이보게, 박 의원. 약값은 내가 따로 전할 터이니 칠성이 어미에게 약을 지어주게나."

"대감마님, 그게 참!"

"그게 참이라니? 모든 일에는 사람이 먼저인 것을 의원은 정녕 모른다고 할 것인가?"

김면이 정색하며 의원의 본분을 꼬집자 의원은 부끄러움을 느꼈는지 얼굴이 벌게졌다.

"박 의원, 어떻게 할 것인가?"

"예, 대감마님 분부대로 하겠습니다."

의원이 연거푸 고개를 숙이고는 겨드랑이의 작은 보따리를 추어올려 종종걸음을 쳤다.

칠성이는 연화와 올가을에 혼례를 생각하고 있었다.

그래서 김면이 홀어미와 함께 어렵게 사는 칠성이를 생각하는 것이 부족하지 않았다.

"대감마님, 이 은혜 죽어서라도 잊지 않겠습니더."

"허허! 은혜라니 가당치 않다. 모친 쾌차하게 잘 보살피고 올 농사도 풍작을 이뤄야지. 그리고 연화와는 잘 지내느냐? 내 연화에게도 혼례 이야기를 꺼내놨으니 그리 알게."

"혼례를 말입니꺼?"

"그렇다네. 싫은가?"

김면이 불쑥 꺼낸 말에 칠성이가 한발 뒤로 물러나며 말했다.

"아닙니더. 백골난망입니더."

"그럼, 나 먼저 가네."

칠성이는 눈물을 글썽이며 멀어지는 김면의 뒷모습에 눈길을 거둘 줄 몰랐다.

회선대 앞을 흐르는 회천강의 물결은 갈치 비늘처럼 반짝였고 들기름을 칠한 것 같은 버들잎은 눈이 부셨다.

나라가 위급한데 목숨을 바치지 않는다면 어찌 성현의 글을 읽었다 하겠는가

보배는 숨겨놓아도 반드시 나타나 그 빛을 발한다

김면이 집으로 돌아오자 이씨李氏 부인이 말했다.

"몸도 성치 않은데 또 알터에 갔다 오십니까? 영감의 효심은 하늘을 감동케 하고도 남겠습니다."

"과찬이시네. 선영을 자주 찾아뵙지 못해 나들이 겸 가는 것인데…. 이 좋은 봄날 내가 병치레가 잦아 부인을 힘들게 하는구려."

"그렇지 않습니다. 오늘따라 저녁 바람이 차가우니 들어가서 좀 쉬세요."

"그리해야겠소. 연화는 어디에 갔는지요? 보이지 않으니."

"뜬금없이 연화는 왜 찾으십니까? 지금 저녁 준비를 하고 있는데요."

"부인도 알고 있소? 알터 칠성이와 연화가 서로 마음을 두고 있다는데."

"예, 그렇지 않아도 둘의 혼인 문제를 영감과 상의하려고 했습니다."

"그러면 올가을에 혼례를 치르게 하면 어떻겠소?"

"제 생각도 영감과 같습니다. 그렇게 하도록 준비하겠습니다."

"마님, 저녁상입니다."

"그래, 들어오너라."

시비侍婢(계집종)가 12각 소반 위에 차려진 저녁상을 들여놓고 나갔다.

보리가 섞인 밥과 된장국, 나물 몇 가지에 자반고등어 구이 한 마리였다.

만석꾼 살림치고는 간소한 상차림이었다.

"찬이 변변치 않습니다. 입에 맞을는지 모르겠습니다."

"아닙니다. 이 밥상이 있기까지 많은 사람의 수고로움이 있었을 텐데, 그걸 생각하면 내 어찌 입맛을 따질 수 있겠습니까?"

"참! 영감도…"

상을 물리고 나니 달이 훤하게 떠올랐다.

김면은 여느 때처럼 집에서 조금 떨어진 송암정사松菴精舍 연못가에 2층으로 지어진 누각 유일헌幽逸軒에 올라 달 바라기를 했다.

연못에 내려앉은 교교한 달빛이 잔잔한 바람에 밀려가고 밀려왔다.

한 폭의 수묵화처럼 황홀함 자체였다.

"낮에는 몰랐던 이 아름다운 밤 풍경을 내 평생 몇 번이나 더 볼 수 있을는지?…"

생각이 천 가지, 만 가지로 갈라지며 끝을 알 수 없는 근심이 밀려왔다.

눈을 지그시 감았다.

지난해 11월 강원도 통천通川 군수에 임명돼 고을살이를 가는 한강 정구와의 이별을 아쉬워하며 지은 시가 떠올랐다.

久淹山中之白雲　오래 산중에 머물던 흰 구름
倏然變作靑雲出　홀연 푸른 구름으로 변해 나가네
世人休道本無心　사람들아 본래부터 무심하다 말하지 말라
歲暮天陰歸捧日　날 저물고 하늘 흐리면 돌아와 해를 받들지니

– 松庵先生實記(송암선생실기)

송암정사는 김면의 조부 김탁이 1533년 경상좌도 병마절도사에 제수되어 낙동강 변의 교통 요충지인 양전동에 국토방위를 목적으로 병

영 성곽을 축조하면서 1만 8천 평 터에 다섯 채의 전각을 짓던 중 이듬해 세상을 떠나면서 중단된 것을 김면이 조부의 뜻을 이어 스물여덟 살인 1568년 집단 가옥인 외재外齋를 신축하고 마흔세 살 때 묵일당墨一堂 등을 중수했다.

송암정사는 정유재란 때 고령에 5만 명을 집결시킨 왜장 가등청정이 임진란 패전의 앙갚음으로 김면의 일족 대부분을 살육하고 전각을 모두 불태워 지금은 흔적도 없지만, 당시엔 유자儒者들이 이곳을 오가며 웅장하고 아름다운 풍경을 노래했다.

여러 글 중 한강 정구와 대암 박성이 쓴 글 하나를 보면 이러하다.

菴高松下枕池塘
우거진 높은 소나무 밑 못가에 자리해 있으니
此地偏開禮義場
이곳은 오로지 예의를 닦는 도장으로 열렸도다
門對江湖蕭洒野
문은 강호의 시원한 들판을 마주 보고 있으며
軒臨花石寂廖鄉
집은 아름다운 꽃과 바위 옆에 임해 있으니 고요한 마을이로다
遊魚飛鳥心期合
헤엄치는 물고기와 하늘을 나는 새 마음이 합하니
夜月朝雲氣味長
밤에 뜬 달 아침에 낀 구름 그 정취 또한 으뜸이로다
中有雍容君子學
그 가운데 온화한 풍모 있으니 군자의 도를 닦는 선비로다
薰道德業送年光
학문을 가르치고 덕을 쌓으니 세월을 보냄이 빛나리로다

五柳門邊盖碧松　오류문가에 푸른 소나무가 덮이고
白梅塢角立靑桐　흰 매화 둔덕가에 벽오동이 섰더라
方塘檻下荷香惹　난간 밑 연못에는 연꽃 향기가 일고
複道庭中竹影濃　복도 앞뜰 안에는 대나무 그림자가 짙더라
揖讓雍容迎衆客　겸손하고 점잖은 선비가 많은 손님을 맞이하고
慈祥愷悌訓諸童　자상하고 친절하게 여러 동자를 가르치더라
禮經一部恒耽讀　예서 한 권을 항상 탐내 읽고
性理羣書益遍通　성리학 여러 권을 두루 통달하더라

– 松庵先生實錄(송암선생실록)

컹 커경 컹컹!

담 너머 어둠이 달빛에 밀려나고 있을 때 마을 어귀에서 동네 개들이 목이 쉬도록 짖어댔다.

"개들이 가끔 달을 보고 짖기는 하지만, 무슨 일이 있나?"

김면이 잠시 생각을 멈춘 사이 지축을 울리는 요란한 말발굽 소리가 개 짖는 소리와 뒤섞여 들려왔다.

향촌에서 말발굽 소리는 흔하지 않았고 이런 밤에는 더더욱 듣기 어려운 일이다.

김면은 의아해하며 서둘러 정사를 내려왔다.

말발굽 소리는 점점 더 커지더니 김면의 집 앞까지 왔다.

"이렇게 늦은 시간에… 파발마인가?"

"워워!"

히이힝!

고삐를 잡힌 말이 격한 소리를 내며 앞발을 들었다가 땅을 찍으며 멈춰 서는 소리가 들렸다.

"대감마님, 밖에 누가 왔나 봅니다."

만석이가 사랑채를 돌아 나오며 말했다.

"그래, 얼른 나가 보거라."

대문 문틈으로 밖을 내다보던 만석이가 문을 열었다.

삐그덕 덜컹!

밤이라 대문 열리는 소리가 더 크게 났다.

"아니, 서방님 아니십니꺼?"

"그래, 날세. 잘 지냈는가? 대감마님은 계시는가?"

"예, 서방님."

김면이 생각을 채 정리하기도 전에 낯익은 목소리가 들려왔다.

"대감마님, 대감마님."

안채에 들어선 사람은 청도에 사는 재종질再從姪 김홍한金弘漢(1568~1592)이었다.

홍한은 땀에 젖어 온몸에서 하얀 김이 피고 얼굴은 붉게 달아올라 있었다.

훤칠한 키에 수려한 이목구비를 갖춰 헌헌장부가 따로 없었다.

김면이 방문을 열고 나왔다.

"대감마님, 홍한이옵니다. 인사 올립니다."

목소리에서 다급함과 떨림이 묻어났다.

김면이 불길한 예감을 애써 감추며 말했다.

"온다는 말도 없이 이 밤에 어인 일이냐? 과시科試 준비는 잘하고 있고?"

"예, 대감마님. 공부가 더디기는 하지만…. 자주 찾아뵙지 못해 송구합니다."

"괜찮다."

홍한이 지난해 혼인을 하고 곧바로 합천 야로 숭산동에서 처가妻家가 있는 청도로 이주한 후 처음 보는 것이다.

"그래, 무슨 일이냐?"

"대감마님, 큰일 났습니다. 그러니까 사흘 전(4월 13일: 양력 5월 23일)

유시(오후 6시)쯤 신식무기인 조총으로 무장한 왜군 수만 명이 부산에 상륙해 14일 부산진성과 동래성을 함락시켰다고 합니다. 워낙 화급한 일이라 이렇게 달려왔습니다."

"연안에서 노략질을 일삼던 왜구가 아니고?"

"아닙니다. 왜군이라고 합니다."

"그렇지 않아도 지난가을에 이어 요 몇 달 전에도 승려 차림을 한 사람이 마을 주변을 기웃거리기에 이상하다고 여겼는데, 지금 생각해보니 조선 산천과 정세를 엿보는 정탐꾼이었던 모양이구나."

"대감, 덧붙여 말씀드리면 달포 전인가 한양과 부산을 오가는 보부상들이 하는 이야기를 들었는데, 도성과 부산에 있던 왜인들이 올 정초 일시에 사라졌다고 합니다. 이는 전란이 일어날 것을 알고 미리 왜국으로 돌아간 것이 아닌가 싶습니다."

"그래 그 말도 일리가 있구나. 왜인들이 아무런 이유 없이 약속이나 한 듯 썰물처럼 빠져나갈 일이 없지. 좀 더 자세하게 말해보거라."

"예, 소서행장小西行長(고니시 유키나가)이라는 왜장이 이끄는 제1군 1만 8,700명이 제일 먼저 부산진에 상륙했답니다. 부산진 첨사 정발鄭撥(1553~1592)이 왜군에 맞서 항전하다가 조총에 맞아 쓰러졌고, 동래부사 송상현宋象賢(1551~1592)과 다대포 첨사 윤흥신尹興信(?~1592)도 군민들과 성을 지키려고 고군분투했지만, 전투 개시 반나절 만에 성이 무너져 자결하거나 떼죽음을 당했다고 합니다. 또 경상좌병사 이각李珏(?~1592)은 울산 좌병영에서 동래성으로 갔다가 부산진이 함락되자 성과 무기를 버리고 달아났다고 합니다."

"그렇다면 지금 부산 전체가 왜군의 손아귀에 들어갔을 수도 있겠구나?"

"후속 부대가 더 들어왔다면 그럴 것입니다."

이때 왜군은 소서행장이 부산의 여러 성을 짓밟으며 양산, 밀양, 대구, 선산, 상주, 충주, 여주를 지나는 중로中路를 이용하여 숭례문을 통해 도성으로 들어가려고 북상했다.

4월 18일에는 가등청정加籐淸正(가토 기요마사)이 이끄는 제2군 2만 2,800명이 부산에 상륙하여 좌로左路인 언양, 울산, 경주, 문경, 조령, 충주, 용인을 거쳐 흥인지문을 향해 올라갔고, 다대포를 거쳐 김해에 상륙한 흑전장정黑田長政(구로다 나가마사)의 제3군은 1만 1천 명으로 우로右路인 창원, 성주, 김산(김천), 지례, 추풍령, 영동, 청주를 따라 올라가다가 경기도에선 제2군이 개척한 길로 북상했다.

주력부대는 모두 경상도를 통해 북진했고 전라도와 충청도 서쪽은 진격로에서 제외돼 있었다.

당초 풍신수길은 조선 정벌을 위해 제1군부터 제16군까지 편성했는데, 1차로 제1군부터 제9군까지 총 17만 명의 대군을 출병시켰다.

제4군 사령관 모리길성毛利吉成(모리 요시나리) 1만 4천 명
제5군 사령관 복도정칙福島正則(후쿠시마 마사노리) 2만 4,700명
제6군 사령관 소조천륭경小早川隆景(고바야가와 다카카게) 1만 5,700명
제7군 사령관 모리휘원毛利輝元(모리 데루모토) 3만 명
제8군 사령관 겸 총사령관 우희다수가宇喜多秀家(우키다 히데이에) 1만 명
제9군 사령관 우시수승羽柴秀勝(하시바 히데카쓰) 1만 1,500명
수군 대장 협판안치脇坂安治(와키자카 야스하루) 9,540명

* * *

전대미문의 7년 전쟁이 시작되었다.

거대한 해일처럼 순식간에 밀려든 왜군에 맞서 조선은 곳곳에서 군사를 모집했으나 그 수는 손가락으로 꼽는 게 훨씬 빠를 듯싶었다.

백성들은 왜군을 피해 새떼가 흩어지듯 도망쳤고, 상비군을 보유하지 않은 각 고을의 관군은 손 한번 제대로 써보지 못하고 패퇴했다.

당시 조선은 제승방략制勝方略 체제를 운영하고 있었다.

제승방략은 중종 때 삼포왜란(부산포·염포·제포를 개항하여 왜인들을 통제하려는 조선과 이에 불만을 품은 왜인들이 일으킨 폭동)과 명종 때 을묘왜변(삼포 중 제포만 개항하여 왜와의 교역을 축소하자 왜인들이 서남해 장흥·영암·강진지역 점령)을 겪으며 큰 고을마다 진관鎭管을 두어 각 지역의 관리나 수령이 군병을 자체적으로 지휘하는 진관체제를 대신한 것으로 유사시에 중앙에서 파견한 순변사, 방어사, 병사, 수사 등이 군사를 요충지에 집결시켜 지휘·통솔하는 전략이다.

제승방략은 지방에서 병력을 충원함으로써 상비군 유지 비용이 적게 드는 등 장점이 있으나 각 병영의 지휘관에 무관이 아닌 문관을 등용함으로써 용병에 대한 식견이 부족하여 다른 부대와 상호 연대가 어렵고, 병사들과 손발이 안 맞아 일사불란한 지휘가 쉽지 않다는 단점이 있다.

또 중앙에서 지휘관이 도착하는 데 많은 시간이 걸리고, 지휘관이 도착하기 전에 적의 선봉 부대가 들이닥치면 속수무책 당할 수밖에 없었으며, 후방의 지원도 기대하기 어려웠다.

이러한 허점은 왜란 같은 대규모 전쟁에서 여실히 드러났다.

도체찰사인 류성룡은 《징비록》에서 "왜적이 침입하자 경상좌도 여러 고을의 군사들이 대구 금호강가에서 야영野營하며 조정에서 내려보낸 순변사 이일이 도착하기를 기다렸으나 제때 오지 않아 왜군을 바라보기만 하다가 한 번 싸워보지도 못하고 무너졌다"라고 지적했다.

몇 해 전 왜적의 침입을 우려하는 목소리가 커지자 조정은 지난해부터 무관을 기용하여 성을 새로 쌓고 보수하며 전쟁 대비를 시작했으나 200여 년간 '전쟁 없는 평화'를 누려온 일부 관리들과 백성들이 태평성대에 성을 쌓는 것은 당치도 않다며 원성을 쏟아내고 유생들도 불만을 적은 상소를 경쟁하듯 올리자 결국 선조는 "백성들에게 피해와 부담을 주는 일을 하지 말라"라는 지시를 내려 성 신축과 보수, 전쟁 물자 조달

등은 더 이상 이루어지지 않았다.

전국시대를 겪으며 7년 이상 전쟁을 준비한 왜국과 고작 여섯 달 땜질식으로 대비한 조선. 그 처음과 끝은 굳이 맞추어보지 않아도 알 만했다.

홍한의 이야기를 듣고 있던 김면이 답답한 마음을 내보였다.

"조정에서는 왜적의 침입을 알고는 있는지 모르겠구나."

"지금쯤 장계가 도착했을 수도 있겠지요."

"혹시 봉화가 오르는 것을 못 보았느냐?"

"봉화는 보지 못했습니다."

"나라의 존망이 바람 앞의 등불인데, 이렇게 걱정만 하고 있을 때가 아닌 듯하구나."

"그렇습니다. 모두 힘을 합쳐 무슨 방도를 세워야 합니다. 저는 내일 청도로 가서 장정들을 모아 오겠습니다."

"그곳도 왜군이 들어와 있을 텐데, 위험하지 않겠나?"

"조심해서 움직이겠습니다."

김면과 홍한은 밤이 늦도록 생각의 처음과 끝을 맞대어 보았으나 당장 뾰족한 방법이 떠오르지 않았다.

두 사람의 마음은 가라앉았다.

무겁고 두려운 내일이 그려졌다.

어떻게 하면 백성들을 구할 수 있을까?

김면은 이렇다 할 확실한 믿음은 없었지만, 믿는 자에게 믿음이 존재함을 떠올렸다.

어느새 달빛이 비스듬히 방안으로 비쳐들었고 밖에는 바람이 부는지 창호지에 소나무 그림자가 흔들리며 어른거렸다.

* * *

다음날 이른 아침 김면은 친제親弟 김회金澮[1549~1597: 김면의 조군調軍으로 활동하다가 정유재란 때 안음(함양) 황석산성 전투에서 전사]를 연강沿江(낙동강 지류)과 인근 고을에 보내고 조카 홍원弘遠(1574~1601)을 향청에 보내 왜군에 대한 정보와 관官의 움직임을 알아보게 했다.

김면은 가슴 깊이 파고드는 불안감에 일이 손에 잡히지 않았다.

바람에 떠밀린 흰 구름이 금산재(121m)를 넘어가고 있었다.

그때 만석이가 잰걸음으로 들어왔다.

"무슨 일이 있느냐?"

"예, 대감마님. 지금 육일헌 이홍량李弘量(1531~1592) 나리와 옥산 이기춘李起春(1541~1597) 나리께서 와 계십니더."

"육일헌과 옥산이? 어디 계시냐?"

"사랑채로 모셨습니더."

"그래, 잘했다. 내 금방 간다고 전해라. 그리고 너는 지금 풍등골 박의원에게 가서 칠성이 어미 약값을 전하고 칠성이 집에는 쌀이랑 양식을 넉넉히 갖다주거라."

"예, 대감마님. 분부대로 하겠심더."

만석이가 안채를 나올 즈음 바깥사랑채 옆 곳간 앞에서 연화가 무슨 일인지 왔다 갔다 하고 있었다.

"어르신, 저 좀 봐요."

"어, 연화로구나. 근데 무슨 일로?"

"알터 칠성이 집에 가시나요?"

"그래, 내가 칠성이 집에 간다는 걸 어떻게 알았나?"

"아닙니다. 그럴 것 같아서요."

"대감마님이 시킨 일이 있어 잠깐 다녀와야겠다."

"그럼, 이것 좀 전해주세요."

연화가 꼬깃꼬깃 접은 종이를 건넸다.

"연서戀書로구나. 허허! 걱정 말거라. 무슨 일이 있어도 잘 전해줄 터이니."

"고맙습니다, 어르신."

연화가 부끄러운 듯 종종걸음을 치며 안채로 들어갔다.

잠시 뒤 김면이 사랑채 문을 열자 육일헌이 벌떡 일어서며 다급하게 말했다.

"이보게, 송암. 왜적이 쳐들어왔다는데, 들었는가? 사실이라면 이를 어쩐다."

김면이 육일헌의 손을 잡으며 말했다.

"때맞춰 잘 오셨네. 일단 앉으시게. 나도 재종질 홍한을 통해 듣고 깜짝 놀랐네. 도무지 믿기지 않지만, 화급을 다투는 일이니 우리라도 속히 대책을 세워봐야겠네. 이 아름다운 강산을 도적들에게 넘겨줄 수는 없는 일, 내 차라리 전장의 귀신이 될지언정 병을 핑계로 편안함을 찾겠는가? 함께 힘을 모아보세."

이기춘이 답했다.

"송암, 천지간에 부끄러움 없는 삶, 이것이 우리의 소원이 아니던가? 당연히 함께해야지."

"그렇네. 책 속에만 머물러 스스로 역사의 죄인이 돼서는 안 될 일이지."

육일헌도 이기춘과 같은 뜻임을 내보였다.

세 사람이 이런저런 생각을 나누는 사이 시간은 검불이 타듯 빠르게 지나갔다.

"만석이 게 있느냐?"

"예, 대감마님. 부르셨습니꺼? 칠성이 어미 약값과 양식은 잘 전달했습니다."

"그래, 애썼다. 너는 지금 바로 가솔家率(한집안에 딸린 구성원) 모두를 이곳으로 모이라고 전하거라. 한시도 지체 말고…."

"예에."

왜적이 쳐들어왔다는 소문에 마을은 삵을 만난 닭처럼 어수선했고 소문은 바람을 탄 연기처럼 인근 마을로 번져갔다.

한 시진(2시간)이 지났을까. 김면의 가노 등 700여 명과 친족인 김연金演, 김양金瀁, 김함金涵, 김급金汲, 김성金誠 등 15명이 한걸음에 달려왔고 원근에서 흑립을 쓴 유생과 초립을 쓴 장정, 무명 수건을 이마에 동여맨 노인들이 앞을 다투듯 모여들었다.

"이보게, 갑자기 난리라도 일어난 건가?"

웅성거림은 마당을 지나 담장을 넘었다.

"대감마님 나오시네. 모두 조용히 하시게."

모두의 눈길이 김면에게 쏠렸다.

김면이 먼저 입을 뗐다.

"지금 왜적이 부산에 상륙하여 경상좌도를 휩쓸며 올라오고 있어 이곳 경상우도도 조만간 왜적이 들이닥치면 온전할 수 없을 것이다. 해서 우리 모두 힘을 모아 왜적에 맞서야 하지 않겠는가? 그리고 왜적을 피한다고 해서 살아남을 수 있는 일도 아니다."

목소리에 힘이 들어갔다.

> 君有急而臣不死　나라가 위급한데 목숨을 바치지 않는다면
> 烏在其讀聖人書也　어찌 성현의 글을 읽었다고 하겠는가
>
> – 松庵先生實錄(송암선생실록)

그 비장한 울림이 얼마나 큰지 사람들의 웅성거림을 덮었다.

김면의 말이 끝나자 알터 칠성이가 나섰다.

"죽기 아니면 살기 아니겠소. 우리 모두 대감마님을 따릅시더. 왜적을 쳐부숩시더"라며 목청을 높이니 여기저기서 "맞습니더. 대감마님

말씀이 맞습니더. 왜적이 쳐들어오면 우리 모두 죽임을 당하고 동네는 쑥대밭이 될 낀데, 죽기 전에 왜놈을 한 놈이라도 더 죽이야지."

"죽기는 왜 죽어! 싸워 이기면 돼지."

"이보시게, 고것은 말로만 할 수 있지. 농사짓는 우리가 무슨 힘으로 그렇게 많은 왜적을 상대할 수 있겠나? 내 말이 어디 하나 틀린 데 있소? 소나기도 일단 피하고 보는 게 상책이라고 했으니 한시라도 빨리 몸을 피하는 게 살길 아닙니꺼?"

"그 말도 맞는 말이네."

몇몇 사람이 피난에 동조라도 하듯 자리를 털고 일어섰다.

칠성이가 다시 목소리를 높였다.

"시방 무슨 소리 하는 겁니꺼? 힘을 모아 우리 마을은 우리가 지킵시더. 흩어지면 죽고 뭉치면 산다고 안 합디꺼. 끝내 피난을 갈 사람은 피난을 가고 대감님을 따를 사람은 여기에 남으면 됩니더. 강요하는 게 아니니 각자 알아서들 하이소."

남자는 남자대로, 여자는 여자대로 삼삼오오 모여 앉아 얼굴을 맞대었으나 매듭지어지지 않는 갑론을박만 이어졌다.

왜적에 맞서 싸우자는 사람과 피난을 가자는 사람 모두 조상 대대로 살아온 이곳을 떠나야 한다는 공포와 불안은 입에서 입으로, 침묵에서 침묵으로 번져 나갔다.

김면의 눈길이 칠성이에게 향했다.

이심전심以心傳心

말하지 않아도 알았다.

서로의 생각에 대한 고마움과 믿음의 표시였다.

서녘 하늘이 붉게 물들었다.

사람들이 떠난 자리엔 한줄기 흙바람이 지나갔다.

집집마다 불이 켜지고 굴뚝에 연기가 피어오를 무렵 왜적의 침입 상황을 알아보러 나간 아우 회와 조카 홍원이 돌아왔다.

"형님, 홍한이가 말한 그대로입니다. 낙동강 인근 사람들은 피난길에 나서고 있답니다. 우리도 피난을 가든지, 아니면 왜적에 맞서 싸울 궁리를 해야 하지 않겠습니까? 고령 큰길에도 사람 하나 보이지 않았습니다."

"그래, 알았다. 오늘은 들어가서 쉬도록 하거라."

희미한 등잔불이 만든 그림자가 벽에 일렁거리며 방안의 침묵을 더 무겁게 했다.

갠 달이 솟아올라 소나무 가지 끝에 보였다가 사라지기를 반복했다.

김면은 밤이 깊어서야 겨우 잠자리에 들었다.

마음이 편치 못한 탓이다.

첫닭이 홰를 칠 시간 솟을대문이 부서지는 듯한 소리와 함께 열리더니 칼을 든 사람이 툇마루에 뛰어올라 방문을 확 열어젖혔다.

김면은 잠결이었지만, 반사적으로 몸을 일으켰다.

도둑이라면 문을 벌컥 열고 들어오지 않을 터인데, 순간 불안감이 확 밀려들었다.

"누구냐?"

조선인과 다른 옷차림으로 보아 왜군이었다.

"네놈이 목숨 아까운 줄 모르고 사람을 모아 대항하겠다는 김면이렸다? 어리석은 놈! 네놈의 제삿날을 잡으러 온 저승사자다."

"무례한 놈! 왜국과 우리 조선이 무슨 철천지원수라고 함부로 쳐들어와 피를 보려 하는 것이냐?"

"원한이 있지. 그것도 덮고 씻지 못할 원한이…. 오래전 몽골과 고려가 합작하여 두 번이나 우리 일본을 침략한 사실을 모르느냐?"

"그야 점령군 몽골의 강압에 어쩔 수 없이 일어난 일로 고려도 피해자였다."

"어쩔 수 없었던 일이라고? 말도 안 되는 소리 말라. 이제 그 원한을 갚으려 하니 목숨이 아깝거든 순순히 무릎을 꿇고 명나라로 가는 길을 열어야 할 것이다."

"네 이노옴! 그 입 닫거라. 조선 백성 한 사람이라도 살아있는 한 네 놈들 생각대로 절대 되지 않을 것이다."

왜군의 얼굴이 일그러지며 눈꼬리가 올라갔다.

김면의 말을 더 이상 듣지 않겠다며 칼을 김면의 목에 갖다 대었다.

김면은 무슨 말을 더 하려고 했으나 입이 얼음장처럼 얼어붙어 열리지 않았다.

"저항하면 죽음뿐이다."

순간 칼날이 번득였다.

"아악!"

가슴에서 피가 낭자하게 흘러내렸다.

비명을 들은 이씨 부인과 연화가 속옷 차림으로 달려왔다.

"영감, 왜 그러십니까?"

놀란 부인이 김면을 흔들어 깨웠다.

이마에 땀이 흥건한 김면이 힘겹게 눈을 떴다.

"무슨 나쁜 꿈을 꾸셨는가 봅니다."

"그런 것 같소. 괴이한 일이다. 참극의 시작인가?"

"영감, 무슨 말씀입니까? 참극의 시작이라뇨?"

"아닙니다. 그냥 해본 소리입니다."

이씨 부인도 어제 낮에 있었던 일들을 알고 있기에 내심 불안한 표정이었다.

열린 문틈으로 미지근한 바람과 함께 햇살이 들어왔다.

김면이 조반을 물리고 부인과 마주 앉았다.

"춘래불사춘春來不似春인가?"

뒤뜰 담장 아래 핀 개나리꽃이 봄을 알렸지만, 가슴 한구석엔 찬 바람이 불었다.

새벽 꿈속의 일이 지워지지 않고 머릿속을 맴돌았다.

"부인, 왜적이 몰려오면 이곳이 어떻게 될지는 불을 보듯 뻔하지 않겠소. 해서 부인은 우선 안음安陰(지금의 함양)으로 몸을 피하시는 게 좋을 듯합니다."

"영감의 말씀대로 하겠습니다. 우리가 왜적에게 붙잡히기라도 한다면 영감의 일에 큰 걸림돌이 되지 않겠습니까? 그러니 우리 걱정은 마십시오."

"고맙소, 내 마음을 알아주시니."

손으로 잡은 물이 새 나가는 것처럼 허전한 하루가 또 지나갔다.

어수선한 마음을 정리하려 등잔불을 켜고 책을 펼쳤지만, 글씨가 눈에 들어오지 않았다.

부인의 방으로 건너갔다.

이씨 부인도 마음이 불안한지 손을 놓고 있었다.

"부인, 전쟁이 났다면 언제 끝날는지 알 수 없으니 겨울옷도 챙겨야 할 것이오."

"겨울옷이라면 전쟁이 해를 넘겨서까지 이어질 수도 있단 말입니까?"

"그야 알 수 없는 일이오. 그러나 단단히 준비하는 게 좋을 듯하오."

김면이 옷가지를 챙기는 부인을 도왔다.

옷을 접는 손은 서툴렀지만, 한없는 정이 차곡차곡 스며들었다.

두 사람의 눈에 눈물이 비치며 금방이라도 흘러내릴 듯했다.

방 문틈으로 간간이 새어 나오던 불빛이 사그라질 무렵, 사랑채 모퉁이 어스름한 달빛 아래 두 그림자가 하나로 겹쳐졌다.

칠성이와 연화였다.

"연화야, 우리 지금 이렇게 헤어지면 다시 만날 날이 언제쯤일지 모르겠구나."

보고 싶을 때 볼 수 없다는 슬픔이 두려움으로 다가왔다.

연화의 볼을 타고 흐르는 눈물이 달빛에 반짝였다.

두 사람의 눈엔 어느새 서로가 들어가 있었다.

"우리 엄니도 안방마님을 따라갈 것이니 연화가 옆에서 잘 보살펴 주길 바라."

"걱정 마세요. 내가 죽는 한이 있더라도 어머니는…."

칠성이가 가슴속에서 무명으로 싼 짧은 막대기 같은 것을 연화의 손에 살포시 쥐어주었다.

따뜻한 온기가 와 닿았다.

"이게 뭐예요?"

연화가 무명 매듭을 풀어보니 검푸른 빛이 도는 단도였다.

칼자루엔 '단심丹心'이라고 쓰여 있었다.

칼날은 그리 매끄럽지는 않았지만, 은은함이 느껴졌다.

"이 칼을 품속에 지니고 있으면 그 어떤 마귀도 침범하지 못한다는구나. 대장간 할아범에게 부탁하여 구한 것인데, 연화가 어디를 가나 꼭 지켜줄 것이구먼."

연화가 칠성이의 가슴에 얼굴을 묻었다.

달그림자가 옅어지면서 이 산 저 산을 옮겨 다니며 토해내는 소쩍새의 울음이 솔바람을 타고 지붕을 넘어왔다.

개울물에 내려앉은 달도 시나브로 떠내려갔다.

재지 사족과 민초들 창의의 깃발

비상한 용기가 있어야 불행의 늪을 건널 수 있다.

24절기 중 낮이 가장 길고 밤이 가장 짧다는 하지夏至다.

5월 11일 이른 아침, 김면은 재종 김연을 불렀다.

"대감, 찾으셨습니까?"

"그래, 왔느냐. 연아, 너는 오늘 마님을 모시고 안음으로 가거라. 어느 곳으로 가는 편치 않겠지만…."

"예, 염려 마십시오. 무탈하게 뫼시겠습니다."

이씨 부인의 피난길엔 칠성이 어미, 연화, 노비 등 10여 명이 함께 했다.

김면이 모든 재산을 기병 자금으로 내놓은 터라 사내종과 계집종이 이고 진 봇짐엔 약간의 쌀, 잡곡에 솥단지 몇 개뿐이었다.

"영감, 부디 몸을 돌보셔야 합니다."

"알았소, 내 걱정은 마시고 부인도 건강 잘 챙기시구려. 내, 부인을 만나 청아하고 한가한 복을 누렸는데, 이제 이렇게 생이별을 해야 하니 이 또한 나의 복인가 싶소."

"아닙니다. 무슨 그런 말씀을 하십니까?"

이씨 부인의 눈에도 눈물이 고였다.

떠나는 사람만 있을 뿐 남는 사람은 없었다.

서로에 대한 간절함이 있어 아파도 슬픔을 드러내지 못했다.

가슴 저미는 시간도 잠시, 부인이 진달래꽃이 흐드러지게 핀 산모퉁이를 돌아가면서 서로의 모습이 보이지 않았다.

이것이 살아생전 부인과의 마지막 인사, 영원한 이별이 될 줄 그 누가 알았으랴.

향촌에서 평생 학문을 연구하던 선비 김면은 활과 칼을 들고 분연히 일어났다.

창의를 결심한 만큼 마음도 몸도 하나로 만들어야 했다.

며칠 전 피난을 말하던 사람들도 부인과 어린 자식들을 떠나보내고 김면의 집으로 몰려들었다.

또 청도로 장정을 모으러 갔던 김홍한은 점심 무렵 기골이 장대한 10여 명과 함께 왔고, 우곡 도진 마을의 선비 박정완朴廷琬(1543~1613), 박정번朴廷璠(1550~1611) 형제가 가동 30여 명을 대동하고 왔다.

김면이 제일 먼저 박정완 형제와 인사를 나눴다.

"양죽당 선생, 어서 오십시오. 오랜만에 뵙습니다."

"그렇습니다, 대감. 마른하늘에 날벼락이라더니 어찌 이런 일이 일어날 수 있단 말입니까?"

"수백 년 태평성대의 복福에 안주安住하며 환난患難에 대한 대비책을 세우지 않은 결과지요…. 어쨌든 잘 오셨습니다."

세 사람은 서로 인근 동네에 살며 오래전부터 알고 지내온지라 가볍게 수인사를 나눴다.

박정완은 정인홍의 문인으로 임란 후 거창과 안음 현감을 역임했고, 박정번은 한강 정구의 문인으로 문재文才가 빛났다.

박정번은 임란 후 예빈시주부(종6품)에 제수되었으나 나아가지 않고 있다가 고향 도진에 문연서당文淵書堂을 열고 후학 육성에 힘썼다.

"대감마님, 이 사람들은 저와 함께 온 사람들입니다."

김홍한이 장정들을 김면에게 소개했다.

"모두 잘 오셨소. 큰 도움이 될 것이오."

“그리고 홍한아, 그쪽 사정은 어떠하더냐?”

“예, 왜군 주력부대는 지금 한양을 향해 북상 중이고 백성들은 대부분 피난을 가서 보이지 않았습니다.”

“그래 알겠다. 먼 길 오느라 피곤할 테니 먼저 중화中火를 하고 좀 쉬거라.”

“예, 대감마님.”

김면의 강한 기병起兵 의지와는 달리 모든 것이 순조롭지 않았다.

의병 모집도 그렇지만 전투에서 꼭 필요한 병장기가 절대적으로 모자랐다.

원근의 향민들이 들고 온 낫, 곡괭이, 쇠스랑 등은 그저 농기구일 뿐이었다.

김면은 생업을 뒤로하고 자신의 뜻을 따라준 사람들이 더없이 고마웠다. 하지만 목숨을 걸어야 할 상황들을 어떻게 하면 안전하게 헤쳐나갈 수 있을까라는 생각에 이르자 불안을 넘어 두려움이 밀려왔다.

김면이 김회를 불렀다.

“지금 즉시 고령 관아에 가서 현감에게 내 생각을 전하고 병장기 지원을 요청하거라.”

“알겠습니다, 형님.”

김회가 관아에 갔을 때 현감 황집중은 보이지 않았고 나졸邏卒 몇 명이 뜨락에 앉아 노루잠을 자다가 인기척에 놀라 일어섰다.

김회가 말했다.

“내가 누군지 아는가?”

“알고 말고요. 송곡동 김면 대감의 아우님 아니십니꺼. 그런데 여긴 무슨 일입니꺼?”

“관아의 병장기를 구하러 왔느니라. 현감은 지금 어디 계시는가?”

“예, 그제 성주 쪽 왜군 동향을 살펴본다고 갔는데, 이직 돌아오시지 않았습니더.”

"그렇다면 벌써 갔다 오고도 남을 시간인데, 무슨 변고가 생긴 게 아니면 도망간 것일 수도…."

변고와 도망이라는 말에 나졸들이 반신반의하는 표정을 지으며 뒷걸음질쳤다.

"한시가 급하니 무기고를 열어봐야겠다."

"현감의 허락 없이는 무기고를 열 수 없습니더."

"그건 나도 잘 알고 있느니라. 일단 병장기가 얼마나 있는지 보고만 갈 것이니 별문제 없을 것이다. 현감이 돌아오면 내가 말할 것이니 문을 열거라."

"그러면 알겠심더."

나졸이 심드렁한 표정을 지으며 김회를 병기창으로 안내했다.

"어디 보자, 쇳대(열쇠)가 어디 있더라?"

나졸이 허리춤을 한참이나 뒤적이더니 쇳대 꾸러미를 꺼냈다.

"요것인가? 아니 요건가?"

병기창 쇳대가 어느 것인지도 잘 모르는 것 같았다.

그동안 병기창을 열어본 적이 거의 없었다는 증거다.

철커덕!

차가운 쇳소리가 났다.

"아이고! 겨우 열었네."

나졸이 뭐 대단한 일이라도 한 듯한 표정을 지으며 문을 밀었다.

삐거덕 끼이익~ 쿵!

문이 열리는가 싶더니 그대로 넘어졌다.

문짝과 문설주에 박아놓은 돌쩌귀가 녹슬고 삭아 떨어진 것이다.

병기창 바닥은 내딛는 걸음에 먼지가 풀풀 일었다.

모두 합해 300개도 안 될 것 같은 삼지창과 장검, 활 역시 돌쩌귀와 마찬가지로 녹이 슬어 만지면 부러질 것 같았다.

"오랫동안 병장기 쓸 일이 없었다 하더라도 어떻게 이럴 수가 있나?"

김회가 혀를 차며 말하자 나졸이 "지도 여긴 오늘 첨 들어온 겁니더"라며 딴소리를 했다.

김회에게 관아의 사정을 들은 김면이 심각한 표정으로 말했다.

"낡은 창으로는 비단 하나도 뚫지 못하거늘 이를 어찌하면 좋을꼬. 회야, 너는 지금 즉시 고령현의 대장장이를 모두 불러오너라. 피난을 가지 않고 남은 사람이 몇이나 있을지 모르지만…"

"예, 형님."

김회가 대장간 몇 곳을 찾아 데려온 대장장이는 세 명뿐이었다.

김면은 짧은 시간에 많은 병장기를 제조하는 데 턱없이 적은 인원이라 생각했지만, 우선 대장간부터 열도록 하고 방 문고리부터 쇠붙이라고 하는 것은 모두 모아 대장간으로 보내게 했다.

다음날 김면은 대장간을 찾았다.

"싸움이 시작되면 한량없이 소비되는 것이 무기인데, 무기가 없으면 싸움은 고사하고 남는 건 죽음뿐이다. 병장기 만드는 일이 나라와 백성을 위한 것이니 너희들의 고통과 수고가 언젠가는 빛날 것이다."

이렇게 대장장이들을 격려하자 까만수염이 듬성듬성한 젊은 대장장이가 풀무질을 하다 말고 고개를 빳빳이 세우며 말했다.

"자나 깨나 죽도록 일만 하는 우리 같은 천한 것들에게 나라가 어디에 있고 내일이란 게 있나요?"

대장장이의 돌발적인 말에 모두 놀랐다.

하지만 따지고 보면 전혀 틀린 말이 아니었다.

당시 대장장이는 신분이 양인과 천인이 대부분이었다.

조선 천지 어디를 가도 사람대접을 거의 못 받는 부류 중의 하나였다.

당시 천한 부류로는 진척津尺, 화척禾尺, 재인才人 등이 있었는데, 이들은 이름도 없이 그냥 아무개로 불리었다.

그렇지만 평소 같으면 입 언저리에도 절대 올릴 수 없는 말이었다.

반상의 법도를 어긴 죄로 참수를 당하거나 관아로 끌려가 뭇매를 맞아 일개 고깃덩어리로 나뒹굴어도 모자랄 판이다.

김홍한이 눈꼬리를 치켜 올리며 언성을 높였다.

"저놈이 지금 어느 안전이라고 주둥이를 함부로 놀리느냐. 등줄기 살점이 떨어져 나가 봐야 정신을 차리겠나?"

금방이라도 칼을 빼들 기세였다.

김면이 홍한을 말리며 말했다.

"듣기 거북한 말이긴 하나 계속 말해보거라. 어디 한번 들어나 보자."

대장장이는 뭔가 크게 잘못되었다고 생각했는지 고개를 숙이고 입을 오물거렸다.

이때 나이가 이순耳順쯤 돼 보이는 대장장이가 젊은 대장장이의 허리춤을 잡아끌며 땅바닥에 엎드렸다.

"대감마님, 이놈이 제 분수를 모르고 한 말이니 이 늙은이를 봐서라도 한번 용서해주이소."

"이눔아, 어서 대감마님께 용서를 구하지 않고 뭘 꾸물거리고 있어?"

"괜찮다, 일어나거라. 이 난리에 저런 말도 나올 수 있지. 왜적의 앞잡이나 도적이 되지 않은 것만 해도 다행 아니겠나? 나중에 임금과 관리들의 죄를 따지고 묻더라도 지금은 내 말을 들어줬으면 좋겠구나."

젊은 대장장이가 긴장이 조금 풀렸는지 땅에 머리를 대고 말했다.

"대감마님, 소인이 죽을죄를 지었심더. 이번 한 번만 용서해주이소."

"그래, 걱정 말거라. 죽이지는 않을 것이니."

김면이 다시 김회에게 말했다.

"여기 대장간에서 일하는 사람들에게 양식을 넉넉히 주고 일을 도울 수 있는 장정들을 더 붙여주거라."

"예, 알겠습니다."

쇠를 녹이고 담금질을 시작한 사흘째부터 창검이 하나씩 만들어져 나왔다.

다음날 아침, 김면이 홍한과 회를 불렀다.

"왜군과 언제 어디서 부딪칠지 모르니 의병들에게 활쏘기와 창검 다루는 훈련을 시켜야겠구나."

"예, 바로 시작하겠습니다."

"그리고 회 너는 곳간의 곡식을 관아로 옮길 준비를 해라. 왜군의 눈을 피해야 하니 오늘 밤에는 끝내야 할 것이야."

우두두두! 히이잉!

갑자기 말발굽 소리와 함께 말이 멈추는 소리가 들려왔다.

세 사람의 시선이 대문 쪽으로 향했다.

"홍한아, 가서 누군지 알아보거라."

"예, 대감."

잠시 뒤 이립而立이 조금 지나 보이는 준수한 용모의 선비가 마당에 들어섰다.

"대감, 처음 뵙습니다. 저는 고령 덕곡에 사는 밀성(밀양)인 운암 박대복朴大福(1558~1592)이라 합니다. 대감의 고명高名은 익히 들어 알고 있습니다."

"고명이라니 당치 않은 말씀입니다. 여하튼 초면이지만, 반갑습니다. 헌데, 어찌 나를 찾아오셨는지요?"

"예, 대감. 대감께서 창의했다는 이야기를 듣고 왔습니다. 많은 가르침을 바랍니다."

"고맙습니다. 운암, 우리 함께합시다."

한 지역에 살면서 한 번도 만난 적이 없지만, 박대복의 서글서글한 눈매와 늠름한 체격에서 올곧고 높은 기상이 엿보였다.

김회와 김홍한도 서로 통성명을 하고 얼굴을 익혔다.

박대복이 말했다.

"대감, 제가 많지는 않으나 쌀 2천 섬을 군량으로 내놓겠습니다. 이 전란이 언제 끝날지 모르고 의병을 운용하자면 양식이 필수 아니겠습니까? 대감께서 내놓으신 것에 비하면 보잘것없습니다. 그리고 의병도 300명 정도는 모집할 수 있을 것입니다. 나만 생각하면 잠시의 안전은 도모할 수 있겠으나 그것이 헛된 생각임을 깨닫는 데 그리 오래 걸리지 않음을 알기에 사즉생死卽生의 각오로 앞장서겠습니다."

박대복이 쌀 2천 섬을 내놓는다는 말에 모두 깜짝 놀랐다.

쌀 2천 섬이면 1만 명의 군사가 열흘간 먹을 수 있는 양이다.

"운암, 정말 고맙소. 우리 모두에게 큰 힘이 될 것은 물론 오늘 그대의 충심과 의로운 행동은 청사靑史에 길이 남을 것입니다. 허허!"

"아닙니다. 대감이나 저나 기병을 한 것이 무슨 영달을 바라서 한 일이겠습니까? 백성이 있어야 나라도 있는 것이지요."

김면이 박대복의 말에 답했다.

"지당한 말씀입니다. 살고 죽는 것은 어쩌면 작은 일이지만, 명분과 절개를 잃는 것은 큰일이지 않겠습니까?"

박대복의 말에 감탄한 김면이 김회와 홍한에게 말했다.

"운암은 실로 범상한 인물이 아니다. 우리 모두 오랫동안 기억해야 할지 모르겠다."

이후 박대복은 김면의 지원 아래 고령 일대에서 유격전으로 왜군에게 타격하고 무계 1차 전투 진중에서 안타깝게도 순절했다.

조선 관군의 연전연패와 선조의 파천

노래에 정신이 팔린 매미는
사마귀가 자신을 노리고 있음을 몰랐다

'어진 정치를 펼치다'라는 뜻이 담긴 창덕궁 인정전仁政殿.

두 계단 석축 기단 위에 우뚝 선 정면 다섯 칸 팔작지붕 중층건물의 위엄이 주변을 압도하고 있었다.

일월오악도日月五岳圖 병풍 앞 용상에 앉은 선조와 몇몇 대신이 오래 전 세상을 떠난 명종의 외아들 순회세자의 부인 공희빈 윤씨가 창경궁에서 홀로 지내다가 마흔세 살에 세상을 하직하자 장례 준비를 논의하는 등 조정은 어수선했다. 또 영의정 이산해李山海(539~1609) 등은 빈청賓廳(대신이나 비변사의 고위관직자들이 모여 회의하는 곳)에 모여 윤씨의 시호 짓는 일을 놓고 아침부터 옥신각신하고 있었다.

4월 17일 신시(오후 4시) 즈음 경상 좌수사 박홍朴泓(1534~1593)의 장계가 올라왔다.

왜군이 쳐들어 왔다는 급보였다.

이산해가 장계를 펼쳐 눈으로 대충 읽더니 도승지 이항복李恒福(1556~1618)에게 건넸다. 이항복이 떨리는 목소리로 장계를 읽어 내려갔다.

"높은 곳에 올라 부산성을 바라보니 어느새 왜군의 붉은 깃발로 가득 차 있습니다. 부산진 첨사 정발 장군도 독전하다가 전사한 것 같습니다…"

"왜군이 쳐들어왔다면 목멱산(남산)에 봉화烽火가 올라야 하지 않습니까? 그런데 아직 횃불이나 연기가 올랐다는 이야기가 없으니…"

대신들은 깜짝 놀라면서도 그리 대수롭지 않게 생각했다.

전란이 일어났다면 장계보다 봉화가 먼저 도착해야 하는데, 무슨 연유인지 봉화가 오르지 않았던 것이다.

한참을 고민하던 이산해가 말했다.

"그렇더라도 왜구가 아닌 왜군이라면 큰일이 아니겠소? 진위를 떠나 일단 전하께 장계를 보여드려야지요."

"지당한 말씀입니다. 제가 편전便殿에 들어가 아뢰어보겠습니다."

편전을 찾은 이항복이 장계를 보이자 선조가 언짢은 표정을 지으며 말했다.

"변방 왜구의 침범은 종종 있는 일이니 중신들이 알아서 처리하고 국상國喪에 차질이 없도록 하시오."

선조의 생각도 장계 내용을 심각하게 받아들이지 않던 몇몇 대신과 별반 다르지 않았다.

이에 대신들도 왜군의 침략보다 국상이라는 무거운 말에 더 고개를 끄덕였다.

귀가 있어도 듣지 않았고 눈이 있어도 살피지 않았다.

노래에 정신이 팔린 매미가 자기를 잡아먹으려고 다가오는 사마귀를 보지 못하고, 사마귀는 매미를 잡으려는 생각에 들떠 참새가 자기를 노리고 있음을 모르고, 참새는 어린아이가 새총을 겨누고 있음을 모르고 있다는 이야기처럼 장례 준비에 매달린 조정은 나라와 백성의 안위가 엄청난 위험에 빠진 줄도 모르고 금쪽같은 시간을 흘려보냈다.

해질 무렵엔 동래 부사 송상현宋象賢(1551~1592)이 죽기 전 띄운 장계가 올라왔다.

"왜군이 부산진성을 함락시키고 동래로 몰려오고 있습니다. 이곳

동래성도 얼마나 버텨낼지 알 수 없습니다. 적은 강군으로 조선을 병탄할 기세이옵니다. 이는 변방의 작은 분란이 아니온즉 만전을 다해 나라를 보전하소서…."

잇단 장계를 본 선조는 단순한 왜구의 침범이 아닌 대규모 전쟁임을 확신했는지 "이 일을 어찌한단 말이오? 나라가 어찌하다 이 지경이 되었단 말이오?"라며 고래고래 소리를 질렀으나 대신들은 하나같이 "망극하옵니다! 망극하옵니다! 망극하옵니다!"라며 머리를 조아릴 뿐 아무런 대책이 없었다.

"또 망극, 망극, 망극! 그 소리 그만 집어치우고 대책을 내놓으란 말이오. 대책을…."

선조는 눈썹이 타들어가는 초미지급焦眉之急의 상황을 맞자 왕으로서의 권위와 체통은 벗어던진 듯했다.

지난 신묘년에 풍신수길이 명나라를 치겠다며 사신 귤강광橘康廣(다치바니 야스히로)을 통해 국서를 보내왔을 때 선조는 "왜국이 명나라를 친다는 것은 개울의 가재가 바다를 건너려는 격이고, 벌이 거북의 등을 쏘려는 무모한 일이다"라며 꾸짖은 일이 떠올랐지만, 애써 잊으려는 표정이 역력했다.

밤이 되자 경상 감사 김수, 밀양 부사 박진, 김해 부사 서예원 등의 장계가 꼬리에 꼬리를 물고 올라왔다.

왜군이 폭풍처럼 북상하고 있다는 내용이었으나 봉화는 여전히 오르지 않았다.

부산에서 한양까지의 거리는 1,100여 리로 봉수대는 30리마다 하나씩 설치돼 총 38개 정도 있었고, 전국적으로는 600개가 설치돼 왜적의 침입을 낮에는 연기로 밤에는 불빛으로 알렸다.

기상 상태가 정상이라면 봉화는 12시간 정도면 남산에 도착하는데, 위급한 시기에 봉화보다 파발마가 먼저 온 것을 보면 봉화 체계가 제대로 작동하지 않았거나 왜군 별동대가 부산 상륙 직후 부산 인근의 주요 봉수대를 장악한 것이 분명해 보였다.

선조와 중신들은 큰불이 번질 것을 걱정하면서도 불이 저절로 꺼지기를 바라는 것처럼 보였다.

바람 앞의 촛불은 감싸지 않으면 불꽃을 매단 심지까지 쓰러지고 만다는 것을 알고 있음에도 말이다.

조정이 우왕좌왕하고 있는 사이 왜군은 문경새재 조령(642m)으로 달려오고 있었다.

모든 상황이 조선에 불리하게 돌아갔다.

이에 선조는 국가 비상사태를 선포하고 류성룡柳成龍(1542~1607)을 도체찰사(국가 전체의 군軍을 지휘하는 직책)에 임명하여 군무를 감독하게 하고 앞서 통신사로 일본에 갔다가 왜적이 쳐들어오지 않을 것이라고 말한 이유로 파직돼 한양으로 압송 길에 올랐던 경상우병사 김성일金誠一(1538~1593)을 경상도 초유사招諭使(전란 때 임금을 대신하여 의병을 모집하고 백성을 보살피는 임시 벼슬)에 임명하여 다시 경상도로 내려가게 했다.

김성일은 한양으로 압송되기 전 "나라를 위하여 한 번 죽는 것이 신의 소원입니다"라고 쓴 장계를 올렸는데, 이를 본 류성룡과 최항, 광해군이 선조에게 "김성일에 대한 국문鞫問은 언제라도 할 수 있습니다. 그는 경상도의 상황을 제일 잘 알 뿐만 아니라 충성심은 의심할 여지가 조금도 없습니다. 그리고 김성일 그에게 전란 책임을 모두 돌리는 것은 무리한 일이니 다시 한번 기회를 주어 민심을 수습하고 왜적 토멸에 앞장서게 하십시오"라며 적극적으로 변호하니 선조도 못이기는 척하며 받아들여 김성일은 충청도 직산에서 말머리를 남으로 돌렸다. 또 이일李鎰(1538~1601)을 경상 순변사에 임명하여 대구로 급파했다.

26일에는 여진족과의 전투에서 용맹을 떨치고 한성부 판윤判尹으로 있던 신립申砬(1546~1592)을 삼도(경상·전라·충청) 순변사에 임명하고 상주를 거쳐 충주로 올라오고 있다는 소서행장의 군사를 막도록 했다. 그리고 중앙군 소속의 기병 3천 명과 보병 지휘권, 임금의 패물인 장검 상방검尙方劍을 내주었다.

이는 임금이 최고의 권위와 사명을 부여하며 신임한다는 증표였다.

상방검의 원래 명칭은 '상방참마검上方斬馬劍'으로 '임금에게 불충한 자를 제거할 때 쓰는 날카로운 칼'이라는 뜻이 담겨 있다.

신립이 아무리 장수 중의 장수라 해도 혼자서는 싸울 수 없는 일.

문제는 병사의 숫자와 질이다.

군관과 관원들을 풀어 징집했으나 자발적으로 나오는 사람은 거의 없었다.

창칼의 위협에 어쩔 수 없이 끌려 나온 사람들의 꼴을 보면 참으로 가관可觀이었다.

갓을 쓰고 서책을 옆구리에 낀 유생부터 시정잡배, 병자 행세를 하는 사람, 4대 독자와 누구의 자손이라는 사람까지 모두 "나는 절대 못 간다"라며 아우성이었다. 하지만 간청과 핑계가 통하지 않았다.

모두 죽을상에 도살장으로 끌려가는 개, 돼지와 다름없었다.

그럭저럭 1천여 명을 징발했다.

모자라는 숫자는 남하하면서 경기도와 충청도 일대에서 채워 총 5천 명을 모았다.

용장 밑에 약졸이 없는 게 아니라 바로 용장과 약졸이었다.

행군 중에 도망간 자도 적지 않았다.

충주에 도착한 신립은 병사를 소규모로 나누어 창칼과 활 쏘는 훈련을 하도록 지시하고 지난해 의주 목사직을 수행하던 중 서인 정철鄭澈(1536~1593)의 당인으로 몰려 파직당한 후 종사관으로 충주 방어에 나선 김여물金汝岉(1548~1592)과 함께 조령으로 올라갔다.

조령에 오른 신립이 말했다.

"이번 싸움에 조선의 운명이 걸려 있다. 여긴 숲이 우거지고 협소해 기병 작전을 펼치기가 어려운 곳이야. 적이 조령을 넘어온다면 충주 들판으로 끌어내 한 번에 싹 쓸어버려야지. 그렇지 않은가?"

"장군, 적은 한양가는 지름길인 이곳을 분명히 넘어올 것입니다. 그리고 그들은 보병이 주축이긴 하나 조총을 가졌습니다. 장군의 말씀처럼 조선의 운명이 걸린 싸움이니 반드시 이기는 작전을 세워야 합니다. 이곳 지형을 보면 소규모 군사로도 대군을 막을 수 있는 요새 중의 요새입니다. 물풀이 서로 얽힌 충주 들판은 말이 달리기엔 적합하지 않습니다. 해서 절대 이곳을 포기해선 안 됩니다."

김여물과 군관들이 조령의 이점을 활용하여 방어진지 구축을 거듭 말했으나 신립은 개활지에서 기병을 운용해야 한다는 자신의 고집을 꺾지 않았다.

또 어제 상주성을 비우고 북천 들판에서 척후병 하나 세우지 않고 무방비 상태에서 군사훈련을 하다가 왜군의 습격을 받아 한 시진 만에 900명 남짓한 군사 모두를 잃고 거의 알몸 상태로 충주로 도망쳐온 이유로 순변사직을 박탈당하고 신분이 일개 장수로 떨어진 이일도 "왜군은 정말 신병神兵이었습니다. 싸우는 형세며 무장武裝한 걸 보면 여진족과는 완전히 다릅니다. 또 적이 조령을 넘으려면 하나뿐인 오솔길을 이용하여 한 줄로 올라올 수밖에 없습니다. 소규모 병력이라도 매복해 공격하면 분명히 승산이 있을 것이니 이곳에 방어진지를 구축합시다"라며 김여물의 의견에 동조하자 신립이 눈을 부라리며 "패전하고 알몸으로 쫓겨 온 마당에 그 무슨 개 같은 소리요. 적이 꼭 조령을 넘어온다는 확실한 근거가 어디 있소? 소서행장이 바보가 아니라면 괴산 쪽을 택할 수도 있단 말이오. 두말 말고 백의종군이나 하시오…"라며 호통을 쳤다.

신립보다 여덟 살이 많은 이일은 9년 전 북방의 경원 부사로 임직 때 은성 부사인 신립과 함께 여진족 니탕개의 난을 진압하면서 신립의 급한 성미를 보아온 터라 더 자극했다가는 목이 달아날 것 같아 더 이상의 말을 하지 않고 물러났다.

뒷날 원군으로 온 명나라 제독 이여송이 왜군을 추격하며 조령에 다다라 신립의 계책과 전략의 서툰 점을 꼬집었다.

"조령은 70여 리에 걸쳐 있고 절벽이 한 줄기 실처럼 나 있다. 또 길은 양장처럼 꼬불꼬불하게 얽혀 있어 군사가 대열을 지어 갈 수 없다. 한 사람이 길목을 지키면 만인이라도 지나갈 수 없는 천연 요새인 조선의 검문관劍門關이라 할 만하다"라며 조령에 군사를 배치하지 않았음을 탄식했다.

신립은 출정 전 변고를 우려하는 류성룡에게 이런 말을 던졌다.

"왜적이 지닌 조총은 말 그대로 새총입니다. 어찌 쏘는 족족 다 맞힐 수 있겠으며 대단한 힘을 발휘할 수 있겠습니까? 제가 기마병으로 툇마루의 먼지 쓸 듯 한꺼번에 없앨 수 있습니다."

경적輕敵은 필패必敗인데, 신립은 적을 너무 가볍게 여겼다.

결국 신립은 주변의 조언과 간청을 무시하고 남한강과 달천강達川江이 합류하는 탄금대 앞 달천평야에 배수의 진을 쳤다.

달천평야는 습지와 다름없어 기병이 기동력을 발휘하기 적합한 곳이 아니었다.

신립은 북방 기마 민족과의 전투에 적합하도록 고안된 기병 전술이 보병 중심인 왜군을 상대하는 데 있어 어려운 점과 습지가 큰 장애가 될 수 있다는 것을 깊이 고려하지 않은 것이다.

그러나 그 어떠한 상황도 뒤집어보면 다른 상황이 보인다.

기병이 핵심 병력인 신립이 기병 운용이 어려운 조령에서 방어에 집중해 시간을 끌게 되면 죽산과 용인을 거쳐 한강으로 길을 잡은 가등청정의 대군에게 후방이 봉쇄당해 한양이 점령당하는 것을 바라만 볼 수밖에 없다고 판단했을 수도 있다.

신립이 정말 전략전술에 무능했다면 소서행장의 운이 좋았다고밖에 할 수 없다.

* * *

조선군이 충주 들판에서 야영하는 시간에 소서행장과 종의지宗義智(소 요시토시), 송포진신松浦鎭信(마쓰라 시게노부)이 이끄는 군사 1만 5천 명이 28일 아침 조령을 넘어 3개 부대로 나눠 충주벌에 들어왔다.

탄금대 앞에서 적의 진격을 지켜보던 신립이 놀란 표정을 지으며 말했다.

"종사관, 저건 기병이 아니오?"

"그렇습니다. 기병은 없는 줄 알았는데 이거 큰일입니다."

"걱정 마시오. 기병 전력은 우리가 우위에 있으니…."

신립은 기병을 앞세워 적을 포위하는 반월진(반달 모양의 진법) 형태의 배수진을 쳤다. 보병은 기병 뒤쪽에 남겨두며 어떻게 운용한다는 방책을 세우지 않았다.

그만큼 자신감이 앞섰다.

하지만 소서행장은 신립의 진법을 알아차리고 중앙군 좌우로 조총부대를 넓게 벌리며 전진했다.

왜군이 눈앞에 나타났을 때 신립은 좌우에서 밀려드는 적을 보고 적잖이 당황하기 시작했다.

공격 목표가 넓어져 적을 포위하여 공격하는 것이 어렵게 된 것이다.

신립의 기병이 다가오자 소서행장은 위세에 눌리는 척하며 뒤로 물러났다.

이는 조선군을 유인하려는 계책이었다.

중앙에서의 접전보다는 전개하여 포위하려는 움직임을 보였다.

또 소서행장은 강변과 산자락에 많은 병력을 숨겨놓고 있었다.

이를 간파하지 못한 신립은 징집한 보병을 전혀 운용하지 않고 기마대만 왜군 매복지점까지 돌격시켰다.

둥둥둥!

초반에는 기병의 빠른 공격과 집중력에 왜군 사상자가 속출했다.

기병 1명이 보병 100여 명을 상대할 수 있다는 것이 증명됐다.

하지만 이는 작은 희생으로 큰 것을 취하겠다는 소서행장이 이미 짜 놓은 전략이었다.

오후가 되자 하늘이 흐려지더니 비가 내렸다.

빗줄기가 굵어졌다.

아니나 다를까 우려가 현실이 되었다.

기병은 채 100보(120m: 1보步는 좌우 발 두 발자국 평균 거리 120cm)도 못 가 질척이는 논밭에 빠지며 기동력이 뚝 떨어졌다.

초반에 밀린 왜군이 조총부대를 내세워 좌우에서 압박해왔다.

기병은 움직일 수 있는 공간이 크게 좁아지며 움직임이 확연하게 느려졌다. 정지된 표적이나 다름없어 왜군 조총부대의 조준사격을 피할 수 없었다.

탕 타당 탕!

조총이 불을 뿜었다.

땅을 뒤흔드는 총소리에 말들이 놀라 서로 엉키며 나뒹굴었다.

낙마한 기병들이 일어서서 백병전을 벌였지만 역부족이었다.

왜군은 조총병, 궁병, 창병으로 구성돼 조총병이 선제 사격을 하고 2선으로 물러나면 궁병이 활을 쏘아 조총병의 장전 시간을 벌어주고 상대의 전열이 흐트러지면 창병이 백병전을 벌이는 전술을 썼다.

신립은 고군분투했으나 전투력을 회복하기에는 늦어도 너무 늦었다.

조선 기병이 무너지는 것을 본 보병들은 겁을 먹고 도망치기 바빴다.

퇴각을 막고 전투를 독려할 장수도 없었다.

조선 최고의 병기인 활은 있으나마나였다.

승기를 잡은 왜군은 비바람을 몰고 오는 태풍 같은 기세로 조선군을 탄금대로 몰아붙였다.

새 떼같이 날아오는 조총과 화살에 강 쪽으로 도망가던 조선군은 엎어지면서 서로를 밟고 밟았다.

시체가 들판과 강을 덮었고 흘러내린 피는 웅덩이를 만들었다.

죽음을 면한 자들은 적의 포로가 되어 끌려갔다.
전멸이다.
병법에서 승리의 요소로 일컫는 천시天時, 지리地理, 인화人和를 모두 등한시했으니 어쩌면 필패가 당연한지도 모른다.
사지死地에서 겨우 탈출한 신립은 갈 곳이 없었다.
8천여 명의 비명과 왜군의 함성이 비수가 돼 가슴을 찔러왔다.
조정 대신들의 질타와 비웃는 모습도 선명하게 그려졌다.
선조를 뵐 면목이 없었다.
상방검을 내려놓았다.
"전하아, 전~하아아!"
북쪽을 향해 두 번 절했다.
두 눈에서 피눈물이 흘러 내렸다.
일어서는 두 다리는 힘이 빠져 몸이 휘청거렸다.
날천강에 몸을 던졌다.
조선 군부의 상징이며 최고 명장으로서의 치욕은 죽음으로도 씻지 못했다.
김여물 역시 자결로써 최후를 마쳤으나 이일은 이번에도 동쪽 산골짜기를 넘어 달아나 다시 한번 도주의 달인임을 보여주었다.
충주가 짓밟힌 다음날인 29일.
"왜군이 오늘내일 사이로 도성에 들어갈 것이다"라고 쓴 이일의 장계와 신립이 무참히 패했다는 급보를 받은 조정은 충격과 공포에 휩싸이고 인심은 물 끓듯 했다.
급박한 상황을 돌이킬 수 없다고 판단한 선조는 대신과 대간들을 불러놓고 파천 의사를 밝힌 후 서둘러 파천을 준비하느라 왕실의 중대사인 공희빈의 장례를 치를 시간도 없었다.
공희빈의 시신은 언제 다시 예를 갖춰 장례를 치를 생각으로 환관들이 경복궁 후원에 대충 묻었다.

나무 말뚝을 박아 겨우 표식만 해놓았다.

가등청정도 조령을 넘어 파죽지세로 북상했다.

도성에 남아있는 관군은 1천 명도 안 됐다.

관군은 왜군을 보기도 전에 흩어졌다.

조선 왕을 잡으라는 풍신수길의 특명을 받은 소서행장은 부산 상륙 후 20일 만인 5월 3일 흥인지문으로, 가등청정은 하루 늦게 숭례문을 통해 무혈 입성했다.

이로써 왜군이 지나온 영남의 60여 개 고을은 왜적의 소굴이 되었고, 경상우도의 6~7개 고을만이 겨우 전화戰禍를 모면한 상태였다.

말로만 듣던 왜군과 조총을 마주하다

늑대도 낯선 길에 들어서면 걸음을 늦추고 주위를 살핀다

해가 중천을 지나고 있었다.

어느새 산과 들엔 아카시아꽃이 만발해 하얀 눈이 내려앉아 있는 것 같았다.

바람이 달콤한 향기를 실어와 코끝을 간지럽혔다.

끼이익! 덜커덩!

대문 열리는 소리가 나더니 김홍한이 들어왔다.

"대감마님, 고령 관아로 갈 준비가 되었습니다."

"그래, 수고했다. 자, 가자."

"칠성이라고 했나? 대감마님의 말고삐는 당분간 네가 잡거라. 이 말은 길이 잘 들어 있으니 걱정 안 해도 될 것이야."

"예, 나으리."

김면이 홍한의 부축으로 말에 올랐다.

말을 타본 지 오래돼 영 부자연스러웠다.

동네를 벗어나 연강에 다다르자 일각(15분)쯤 먼저 출발한 척후가 달려왔다.

"대감, 연강 건너편 상류에서 왜군 수백 명이 이쪽으로 내려오고 있습니다."

말로만 듣던 왜군이 나타났다는 말에 김면은 물론 모두의 눈빛과 표정에 긴장감과 결연함이 어렸다.

왜군을 피할 것인가? 아니면 싸울 것인가?

김면이 결정을 고민하는 사이 김홍한이 말했다.

"시간이 없습니다. 어떻게 할까요?"

"적을 보고 피할 수는 없다. 모두 겁먹지 말고 전투 대형을 갖춰라."

의병들이 엉거주춤 대형을 갖췄지만, 훈련이 제대로 안 된 터라 엉성하기 짝이 없었다.

잠시 뒤 강 건너 왜군의 모습이 선명하게 보였다.

왜군과의 거리는 강물이 줄어든 탓에 100보가 조금 넘었다.

300명쯤 돼 보이는 왜군은 100명 정도가 조총을 들고 있었고, 나머지는 창과 활을 가지고 있었다.

말을 탄 왜장은 비늘 같은 철편이 달린 울긋불긋한 갑옷 차림에 쇠뿔 모양의 투구를 쓰고 있었다.

마치 두억시니 같았다.

일반 병사는 고깔 모양 투구에 검은 옷을 입고 있었다.

한눈에 봐도 훈련이 잘된 정예병이란 것을 알 수 있었다.

난생처음 왜군을 본 의병들은 싸워보기도 전에 겁에 질린 표정들이었다.

잠시 뒤 왜군들이 뭘 하려는지 앞뒤 3열로 늘어서 쪼그려 앉더니 의병들 쪽으로 총을 겨눴다. 이에 의병들은 활을 겨눈 채 바라보기만 했다.

탕 타당 탕탕!

하늘과 땅을 뒤집는 듯한 소리가 났다.

의병들은 혼이 나간 것처럼 몸을 부들부들 떨며 개에게 쫓기던 닭처럼 머리를 땅에 박거나 뒤로 슬금슬금 빠지려 했다.

총탄은 의병들의 몇 보 앞에 박히며 작은 먼지를 일으켰다.

조총의 유효 사거리는 60보 정도 되는 것 같았다.

"하나, 둘, 셋…."

김홍한이 마음속으로 조총 장전에서 발사까지의 시간을 세었다.

대략 1분쯤 걸렸다.

"모두 듣거라! 조총은 한 번 사격 후 다시 장전하여 쏠 때까지 1분쯤 걸리니 그 틈을 노려 활을 쏴라. 놀랄 것 없다. 물러서는 자는 용서치 않을 것이다. 대열을 유지하고 활시위를 당겨라."

김홍한이 먼저 조선 활인 편전片箭(애기살)을 날렸다.

편전은 1척 정도의 짧은 화살을 대나무를 반으로 쪼갠 통아桶兒에 넣어 쏘는데, 유효 사거리가 일반 활의 세 배인 최대 300보쯤 된다.

또 짧은 화살이 직선으로 날아가 속도가 일반 화살보다 빠르며, 눈에 보이지 않고 소리는 거의 들리지 않아 피하기 어려운 것은 물론 살상력 또한 갑옷을 뚫을 만큼 강했다.

살矢이 허공을 가르며 시위를 떠났다.

"아악!"

왜군 한 명이 비명을 지르며 쓰러졌다.

"와아! 김홍한 부장이 왜군을 맞혔다."

무서움을 날려버리고 기운을 북돋우는 함성이 일었지만, 이내 잠잠해졌다.

한 번 겁먹은 병사들을 다시 일으켜 세운다는 것은 결코 쉬운 일이 아니었다.

부장 김홍한과 송이장이 마상에서 활을 쏘며 앞으로 나아가니 병사들도 활을 들었다.

이때 왜군 몇 명이 강을 건너려 했다.

수심은 어른 허리춤쯤 돼 보였다.

물살이 거센지 왜군은 도강을 포기하고 물 밖에서 계속 조총과 반궁半弓(활 길이가 대궁의 절반 정도로 앉아서 쏠 수 있는 짧은 활)을 쏘아댔다.

"당황하면 죽는다. 침착하게 시위를 당겨라."

병사들보다 10여 보 앞에서 전투를 독려하던 송이장이 갑자기 말에서 떨어졌다.

왼쪽 어깨에 총알이 박혔다.

병사들이 급히 갑옷을 찢고 배어 나오는 피를 손바닥으로 누르며 대열 뒤쪽으로 옮겼다.

"부장, 아프더라도 쪼매 참으소. 피를 멈추게 하려면 일단 꽉 묶어야 하니."

병사가 무명옷을 찢어 어깨를 동여맸다.

이를 꽉 깨문 송이장의 입술에서 선혈이 흘러내렸다.

김면이 급히 다가왔다.

"송 부장, 좀 어떠시오?"

"쪼끔 욱신거리기는 하나 참을 만합니다. 저는 염려 마시고 왜적을…"

"알겠네. 그렇더라도 일단 뒤로 물러나 상처를 보살피시오."

"예, 대감."

'날아가는 새도 맞힌다'라는 조총은 활보다 사거리는 짧지만, 명중률이 높고 그 위력이 대단했다.

전면전으로 가면 엄청난 대가를 치를 게 불 보듯 뻔했다.

왜군도 이를 우려하는 듯 더 이상 공격하지 않고 탐색전을 펴고 있음이 분명해 보였다.

"칠성아, 송 부장은 지금 상태가 어떠하다더냐."

"지금 가서 알아보겠습니다."

송이장은 신열이 오르내리며 부들부들 떨고 있었다.

"대감마님, 송 부장의 상태가 좋지 않은 듯합니더."

이때 앞쪽에서 의병들을 지휘하고 있던 김홍한이 급히 말을 달려왔다.

"대감마님, 왜군의 움직임이 수상합니다."

말이 끝나자마자 왜군 진영에서 호루라기 소리가 나더니 깃발들이 급히 움직였다.

의병보다 지형지물에 익숙하지 않아 어둠이 내리면 강을 건너기가 더 어렵다는 것을 알았는지 퇴각하려고 병사를 불러 모으는 신호였다.

김면은 머릿속이 복잡해졌다.

왜군을 맞닥뜨린 이상 쉽게 물러설 수는 없었다. 의병들의 사기도 생각해야 하기 때문이다.

하지만 전략과 전술이 뛰어나더라도 오합지졸이나 다름없는 상태로 훈련이 잘된 왜군에게 정면으로 맞선다는 것은 어쩌면 섶을 지고 불구덩이로 뛰어드는 것처럼 무모한 일인지도 모른다.

'아무도 살아남지 못하는 한이 있더라도 밤을 새워 싸워야 하나? 아니면 훗날을 기약해야 하나?'

판단을 고민하는 사이 왜군이 강을 따라 내려갔다.

왜군이 물러간 것을 확인한 김면이 안도의 숨을 내쉬며 말했다.

"홍한아, 송 부장의 상태가 심각한 것 같다. 우선 총알을 제거해야겠구나. 그냥 두면 팔을 못 쓸 수도 있으니…"

"그렇습니다. 바로 처치하겠습니다."

"칠성아, 단도를 가져오너라."

"예, 부장."

단도를 넘겨받은 홍한이 칼을 소독하기 위해 불을 피워 칼을 달궜다.

그러고는 송 부장의 입에 무명천을 물렸다.

"아프더라도 좀 참아보시오."

살을 열십자로 찢었다.

검붉은 피가 한 번 솟구쳐 오르더니 흘러내림이 약해졌다.

"으음!"

송이장의 고통스러운 소리가 꽉 깨문 어금니 사이로 새어 나왔다.

총알은 손가락 한 마디 좀 안 되게 박혀 있었다.

"송 부장, 다행히 총알이 뼈는 건드리지 않은 것 같소."

잠시 뒤 김홍한이 대추씨 크기만 한 총알을 끄집어내 보이며 말했다.

"저 정도 거리에서 날아온 총알이 이만큼 깊게 들어갔으니 좀 더 가까운 곳에서 맞았더라면 치명상을 입을 것 같습니다. 며칠 동안은 팔을 사용하지 말고 안정을 취해야 할 것 같소. 잘못하면 상처가 덧날 수도 있으니…."

"고맙소, 김 부장."

홍한이 피가 묻은 총알을 옷섶에 닦더니 김면에게 건넸다.

총알은 신기하기도 했지만, 약간의 무게감이 있었다.

김면은 이 작은 총알로 인해 수많은 목숨이 사라질 수 있다는 생각에 온몸이 떨렸다.

해가 서산에 걸렸다.

어둠이 내려앉은 강물에 달빛이 부서지며 흘러갔다.

김면은 칼의 세계가 책이나 붓과는 달리 삶과 죽음을 판가름하는 현장이라는 것을 온몸으로 깨달았다.

의병 거점을 고령에서 거창으로 옮기다

천리 먼 길을 보려고 한 층 누각을 더 오른다

김면은 왜군과의 첫 전투에서 큰 인명 피해는 없었지만, 이기는 전투를 위해서는 전략과 전술을 깊이 고민해보지 않을 수 없었다.

늦은 저녁상을 물린 김면과 김회, 송이장, 김홍한, 박대복, 박정완 형제가 한 자리에 앉았다.

먼저 김면이 말을 꺼냈다.

"우리 의병이 준비가 전혀 안 된 상태에서 10명 중 3명꼴로 조총을 가진 왜군을 맞닥뜨려 이 정도로 끝난 게 어쩌면 다행이라 하겠소. 생각건대, 이곳 고령은 소읍小邑이라 군사와 병장기 조달이 어렵고 눈앞의 적에게 쉽게 노출돼 자칫 위험에 빠질 수 있소. 해서 의병 본영을 산세가 험하고 땅이 넓은 거창으로 옮기려고 생각하는데, 다들 어떻게 생각하시오?"

김홍한이 말했다.

"이곳 지리에 익숙한 우리가 군사를 정비하여 기습공격을 하면 단기적으로는 성과가 있을 수 있겠으나 시간이 지나면 왜군도 고령 일대를 손바닥 보듯 잘 알게 될 것입니다. 그리되면 병력을 모으고 군량을 조달하는 등 운신의 폭에 분명히 한계가 있을 것입니다."

고령을 떠난다는 말에 박정완이 걱정스러운 표정을 지으며 말했다.

"지금 우리의 힘이 턱없이 모자란다는 걸 알지만, 고령은 적에게 허리나 마찬가지입니다. 우리가 이곳을 비운다면 낙동강을 따라 오르내릴 왜군에게 날개를 달아주게 될까 염려스럽습니다. 군사를 거창으로 옮기더라도 왜군 동향을 파악하여 본대에 알리는 척후를 두고 특히 개산포나 무계 나루터는 전략상 매우 중요한 곳이니 소규모 병력이라도 남겨야 하지 않겠습니까?"

김면이 답했다.

"지극히 당연한 말씀입니다. 하지만 지금 우리 군세로 봐서 척후는 가능하나 제대로 훈련되지 않은 소규모 독립 부대를 운용하는 건 무리라고 생각합니다. 독립 부대 문제는 군세가 확충되면 바로 논의하여 결정하도록 하지요."

잠깐의 침묵이 흘렀다.

"다른 의견이 없으시면 그렇게 하도록 하고 내일이라도 출발하도록 합시다."

"예, 대감."

다음날 동이 트자 김면은 동생 회에게 먼저 거창으로 가서 이곳 상황과 기병 의지를 알리도록 했다.

김면이 박대복, 박정완에게 말했다.

"운암, 양죽당 선생, 어제 내가 독립 부대 운용은 어렵다고 말했지만, 고령을 비우자니 양죽당의 말처럼 마음에 걸려서 하는 말인데, 무계와 성주 일대를 잘 아는 두 분이 이곳에서 척후를 운용하며 적정을 살펴주시게. 그리고 현감이 어디 갔는지 모르지만, 돌아오면 반드시 나에게 연락하도록 말해주시게."

"예, 대감. 그렇게 하겠습니다. 무슨 일이 있으면 바로 척후를 보내겠습니다."

"이곳은 사실상 적지나 마찬가지인데, 두 분이 목숨을 아끼지 않고 흔쾌히 나서주니 고맙네."

김면은 병력과 물자를 재정비하고 오시(오전 11시) 무렵 거창으로 출발했다.

5리나 이어진 험한 길에 군량 수레를 밀고 당기며 행군 속도는 더뎠다.

고령을 지나 합천과 거창 경계지점에 다다랐을 때 산 밑 외딴 주막에서 시끄러운 소리가 들렸다.

"이 난리판에 싸움질이나 하고 있으니 말세末世야, 말세!"

"그런 소리 말게. 저들 역시 가슴에 돌덩이를 얹고 사는 것이 짐승보다 못하니 그렇지 않겠나?"

"거, 맞는 말이네. 이 불평등한 세상이 한 번이라도 뒤집혔으면 하는 바람이 나 혼자만의 생각은 아닐 것인데."

"아무리 세상이 그렇더라도 말 가려서 하게."

병사들 사이에서 천민으로 보이는 몇몇이 속이 뒤틀리는 듯한 말을 쏟아냈다.

김면이 병사들의 대거리를 못 들은 체하며 말했다.

"홍한아, 무슨 일인지 알아보고 오너라."

"예, 대감."

술기운이 오른 장정 세 사람이 서로 삿대질하며 목소리를 높이고 있었다.

마당 평상 위에 여러 개의 술병이 널브러져 있는 것으로 보아 이미 술을 많이 마신 듯했다.

세 사람 모두 기골이 장대해 힘깨나 쓸 것처럼 보였다.

그중 나이가 어려 보이는 자가 말했다.

"내 비록 개망나니로 살지만, 형님처럼 팔자 한탄만 하며 난리를 피해 첩첩산중으로 숨어들지는 않을 것이오. 살아서 인걸人傑은 되지 못하더라도 죽어서는 마땅히 영웅 같은 귀신이 되어야 하지 않겠습니까."

턱수염이 바싹 마른 싸리나무 줄기 같은 사람이 주먹으로 술상을 탁

내리쳤다.

상 위에 쏟아져 있던 술이 튀어 올랐다.

"그럼, 목숨 내놓고 의병이라도 하면 영웅이 된다는 말인가?"

"그렇게 안 될 것도 없지 않수."

"나도 나라의 은혜가 무엇인지는 모르지만, 사내로 태어나 허구한 날 술이나 퍼마시고 저잣거리 왈패로 살 바에는 죽더라도 왜놈과 싸우다 죽었다는 이야기를 들으면 그리 나쁘지 않을 것입니더."

"형님, 작개 말이 맞습니더. 나도 의병에 나가 공을 세워 떳떳하게 머리 들고 한번 살아봤으면 좋겠소."

"바우야, 그 모르는 소리 마라. 우리 같은 사람이 전장에서 왜놈 수십 명을 죽였다고 해서 양반들이나 나라에서 알아주기나 할까? 그 공은 모두 그들이 가져갈 텐데."

"흠, 으흠!"

홍한이 기침 소리와 함께 부엌을 향해 말을 던졌다.

"주모, 여기도 술 한 사발 주시오."

세 사람의 시선이 홍한에게로 쏠렸다.

갑자기 칼을 차고 나타난 홍한을 보고 이게 무슨 일인가 싶어 놀란 기색이 역력했다.

홍한이 세 사람의 시선을 피하며 평상 한쪽에 걸터앉았다.

부엌에서 나온 주모가 홍한의 아래위를 살피더니 의심스러운 듯 말했다.

"이 근방 사람은 아니고 어디서 오셨습니꺼?"

"그냥 지나가는 사람이네. 술이나 한잔 주시게."

"예, 나으리."

조금 전까지만 해도 목청을 높이던 세 사람은 말을 멈춘 채 홍한을 곁눈으로 살피고 있었다.

"뭘 그렇게들 보나. 내게 티끌이라도 묻었소?"

"아~ 아닙니더."

"이보게들, 내 잠시 듣자니 의병을 한다고 했소? 그렇다면 이참에 나와 함께 큰일 한번 해보지 않겠소? 바닷물이 쓸려나간 뒤 다시 밀려오듯이 이 전란이 끝나고 나면 새로운 일이 일어날 것도 같은데."

홍한의 낮고도 위엄 서린 말에 장정들이 귀를 세웠다.

"큰일과 새로운 일이라고 했습니꺼?"

"그렇소, 큰일은 왜적을 토멸하는 것이고, 새로운 일이란 백성이 하늘이 되고 사람 위에 사람 없는 세상 말이오."

"거, 가당치도 않은 말 마이소. 시상이 확 뒤집히면 모를까…"

"나으리, 여기 술상 봐 왔습니더."

상을 내민 주모가 장정들을 향해 무슨 말을 하려다 말고 부엌으로 들어갔다.

홍한이 술잔을 채워 들이킨 후 말을 이었다.

"세 사람은 이름이 어떻게 되오?"

제일 연장자로 보이는 듯한 사람이 입술을 옷소매로 쓱 문지르더니 대답했다.

"예, 지는 천막달이라고 합죠. 열두 달의 끝달에 태어났다고 해서 지은 이름입니더."

"소인은 작개라고 하구요. 여기는 호랑이라도 때려잡을 수 있을 만큼 힘이 센 바우이구요."

"성姓은?"

"무지렁이 같은 우리가 무슨 성이 있겠습니까?"

"알겠소."

홍한이 더 이상 묻지 않고 그간의 의병 상황을 이야기하니 모두 고개를 끄덕이며 관심을 보였다.

셋 다 잘만 다듬으면 훌륭한 재목으로 쓸 수 있을 것 같았다.

"그럼, 의병에 들어가겠다면 집에는 알리고 가야 하지 않겠소?"

"나으리, 저 성님 식구들은 모두 피난 갔고 우리는 건사할 사람도 없으니 그냥 가도 됩니다."

"그런가? 그럼 가세."

시끄럽던 술자리가 조용해지자 부엌의 주모가 무슨 일인가 싶어 얼굴을 빼꼼히 내밀고 밖을 내다보고 있었다.

작개가 주모와 눈을 맞추며 말했다.

"주모, 우리 가네. 시절이 좋으면 또 보세."

"그러지요. 맛난 술 담가놓고 기다릴 테니 생각나면 언제든지 오소."

"고맙소."

홍한이 엽전 몇 냥을 술상 위에 놓았다.

"내가 말한 김면 대감이시네. 인사들 올리시게."

"예, 나으리."

세 사람이 허리를 숙이자 홍한이 함께 오게 된 연유를 김면에게 설명했다.

"모두 잘 왔네. 성과 이름은 무엇인가?"

천막달이 대답했다.

"예, 지는 천막달이고 여기는 작개와 바우입니다."

"알겠네. 큰 뜻에는 강한 의지가 필요한데, 그렇게 할 수 있겠나?"

"예, 대감. 의병에 들어온 이상 목숨이라도 내놓겠습니다."

"고맙네. 우리 모두 왜적에게 붙잡혀 비참한 삶을 살거나, 덫에 걸려 옴짝달싹 못 하고 죽음을 맞는 여우가 되서야 되겠는가? 이제 같은 길을 걷고 한솥밥을 먹는 식구가 되었으니 왜적 토멸에 힘써주길 바라네."

"예, 대감."

세 사람은 천하다고 생각하는 자신들에게 하대하지 않는 김면의 말에 눈물과 겸연쩍은 표정을 지으며 다시 한번 고개를 숙였다.

거창은 가야산 좌측과 지리산 북측 사이에 있는 고을로 동으로는 합천·고령, 남으로는 산청, 서로는 함양과 접하고 북쪽은 무주·김천과 경계를 이루며 덕유산 등 해발 고도 1천 m가 넘는 산들이 병풍처럼 서 있고 서남쪽으로는 월봉산 등이 솟아 있다.

특히 거창의 진산으로 불리는 우두산 아래의 가조 분지 논밭에서 거둬들이는 곡식이 적지 않아 그런대로 살아갈 만했다.

그러나 산세가 험하고 골이 깊어 외부와의 왕래는 쉽지 않은 이곳도 전란을 피해갈 수는 없었다.

얼마 전 정탐을 하는 왜군들이 밤낮없이 드나들며 사람을 죽였다는 이야기가 잇따라 해가 떨어져도 등불을 켜지 못했다.

이럴 즈음 왜군 제3군 수장 흑전장정이 전라도로 들어가려고 산 너머 금산(김천)에 와 있다는 소문을 들은 군민들의 불안감은 커져만 갔다.

이에 뜻있는 몇몇 재지 사족이 절의節義와 충성스러운 의지로 의병과 군량을 모으고 있었다.

김면이 해거름 때 거창에 도착하니 재지 사족인 문위文緯(1554~1631), 곽준郭䞭(1550~1597), 박성朴惺(1549~1606), 윤경남尹景男(1556~1614), 류중룡柳仲龍(1558~1635), 정유명鄭惟明(1539~1596), 성팽년成彭年(1540~1594), 변혼卞渾(1559~1626), 정용鄭庸(1539~1593), 유명개劉名蓋(1548~1597), 전팔고全八顧(1540~1612) 등 10여 명이 김회의 이야기를 듣고 마중을 나와 있었다.

이들 모두 남명 조식의 실천적 학풍을 계승한 학자들로 서로의 마음을 잘 알고 있었다. 그리고 김면과는 오래전부터 향사례鄕射禮와 칠동정사七洞精舍 향음례鄕飮禮 등을 통해 끈끈한 유대관계를 쌓아오고 있었다.

뜻을 함께하는 선비들이 한자리에 모였다.

김면이 먼저 말했다.

"모두 반갑습니다. 무고하시지요?"

이 중 가장 연장자로 보이는 사람이 김면에게 다가와 말했다.

"대감, 정용이라고 합니다. 처음 뵙습니다."

"김면이라고 합니다. 이렇게 환대해주셔서 고맙습니다."

"아닙니다. 이 난국에 몸을 내던져 나서시니 저희가 되레 감격할 따름입니다."

정용은 김면보다 두 살이 많은데, 무예가 출중하고 병법에도 통달해 주위에서 언젠가는 틀림없이 나라에 큰 공을 세울 것이라며 기대가 컸다.

또 천품天稟이 훌륭하고 기개가 꿋꿋함은 물론 덕행이 높고 학문도 남달랐다.

제2차 진주성 전투 때 최경회의 휘하로 들어가 "이 자리가 내가 죽을 곳이다"라며 분전하다가 성이 함락되자 남강에 몸을 던져 순절했다.

정용이 긴 수염을 쓰다듬으며 말했다.

"대감, 내 비록 늙었으나 나라가 위급하고 어지러운 때를 당한 처지에 어찌 물러나 있겠습니까? 죽음을 불사하고 앞장서겠습니다."

정용의 의기에 김면이 목에 힘을 주어 말했다.

"그렇습니다. 오래전 남명 선생이 말한 것처럼 선善을 행하는 것은 높은 산을 오르는 만큼 어렵지만, 우리 함께 왜적을 몰아내고 백성을 지켜냅시다. 모두 들어서 잘 아시겠지만, 적변이 소문 이상으로 심각합니다. 여기 편안히 앉아 강토가 짓밟히는 걸 지켜볼 수만은 없는 일이 아니겠소."

문위가 말을 받았다.

"우리가 비록 보잘것없지만, 적은 병력이라도 합세하면 큰 힘이 될 것입니다. 대감께서 앞장서 이끌어주시면 어떻겠습니까?"

"제가요?"

김면이 난감한 표정을 지었다.

문위는 이때 서른아홉 살이었는데, 그의 스승이며 통천 군수로 가 있던 한강 정구의 연락을 받고 의병을 모으고 있었다. 성품은 어질고 후덕했으며 전란 후 사헌부 감찰과 고령 현감 등을 역임하고 전란을 일기 형식으로 기록한《모계집茅谿集》을 남겼다.

전장에서 군사를 지휘하려면 우선 병법을 알아야 하고, 의병을 규합하자면 무엇보다 명망이 있어야 했다.

곽준이 문위의 말에 덧붙여 말했다.

"전쟁에서 승리하려면 여러 가지를 갖추어야 하는데, 그중 몇 가지를 보면 장수의 도덕성과 충성, 인화, 천시, 지리, 치우침 없는 상벌賞罰, 강한 병사입니다. 이 중 가장 중요한 것이 장수의 도道인데, 여기 모인 모두 명성과 인망이 실로 가볍지 않으나 대감만큼이나 하겠습니까? 또 의병 모집과 군세 확장을 위해서라도 명망 있는 분이 통솔해야 할 것입니다."

곽준은 현풍 출신으로 자질이 밝고 순수했으며, 효와 우애가 지극해 칭송이 자자했다. 김면이 순절한 이듬해 안음 현감에 임명되었고, 정유재란 때 함양 황석산성에서 7개 군현 7천여 군민과 함께 왜장 가등청정 등이 이끄는 7만여 명과 닷새 동안 치열한 전투 중 두 아들과 식솔들이 살아남을 계책을 청하자 곽준은 죽음을 예감한 듯 "이곳이 내가 죽을 곳인데, 무슨 계책을 세운단 말인가?"라며 끝까지 싸우다 순절했다.

김면보다 두 살 연장인 정유명이 입을 뗐다.

> "어떻게 이 왜적들을 우리 임금에게 보낸단 말입니까? 맹세코 왜적과 같이 살 수 없습니다. 하인 10명이 주인을 따르는 것은 주인을 두려워함도 있지만, 무엇보다 믿음이 있기 때문입니다. 해서 송암 선생을 대장군으로 추대하여 적을 토멸합시다."
>
> – 亂中雜錄(난중잡록)

정유명은 초계 사람으로 진사시進士試에 입격했으나, 노모 봉양을 위해 조정에 나아가지 않고 고향에서 성리학적 삶을 위해 성경誠敬에 정진했다. 스스로는 물론 후학을 가르침에서도 '스스로를 속이지 말 것'과 '혼자 있을 때 삼간다'라는 것을 잊지 않았다.

김면이 부담스러운 표정을 지으며 말했다.

"여러분의 말씀이 저를 지나칠 정도로 추켜세웠구려. 잘 아시다시피 산림의 선비인 제가 무슨 특별한 재주가 있겠습니까마는 모두의 뜻이 정 그러하시다면 제가 비록 병약하고 많이 부족하지만, 나라와 백성을 위해 한목숨 내놓는 것도 그리 나쁘지만은 않을 것이라 생각하오. 그리고 저는 여러분과 운명을 같이할 것이오. 살아남으면 남는 대로, 또 죽으면 죽는 대로…. 다른 의견이 있으시면 말씀들 해보시지요."

김면의 솔직하면서도 깊은 뜻이 담긴 말이었다.

잠시 침묵이 흘렀다.

지난해 무과에 급제했으나 벼슬에 나아가지 않고 고향에서 무예를 연마하며 지내던 변혼이 말했다.

"저도 대감과 함께 이 한목숨 걸겠습니다. 왜적이 이 땅을 짓밟고 있는데 가만히 앉아 한탄만 하며 지켜볼 수만은 없지 않겠습니까?"

변혼은 의지가 굳고 용기가 있었으며 언행은 꾸밈이 없었다. 전란 후 그 공으로 거제 현령과 삭주 부사 등을 지냈다.

김면이 옷매무새를 다듬으며 말했다.

"모두 고맙소이다. 오늘 회맹會盟은 바위가 물에 뜨고 소금쟁이가 물에 가라앉는 일이 있더라도 저 흉악무도한 왜놈에게 굴하지 않음은 물론이고 혹시 제가 잘못된 길로 들어서면 질책을 아끼지 말길 바라오. 모두의 염원이 담긴 의병장 추대를 받아들이겠소."

곽준 등 모두가 김면에게 감사의 예를 표하고 제단을 만들었다.

김면이 먼저 향을 피우고 하늘에 고告했다.

"임금이 욕되면 신하는 마땅히 죽어야 하는 법입니다. 수백 년을 이어온 종묘사직이 왜적에게 넘어가도록 보고만 있을 수 없어 곡괭이와 쇠스랑을 들고 일어선 이 백성들의 충정을 천지신명께서는 부디 저버리지 마시고 반드시 지켜야 할 나라를 만들 수 있도록 도와주소서…."

김면의 고유告由가 끝나자 모두 임금이 있는 북쪽을 향해 세 번 절했다.

이어 변치 않을 신의를 다짐하고 의義, 충忠, 영令 세 글자를 새긴 창의의 깃발을 함성과 함께 하늘 높이 들어 올렸다.

지혜와 용력을 지닌 자 모두 일어나라

세상이 어지러울 땐 누군가 홀연히 나타나 역사를 다시 쓴다

거창 가북면 용산에 군영을 설치한 김면은 곽준, 문위, 윤경남, 박정번, 류중룡을 참모장으로, 선봉장 변혼, 김홍한, 복병장 이형, 돌격장 정용, 조군 김회, 김연, 군량을 담당하는 수속관에는 박성 등을 임명했다.

문위가 김면에게 말했다.

"대감, 오늘 이 자리가 다른 연유로 생겼으면 더할 나위 없이 좋았겠지만, 이 또한 큰 의미가 있는 것이라 의지를 모은다는 생각에 술상을 준비하라고 일러놨으니 못다 한 이야기는 자리를 옮겨 나누시는 게 어떻겠습니까?"

"좋습니다. 허허! 자, 모두 갑시다."

참모와 부장들이 술상 앞에 앉았다.

술잔이 한 순배 돌자 김면이 먼저 입을 뗐다.

"오늘 여러분이 맡은 역할은 실로 가볍지 않습니다. 부족한 것은 서로 채워주며 나아가야 할 것입니다. 기병 의지는 한곳으로 모였으나 전쟁은 의지로만 하는 것이 아님은 여러분도 잘 아실 것입니다. 해서 초모와 군량 확보를 위해 열읍列邑에 기병유사起兵有司(의병 모집 일을 맡은 사람)를 두어 그 역할을 분담하도록 할 생각입니다. 고을에서 덕망과 학식은 물론 용력과 지혜를 갖춘 분이 있으면 추천들 해주시오."

문위가 답했다.

"지당한 말씀입니다. 모두 평소 마음에 둔 사람을 이야기해보시오."

돌아가는 술잔과 함께 여섯 개 고을에서 수십 명의 이름이 나왔다.

박성이 말했다.

"면면을 들어보니 어느 한 사람도 훌륭하지 않은 사람이 없습니다. 대감, 이 정도에서 정리하는 게 어떨까 싶습니다."

"그렇게 합시다."

한 시진 가까이 논의한 결과 거명된 사람 중 10여 명을 추렸다.

> 안음安陰: 정유명鄭惟明, 성팽년成彭年
>
> 산음山陰: 오장吳長, 오현吳俔, 임응빙林應聘
>
> 함양咸陽: 노사상盧士尙, 노사예盧士豫, 박선朴選
>
> 단성丹城: 이로李魯, 김경근金景謹, 이유성李惟誠
>
> 삼가三嘉: 노흠盧欽, 이흘李屹, 박사재朴思齋
>
> 의령宜寧은 곽재우郭再祐, 이운기李雲紀 등이었다.
>
> - 松庵先生實錄(송암선생실록)

김면이 술잔을 들다 말고 말했다.

"모두 고맙소. 명단을 보니 든든합니다. 그리고 내 비록 글재주는 없으나 유사들에게 발통發通할 창의문倡義文은 제가 한번 써보도록 하지요."

류중룡이 밝은 표정으로 답했다.

"대감이 쓰신다니 기대가 됩니다. 허허!"

그날 밤 김면은 직접 격문을 썼다.

다음날 아침.

"칠성아, 지금 가서 김회와 김연을 불러오너라."

"예, 대감마님."

잠시 뒤 두 사람이 왔다.

"부르셨습니까? 대감."

"그래, 이것은 기병유사 명단과 인근 열읍에 보낼 통문이니 너희 둘이 직접 전하도록 하라."

김회가 봉투에서 편지를 꺼내 눈으로 읽었다.

문장은 힘이 넘쳤고 호소력이 있었다.

> "열읍의 선비와 백성들은 떨쳐 일어나 초모에 응하라. 의관衣冠을 갖추고 예禮를 익힌 몸, 어찌 치욕을 당할 수 있겠는가? 이처럼 어처구니없이 닥친 화禍는 개국 이래로 없었다. 육룡六龍이 서쪽으로 떠나고 칠묘七廟가 피난살이를 해야 하며 고을이 궤멸되고 백성들이 어육魚肉이 되는 모습을 차마 말로써 설명하기가 부족할 지경이다…. 거창에선 이미 900여 명이 기병하여 날로 늘어나는 성주星州와 초계草溪의 적을 토벌하려고 하지만, 모든 것이 열세라 앞날을 장담할 수 없다. 자칫 시간을 늦추어 기회를 잃으면 뒤에 도모하기 어려운 상황이 될 것이 분명하다. 원컨대 제군들은 이 기회를 잃지 않도록 해야 할 것이다. 보내주는 쇠붙이는 병장기가 되고 곡식은 만백성을 살리는 생명줄이 될 것이다. 그리하여 왜군을 물리친다면 그 공로는 천추에 길이 빛날 것이다."
>
> – 孤臺日錄(고대일록)

당시 조선의 인구는 700여만 명으로 양반이 70~80만 명, 노비는 300~400만 명쯤 되었다.

실제 군역을 부과할 수 있는 인구는 노비를 제외한 16세 이상 사족과 양인良人 등 대략 120만 명 정도였다.

군역 대상자들은 평상시에는 농사를 짓고 상업에 종사하는 양민이었으나 유사시에는 병조와 관찰사의 요청에 따라 군·현의 수령이 징집했다.

그러나 현실은 전혀 그렇지 못했다.

뇌물을 받고 군역에서 빼주거나 다른 사람을 매수하여 내보내는 일이 만연해 있었고 전·현직 관원들과 서원, 향교의 유생들은 면제시켜 사실상 사족들은 징발에서 제외되었다.

결국 전시에 동원 가능한 정군正軍은 대략 30만 명이나 극도로 문란해진 병역제도로 인해 숫자는 그저 장부에만 존재했다.

이런 상황에서 관직도 없는 향촌의 백면서생白面書生 김면이 의를 떨칠 선비들을 불러 모아 충의의 길로 들어서니 이에 감동한 재지 사족과 평민들이 붓과 괭이를 던지고 '의병'이라는 이름으로 다투어 모여들어 수일 만에 2천여 명으로 불어났다.

문무 관리들도 사방에서 "김면의 의병부대로 들어가 지도를 받겠다"라며 답신과 함께 마필, 무기, 식량 등을 보내왔다.

창의의 기운은 강풍 속 들불처럼 번져 나갔다.

김면은 의병 규모가 늘어난 만큼 훈련이 급선무인지라 얼마 전 함안에서 기병하여 합류한 최변을 훈련부장에 임명했다.

훈련은 밤낮없이 계속되었지만, 창검은 춤을 추었다. 또 열에 아홉은 활시위를 제대로 당기지 못했고 힘써 쏘았더라도 과녁을 빗나가기 일쑤였다.

김면이 훈련장을 찾아 최변에게 말했다.

"지금 한시가 급하기는 하지만, 다그친다고 갑자기 되지는 않을 것일세. 농사에 쓰는 힘과 창검과 활을 잡는 힘은 분명히 다를 것이니 기본부터 찬찬히 가르치고, 스스로 힘과 의지로 하도록 지도하게나. 내 잘은 모르지만, 활이란 것은 표적을 보고 숨을 고른 뒤 쏴야 제대로 맞힐 수 있지 않겠나? 그리고 병사는 인仁으로 대하면 의義로 답한다는 것을 잊지 마시오."

"예, 대감. 잘 알겠습니다."

의병 중에는 전호佃戶(지주의 땅을 빌려서 농사를 지은 후에 소작료를 내는 소작농)와 가노가 많았는데, 이들은 일상생활에서부터 강한 결속력을 지니고 있었다.

이로 인해 힘겨운 훈련을 서로 격려하며 억척스럽게 버텨내고 있었다.

창검과 활을 잡은 병사들은 손바닥과 손가락에 물집이 잡혀 터지고 피가 뱄다.

최변과 부장들이 찌르기, 베기, 막기, 돌려치기 등 다양한 창검술과 활쏘기 시범을 보이며 병사들을 독려했다.

"자, 내가 시범을 보일 터이니 잘 보시오. 그리고 모두를 최고의 병사로 만들어주겠소."

병사들의 시선이 최변에게 쏠렸다.

"상대를 공격하기 전에 제일 먼저 해야 할 일은 상대에 대한 불안감을 지워야 한다. 그렇지 않으면 검을 내밀기도 전에 진다. 그다음엔 내공, 즉 마음의 기를 칼끝에 모으고 시선은 상대의 눈을 향해라. 이 모두는 순식간에 이뤄져야 함은 두말할 나위도 없다."

"하합!"

우렁찬 기합과 두 발이 미끄러지듯 나아감과 동시에 칼은 직도양단의 기세로 허공을 베었다.

순간 칼에서 푸른빛이 섬전閃電처럼 번쩍였다.

"와아!"

병사들이 놀라움과 감탄을 연발했다.

최변이 호흡을 한번 가다듬더니 칼을 천천히 내렸다.

"이번엔 활쏘기다. 비정비팔非丁非八! 그러니까 활을 쏠 때 이렇게 양발을 정丁 자도 팔八 자도 아닌 각도로 벌리고 숨을 들이마신 후 잠시 멈춘다. 힘이 들어도 팔이 한쪽으로 돌아가면 안 되느니라. 그리고 화살촉의 끝을 과녁에 맞힌 후 쏴야 한다."

시범을 보인 최변이 병사들의 자세를 일일이 잡아주며 말했다.

"죽고 사는 것은 순간이다. 칼을 들 때도 활을 쏠 때도 항상 집중해야 한다. 오늘 흘리는 이 땀 한 방울이 전장의 피 한 방울과 같음을 절대 잊어서는 안 될 것이야."

"예, 장군."

체계적인 훈련 덕분에 사흘이 지나면서 성과가 보이고 기강도 세워지기 시작했다.

김면이 참모장 회의를 소집했다.

"군사들의 병장기 다루는 것이 조금씩 나아지고 있다니 그나마 다행이 아니겠습니까. 훈련에 부족함이 없도록 모두 힘써주길 바라오. 그리고 잘 아시다시피 왜군은 지금 고령 낙동강 여러 나루터에 진을 치고 호남으로 들어가려 하고 있소. 진주의 머리 격인 이곳 거창이 뚫리면 주변 10여 개 고을도 순식간에 적의 수중에 떨어질 게 분명하오. 하여 우리가 먼저 적을 공격하거나 이곳에서 오는 적을 막는 두 가지 방법이 있는데, 어느 것이 좋을지 말해보시오."

곽준이 말했다.

"적이 갑자기 들이치면 우리가 불리할 수밖에 없습니다. 척후병을 세우고 정예병 200명씩 성주와 고령, 거창 요소요소에 배치하여 적의 시선을 분산시키고 본대는 적의 심장인 본대를 기습 공격하는 게 좋을 듯합니다."

"다른 의견은 없소?"

잠시 침묵이 흘렀다.

선봉장 김홍한이 덧붙였다.

"곽 참모장의 말씀대로 지금 왜군의 규모와 전투력으로 봐서 우리에게 절대적으로 불리합니다. 해서 정면 대결보다 유격전으로 적에게 타격을 주며 우리의 전투력을 배가하는 게 좋을 듯합니다."

"곽 참모장과 김 장군의 의견에 동의합니다."

류중룡과 문위, 윤경남이 한목소리로 답했다.

김면이 말했다.

"좋소, 우리의 군세가 확장될 때까지는 유격 전술을 펴기로 합시다. 그러면 우선 최전선이라 할 수 있는 무계茂溪와 개산포開山浦에는 누구를 보내는 게 좋겠소? 선봉에 선 장수가 산을 만나면 길을 내고 물을 만나면 다리를 놓아야 하는 법. 누가 이 일을 맡겠는가?"

문위가 밝은 낯빛으로 말했다.

"무릇 장수란 강함과 부드러움을 알맞게 조화시킬 줄 알아야 하는데, 그 적임자가 있습니다. 문무를 겸비하고 그곳 지리에 밝은 박정번 부장과 김홍한 부장이라면 충분히 감당해낼 수 있으리라 봅니다."

"박 부장과 김 부장은 용력이 있고 지략이 뛰어나니 그렇게 하시는 게 좋겠습니다."

참모들도 의견을 하나로 모았다.

김면이 박정번과 김홍한에게 말했다.

"장수가 된 자는 일 처리에 있어 모름지기 고집과 아집, 편견을 버리고 균형 잡힌 이성으로 판단해야 하는데, 참모들의 의견에 두 사람은 어떻게 생각하십니까?"

먼저 박정번이 대답했다.

"제가 이같이 큰일을 감당해낼 재주는 없으나 나라를 위해 이로운 것과 해로운 것을 판단할 줄 아니 맡겨만 주시면 몸과 마음을 다해 싸우겠습니다."

김홍한 역시 "목숨을 바쳐 맡겨진 일을 피하지 않겠습니다"라며 고개를 숙였다.

"고맙네. 무계와 개산포는 두 사람도 잘 알다시피 북상하는 왜군이 물자를 집결하고 세력을 확장하는 거점으로 이곳을 분쇄하지 못하면 경상우도와 호남이 적의 수중에 떨어지는 것은 시간문제일 터. 반드시 사수해야 한다는 걸 명심하고 만에 하나 적과 마주치더라도 우리의 군세가 열세이니 정면 교전보다 유격전으로 적을 교란시키고 주둔지를 절대 노출해서는 안 될 것이야. 그리고 무계 마을 뒷산과 개산포 대장산大丈山에 석축을 쌓아야 할 걸세. 어려움이 많겠지만, 그곳은 향후 우리 의병들의 전초기지 역할을 할 곳이니 마음과 힘을 다해주길 바라네."

"예, 대감. 명심하겠습니다."

한 시진 뒤 김홍한과 박정번이 장졸들의 환송 속에 군사 300명씩을 거느리고 출발했다.

기병 후 첫 단독 출전에 불안감이 없지 않았으나 사기는 높았다.

* * *

다음날 중화 무렵 대소헌 조종도趙宗道(1537~1597)가 100여 명의 의병을 거느리고 찾아왔다.

"대감, 오랜만에 뵙습니다. 그런데 이곳까지 어인 일이십니까?"

"송암이 기병하여 거창으로 갔다는 소식을 듣고 온 게지요."

"참으로 잘 오셨습니다."

손을 맞잡은 두 사람은 최상의 예의를 갖춰 인사를 나누었다.

"고생이 많구려, 송암. 그리고 곽준 자네도."

곽준이 고개를 숙여 예를 표했다.

"예, 대감. 강녕하시지요?"

"그렇네. 내가 작은 일이라도 보탬이 될까 싶어 왔네. 천지를 뒤흔드는 이 난리에 나라의 녹을 먹었던 자가 가만히 누워 지낼 수 있나. 내 나이 이제 회갑回甲을 바라보지만, 적과 싸우다 죽는들 무슨 한이 되겠나?"

"역시 대감이십니다. 큰 힘이 되고도 남을 것입니다."

"그리고 송암, 이걸 한번 보시게."

조종도가 소매 안에서 편지로 보이는 것을 꺼내 김면에게 건넸다.

"이게 무엇입니까?"

"읽어보시게. 안음 일대에 나도는 통문일세. 누가 쓴 것인지는 모르나."

통문 내용은 이랬다.

> "이 나라를 짓밟고 있는 왜적을 죽여야 한다는 온 백성의 뜻을 알기에 다시 언급할 필요는 없습니다. 신민臣民의 의리에 따라 한 번 일어나려는 생각을 가졌지만, 빈주먹에 힘이 부족하여 탄식만 하며 지낸 지 수일이 지났습니다. 다행히도 고령의 김송암金松庵이 거창에서 재지 사족과 백성들을 불러 모아 일어선 이때가 힘을 모을 수 있는 가장 적절한 때입니다. 생각하건대 여러분이 송암의 질문에 한목소리로 메아리처럼 답한다면, 그 감격은 태산을 넘고 바다를 건너고도 남을 것입니다. 적을 토멸할 방략方略이 어렵다면, 송암의 진영에 들어가 가르침을 받는 것이 어떻겠습니까? 각자 손에 침을 뱉고 떨쳐 일어나 훗날의 후회를 남기지 말아야 할 것입니다."

편지를 다 읽은 김면이 밝은 표정으로 말했다.

"모두가 이렇게 한마음이니 빛이 보입니다. 허니 반드시 왜적을 몰아내고 나라와 백성을 살려야지요."

조종도는 함안 출신으로 김면보다 네 살이 많았다. 한때 조식 문하에서 수학했는데, 높은 학식과 더불어 민본民本을 중시하고 실천했다.

그의 자호 '크게 웃는다'라는 뜻의 대소헌大笑軒처럼 호방함과 지조가 굳센 전형적인 내유외강형 인물이다.

이때 조종도는 3년 전 정여립鄭汝立의 역모逆謀 혐의에 선비 1천여 명이 죽임을 당한 기축옥사에 연루돼 옥고를 치르다 풀려나 고향에서 소일하고 있었다.

임진년 이후에는 단성 현감에 이어 함양 군수직을 제수받아 소임을 다하다 지병으로 정유재란(1597년) 한 달 전에 사임했으나 후임자 임명이 늦어져 떠나지 못하고 있다가 황석산성 전투에서 "형세가 이미 기울었으니 죽을 따름이다"라며 곽준, 유명개와 함께 장렬히 전사했다.

오늘 만남은 다섯 해 전 조종도가 김면의 송암정사에서 여러 날을 숙식하며 학문을 논한 이후 처음이었다.

두 사람은 한 시진 이상이나 전란의 형세와 왜군을 쳐부술 방책을 놓고 이야기를 나눴다.

김면이 참모들과 논의해 조종도에게 조군調軍을 맡아달라고 부탁하니 흔쾌히 수락했다.

김면을 대면하고 나온 조종도가 측근들에게 말했다.

"송암을 다시 만나고 보니 품성이 편안하고 그 기백 또한 뭇사람과 다르니 우리가 이 사람을 믿지 않고 그 누구를 믿겠나? 나라가 위태로움에 처했을 때 죽음을 근심하지 않는 것이 정貞의 큰 것이다. 부모가 병중에 있다 하여 죽기만 기다리며 약을 쓰지 않거나, 대세가 이미 기울어졌다고 천명天命만 믿고 회복되기만을 기다릴 것인가? … 선비가 일반 백성들보다 빼어나다고 말하는 것은 의義과 이利를 분간할 줄 알기 때문이다. 나 역시 죽음을 싫어하지만 피하지 않을 것이며, 오랑캐에 굴복하여 욕됨을 자초하지 않을 것이다. 하여 나는 오늘 이후로 송암과 생사고락을 함께할 것이다."

조종도의 말을 들은 측근들이 이구동성으로 답했다.

"김면 대감은 소문으로 익히 들은 명성 그대로입니다. 소인들도 분골쇄신하겠습니다"라며 김면 부대에 합류했다.

'합천의 호랑이' 정인홍과 의기를 투합하다

무능한 통치자는 나라를 망가뜨리고 백성을 죽인다

무더위가 본격적으로 시작된다는 소서小暑인 5월 중순.

바람은 한곳에 머물지 않고 꽃봉오리 터지는 소리를 실어 날랐다.

김면은 이른 조반을 마치고 곽준과 함께 내암 정인홍鄭仁弘(1536~1623)을 만나러 합천 남사촌(가야면 소재)을 향해 길을 나섰다.

들녘에는 노란빛으로 여물어가는 보리가 바람에 일렁거렸다.

이곳은 아직 왜군이 침범하지 않아 그나마 보리 이삭이 남아있었다.

"대감마님, 양전에도 여기처럼 보리가 남아있겠습니꺼?"

"그곳은 한량閑良이 기방妓房(기생이 거처하며 술과 유흥을 제공하는 집)을 드나들듯, 쥐가 뒤지(곡식을 보관하는 창고)를 드나들듯 왜군이 출몰하니 그 무엇 하나 남아있는 게 있겠나?"

사실이 그랬다.

군량이 부족한 왜군들은 채 여물지도 않은 보리를 베어가는 것도 모자라 관아와 민가를 뒤져 양식과 제기, 사발 등을 약탈한 뒤에는 불을 질렀다.

또 남녀노소를 안 가리고 끌고 가거나 반항하면 그 자리에서 죽이는 등 그 잔혹함도 말로 다 하지 못할 지경이었다.

말고삐를 잡은 칠성이가 이마의 땀을 훔치며 말했다.

"대감마님, 합천으로 가는 길에 안음의 안방마님을 한번 뵙고 오시는 게 어떻겠습니꺼?"

"무슨 소리냐? 지금은 전란 중이니 한시가 급하다. 사사로이 움직일 수 없느니라."

칠성이는 연화와 헤어진 지 채 한 달도 안 지났는데, 무척이나 보고 싶었던 것이다.

칠성이의 속내를 알아차린 김면이 말했다.

"연화가 많이 보고 싶은 게로구나. 잘 지내고 있을 테니 염려 말거라."

"예에, 그런데 그것이 아닙니더."

"이러다간 늦겠다. 합천에 갔다가 돌아가는 길에 해인사 소암대사도 만나야 하니 어서 가자."

"예, 대감마님."

머리를 긁적이며 길가의 돌멩이를 툭툭 차며 느린 걸음을 하는 칠성이의 얼굴에 아쉬운 표정이 역력했다.

칠성이의 못마땅한 표정을 읽은 곽준이 한마디 거들었다.

"대감, 칠성이가 심통이 난 것 같습니다. 허허!"

"그러게 말이네."

정인홍의 거처 남사촌.

산자락 밑 집 뒤에 소나무가 빽빽이 들어서 있고, 소학당小學堂 담장 옆에 큰 바위와 아름드리 회나무가 우뚝 서 있어 집주인의 기품을 대변해주는 듯했다.

삐거덕!

대문이 덜컹거리며 열렸다.

"어서 오십시오, 송암."

내암이 옥수수 암꽃 같은 수염을 내리 쓰다듬으며 대청마루를 내려와 반겼다.

"송암, 이게 정말 얼마 만입니까? 거창으로 의병진을 옮겼다는 이야기는 듣고 있습니다."

"예, 그렇습니다. 그간 강녕하신지요?"

정인홍이 밝은 표정을 지으며 답했다.

"보시다시피 송암의 염려 덕분에 잘 지내고 있습니다. 그리고 의병진을 옮긴 일은 잘하신 일이라 생각합니다. 고령은 소읍이기도 하지만, 적을 머리에 두고 있는 격이라 병력 운용에 제약이 없을 수 없으니…"

김면이 자세를 고쳐 잡으며 말했다.

"대감, 이 두 분은 현풍인 곽준 참모와 밀양인 박성 참모입니다."

"그렇습니까? 정말 반갑습니다."

정인홍도 참모로 동석한 진주인 하혼河渾(1548~1629)과 안동인 권양權瀁(1555~1618)을 소개해 서로 인사를 나눴다.

김면보다 다섯 살이 많은 정인홍은 합천 상왕산 아래 남사촌에서 태어났다. 호는 내암來庵으로 유년 때부터 남명 조식에게 글을 배워 지조가 있고 그 영특함이 남달랐다.

스승 조식이 세상을 떠나자 정인홍은 서른아홉 살에 조정의 부름을 받아 사헌부 장령(정4품) 등을 역임하며 남명학파의 상징적 인물로 불리었다.

정인홍은 성품이 꼿꼿하기로 유명했다.

한 가지 사례를 보면 서른 살이 된 어느 여름날, 한강 정구와 함께 퇴계 이황을 찾아갔다.

날씨가 너무 더워 한강은 도포와 갓을 벗고 우물가에서 몸을 씻는데, 정인홍은 방안에 앉아 조금도 흐트러진 모습을 보이지 않아 퇴계를 어리둥절하게 했다는 것이다.

또 정인홍이 장령 벼슬에 있을 때 사관史官은

"정인홍이 사람들과 논의할 때는 칼로 끊은 듯이 하고 의롭지 못한 행실이 있을 땐 비록 고관대작이라 하더라도 마치 노예처럼 비루하게 여기고 원수처럼 대했다. 융통성이 부족하고 타협을 모르는 강직한 기질로 인해 심약한 사람은 감히 쳐다보지도 못했고 조정 관료들이 가까이하기를 두려워했다. 하지만 의를 숭상하고 사邪를 미워하는 마음은 시종 흔들리지 않았다"라며 굳센 절조를 높이 평가했다. 이에 반해 율곡 이이는 "정인홍은 청렴강직한 면은 있으나 도량이 좁아 처사가 조급하고 떠들썩함을 면하지 못한다"라고 평했다.

– 宣祖實錄(선조실록)

북인의 정치적·학문적 중심인물인 정인홍은 왜란이 발발하기 전 마흔여덟 살에 모친이 세상을 떠나자 고향으로 돌아온 후 한동안 벼슬길에 나가지 않았다. 임란 후 대사헌과 영의정에 올라 기개氣槪를 보였는데, 낙향하여 여든여덟 살이 되던 해 인조반정(1623년 서인 세력이 광해군을 폐위시키고 인조를 왕위에 앉힌 사건)에 엮여 참형을 당하자 일부 정적政敵들이 부정적인 인물로 깎아내렸다.

역사는 승자의 것임을 보여주는 대목이다.

모두가 대청마루에 자리를 잡자 술상이 들어왔다.

"이거 동동주인데, 대접이 변변찮습니다."

"별말씀을요."

정인홍이 도포 소매를 걷어 올리며 술잔을 채웠다.

술잔에 연한 황금빛을 띠는 밥알이 둥둥 떠 있었다.

술안주는 문어 숙회와 백김치, 윤기가 도는 도라지무침이었다.

김면이 받은 술잔을 입에 대었다 놓으며 말했다.

"조금 쌉쌀하지만, 감칠맛이 나는 게 술 빚는 솜씨가 보통이 아닌 것 같습니다."

"그렇습니까? 허허!"

모두의 술잔이 한 순배 돌았다.

김면이 다시 말을 이었다.

"영감, 지금 기병은 했지만, 군량 조달이 큰 문제입니다. 관의 창고는 비어 있어 향후 군사를 유지하는 데 큰 애로가 될 듯합니다."

정인홍이 깊은 한숨을 내쉬며 말을 받았다.

"그렇겠지요. 들리는 이야기로 지금 조정은 불타는 처마 밑의 제비나 참새와 다를 바 없는 것 같습니다. 이런 지경에 수령과 아전들은 양식을 요리조리 빼돌려 관직을 사는 등 비리까지 더하니 민심 이반離反이 어찌 없을 수 있겠습니까? 관인官人은 모름지기 백성의 마음을 얻어야 영令이 설 텐데…. 이미 그 기회를 잃어버렸으니 후회한들 무슨 소용이 있겠습니까? 그리고 얼마 전 밀양 부사 박진의 패전 소식을 듣고 초계로 도망 온 경상우감사(순찰사) 김수金睟(1547~1615)를 만나 왜군 토멸 계책을 말했지만, 감사는 말을 돌리며 전혀 수긍하지 않았습니다. 그리고 이 전쟁은 장정과 어린애의 싸움이라고 하면서 의병들을 깎아내리고 자신이 피해 다니는 것을 합리화하기에 바빴습니다. 또 의령에서 기병한 곽재우를 한낱 촌부가 왜적의 실상도 모르고 날뛴다며 험한 말을 마구 내뱉지 않겠습니까. 그래서 내가 '감사의 말대로 적이 아무리 강하다고 해도 토멸을 독려하고 나서야 할 감사가 이렇게 숨어다녀도 정녕 되는 것입니까?'라고 했더니 답변은 하지 않고 쌍심지를 켠 눈으로 나를 노려보기만 하더이다. 죽어야 할 때 죽지 못하고 무슨 낯으로 돌아왔는지 한심할 뿐이오."

정인홍이 김수에 대한 적의를 내보이려는 듯 남명 조식이 물려준 경의검敬義劍으로 방바닥을 탁탁 쳤다.

김수는 문과에 급제한 후 20여 년간 관직 생활을 한 청렴한 실무관리였다. 9년 전 북방의 여진족이 침입하자 도순찰사 정언신鄭彦信의 종사관으로 종군한 경험도 있어 선조가 총애하며 왜란 발발 전 경상감사에 임명했다.

성품이 치밀한 김수는 지방 유생까지 동원하여 성벽을 보수하고 군비를 확충하는 등 혹시 모를 전란에 강도 높게 대비했으나 사족들로부터 신랄한 비판을 받았는데, 특히 곽재우와는 앙금이 깊게 쌓였다.

또 류성룡과 동년배였던 한 친구는 류성룡에게 서신을 보내 "우리 고을 앞에 정암진이 있는데 왜적이 어찌 강을 날아서 건너올 수 있겠으며 왜 쓸데없이 성을 쌓아 백성을 힘들게 하는가?"라며 축성을 대놓고 반대하고 이에 더해 농사철에 부역을 강제하자 백성들은 "곡성曲城(성을 밖으로 둘러 가려서 구부러지게 쌓은 성)을 높이 쌓은들 누가 지킬 것이며, 성은 성이 아니고 백성이 바로 성이다"라며 원성이 길에 가득했다.

김수는 선조가 몽진을 떠나기 전 변란의 책임이 자신에게 있다며 온 나라 백성이 궐기해 왜적에게 맞서라고 하자 병무兵務에 익숙하지 않은 문관 출신 전라도 순찰사 이광李洸, 충청도 순찰사 윤선각尹先覺과 함께 오합지졸이나 다름없는 민관군 5만여 명을 모아 '삼도근왕군三道勤王軍(임금의 친위부대 역할을 하는 군대)'이라고 쓴 깃발을 앞세우고 한양으로 가던 중 용인에서 왜의 수군장 협판안치脇坂安治(와키자카 야스하루)가 이끄는 불과 1,600명의 기습공격에 군사 대부분을 잃는 치욕적인 패전을 하고 함양에 내려와 있었다.

이때 난을 피해 산으로 숨었던 합천군수 전현룡田見龍이 평소 친분이 있는 김수를 찾아가 의령의 곽재우와 초계 건달 정대성을 도둑이라 말하며 두 사람을 죽여야 한다고 부추겼다. 이에 김수가 정대성을 체포하라는 영을 내려 얼마 후 정대성은 경상우병사 조대곤曺大坤에게 붙잡혀 목이 떨어지고 말았다.

김면이 말했다.

"그게 정녕 맞는 말씀입니까? 왜군 토멸에 목숨을 걸고 나아가야 할 감사가 미꾸리처럼 요리조리 피해 다니는 것도 모자라 의병을 대놓고 헐뜯으니 백성은 갈 곳을 잃고 관군은 지리멸렬되는 게 당연하지요. 적보다 더 무서운 게 비겁한 행동을 일삼는 일이 아니겠습니까? 망국의 간성干城이 따로 없습니다."

* * *

곽재우郭再祐(1552~1617)의 집안은 현풍지역의 명문가로 상당한 부호였다.

남명 조식 문하에서 수학하며 열여섯 살에 남명의 외손녀와 혼인했는데, 시원시원한 성격에 병법과 무예에도 일가견이 있었다.

서른네 살에 부친의 강요로 과거를 보고 급제했지만, 답안지에 쓴 '군주가 문약文弱하면 나라가 위태롭다…'라는 내용이 선조의 심기를 거슬리게 해 죄를 묻는다는 소문이 돌자 도망치듯 외가가 있는 의령으로 돌아와 제자들을 가르치며 마음의 상처를 씻고 있었다.

이후 마흔한 살 때 왜란이 일어나자 4월 22일 사재私財를 털어 의병을 일으켰다.

왜군이 쳐들어온 지 아흐레 만이었다.

출병 전 곽재우는 조상의 무덤 봉분을 파헤쳐 평장平葬(봉분을 만들지 않고 평평하게 매장)하고 석물들도 땅에 묻어 누구의 묘인지 모르게 했다.

이는 왜군이 조상의 시신을 꺼내 흉정할 가능성을 미리 차단하기 위함이었다.

곽재우의 이러한 의기에 비해 좋지 않은 소문이 돌았다.

곽재우가 가노와 나졸 등 300여 명을 앞세우고 의령과 초계 관아 창고를 수령의 허락 없이 열어 곡식과 잡물雜物을 자신을 따르는 무리와 양민들에게 나누어주는 등 도적질을 했다는 것이다.

이를 두고 관에서는 곽재우를 의병을 핑계로 흉계를 꾸미는 역적으로 몰아 처벌하려고 했지만, 2천여 명의 병사를 거느리고 있어 당장 어찌할 수 없었다. 그러나 의병들은 화가 자기에게 미칠 것을 우려해 슬슬 이탈했고, 급기야는 자식들이 곽재우의 무리에 들어가지 못하도록 단속하는 사람들이 늘어났다.

이로 인해 며칠 새 의병은 눈에 띄게 줄며 와해 직전에 이르렀다.

곽재우 자신도 언제 목이 떨어질지 몰라 지리산으로 몸을 피하려고 할 즈음 초유사 김성일이 편지를 보내와 충의를 의심치 않는다며 격려와 함께 조정에 장계를 올려 계속 의병을 지휘하게 했다.

이에 힘을 얻은 곽재우는 전란의 책임을 김수에게 돌리고 "마땅히 죄를 물어 척살해야 한다"라는 격문을 만들어 각처에 돌렸다.

이 소식을 들은 김수는 얼굴색이 파랗게 변하며 목숨을 부지하려 한밤에 함양으로 피하고, 전현룡은 고향인 개성으로 줄행랑을 쳐 죽마고우인 황해도 초토사(군사를 모집하고 적을 토멸하는 총지휘자) 이정암李廷馣의 수하로 들어갔다.

이후 김수와 곽재우는 서로를 헐뜯는 장계를 올리는 등 공존할 수 없는 지경에 이르렀다.

한참을 듣고 있던 김면의 표정이 어두워졌다.

> "정말 동난할 일입니다. 곽재우가 관아의 재물에 손을 댔다면 잘 따져 처리하면 될 것입니다. 선비는 오로지 충성을 다하는 마음을 떨칠 뿐이지요. 그리고 의병은 의로 일어났으니 마땅히 관군의 절제를 받아야 할 것이며, 삼가 민폐를 끼치지 말고 오직 의로 돌아가야 합니다. 그렇지 않으면 의병이 된 이유가 그 어디에 있겠습니까? 그리고 마땅히 힘써 싸워야 할 관리들이 왜적을 피하려고만 하니 백성의 안위는 어찌하려는지…. 관찰사의 유약한 행동은 조정에서 반드시 처치處置가 있지 않겠습니까?"
>
> – 松庵先生實錄(송암선생실록)

정인홍이 맞장구를 쳤다.

"그렇습니다. 송암의 말씀이 백번 지당하십니다."

"영감, 의를 저버린 저들을 깨우치기가 어디 쉽겠습니까? 많은 시간이 필요할 것이라 생각합니다. 어쩌면 마른하늘에 벼락 치는 것을 기다리는 게 더 빠를 수도 있겠지요."

김면이 일어섰다.

"영감, 또 뵙기로 하고 오늘은 이만 일어나겠습니다."

"그렇게 하시지요."

김면은 정인홍의 불편한 심기를 위로하고 왜적 토멸을 위한 의병 규합을 약속했다.

팔만대장경을 사수하라

떨어지는 나뭇잎은 바람을 원망하지 않는다

태양을 가린 뭉게구름이 작은 그늘을 만들며 가야산 칠불봉(1432m) 위를 느릿느릿 지나가고 있었다.

아스라이 보이는 뫼부리들은 언제나 의연하게 그 자리에 있었다.

말고삐를 잡은 칠성이가 말했다.

"대감마님, 저기 높은 산 이름이 무엇입니꺼?"

"그렇지, 너는 이곳이 첫걸음이라 모르겠구나. 조선 12대 명산 중 하나인 가야산인데, 삼재三災(旱災, 水災, 兵禍)가 들지 않는 영험한 산으로 널리 알려져 있단다."

"그렇게 영험한 산이라 해인사가 있는가 봅니더."

"그럴 수도 있겠지. 어서 가자."

길은 메말라 걸음을 옮길 때마다 하얀 흙먼지가 일었고, 등줄기의 끈적끈적한 땀이 겉옷까지 묵직하게 달라붙었다.

"대감마님, 땀이라도 씻고 가게 저기 냇물이라도 좀 떠올까요?"

"아니다. 조금만 더 가면 길옆에 바로 냇물이 있으니."

남사촌을 나온 지 한 식경이 채 안 돼 해인사 홍류동 초입에 도착했다.

산 중턱에 색이 바랜 두견화가 언뜻언뜻 보였다.

풀꾹, 풀꾹, 풀꾹!

풀꾹새가 연분홍빛을 잃어가는 두견화를 슬퍼하는지 슬픈 음조로 심산을 울렸다.

"대감마님, 이곳은 두견화가 아직도 지지 않고 있네요."

"그렇구나. 산이 깊어 기온이 낮으니 다른 곳보다 조금 늦게 피고 늦게 지는 것 같구나."

에메랄드빛 계곡물이 첩첩 바위를 휘돌아 내려오며 시원한 바람을 만들었다.

하얗게 때를 입고 누운 바윗돌에 부딪혀 튀어 오르는 물방울은 눈꽃 같았다.

바람은 또 붉은 소나무 사이로 내달리며 맑은 새소리를 발끝에 떨어뜨렸다.

신선이 산다는 선경仙境이 바로 여긴가 싶었다.

계곡을 끼고 나 있는 길은 헤엄치는 뱀처럼 굽어 10보 앞도 가늠하기 어려웠다.

그 어떠한 난리에도 몸을 숨겨 보전할 명당길지明堂吉地라 할 만했다.

반 시진 좀 더 되게 걸어 해인사 일주문 앞에 도착했다.

산사로 들어가는 첫 번째 산문山門이다.

'가야산 해인사'라고 쓴 편액이 눈에 들어왔다.

일주문은 양쪽에 하나씩 세워져 있는 기둥이 아슬아슬하게 지붕을 떠받치고 있었다.

위태로움 속에 소박한 아름다움이 산문의 격을 한층 더 높여주는 것 같았다.

칠성이가 고개를 들어 '해~인~사'라고 띄엄띄엄 읽더니 말했다.

"대감마님, 해인사의 해인海印이 무슨 뜻입니까?"

"해인이 무슨 뜻을 담고 있느냐고?"

"예에."

"내가 유자儒者라 그 뜻을 정확히는 모르지만, 해인은 화엄경의 해인삼매海印三昧라는 말에서 따온 것인데 먼저 화엄이라는 것은 깨달은 자의 눈에만 보이는 세상의 참모습, 그 눈에 보이는 세상을 말하고 해인삼매는 청정무구한 우리 본래의 마음을 나타내는 말로 부처처럼 깨달음의 경지에 오르면 일체의 것, 즉 과거와 현재, 미래의 모든 업을 볼 수 있다는 것을 의미한다는구나."

"소인은 들어도 무슨 말인지 모르겠습니더."

"허허! 그럴 것이야. 심오한 뜻이 담겼으니. … 그리고 이곳 해인사는 불교의 경전을 모아 정리한 팔만대장경이 모셔져 있는 법보사찰이란다."

햇빛이 나뭇가지 사이로 삐죽 고개를 내밀고 들어왔다.

"칠성아, 해인사라는 이름에는 또 이런 이야기가 전해오고 있단다."

"이야기해주이소. 대감마님."

"그래, 그러면 잠시 쉬었다 가자."

모두가 길옆에 바투 앉았다.

"저 해인의 海는 바다를 뜻하고 印은 도장을 뜻하는데, 왜 산중 절 이름에 바다 해 자를 썼는지 이상하지 않나?"

"그렇습니더. 이상합니더."

"그 옛날 가야산 골에 팔순이 넘은 노부부가 살고 있었다. 슬하膝下에 자식이 없는 부부는 화전火田을 일구며 하루하루를 적적하게 보내고 있었지.

그러던 어느 날 해가 질 무렵 강아지 한 마리가 사립문 밖에서 우는 소리가 들리지 않았겠나. 부부는 삼백스물엿새 내내 사람 발길이 거의 없는 이 산골에 웬 강아지일까 하며 나가봤더니 눈망울이 초롱초롱하고 예쁘게 생긴 강아지가 사립문 안으로 들어오려고 낑낑거리고 있어 집에 들여와 자식처럼 정성을 다해 보살폈지.

어느덧 시간은 흘러 강아지가 이 집에 들어온 지 꼭 3년이 되던 날 아침 깜짝 놀랄 일이 일어났단다."

"깜짝 놀랄 일이 뭔데요? 강아지가 죽기라도 했나요?"

칠성이와 병사들 모두 다음 이야기를 궁금해하며 숨을 죽였다. 바람 소리도 물소리도 새소리도 멎은 듯했다.

김면의 이야기가 이어졌다.

"강아지가 죽은 게 아니라 사람처럼 말을 하는 게 아닌가. 이를 본 부부는 강아지가 요물妖物로 변했다고 생각하며 무서움에 벌벌 떨었는데, 다행히도 강아지는 노부부에게 해코지하지 않고 눈물을 글썽이며 다시 말을 했단다.

'할아버지 할머니, 저는 원래 개가 아닌 동해 용왕의 무남독녀이옵니다. 여기 오기 전 죄를 지어 그 벌로 인간세계에 오게 되었고, 3년이 지나면 속죄되는데 그날이 바로 오늘입니다. 오늘 밤 용궁으로 돌아가야 합니다. 두 분의 은혜를 어떻게 갚아야 할지 모르겠습니다. 염치없지만, 수양부모님으로 모시고 싶으니 부디 허락해주세요.'

강아지의 사정을 들은 부부가 슬픈 표정을 지으며 말했단다.

'그간 정이 많이 들었는데, 가야 한다니 말릴 수 없구나. 그리고 네 뜻이 그렇다면 우리 부모 자식의 연緣을 맺자꾸나.'

'고맙습니다. 제가 오늘 용궁으로 돌아가 용왕님께 수양부모님의 은혜를 말씀드리면 며칠 후 사자使者를 보내 아버님을 모셔오게 할 것입니다. 용궁에 오시면 용왕이 저를 이렇게 키워주신 보답으로 무엇이든 마음에 드는 물건을 하나 가져가시라고 할 것입니다. 그때 아무리 좋은 것이 보이더라도 마다하시고 용왕의 의자에 놓인 작은 함을 원한다고 하세요. 그건 '해인'이라는 도장인데, 용궁의 옥새입니다. 옥새를 세 번 들었다 놓으며 원하는 것을 말하면 다 들어줍니다. 이것만 있으면 두 분은 여생을 편히 보내실 수 있을 것입니다.'

'우리 부부가 이승에 머무를 날도 그리 많지 않은데, 무슨 부귀영화를 꿈꾸겠나? 허나 네 소원이라면 그렇게 하지.'

'고맙습니다.'

강아지는 밤이 되자 노부부에게 고개를 숙이고는 사립문을 나갔단다.

부부는 이 모든 일이 꿈만 같았단다.

이 일이 있고 이레가 되는 날 밤 사립문 밖에서 사람 말소리가 나서 나가봤더니 강아지가 말한 사자가 와 있었단다.

'용왕님께서 노인을 모셔오라고 했습니다.'

'그렇습니까? 잠시만 기다려주십시오.'

노인은 아내의 배웅을 받으며 사자가 타고 온 옥가마에 올랐단다.

노인을 태운 가마는 바람처럼 달려 용궁에 도착했단다.

용궁에 들어가니 아름다운 풍악 속에 용왕과 아리따운 공주가 직접 노인을 맞았단다.

'노인장, 먼 길 오시느라 고생이 많았습니다. 제 딸을 3년이나 보살펴 키워주신 크나큰 은혜를 어떻게 보답해야 할지 모르겠습니다.'

'아닙니다. 이렇게 환대해주셔서 제가 도리어 감사를 드립니다.'

잠시 뒤 공주가 말했단다.

'수양아버님, 어서 오세요. 제가 바로 그때 그 강아지이옵니다.'

노인이 크게 놀라며 고개를 들어보니 공주는 너무나도 아름다웠단다. 목소리 역시 가야산에 있을 때의 목소리 그대로였단다.

노인은 용궁에서 산해진미의 음식을 먹으며 진귀한 물건들을 구경하느라 시간 가는 줄을 몰랐단다. 어느새 용궁에 온 지 한 달이 다 되어 갔단다. 집에 혼자 있을 할머니가 걱정돼 용왕에게 그만 돌아가겠다고 말하니 용왕은 못내 아쉬워하며 진귀한 물건을 선물로 주고 싶다며 무엇이든 하나 선택하라고 했단다.

이에 노인은 해인을 가져가라는 공주의 말을 떠올리고 해인을 갖고 싶다고 했단다. 그러자 용왕의 안색이 갑자기 달라졌단다.

'해인을 갖고 싶다고 했소?'

'예, 그렇습니다.'

'내가 무엇이든지 준다고 약속했으니 지켜야지.'

이를 지켜보던 공주가 노인에게 잘했다며 눈웃음을 지었단다.

용왕이 말했단다.

'노인장, 이는 용궁의 옥새로 그 무엇보다 소중한 것입니다. 잘 보관했다가 뒷날 절을 지으면 수많은 중생을 구할 것입니다.'

다음날 노인이 가마를 타고 용궁을 나서자 공주가 눈물을 흘리며 배웅했단다.

가야산으로 돌아온 노인은 부인에게 용궁 이야기를 들려주며 옥새를 세 번 치며 원하는 것을 말하니 신기하게도 이루어졌단다."

이야기를 이어가던 김면도 스스로의 감정에 목소리가 떨렸다.

"노부부는 원하는 것들을 이룰 수 있었지만, 욕심을 내려놓고 마지막으로 용왕이 말한 대로 절을 세웠단다. 이후 한날한시에 세상을 떠나면서 해인을 절에 보관했단다. 그래서 후세 사람들이 절 이름을 '해인사'라고 부르고 있다는구나."

김면이 이야기를 마치자 병사들이 감동했는지 눈물을 글썽이며 말했다.

"대감마님, 이 해인사에 그런 사연이 있었는지 정말 몰랐습니다. 해인사를 오래도록 기억할 수 있겠습니다."

"그래, 모두 그 마음 잃지 않도록 하게나. 자, 일주문이 얼마 안 남았으니 어서 가자."

발걸음을 옮긴 지 일각쯤 됐을까. 숲에서 고함이 터졌다.

"멈춰라! 웬 놈들이냐?"

병장기로 무장한 승려 수십 명이 김면 일행을 에워쌌다.

"보아하니 왜놈은 아닌 것 같고 여기는 무슨 일로 온 것이오?"

이에 칠성이가 씩씩거리며 말했다.

"스님네들, 그 입 한번 거치십니더. 무기를 거두십시오. 이분은 고령서 온 김면 대감이십니다."

그러자 상좌로 보이는 중년의 승려가 급히 무기를 내려놓으며 말했다.

"아이구! 대감님을 몰라뵙고 무례를 저질렀습니다. 소승은 범려라 하옵니다. 그런데 여기는 어인 일이십니까? 우리는 소암昭庵대사의 명으로 번番을 서고 있습니다."

범려가 먼저 합장하니 다른 승려들도 칼을 내려놓고 예를 갖췄다.

이에 김면도 두 손을 모으며 말했다.

"아닙니다. 참으로 고생이 많으십니다. 소암대사를 뵈러 왔는데, 대사님은 지금 계십니까?"

"예, 본당에 계실 겁니다. 제가 뫼시겠습니다."

"아닙니다. 가는 길은 잘 아니까."

"그러시면 소승은…"

김면 일행이 일주문을 넘어 몇 걸음을 뗐을 때 석장錫杖(승려가 짚고 다니는 지팡이)을 짚은 소암대사가 김면의 방문을 이미 알고 있었다는 듯 일주문을 향해 걸어오고 있었다.

그들만의 비상 연락 체계를 마련해놓은 것 같았다.

소암대사와 김면은 구면이었다.

김면이 13년 전 문도門徒인 정구, 곽준 등과 산행길에 해인사를 들렀을 때 하안거夏安居(승려들이 여름 석 달 동안 한곳에 머물면서 수행에 전념하는 일)로 해인사에 와 있던 소암대사를 만나 잠깐 대화를 나눈 적이 있었다.

"소승, 기다리고 있었습니다."

소암대사가 합장하며 인사를 했다.

그러자 김면도 두 손을 모아 허리를 숙이며 말했다.

"오랜만에 뵙습니다, 대사님. 옛날 그 모습 그대로입니다."

"그렇습니까? 변하지 않았다는 것은 소승을 욕하는 것이 아니십니까? 허허!"

"그럴 리가 있겠습니까? 무탈하시지요?"

"예. 소승이야 바람처럼 왔다 갔다 하며 절간의 공양만 축내고 있는데, 무슨 일이 있겠습니까? 그런데 지체 높으신 대감께서 산승山僧은 왜 찾아오셨습니까?"

"허허! 왜 찾아오다니요? 그 옛날 차 맛이 생각나 왔으니 한잔 내주시겠습니까? 아니면 곡차라도…."

"허허! 그리하시죠."

두 사람의 농담이 진담처럼 오갔다.

* * *

소암(?~1605)대사는 서산西山대사(휴정休靜: 1520~1604)의 제자로 왜란이 발발하자 서산대사로부터 경상우도의 승려들을 모아 '팔만대장경을 수호하라'라는 임무를 부여받고 보름 전에 내려와 있었다.

경내에 들어서니 구릿빛 살갗의 승려 수백 명이 훈련에 여념이 없었다.

쩌렁쩌렁한 기합 소리가 바람을 타고 법보전 처마의 풍경을 흔들었다.

김면은 이렇게 깊은 산속에 수많은 승려가 기거하고 있다는 사실에 적잖이 놀랐다.

고려 때는 숭불崇佛정책으로 불교가 융성했으나 고려 말에 접어들면서 승단僧團이 문란해지고 국가재정을 갉아먹는 등 폐단이 극에 달해 조선 초 신진 사대부를 중심으로 불교를 혹세무민惑世誣民하는 사교邪教로 여겨 철저히 배격했다.

불교의 위축은 조선 제3대 왕 태종 때부터 시작되었다.

태종은 사찰을 폐쇄하고 승려를 일반 백성으로 환속시키는 등 정책적으로 불교 배척에 나섰다.

이후 세조가 즉위하면서 불교가 다시 빛을 보기 시작했다.

세조는 수양대군 시절 고승들과 맺었던 친교를 바탕으로 불교에 귀의하여 사찰을 중수하거나 새로 지었다. 특히 어머니 소헌왕후가 별세하자《석보상절釋譜詳節》을 한글로 발간하기도 했다.

그러나 이것도 잠시 성종과 연산군을 거치며 불교는 다시 된서리를 맞고 쇠잔해졌다.

또 유교적 통치시스템을 완성한 성종은 도첩제度牒制를 없애 법적으로 승려가 되는 길을 아예 막아버렸고, 급기야는 선종과 교종 양 종단마저 싹 없애버렸다.

연산군 역시 선종의 도회소都會所인 흥천사와 교종의 도회소인 흥덕사를 폐하여 마구간으로 만들고, 성안의 비구니 사찰을 없앤 뒤 비구니는 궁방宮房의 노비로 삼고, 비구는 관노로 만들었다.

거센 파도가 연거푸 밀려드는 형국이어서 불교의 맥이 끊길 정도였다.

그러나 명종을 거치면서 승과와 도첩제가 부활해 휴정과 유정 같은 인물들이 배출되며 다시 융성기를 맞았고, 스스로 유학자를 자처하며 유교를 표방한 선조 역시 선왕의 명복을 기원한다는 명분으로 불사를 어느 정도 지원했지만, 반발도 만만찮게 이어졌다.

유림 일부에서는 상소도 모자라 승려를 잡아다가 종으로 삼거나 관에서는 강세로 군역에 집어넣었다.

노비가 천하다지만, 그 아래 백정과 광대가 있고 그다음에 중이 있었다.

도성에 있던 절집의 재산은 몰수당하고 승려들은 도성 출입이 엄격히 제한되었다.

이에 승려들은 몸을 숨기고 불교를 지키기 위해 첩첩산중으로 숨어들어 신분을 감추고 살았다.

신고辛苦의 세월이 바람처럼 흘러가고 150여 개의 말사와 12개의 암자를 거느린 해인사를 조정은 물론 그 누구도 눈여겨보지 않았다.

천혜의 요새인 해인사에 거처하는 승려들은 무예를 연마하며 부처님의 가르침이 담긴 불경을 집대성한 팔만대장경을 제 몸처럼 보살피고 있었다.

이러한 승려들의 삶은 끊임없이 밟혀도 생명의 끈을 놓지 않는 질경이나 다름없었다.

김면이 승려들을 향해 합장했다.

"대사님, 승려의 숫자가 얼마나 되는지요?"

"무승武僧과 학승學僧을 합쳐 600명쯤 됩니다. 경상우도 각 사찰의 젊은 승려 대부분이 모였다고 할 수 있지요."

이렇게 많은 승려가 일어난 것은 호국삼경護國三經(인왕경, 법화경, 금광명경)에 연유한 것인데, 나라가 위기에 처했을 때 승려들도 생사를 초월하여 백성의 한 사람으로서 역할을 다하려 함이다.

"그렇게 많습니까? 그런데 지금 펼치고 있는 저건 무슨 진법인지요?"

"예, 원앙진을 시전始展하고 있습니다. 원앙진은 명나라 장수 척계광戚繼光이 왜구를 토벌하기 위해 고안한 진법인데, 진형을 이룬 형세가 마치 원앙의 모습과 흡사하여 붙여진 이름이지요. 대장 한 명과 등패籐牌(등나무로 만든 방패)를 잡은 두 명이 앞에 서고, 1장 5척(315cm)의 낭선(대나무에 독을 묻힌 칼을 달아놓은 장창)과 장창을 든 병사 열 명으로 구성돼 공격과 방어를 이어가는 전술 대형으로 평지의 백병전에 유리한 방진입니다."

"그렇군요. 실로 현묘합니다."

소암이 죽장竹杖을 높이 치켜들며 소리쳤다.

"현무진!"

두 패로 나뉜 승려들이 일시에 흩어졌다가 순식간에 진 형태를 갖추었다.

"저건 또 무슨 진법입니까?"

"현무진인데, 이 진은 위에서 내려다볼 때 거북이 누워있는 형태를 띤 진형으로 중국 소림사에서 유래했으나 우리 조선에서 발전시켰죠. 이 진법 역시 백병전에서 유용한데, 아무리 무예의 고수라 할지라도 한 번 걸려들면 거미줄에 갇힌 날벌레처럼 빠져나갈 수 없습니다. 설령 거미줄 한쪽이 찢어져 탈출하더라도 치명상을 피할 수 없지요."

"그렇군요."

2열로 구성된 승려들의 손에는 종이에 기름을 먹이고 덧댄 방패와 검이 쥐어졌고, 진이 네모에서 마름모꼴을 형성하더니 금세 학의 모습처럼 바뀌었다.

진 안에 든 200여 명이 검을 뻗으며 방패를 든 1열의 승군을 밀어내려 했지만, 우에서 좌로, 좌에서 우로 회오리바람처럼 돌며 전혀 빈틈을 안 보이니 벽을 깨기는 역부족이었다.

시전 한 식경이 지나자 진 안의 승려들은 지쳤는지 발이 꼬이고 서로 부딪치며 몸놀림이 눈에 띄게 둔해졌다.

얍!

진 밖에서 엄청난 내공을 실은 기합 소리가 공기를 찢으며 처마의 풍경을 흔들었다.

그와 동시에 2열 중 안쪽의 승려들이 일사불란하게 허리를 굽히고 방패를 등에 갖다 대자 뒤쪽에서 8척 길이의 곤봉을 든 승려가 방패를 밟고 진 안으로 뛰어들며 상대방을 제압하기 시작했다.

"정말 놀랍습니다. 제가 혼이 나갈 정도입니다."

"그렇습니까? 허허! 아직 많이 모자랍니다. 금강불괴처럼 더 강하고 정교해야 합니다. 자, 선방禪房으로 드시지요."

"예, 대사님."

잠시 뒤 동자승이 차茶를 내왔다.

"지난해 봄에 수확한 세작細雀입니다."

쪼르르르!

찻잔에 담기는 소리가 맑고 부드러웠지만, 특유의 은은한 향기는 느낄 수 없었다.

마음이 편안하지 못한 까닭이다.

소암이 먼저 말을 꺼냈다.

"지금 왜적이 팔만대장경을 약탈하려고 이 근처까지 와 기회를 엿

보고 있는 듯합니다."

당시 불교를 숭상하던 왜는 조선 태조 때 조선인 포로를 돌려보낸 대가로 대장경 인쇄본을 받자 그 가치를 알고 수단과 방법을 가리지 않고 대장경 원판을 가져가려 했다.

왜에게 대장경 확보는 국가 숙원사업이나 마찬가지였다.

전란을 일으킨 풍신수길 역시 제1 장수 소서행장에게 "해인사 팔만대장경을 무슨 수를 써서라도 반드시 취하라"라는 특명을 내려 대장경에 대한 집착이 어느 정도인지 알 수 있었다.

"대사님, 의병들이 고령과 합천·거창 일대를 지키고는 있지만, 쥐새끼처럼 들락거리는 왜적을 모두 잡을 수는 없습니다. 해서 팔만대장경이 걱정돼 따로 도울 일이 있을까 해서 온 것입니다."

"고맙습니다, 대감."

김면이 찻잔을 내려놓자 소암이 다시 찻잔을 채웠다.

"대사님, 우리 의병이 지원할 여력이 크지 않으나 대장경만큼은 반드시 지켜내야 할 것입니다. 합천에서 적을 막고 있는 정인홍 대감도 같은 생각일 것입니다."

소암이 아랫입술을 질끈 깨물며 말했다.

"그렇지 않아도 며칠 전 정인홍 대감께서 병사를 보내주었는데 아직 무어라 고마움을 전하지 못했습니다. 대감의 뜻은 잘 아오나 이렇게까지 하지 않으셔도 될 듯합니다. 대장경을 지키는 것도 중요하지만, 수많은 적을 막아 백성을 구하려면 한 명의 병사라도 더 있어야 할 텐데…. 여기는 우리 승려들의 힘으로 지켜내야지요."

"대사님, 의병 몇 명이 돕는다고 큰 힘이 되리라고는 생각지 않으나 언젠가 긴요하게 쓰임이 있을 것입니다."

"대감의 뜻이 정 그러하시면 승병에 편입시켜 모두 살아서 돌아가게 하겠습니다."

"고맙습니다. 꼭 그렇게 되기를 빌겠습니다."

소암이 작은 서랍을 열더니 편지로 보이는 것을 꺼내 송암에게 건넸다.

"무엇입니까?"

"한번 읽어보시지요."

간찰은 묘향산 보현사에 있다가 의주 행재소行在所(임금이 궁을 떠나 나들이할 때 머무는 곳)에 있는 선조를 알현하고 의승군 총사령관 일국 도대사 선교 도총섭 부종수교 보제등계존자一國 都大師 禪敎 都摠攝 扶宗樹敎 普濟登階尊者 직책을 받은 서산대사가 묘향산으로 돌아와 팔도 승려들에게 돌린 격문이었다.

"아, 하늘의 길이 막히고 조국의 운명이 위태롭도다. 극악무도한 도적의 무리가 하늘의 이치를 거슬러 함선 수천 척으로 바다를 건너오니 그 독기가 조선 천지에 가득한지라. 삼경三京이 함락되고 선조들이 누천년 이룬 바가 산산이 무너지도다. 저 악귀들이 우리 조국을 무참히 짓밟고 무고한 백성들을 학살하는 광란을 벌이나니 이 어찌 사람의 할 짓이랴! 조선의 승려들이여! 깃발을 치켜들고 일어서시오! 그대들 어느 누가 이 땅에서 삶을 이어받지 아니했소? 그대들 어느 누가 선조들의 피를 이어받지 아니했소? … 모두 무기를 들어 도적의 무리를 물리치고 나라를 구하시오! 팔부신장八部神將의 번뜩이는 천둥 번개를 후려치며 나아가시오! 조정 대신들은 당쟁 속을 헤매고 군관들은 전장에서 도주하니 이 아니 슬프오? 이제 승려만이 조국을 구하고 백성을 살릴 수 있소. 모든 불보살이 그대들의 나아갈 길을 보살피고 거들지니 분연히 일어서 도적의 무리를 궤멸하시오. 출가한 수행자가 창칼을 들고 전쟁터에 나아가는 것은 부처님의 계율에 크게 어긋나고, 내가 살고자 상대방을 죽이는 행위 역시 출가사문出家沙門(불문에 들어가서 도를 닦는 사람)이 취할 바 아니오. 하지만 나라와 백성이 있지 않고는 불교도 있을 수 없소. … 조선 왕조가 불교의 씨를 말리려 박해했더라도 이 땅은 우리가 천년만년 지켜야 할 청정도량이오. 해서 내가 팔도십육종도총섭八道十六宗都摠攝으로서 승군을 일으키니 팔도의 승려는 모두 떨쳐 일어나시오!"

- 대한민국지키기 불교도총연합

격문을 다 읽은 김면이 상기된 표정을 지으며 말했다.

"심금을 울리는 문장, 역시 풍악산인 서산대사답습니다."

"청허 큰스님께서 당연한 말씀을 한 것이지요. 대감도 잘 아시겠지만, 대장경엔 조선 백성들의 천년의 기운이 응축되어 있습니다. 위정자들만 깨닫지 못하는 조선의 심장이기도 하고요. 왜군이 대장경의 먼지 하나에도 손을 못 대게 하는 것은 당연하지요. 그렇지 않아도 며칠 전부터 저 앞의 매화산(1,010m)에 왜군들이 오르락내리락하고 있습니다. 적이 대규모로 쳐들어오면 우리 승병만으로 대응하는 것이 쉽지 않을 듯합니다…. 불가에선 살생을 금기시하나 어차피 창검을 쥐었으니 그 끝을 봐야지요. 늑대가 사람을 물어뜯고 있는데, 살생을 피하려 늑대를 그냥 두어야겠습니까? 아니면 늑대를 죽여 사람을 살려야겠습니까? 불가에서 말하는 불살생계不殺生戒(산목숨을 죽이지 말라)란 살아있는 생명체를 무조건 죽이지 말라는 뜻이라기보다 그 상황에 올바르고 유연하게 대처하라는 의미도 포함되지요. 결국 영혼을 제도하여 모두 부처로 만들라는 뜻일 것입니다…. 모든 짐은 제가 짊어질 수밖에 없지요. 새가 창공에 발자국을 새기지 못하듯이 인간사 그 무엇이 영겁 속에 남음이 있겠습니까?"

소암대사 역시 휴정처럼 파계를 무릅쓰고 기필코 중생을 구제한다는 대승계율의 정신을 실천하고자 결심한 것이다.

염화미소拈花微笑!

소암의 알 듯 모를 듯한 연꽃 같은 미소에 비장함이 묻어 있었다.

김면은 자신도 모르게 가슴이 뜨거워짐을 느꼈다.

"대사님, 상구보리上求菩提하고 하화중생下化衆生(위로 깨달음을 구하고 아래로 중생을 교화)하셔야죠. 부처님의 가피加被가 있을 것입니다."

"이 손에 피를 묻히면 상구보리는 이미 물 건너간 것이지요. 그리고 불제자들은 수행 공부도 중요하지만, 중생구제라는 화두를 귀히 여기며 사니 인연의 바람에 실리면 또 뵙게 되겠지요. 아무쪼록 대감도 목숨을 가벼이 하지 않기를 바랍니다."

김면이 칠성이에게 말했다.

"지금 송이장 부장을 이리로 불러오너라."

"예, 대감마님."

잠시 뒤 송이장이 무슨 일인지 궁금해하며 고개를 숙였다.

"대사님, 송이장이라고 합니다."

소암이 합장한 채 말했다.

"그렇습니까? 이 난세에 한솥밥을 들게 되는 것도 인연이라면 인연이지요. 나무관세음보살!"

"대사님, 송 부장은 지난번 연강 전투에서 용맹을 보인 훌륭한 장수입니다. 송 부장은 여기 남아 소암대사와 함께 행동해주기를 바라오. 어쩌면 이 전란이 끝날 때까지 이곳에 있어야 할지도 모르겠지만…"

"예, 대감. 걱정 놓으셔도 됩니다. 이곳 해인사에 뼈를 묻을 각오로 온몸을 다 바치겠습니다."

"허허!"

듣고 있던 소암이 너털웃음을 터뜨렸다.

"송 부장, 그 마음 충분히 알고도 남으나 이곳은 중생이 묻히는 곳이 아니니 죽지 않고 살아서 새로운 세상을 봐야지요."

"그렇습니까? 대사님. 하루 세 끼, 아니 두 끼 공양 값은 하겠습니다."

송이장의 밝은 표정에 김면이 답했다.

"우리 모두 다시 만날 날이 빨리 오기를 기원합시다."

세 사람은 허리를 숙여 합장하고 훗날을 기약했다.

대적광전 용마루에 걸터앉은 태양이 긴 그림자를 남길 무렵 김면은 송이장과 의병 30명을 소암대사의 휘하에 남겨두고 해인사를 나왔다.

불교를 탄압하는 유교를 국시國是로 삼은 나라를 위해 기꺼이 목숨을 내놓는 승려들의 호국정신에 김면은 자신도 모르게 두 손을 모으고 연거푸 고개를 숙였다.

김면이 소암대사를 만나고 거창으로 돌아온 다음날 정인홍으로부터 전갈이 왔다.

고령에 둔병하고 있는 손인갑이 내일 무계의 적을 치려고 하니 거창 군사의 지원을 바란다는 것이었다.

김면은 난감했다.

병장기 마련이 쉽지 않았던 것이다.

아무리 빨라도 이틀은 필요했다.

고민 끝에 묘안을 냈다.

고령 일대에서 소규모 유격전을 펼치고 있는 박대복에게 손인갑을 지원토록 했다.

김면은 전령을 정인홍과 박대복에게 보내 거창의 불가피한 상황을 전했다.

전령을 보내놓고도 노심초사하던 김면은 이틀 뒤 군사를 고령으로 이동했다.

성주의 적을 대비하려는 것이었다.

왜선을 수장시킨 첫 승전 개산포

신묘한 계책과 지략을 이길 자는 없다

김면이 고령에 도착한 6월 7일 연이어 급보가 날아들었다.

손인갑과 박대복이 무계에서 승첩勝捷했다는 것과 경상좌도를 짓밟은 모리휘원 휘하의 왜군이 강을 따라 호남으로 들어가려고 낙동강 지류 현풍 쌍산강雙山江에 병선 수십 척을 집결해놓고 곧 개산포로 이동하려고 한다는 것이었다.

이때 경상좌도의 백성들은 뿔뿔이 흩어졌고, 곳곳에서 왜군의 칼날에 죽임을 당했다.

관군과 의병은 군세軍勢가 왜군보다 훨씬 열세劣勢인지라 세력을 확장하는 데 한계가 있었다. 그나마 영천 신녕에서 기병한 권응수權應銖(1546~1608) 등이 왜군에게 타격을 줘 조금의 힘을 얻고 있는 형편이었다.

김면이 급히 참모장 회의를 소집했다.

"다들 오셨소? 어제 무계에서 손인갑 장군과 박대복 공이 큰 승리를 거뒀다고 합니다. 하지만 안타깝게도 박 공이 전사했답니다."

"박 공이 전사했다고 했습니까?"

"그렇소. 참으로 가슴 아픈 일입니다."

모두의 표정이 어두워졌다.

김면이 잠시 호흡을 가다듬고 말을 이었다.

"그리고 현풍에 집결해 있던 적이 얼마 전 화원현에서 기병한 우배선禹拜善(1569~1621) 의병에게 쫓겨 개산포로 이동하려 한다는 첩보가 있습니다. 적은 낙동강을 따라 의령과 진주로 내려갈 것 같은데 반드시 막아야 할 것이오."

황응남 장군이 말했다.

"적이 개산포를 지나가게 그냥 둘 수는 없습니다. 자칫 진주도 위험에 처하게 될 것이니 말입니다. 그리고 우배선이라는 이름은 처음 듣는데, 누구인지요?"

"우배선은 단양인으로 약관弱冠을 조금 넘겼다고 하는데, 화원현에서 100여 명의 의병을 모아 여러 전투에서 전과戰果를 올려 초유사께서 그를 가장假將에 임명했다고 합니다."

"그렇습니까? 그 기개氣概를 그리 오래지 않아 볼 수 있겠지요. 그리고 개산포 지형을 정확히 모르지만, 전략이 없는 싸움은 절대 이길 수 없습니다."

"맞는 말이네. 내일 개산포 현장에서 묘책을 찾아보기로 합시다. 그리고 일부 병사들은 지난번 연강에서 왜군과 조총을 경험했지만, 장졸들 대부분이 첫 전투이니 병사들에게 반드시 이길 수 있다는 믿음을 심어줘야 할 것입니다. 다른 의견 없으시면 아침 일찍 출병할 수 있도록 병사와 병장기를 점고해주시오."

"예, 대감."

고령에서 개산포까지는 15리 남짓이라 한 시진이면 도착할 수 있는 거리다.

회천강을 따라 내려가는 것이 이동 시간을 단축할 수 있으나 만에 하나 적의 눈에 띄는 것을 우려하여 금산재를 넘기로 했다.

구불구불한 산길을 한 식경 정도 올라 금산 고갯마루에 도착했다.

김면이 병사들을 멈춰 세웠다.

"모두 보시오. 저 동쪽이 개산포인데, 여기서 20리 길이니 한 시진 조금 더 걸릴 것이오."

병사들의 시선은 김면이 손짓하는 곳으로 쏠렸다.

산 아래 양전의 넓은 들이 펼쳐져 있고, 그 멀리 나지막한 산이 세 겹이나 겹쳐서 있어 개산포는 보이지 않았다.

"칠성아, 너는 저 산마루 봉수대에 가서 병사들이 있는지 보고 오너라."

"예, 대감마님."

칠성이가 병사 두 명과 산 정상으로 올라간 사이 김면은 개산포 주변 지형을 참모들에게 설명했다.

한 식경이 지났을까. 칠성이와 병사가 산을 구르듯이 내려와 말했다.

"대감마님, 봉수대에는 아무도 없었습니다."

"그럴 것이야. 현감이라는 자도 도망가고 없는데 병사들이 남아 있는 게 도리어 이상하지. 그래도 혹시나 했는데…"

반 시진 조금 시나 개산포 길목 송천동에 도착했다.

태양이 고샅길까지 헤집고 들어왔다.

텅 빈 마을은 빗자루로 쓸어낸 듯 조용했다.

그리고 잡초가 무성해 어디가 길이고 논밭인지 쉽게 구분이 안 되었다.

두 달도 안 돼 이럴 수가 있나 싶었다.

나무 그림자만 일렁이는 송암정사 역시 을씨년스러움을 더했다.

김면이 행군을 멈췄다.

"저기 우물의 물맛이 그만일 것이니 목을 축이고 가자."

"예, 대감."

병사들이 송암정松庵井의 나무판자로 된 덮개를 열고 두레박을 풀었다.

철렁~ 철썩!

두레박이 수면에 부딪히는 소리가 맑게 들려왔다.

잠시 뒤 두레박이 올라왔다.

물빛은 옥색을 띠며 눈이 시릴 정도로 맑았다.

"거참, 물맛이 기가 막힙니다. 이곳에 이런 우물이 있다니…"

모두가 물로 배를 채울 듯이 벌컥벌컥 마셔댔다.

송암정은 오래전 김면이 집 앞에 마을 사람들의 식수를 위해 4척 깊이로 판 것인데, 마을 사람들이 그 고마움에 김면의 호號인 송암을 따 우물 이름을 '송암정'이라 불렀다.

매년 섣달그믐날 밤에 샘을 청소하면 아들을 얻을 수 있다는 소문이 번져 인근 마을에서도 많은 사람이 찾아 자기 것처럼 소중하게 관리했다.

병사들이 물을 마시느라 웅성거리는 사이 얼굴색이 파래진 칠성이가 김면에게 다가왔다.

칠성이가 주위의 시선을 살피더니 품속에서 빛바랜 종이 한 장을 꺼내 건넸다.

"이게 무엇이냐?"

김면이 종이를 펼쳤다.

종이에는 "김면의 식솔食率을 잡아 오는 자에겐 1천 냥을, 거처를 알려주는 자에겐 500냥의 상금을 내린다"(왜장 촌상경친村上景親)라고 적혀 있었다.

"이게 어디서 났느냐?"

"집 대문에 붙어 있었습니더."

"촌상경친이라면 지금 무계 나루터를 장악하고 있는 자인데, 생각했던 대로군. 칠성아, 이것을 불태워 없애고 병사들에겐 함구하라."

"예, 대감마님."

김면은 잠시 잊고 있던 가족이 걱정되었지만, 내색할 수 없었다.

병사들의 소란스러움 속에 시 한 수를 읊조렸다.

"적막한 세상
동산과 집 뜰에는 잡초만 무성하구나.
우리 동네 백여 집
세상이 어지러워 모두 동서로 피난 갔네.
살아남은 사람 소식 없고
죽은 사람은 흙으로 변해버렸네.
나는 싸움터의 혼란을 틈타
고향에 돌아와 옛길을 찾고 있네.
오래도록 다녀도 빈 골목만 보이고
햇살 잦아드니 기분도 처참해
여우와 이리가 마주하여
털 세우고 나를 향해 성내며 우짖네.
텃새는 둥지 있는 가지를 그리워하니
이찌 궁색한 고향이라도 떠날 수 있으랴."

– 이는 당나라 때 두보가 안녹산 난의 참상을 보고 쓴 시다.

개산포(개경포: 경전을 풀어 내린 나루)는 낙동강의 포구로 창녕과 무계 포구의 중간에 위치하여 고려 시대 강화도 선원사에서 만든 팔만대장경을 서·남해안을 거쳐 낙동강을 거슬러 올라와 고령 금산-미숭산-열뫼재-낫질 신동재-야로를 거쳐 합천 해인사로 운반한 육로 물류 운송의 요충지였다.

김면이 강어귀에 도착하자 먼저 파견돼 있던 박정번 부장과 의병 모집에 나섰던 박정완이 마중을 나와 있었다.

이때 박정번 형제가 이끈 의병 수는 400여 명이었다.

"어서 오십시오, 대감."

"그래, 고생이 많네. 박 부장, 왜군의 움직임은 보이는가?"

"지금은 조용합니다만, 어쩌면 왜군이 이곳으로 상륙하거나 물길을 따라 내려갈 것을 예상하고 전략을 고민하고 있습니다."

강둑으로 올라섰다.

강물이 크게 휘돌아 가는 강변은 넓은 모래밭과 갈대가 우거져 있었고, 말뚝에 매어놓은 나룻배들이 바람에 서로 부딪치며 삐거덕삐거덕 소리를 냈다.

불과 얼마 전까지만 해도 포구에는 온갖 물산들이 드나들어 들짐장수와 곡식을 실은 시겟바리들로 시끌벅적했는데, 지금은 개미 새끼 한 마리 찾을 수 없었다.

마찬가지로 즐비한 여각과 주막도 사람 하나 없어 조용해도 너무나 조용했다.

강물의 흐름을 살피던 김면이 박정번 부장에게 말했다.

"강의 물길은 어떻습니까?"

"저도 어느 정도는 알지만, 저보다는 강에서 생업을 하는 뱃사공이 강의 흐름을 꿰뚫고 있을 것입니다."

"그렇다면 지금 즉시 나루터 뱃사공을 불러오시오."

"그렇지 않아도 대기시켜놓았습니다."

"역시 박 부장입니다. 허허!"

차 한 잔 마실 시간쯤 되자 뱃사공이 장막으로 들어왔다.

뱃사공이 말했다.

"대감마님, 소인은 나루터에서 먹고 사는 장가라 하옵니다."

"그런가? 강심江心과 물의 흐름에 대해 아는 대로 말해보게."

"예, 먼저 강폭은 가장 넓은 곳이 300보쯤 되고 좁은 곳은 대장산 바로 앞인데, 모래톱이 밀려 들어와 100보쯤 됩니다. 그리고 강의 깊이는 절벽 밑이 15척, 얕은 곳은 10척쯤 되는데 절벽 쪽으로 가까이 올수록 물살이 거세고 빨라져 소용돌이라도 치면 배가 나아가지 못하고 제자리에서 뱅뱅 돌아 자칫하면 뒤집히기도 합니다."

"알았네. 강폭이 좁은 곳에 말뚝을 박을 수 있겠나?"

"강바닥에 진흙이 있는 곳은 말뚝 설치가 그리 어렵지는 않겠으나 돌무더기가 있는 곳은 쉽지 않을 것입니다."

김면이 박정번에게 말했다.

"강바닥에 말뚝을 박아 동아줄을 강변까지 이어 적선이 줄에 걸려 우왕좌왕할 때 화전으로 공격하면 승산이 있지 않겠나?"

"묘책입니다. 왜군의 배가 동아줄에 걸리기만 하면 절반 이상은 잡은 것이나 마찬가지입니다."

모두가 고개를 끄덕였다.

"생각이 하나로 모였으니 그럼 바로 병력을 동원하여 소나무 말뚝과 동아줄을 준비하도록 하게."

병사들이 인근 산과 농가로 몰려갔다.

"서둘러라! 어두워지기 전에 말뚝 설치를 끝내야 한다."

부장들이 뛰어다니며 소리쳤다.

병사들의 빠른 손놀림으로 수십 개의 말뚝과 농가에서 구한 새끼와 칡덩굴을 섞어 꼰 튼튼한 긴 동아줄이 만들어졌다.

김면이 부장들을 불렀다.

"어두워지기 전에 말뚝 설치와 동아줄 연결을 끝내야 할 것이야."

"예, 장군. 명 받들겠습니다."

박정번이 헤엄치기에 능한 30여 명을 지휘하며 나룻배에 말뚝과 줄을 싣고 강 건너로 옮겼다.

3보 간격으로 말뚝과 줄을 이었다.

거센 물살에 배가 요동쳐 작업이 쉽지 않았지만, 두 시진 조금 못 걸려 일을 끝냈다.

서녘 하늘이 붉게 물들며 하루가 쏜살같이 지나갔다.

* * *

다음날 아침 대장산(302m) 마루.

강바람이 대장산을 덮은 안개를 밀어내고 있었다.

김면과 박정번 형제가 망루望樓에서 차를 마시고 있었다.

박정번이 찻잔을 내려놓으며 말했다.

"대감, 지난번 말씀하신 대로 축성을 하고 있지만, 강 쪽은 워낙 급경사라 속도가 나지 않습니다."

"그렇지 않아도 어제 산을 오르다 보니 경사가 심해 산성 축조가 만만치 않을 것으로 보였습니다. 이 전란이 언제 끝날지 모르니 경사가 완만한 곳부터 먼저 쌓고 급경사 지역은 시간을 두고 쌓아도 되지 않겠습니까? 그리고 군사들의 안전도 생각해야 하니까요."

"예, 그렇게 하겠습니다."

한편 병사들은 조반을 끝내고 삼삼오오 모여 앉아 창칼을 닦고 느슨해진 활줄을 조이고 있었다.

"왜놈들 오기만 해봐라. 이 형님이 반드시 왜놈의 목에 이 살을 꽂아 수장시키고 말 것이다."

"자네가 정말 그렇게 할 수 있는지 없는지 내기라도 한 번 해보세."

"그러세."

전투를 앞두고 커진 불안감과 긴장이 한바탕의 농담과 웃음소리에 떨쳐지는 것 같았다.

어느새 산 그림자가 길어지고 있었다.

"장군, 급보입니다."

적정을 살피러 갔던 척후가 군막에 뛰어들었다.

"무엇이냐?"

"지금 왜군이 출발하려 한다는 신호를 받았습니다."

"알았다. 기어코 이곳에서 수장되고 싶은 게로군. 적선이 여기까지 당도하려면 얼마나 시간이 걸리겠나?"

"물살에 따라 다르나 늦어도 한 시진이면 도착할 수 있을 겁니다."

“적선의 움직임을 하나도 놓치지 말고 보고하도록 하라.”

“예, 명 받들겠습니다.”

김면은 만호萬戶 황응남黃應南(1556~?)에게 병사 30여 명을 이끌고 강 건너 갈대밭에 몸을 숨기고 있다가 화공을 하도록 하고, 곽준은 강둑에 매복하여 물에서 뭍으로 올라오는 적을 공격하도록 했다. 그리고 본대는 절벽 아래 숲에 몸을 숨겼다.

강 양쪽에서 일시에 공격하는 작전을 세운 것이다.

모든 준비가 끝났다.

왜군이 계획대로 걸려들기만 하면 되는 것이다.

아무런 일도 없었던 것처럼 사위四圍는 조용했다.

어둠이 내릴 즈음 왜선 한 척이 시야에 들어왔다.

“대감, 왜선입니다.”

“맞네.”

돛을 올린 왜선이 미끄러지듯 물살을 갈랐다.

왜선 밑창이 생각보다 많이 강물에 잠겨 있었다.

이는 병력과 각종 물자가 가득 실려 있음을 보여주는 것이다.

말뚝을 설치한 곳으로 접근했다.

어찌 될까 하는 긴장감으로 인해 활을 잡은 손에 땀이 묻어났다.

아니나 다를까 왜선이 줄에 걸려 기우뚱거리며 멈춰 섰다.

왜장으로 보이는 자가 물속을 들여다보며 무어라고 지시하는 것 같았다.

뒤이어 왜군 한 명이 물에 뛰어들고 배 위에서는 칼로 물 위를 연거푸 내리치는 모습이 보였다.

밧줄을 끊으려는 것이다.

이때 의병 쪽에서 공격을 알리는 붉은 기가 오르고 북소리가 났다.

“화전火箭을 쏘아라.”

화전은 화살촉대에 화약과 유황을 천으로 감고 심지에 불을 붙여서 활로 쏘는 것인데, 길이가 3척 정도로 목표물을 불태우거나 신호용으로 사용되었다.

강 양쪽에서 적선을 향해 화살이 날아갔다.

화살이 적선에 꽂히며 불이 붙었다.

화염이 강물에 번쩍였다.

적선이 한쪽으로 기울었다.

몸의 균형을 잃은 왜군은 소쿠리에 담긴 콩알처럼 이리 쏠리고 저리 쏠리며 물에 빠져 쓸려갔다.

"대감, 저기를 보십시오. 적선 한 척이 또 내려오고 있습니다."

"황 부장이 위험하다. 효시를 쏘아 적선이 온다는 것을 알려라."

효시가 날아올랐다.

돛을 올린 왜선이 빠른 속도로 내려오더니 강 중앙에 멈춰 섰다.

탕 타당 탕탕!

위급한 상황을 알아차린 왜군이 일제히 사격을 가했다.

의병 측에도 사상자가 생겨났다.

그러나 시간이 갈수록 불리한 건 왜군이었다.

어둠이 짙어지자 돛에 붙은 불로 인해 왜선의 위치가 선명해졌다.

다급한 왜군이 총을 난사했다.

옷에 불이 붙은 왜군 몇 명이 강물에 뛰어들었으나 이내 보이지 않았다.

잠시 뒤 왜선이 거센 물결에 휩쓸려 빙글빙글 돌더니 돛대가 부러지며 산성 쪽으로 떠내려왔다.

병사들이 왜선에 갈고리를 던져 강가로 끌어냈다.

뒤따라오던 왜선도 보이지 않는 목표물을 향해 어림짐작으로 총을 쏘아댔다.

넓고 깊은 바다에 돌멩이를 던져도 물고기가 그리 놀라지 않는 것처럼 충격이 없었다.

박정완이 소리쳤다.

"화살을 집중하라. 한 놈도 남김없이 수장시켜라."

왜군은 빗발치는 화살을 피하려 잇따라 강물에 뛰어들고 뭍으로 나오려 했으나 그것으로 끝이었다.

그곳이 죽음의 길인지도 몰랐다.

총성과 아우성이 강물에 실려 떠내려갔다.

수 시간의 전투가 막을 내렸다.

이 전투에서 의병 사상자는 10여 명에 그쳤으나 왜군은 80여 명이 수장됐다.

헤엄쳐 살아 도망간 자는 수 명에 그쳤다.

연강 전투 이후 김면과 박정번 형제의 치밀한 전략과 병사들의 두려움을 떨쳐버린 의기가 이룬 승리였다.

또 배에는 왜군들이 조선 곳곳에서 빼앗은 포목과 비단, 궁중 유물인 어휘잠御諱簪, 의금衣衾, 화관花冠, 사가私家의 패물과 세조의 이름이 적힌 금지장자金紙障子 등 진귀한 것들이 그 수를 헤아릴 수 없을 정도로 많았는데, 이를 고스란히 챙긴 것은 또 다른 전과였다.

산성 마루에 김면의 군기가 바람에 펄럭였다.

대승을 말하는 듯했다.

김면이 박정번, 박정완, 황응남 등 부장들에게 말했다.

"오늘의 이 승리는 그대들의 넘치는 충의와 의리 덕분이었네. 결코 잊지 못할 걸세."

"아닙니다. 두려움 없는 병사들의 공입니다."

"그렇네, 우리 모두의 승리지."

"와아! 우리가 이겼다! 우리 의병이 해냈다."

병사들의 함성이 밤새 이어졌다.

특히 개전 초기 거창 황산으로 숨어들었다가 초유사 김성일의 용서와 설득에 김면에게 맡겨져 좌부장으로 큰 전공을 세운 황응남이 눈물을 흘리며 감격스러워했다.

그간의 부끄러움과 욕됨을 한 번의 전투에서 훌훌 털어버린 것이다.

왜군이 약탈한 물건들을 살피던 김면이 혼잣말로 읊조렸다.

"슬프구나! 백성의 고혈을 짜내 만든 보배들이 천만세를 지나도 뽑히지 않을 것으로 생각했는데, 하루아침에 왜적의 분탕질로 불타고 사라지니 정말 경계할 일이 아닌가?"

김면은 대장 산성과 개산포 나루터 방어를 박정완 형제에게 맡기고 거창으로 돌아갔다.

피로 물든 천년 법보종찰 해인사

무당이 귀신에게 빈다고 해서 이루어질 일이 있겠는가

6월 해인사 경내境內는 그 깊이를 가늠하기 어려운 적막감이 깔려 있었다.

바람 한 점 일지 않아 풍경도 흔들림이 없었다.

"마하반야바라밀다심경 관자재보살

행심반야바라밀다시 조견오온개공 도일체고액

사리자 색불이공 공불이색 색즉시공…."

독경 소리가 슬픔인 듯 애원인 듯 끊어졌다 이어지며 석가모니가 아닌 비로자나불을 모신 법당 대적광전 문틈으로 새어 나오고 있었다.

운해 스님이 소암대사를 찾았다.

"대사님, 대장경을 모두 옮겼답니다."

"벌써? 그럼 가보자."

소암대사는 며칠 전 원로들과 상의하여 대장경을 장경판전 오른쪽 위 지족암 근처 절벽 밑으로 옮길 것을 결정하고 승려들에게 지시해놓은 터였다.

소암이 판전을 숨긴 곳에 이르자 승려들이 걸음을 멈추고 합장했다.

소암이 미소를 지으며 "모두 고생들 하셨습니다"라고 말하자 운해 스님이 말했다.

"대사님, 감쪽같습니다. 그렇지 않습니까?"

“정말 그렇네! 판전만 무탈하게 지켜진다면, 왜군에 맞서 옥쇄玉碎(부서져 옥이 된다는 의미로 명예나 충절을 위해 깨끗이 죽음)한다 해도 여한이 없겠다.”

한 줄기 바람이 나뭇잎을 흔들며 지나갔다.

숲이 우거진 곳이라 햇빛이 지면까지는 닿지 못했다.

땅 표면의 서늘한 기운이 등줄기를 타고 내리던 땀을 식혀 시원함이 느껴졌다.

“대사님, 대구와 진주, 고령 등지로 적정을 살피러 간 승려들은 아직 소식이 없는지요?”

“그렇네. 무슨 변고라도 생긴 건 아닌지 며칠 더 기다려봐야 할 것 같다.”

하루가 더디게 지나갔다.

다음날 소암이 점심 공양을 마치고 대웅전에 든 후 한 식경이나 지났을까.

“대사님, 대사님.”

대적광전 방문이 큰 소리를 내며 열렸다.

허리를 곧추세우고 염주를 돌리고 있던 소암이 나지막이 말했다.

“문 부서지겠다. 무슨 큰일이라도 일어났느냐?”

급히 뛰어온 운해가 마른침을 삼키며 응답했다.

“대사님, 지금 왜군이 이곳으로 출발했다는 신호가 왔습니다.”

“이렇게 빨리? 대장경판을 노리는 고니시가 보낸 별동대일 터. 지옥문을 스스로 열고 들어갈 저놈들이 기어코 악의 길을 자초하며 피를 볼 작정이구나. 나무관세음보살.”

소암이 흘러내린 장삼을 어깨 위로 천천히 끌어올리더니 불전의 촛불을 껐다.

“대사님, 법라法螺(소라껍데기로 만든 관악기)를 불까요?”

“아니다. 목탁을 칠 것이다. 비상 울림은 목탁으로 하기로 했으니.”

"예, 알겠습니다."

평소의 청아했던 목탁 소리가 아니었다.

심장을 멈추게 하는 듯한 비장함과 긴박감이 실려 있었다.

일각쯤 지나 소암이 대적광전 마당에 들어서니 무승과 학승들이 등에는 활을 지고 손에는 유엽전柳葉箭(화살촉이 가볍고 화살깃이 작은 전투용 화살), 곤봉棍棒, 칼을 쥐고 집결해 있었다.

그들의 눈길이 소암에게 쏠렸다.

일순 정적이 내려앉았고 승군들의 눈빛엔 긴장감이 역력했다.

소암이 반달 모양의 월도月刀를 땅에 내리꽂았다.

쿵!

둔탁한 소리가 정적을 깼다.

"우리가 사바娑婆의 전란에 나서는 것은 다른 사람을 위한 일이라기보다 진리를 보고 얻기 위함입니다. 휴정 큰스님의 말씀대로 우리는 사람을 살리기 위해 칼을 들었습니다. 스스로의 업장業障을 털어내는 것입니다. 그리고 이미 죽음으로 장경판전을 지키고자 결의했기에 불전에 올린 목숨이 아니겠습니까? 두려움과 번뇌를 내려놓아야 합니다. 학승이 무승이 된 것도 다 오늘을 위한 것이라…. 부처님의 가피가 있을 것입니다. 나무아미타불."

자그마한 체구의 승려가 장창을 치켜들며 외쳤다.

"우리는 죽음을 두려워하지 않습니다. 대사님의 말씀대로 죽음으로 장경판전을 지키겠습니다. 살아서 다시 만나든 아니면 죽어서 다시 만나든 그 또한 기쁘지 않겠습니까?"

"맞습니다. 사즉생의 각오로 대장경을 사수하자! 부처님의 도량을 수호하자!"

한목소리로 성전聖戰을 외치는 승병들의 입술에 핏물이 배었고, 주름진 볼엔 눈물이 흘러내렸다.

승병들의 결의를 확인한 소암이 말했다.

"자! 갑시다. 가서 저 흉악무도한 왜군을 쓸어버립시다. 전투를 준비하라. 저 일주문이 왜놈들에게는 저승문이 될 것이다."

병장기로 무장한 승병들이 각자의 위치로 일사불란하게 움직였다.

일주문 앞에 산그늘이 짙어졌다.

등에 활을 맨 수십 명의 승병이 다람쥐처럼 아름드리나무에 빠르게 올랐다.

나머지는 계곡이 내려 보이는 높은 곳에 반월처럼 산개했다.

"왜군이 정말 여기까지 올까? 온다면 숫자는 얼마나 될까? 왔다가 겁이 나서 되돌아갈까?"

불심과 무예로 단련된 심신이라 하더라도 살생의 업화를 감당할 수 있을지 무서움이 밀려왔다.

휘리리릭!

나무에 오른 승병이 새소리를 냈다. 그러고는 손짓으로 적의 위치를 알렸다.

나무의 흔들림과 희미하게 들리는 발자국 소리가 적의 움직임을 말해주고 있었다.

승병들이 기다리고 있음을 아는지 모르는지 왜군은 좁은 길을 일렬 종대로 메웠고, 일부는 계곡으로 올라오고 있었다.

적의 규모는 숲에 가려 어림짐작이 어려웠으나 족히 1천 명은 될 듯했다.

나뭇가지 사이로 백색 꽃 십자가 문양이 그려진 깃발이 보였다.

소암이 숨을 멈추며 말했다.

"저 깃발을 보니 야소교를 믿는다는 고니시의 졸개들이 분명하다."

운해 스님이 활을 고쳐 잡으며 물었다.

"대사님, 야소교가 무엇입니까?"

"내 오래전 부산에 들렀다가 쓰시마(대마도)서 온 왜 상인에게 들은 이야기다. 지금으로부터 43년 전 남만인南蠻人이라고 하는 에스파냐(스페인)와 포르투갈 사람들이 해상무역을 하면서 조총과 야소교를 일본에 전했다는데, 그들은 야소교가 세상의 빛과 소금 역할을 하며 인간으로서의 모범을 보인다고 했다더구나. 그래서 일부 왜인들이 부처를 버리고 야소교를 믿는다고 하더구나. 소서행장도 그중의 한 놈일 테고."

"그런 생각을 가진 자들이 타국을 침략해 살육을 일삼는다 말입니까?"

"그래서 더 죽일 놈들이지."

소서행장은 오사카 상인 집안 출신의 천주교 신도였다.

조선 침략이 천주교 정신을 거역하는 죄악임을 알고 있었으나 칼자루를 쥔 풍신수길이 두려워 선봉에 섰다고 하나 참전 기회를 이용해 조선에 천주교를 전파하려는 꿈도 있었던 모양이다.

일각쯤 지나자 왜군이 100보 앞으로 다가왔다.

기괴한 모습이 뚜렷이 보였다.

나무에 오른 승병이 소암과 수신호를 주고받은 뒤 효시를 쏘아 올렸다.

쉬이이익 피이이잉!

효시 소리는 짧고도 날카로웠다.

뒤이어 화살이 숲을 뚫고 날아갔다.

왜군의 조총도 화기를 뿜었다.

우레 같은 소리가 온 산을 흔들었다.

총알과 화살은 서로 비켜나며 목표물을 찾아갔다.

왜군보다 높은 곳에서 내려다보며 쏘는 화살은 가속도가 붙어 살상력이 배가 되었다.

소암이 소리쳤다.

"속전속결이다. 화살을 집중하라."

적이 30여 보 앞으로 다가왔다.

"헉!"

앞서가던 소암이 칡덩굴에 발이 걸려 그만 헛발을 디디며 나뒹굴었다.
"대사님, 괜찮으십니까?"
뒤따르던 운해가 재빠르게 소암의 손을 잡고 일으켰다.
"괜찮다, 내 걱정은 말고 어서 저놈들을 쳐라."
승병들이 지쳐 내려가며 창검으로 왜군을 찌르고 후려쳤다.
왜군의 기세도 만만찮았다.
눈에 보이지 않는 조총 탄환에 승병들도 잇따라 가슴을 움켜잡았다.
피가 승복을 붉게 적셨다.
조총 소리가 잦아들었다.
심지에 불을 붙일 틈이 없어 그저 막대기에 불과했다.
왜군도 화살을 날리며 칼을 휘둘렀다.
양측 모두 서리 맞은 늦가을 벼이삭 꺾이듯 엎어졌다.
죽고 죽이는 혈전, 처절한 인간 도살장이 따로 없었다.
"겁먹지 말라. 대형을 유지하라."
소암이 피울음으로 소리쳤다.
"아악!"
비명이 찢어지다가 다시 엉켰다.
왜군은 쓰러진 시체를 밟고 끊임없이 올라왔다.
승병은 유리한 지형에 섰으나 숫자에서 역부족이었다.
총탄을 맞은 일주문에 불꽃이 튀고 검고 하얀 연기가 피어올랐다.
잠시 뒤 일주문 지붕을 받치는 한쪽 기둥이 부러졌다.
뿌지직 퍽 쿵!
편액이 떨어지고 기왓장이 쏟아져 내리며 흙먼지가 일었다.
잠시 뒤 왜군 쪽에서 비명을 뚫고 조선말이 들려왔다.
"저 누런 장삼을 입은 땡추가 소암이다. 사격을 집중하라."
왜군에 붙어사는 길잡이였다.
"저런 죽일 놈을! 그래, 내가 소암이다. 어디 얼굴 좀 보자, 이 배은

망덕한 놈아!"

회색 옷에 봇짐을 지고 손짓하는 길잡이의 모습이 시야에 들어왔다.

소암이 길잡이를 향해 유엽전(화살촉이 가늘지만 뾰족하지 않고 버들잎 모양으로 조금 넓적하면서 둥근 형태)을 놓았다.

삶과 죽음은 찰나였다.

가슴에 살을 맞은 길잡이가 몸을 뒤틀더니 그 자리에 꼬꾸라졌다.

"대사님, 적들이 계곡을 따라 장경각 쪽으로 가고 있습니다."

왜군은 일주문이 무너지며 길이 막히자 우회로를 택한 것이다.

"여기서 끝을 봐야 하는데…. 끝내 뚫리고 말았구나."

소암이 장경각 쪽으로 뛰면서 소리쳤다.

숨이 턱까지 차올라왔다.

"적을 추격하라."

쫓기는 왜군, 쫓는 승병.

공수가 바뀌었다.

대장경판 탈취만 생각하는 왜군은 등 뒤로 화살이 빗발쳤지만, 오로지 앞만 보고 뛰었다.

장경각은 대적광전 뒤 높은 단壇을 따라 서남향으로 지어져 있었다.

그곳엔 이미 승병 100명이 배치돼 있었다.

고막을 찢을 듯한 조총 소리와 함께 화약 냄새가 바람에 실려왔다.

소암의 영을 받은 운해 스님이 붉은색 영기를 휘둘렀다.

승병들이 밀려드는 왜군에게 길을 터주며 현무진을 펼쳤다.

사死의 문이 열리고 생生의 문은 닫혔다.

승병의 철벽같은 진에 둘러싸인 왜군은 탈출구를 찾으려 했으나 역부족이었다.

"황색 영기를 올려라."

"예, 대사님."

깃발이 오르자 대적광전 옆 명부전과 응진전, 비로전 용마루에서 진

안으로 화살이 날아들었다.

지붕 위의 군사는 정인홍과 김면이 지난번 대장경 수호를 위해 소암에게 맡긴 50여 명의 의병들이었다.

승려만 있는 줄로 알았던 왜군들은 지원군이 들이닥친 것으로 생각했는지 크게 당황하며 시선이 허공으로 흐트러졌다.

지붕 위에서 쏟아지는 조준 화살을 피할 수 없었다.

백발백중이다.

왜군은 쓰러지는 사상자에 발이 걸리며 잇따라 넘어졌다.

독 안에 든 쥐가 따로 없었다.

왜군을 추격해온 일주문 앞의 승병들이 합세했다.

승병의 곤봉과 검이 쇄도하며 왜군의 급소를 찔렀다.

"진을 유지하라, 한 놈도 남김없이 멸살하라!"

소암이 고함을 내지르며 솜털처럼 가볍게 진 안으로 날아들었다.

소암의 휘두르는 월도는 마치 춤을 추는 듯했다.

왜군의 목이 연이어 떨어졌다.

급기야 진 안의 왜군 몇 명이 목숨을 부지하려 검을 던지고 무릎을 꿇었다.

전세가 승병 쪽으로 완전히 기울었다.

허공에 뿌려지는 왜군의 피가 흙먼지를 덮었고, 땅을 적셨다.

격전 한 시진.

전투는 끝이 났다.

수행하는 승려가 아닌 '백정의 시간'이 지났다.

왜군은 조선의 정신이며 심장인 8만 1,258매의 대장경 중 단 한 개라도 손에 넣으려 했으나 그 꿈은 죽음으로 바뀌었다.

법보法寶를 간직한 묵언의 공간에 침묵이 흘렀다.

소암이 돌아섰다.

"부처님이 살생을 불렀나? 아니면 내가 살생을 불렀나?"

소암은 지옥보다 더 참혹한 이 상황을 모두 거짓이라고 믿고 싶었다.

"크억!"

소암이 입으로 한 모금의 선혈을 토해냈다.

핏물이 장삼 자락을 타고 뚝뚝 떨어졌다.

운해 스님이 휘청거리는 소암을 부축했다.

"대사님, 괜찮으십니까? 모든 것이 끝났습니다. 이 업보業報를 소승도 함께 짊어지겠습니다."

소암이 미소를 지었다.

"주검들을 수습하라. 그리고 저놈들이 다시는 이곳을 넘보지 못하게 한 손을 자르고 돌려보내라."

왜군의 손목을 자르라는 소암의 느닷없는 명령에 모두 어리둥절했다.

바로 나서는 승려가 없었다.

잠시 침묵이 흘렀다.

소암 옆에 선 운해가 대답했다.

"대사님, 제가 하겠습니다. 살아생전 어찌 공덕功德 쌓는 일만 할 수 있겠습니까? 팔열八熱지옥에 가더라도 대사님과 도반道伴들과 함께한 일이라 고통스럽지 않을 것입니다."

잠시 뒤 손목을 잃은 왜군들은 극한의 고통에 데굴데굴 굴렀다.

"아악 아악 아악!"

"나무관세음보살, 관세음보살, 관세음보살!"

왜군들의 잇단 비명이 염불 소리와 함께 산을 넘어갔다.

마음을 가라앉힌 소암이 말했다.

"저놈들도 적이기 전에 사람이다. 아픔이 클 것이다. 손목을 묶어 지혈해주도록 하라."

승려들이 왜군들의 손목을 하나하나 무명으로 묶어 감싸주고 나니 한 무더기의 검은 구름이 가야산을 덮으며 내려왔다.

콰르릉 콰쾅!

별안간 천둥과 번개가 천지를 집어삼킬 듯 무섭게 울리더니 콩알 같은 빗방울이 세차게 떨어졌다.

비는 온 세상을 쓸어버릴 듯 더욱더 거세졌다.

소암이 운해 스님에게 말했다.

"이 세상 살아있는 모든 것은 언제가 반드시 죽기 마련이고, 다만 앞뒤가 있을 뿐이다. 이 비가 그치면 다비荼毘를 준비하라. 삶과 죽음의 이 경계 또한 깨달음의 기회이니."

"예, 대사님."

대장부 죽음을 본 무계의 강물은 말없이 흘러만 갔다

전쟁의 목적은 이겨 사는 데 있지, 져서 죽는 데 있는 것이 아니다

쏴아아아! 우르르 쾅쾅!

6월 16일.

장마철이라 장대비가 수시로 쏟아졌다.

비는 세상의 모든 것을 쓸어갈 듯이 곳곳에 새로운 물길을 만들었다.

김면은 김준민金俊民(?~1593) 부장과 함께 조반을 마치고 적정과 향후 전술에 대해 의견을 나누고 있었다.

며칠 전 김면 부대를 지원하기 위해 온 김준민은 산청 단성 출신으로 9년 전 함경도 군관으로 있으면서 니탕개의 난을 진압하는 데 큰 공을 세우고 거제 현령으로 있던 중 김수의 지시를 받고 잠깐 자리를 비운 사이 거제가 왜군에게 점령당하자 거창으로 왔다.

김준민은 제1차 진주성 전투 승리의 견인차가 되었고 무계와 안언역 전투 등에서 공을 세웠으나 안타깝게도 2차 진주성 전투에서 사천현감 직책으로 악전 분투하다 순절했다.

김준민이 말했다.

"대감, 이곳 거창과 고령 일대는 산이 많고 계곡이 깊으니 우리가 매복하여 기습한다면 절대적으로 유리할 것입니다."

"지형지물을 효과적으로 이용하자면 군사의 숫자보다 지략이 뛰어난 장수와 날쌘 병사가 필수인데, 지금 우리 상황이 그렇지 못하니 고민입니다."

"예, 맞습니다. 정예병을 단기간에 육성하기는 어려우니 차선책으로 소규모 편전 부대를 만드는 게 어떨까 합니다."

"편전 부대라고요? 좋은 생각이긴 한데, 문제는 그 많은 편전을 어디서 구한다는 말입니까?"

김준민이 편전 부대를 말했지만, 당장 편전을 만들기도 구하기도 어려웠다.

두 사람이 고심하고 있을 때 비에 흠뻑 젖은 칠성이가 얼굴을 훔치며 군막으로 뛰어 들어왔다.

"대감마님, 무계산성의 김홍한 부장 휘하에 있는 작개가 왔습니다."

"작개라고? 이 빗속에…. 어서 들여보내라."

밀짚 도롱이를 쓴 작개가 군례를 표했다.

"대감님을 뵙습니다."

"그래, 오랜만이구나. 무슨 급한 일이냐?"

"예, 대감. 지금 무계 나루터에 왜군의 병력과 물자가 집결하고 있습니다. 세력이 더 강해지기 전에 선제공격하는 것이 어떨까 하고 대감께 이 편지를 전하라고 했습니다."

작개가 품속에서 꺼낸 편지를 김면에게 건넸다.

김면이 병사에게 말했다.

"곧 답변을 줄 테니 우선 젖은 옷을 말리고 있거라. 그리고 칠성이는 작개에게 아침밥을 넉넉히 차려주도록 해라."

"예, 대감마님."

김면이 참모장 회의를 소집해 무계지역의 상황을 알리고 의견을 모아 출전을 결정하고 작개에게 말했다.

"내일쯤 출발할 수 있을 것이니 김홍한 장군에게 왜군 동태 파악과 경계에 만전을 다하라 전해라."

"예, 대감."

다음날 아침.

"지금 출발해도 무계에 당도하려면 저녁이 될 것이니 부장들은 속히 출발할 수 있도록 병력을 다시 한번 점고해주시오."

군막으로 들어온 김면은 며칠 전부터 생각해온 것을 글로 옮기기 시작했다.

붓끝에 힘이 실렸다.

장졸서계문將卒誓戒文(군사들이 맹세하고 경계하는 글)

첫째, 왜군 토멸에 목숨을 아끼지 않는다.

둘째, 사사로운 일로 공을 해치지 않는다.

셋째, 백성의 재물을 탐하지 않는다.

넷째, 군령을 어긴 자, 적을 이롭게 한 자는 참형에 처한다.

다섯째, 전공을 탐하지 않는다.

문위가 막사 안으로 들어왔다.

"대감, 출전 준비가 끝났습니다."

"수고 많았네."

김면이 두루마기 종이를 문위에게 건넸다.

"이게 무엇입니까? 대감."

"출발 전 이것을 장졸들에게 숙지하게 했으면 합니다."

문위가 두루마리에 쓴 글을 눈으로 읽더니 "당연합니다. 군사의 생명인 군기는 지나치다 싶을 정도로 엄중해야 합니다. 하면 지금 장졸들에게 알려 실천토록 하겠습니다."

문위가 두루마리를 들고 장졸들 앞에 섰다.

"장졸들은 들어라! 의義를 위해 일어난 우리 모두, 내가 지금 읽는 이 다섯 가지는 무슨 일이 있어도 반드시 지켜야 할 것이다."

문위가 한 줄 한 줄 읽어 내려가자 장졸들 모두 고개를 끄덕였다.

"의병의 책무를 다하자! 의병의 책무를 다하자! 의병의 책무를 다하자!"

병사들의 목청에 힘이 들어갔다.

장졸들은 '참형'이라는 말이 섬뜩했지만, 스스로 지키고 따라야 하는 계율 같은 것이 있다는 것에 뿌듯해했다.

검은 구름이 걷히며 빗줄기가 한결 가늘어졌다.

"자, 출전하라."

왜군이 자주 출몰하는 고령 일대 마을에는 한낮인데도 인적이 끊겼고 가옥은 곳곳이 불타고 무너져 성한 것이 거의 없었다.

또 사람 손길이 닿지 않은 논밭은 잡초가 무성해 양식이 될 만한 것은 하나도 보이지 않았다.

왜군들이 의병들에게 당한 앙갚음으로 분탕질한 흔적이 눈 위의 발자국처럼 뚜렷했다.

"백성이 왜적의 칼날에 죽어가고 거친 땅에 인가人家가 없으니 봄에 제비는 몇 번이나 집을 지었는지…."

김면이 혼잣말로 읊조렸다.

양식 하나 없이 산속으로 몸을 숨긴 사람들도 낮이면 민가 근처로 내려와 푸성귀를 뜯고 어두워지면 다시 산으로 들어가 두려움에 갇혀 지냈다.

지금 당장도 문제이거니와 내년이 더 걱정이었다.

'농사꾼은 굶어 죽어도 종자를 베고 죽는다'라는 말이 있지만, 피난 때 씨앗 한 톨 가져가지 못했다.

설령 종자가 있더라도 피난 생활에서 씨앗을 심는 일은 엄두도 못 낼 일이다.

크르렁 캐갱 캥!

길가 숲에서 소름 돋는 소리가 났다.

김면이 말했다.

"무슨 소리인지 가까이 가서 확인해보아라."

"예, 대감."

무서워 우물쭈물하던 병사 몇몇이 수풀을 헤치고 들어가니 입에 피칠을 한 들개와 이리(늑대)들이 먹이다툼을 벌이다 인기척에 놀라 달아났다.

그 자리엔 뜯어 먹다 만 사람의 시신이 여기저기 흩어져 있었다.

목불인견目不忍見이었다.

굶어 죽었거나 아니면 왜군의 칼날에 희생된 사람일 것이다.

아귀다툼 현장을 본 병사가 속이 뒤집히는지 캑캑거리며 연신 구토를 했다.

이야기를 들은 장졸들 모두 놀라움에 더해 분노와 슬픔을 속울음으로 달랬다.

김면이 말했다.

"나라는 백성을 근본으로 삼는데 내 비록 생각이 깊지 않으나 백성을 곤궁하게 해서는 안 된다는 것을 진실로 알고 있다…. 백성이 무슨 죄가 있어 이런 지경에 이르렀을꼬? 시신을 수습하여 묻어주거라. 짐승들에게 맡겨서는 안 될 일이니."

"예, 대감."

병사들이 재빨리 시신을 묻었다.

"행군 속도를 높여라, 어둠이 오기 전에 도착해야 하니."

김면의 말을 받은 칠성이가 외쳤다.

"저기 보이는 금산재를 넘어 반 시진 조금 더 가면 무계입니더. 모두 힘을 냅시더."

"칠성이, 자네 목청 하나는 장군감일세그려."

병사들의 농담에 모두가 피로감을 잠시 잊었다.

금산재 초입에 다다랐을 즈음 지게를 진 노인과 젊은 사람이 좁은 논두렁길을 쓰러질 듯 쓰러질 듯하며 걸어오고 있었다.

지게에는 무엇이 실렸는지 무척이나 무거워 보였다.

"대감, 저기 사람이…."

"병사를 보내 무슨 일인지 알아보라."

잠시 뒤 병사들과 함께 노인이 김면 앞에 다가와 지게를 내렸다.

두 사람의 입성은 남루했으나 눈빛은 맑고 형형했다.

"노인장, 무슨 일이오? 자칫 왜군이라도 만나면 어찔려고요?"

"예, 소인은 성주에 살다가 피난 온 조궁장造弓匠(활과 화살을 만드는 일을 업으로 삼는 사람) 박가라고 합니다. 우리 부자는 지금 의병을 찾아가는 길입니다."

"의병을 찾아간다고?"

"예, 장군."

"그런데 노인장, 지게에 쌓여 있는 것은 무엇입니까?"

"활이지요."

노인의 지게에 덮인 거적을 들어 올린 김준민이 깜짝 놀라며 말했다.

"대감, 이걸 보십시오."

"아니, 노인장. 이건 편전이 아닙니까?"

"맞습니다. 편전입니다. 이 활과 살을 왜적 잡는 데 써주십시오. 편전 50순(1巡=5矢)과 각궁角弓 50장張에 죽시竹矢(조릿대로 만든 화살)와 호시楛矢(싸리나무로 만든 화살)·장전長箭(긴 화살) 300순입니다."

조선의 핵심 병기인 편전도 그렇지만, 각궁을 이렇게 많이 본 건 무관 출신인 김준민도 처음이라 놀란 표정을 지으며 말했다.

"대감, 이걸 보십시오. 편전과 각궁입니다."

각궁은 물소 뿔로 만드는데, 재료를 중국에서 사 와야 하기에 당시 조선에서는 구하기가 쉽지 않았다. 그리고 각궁 한 장 만드는 데 시일도 넉 달이나 소요되었다.

"노인장, 정말 고맙소. 문위 참모장, 노인장에게 활과 화살값을 넉넉하게 쳐 드리시오."

"아이구! 아닙니다. 장군."

노인이 손사래를 치며 말했다.

"아니, 왜 돈을 안 받겠다는 것이오?"

"돈은 필요 없습니다. 돈이 있어도 쓸 곳이 없습니다. 우리 부자가 궁시弓矢 재료를 구하려고 집을 잠시 비운 사이 왜적들이 들어와 이 아이 어미와 며느리, 손자를 죽이고 집을 모두 불태워버렸습니다. 또 마을 사람 수십 명이 죽임을 당하고 일부는 끌려간 것 같습니다. 이 돈은 군량과 병장기 마련하는 데 써주십시오. 다만 한 가지 부탁이 있습니다."

"무엇이든지 말해보시오."

"우리 부자는 이제 갈 곳이 없습니다. 허락하신다면 의병에 들어가 무엇이든지 힘이 닿는 대로 돕고 싶습니다. 활과 화살을 만들고 병사들에게 사술射術을 가르쳐 철천지원수를 반드시 갚을 것입니더."

"걱정 마시오. 노인장이 그렇게만 해주신다면 우리에겐 천군만마와 같은 힘이 될 것입니다."

"고맙습니다. 이 목숨 다하도록 힘쓰겠습니다."

조금 전만 해도 어두웠던 노인의 얼굴이 밝아졌다.

"그럼 제가 이 활을 한번 쏘아보겠습니다."

"노인장이 직접 활을 쏜다고요?"

"예."

노인이 각궁을 들더니 숨을 깊게 들이마신 후 천천히 내뱉었다.

두 다리는 말뚝처럼 한 치의 흔들림도 없었다.

반신반의하는 모두의 눈이 노인에게 쏠렸다.

"저기 앞 소나무를 과녁 삼아 한번 쏴볼 테니 보세요."

소나무까지의 거리는 족히 300보는 넘을 듯싶었다.

노인이 시위를 당기자 각궁이 반월처럼 휘어졌다.

피이잉!

시위가 맑은 음향과 함께 파르르 떨렸다.

노인의 자세는 전혀 흐트러지지 않았다.

"우와! 노인장 힘이 대단합니다. 젊은 사람도 시위를 저렇게 당기기가 쉽지 않은데…."

허공을 향해 팽팽한 시위를 놓았다.

쇄애애액!

화살이 날카로운 파공성을 울리며 날아갔다.

퍽!

잠시 뒤 과녁을 확인하러 간 병사가 큰 원을 그리며 "관중이오! 관중이오!"라며 외쳤다.

살은 한 치의 오차도 없이 소나무에 박혔다.

"명궁수가 따로 없습니다. 대단합니다."

박수가 터졌다.

"활은 힘으로 쏘는 게 아니라 호흡과 요령이 필요하지요."

노인의 목소리는 낮았으나 울림이 있었다.

"그렇습니까? 정말 놀랍습니다."

김면이 말했다.

"우리는 지금 무계의 적을 치러가니 노인장께서는 우선 거창에 가 계십시오. 곧 다시 만나게 될 것입니다."

"그리하겠습니다."

"칠복아, 노인장에게 거창으로 가는 안전한 길을 알려드려라."

"예, 대감마님."

조궁장 부자가 고개를 숙이고는 발걸음을 옮겼다.

당시 조선의 기술자들은 천대받았지만, 활을 만드는 궁인弓人과 화살을 만드는 시인矢人은 다른 장인들보다 우대받아 그 누구도 함부로 대하지 않았다.

김면과 김준민의 시선이 부딪쳤다.

"김 부장, 하늘이 우리를 돕고 있습니다. 허허!"

"그렇습니다, 대감."

두 사람의 대화를 듣고 있던 참모들이 한목소리를 냈다.

"대감, 하늘이 돕다니 무슨 말씀입니까?"

김면이 아침에 김준민과 나눈 이야기를 설명하니 문위가 "천운입니다. 하늘이 우리를 돕는 게 맞습니다"라며 김준민의 어깨를 잡으며 기뻐했다.

"자, 진군하라."

병사들이 노인이 준 활과 화살을 소달구지에 싣고 금산재를 넘었다.

* * *

'강변에서 번창하는 마을'이라는 뜻의 무계는 달성군 화원 사문진 나루터 건너편에 위치해 김면의 고향 양전동에서 동북으로 20여 리 떨어진 낙동강 변의 작은 마을이지만, 고령 안림역과 성주 안언역을 잇는 역촌으로 육로와 수로 교통의 요충지다.

온갖 물산이 모이고 외지 사람들의 왕래가 잦은 곳이라 마을은 여느 지역보다 활기차고 사람들의 의식도 깨어 있었다.

마을 사람들은 오래전부터 농사일을 주로 하며 어업과 상업을 병행하여 생계에 부족함이 없는 평온한 세월을 엮어왔다.

밤이 되면 선비들의 글 읽는 소리가 담장을 넘었다.

그런데 어느 날 왜군 제7군 사령관인 모리휘원毛利輝元(모리 데루모토)의 부하 장수인 촌상경친村上景親(무라카미 가게치카)이 나루터를 점령하면서 평화는 깨지고 말았다.

왜군들은 마을 사람들을 부역꾼으로 끌고 가 짐승 다루듯 하며 마음에 들지 않으면 죽이기까지 했다.

공포와 두려움에 떨던 마을 사람들은 모두 약속이나 한 것처럼 어느 날 소리 소문도 없이 자취를 감추었다.

왜군은 무계 나루터를 본국에서 오는 군수물자의 중간 집결지로 삼아 호남과 상주·김천지역으로 들여보내는 보급로 역할과 조선에서 약탈한 전리품 보관과 병력의 이동 거점으로도 활용하고 있었다.

왜군은 지난 6일 손인갑孫仁甲(1544~1592) 부장과 박대복이 이끄는 의병 350명에게 야습을 당해 100여 명의 전사자를 내고도 물러나지 않고 오히려 병력을 더 증강했다.

이는 무계가 왜군에겐 그만큼 중요한 곳임을 방증하는 것이다.

손인갑은 밀양 출신으로 부산 첨사를 역임하고 전란이 일어나자 정인홍 부대의 선봉장을 맡아 많은 전공을 세웠는데, 안타깝게도 낙동강 지류 초계에서 왜군을 추격하던 중 말이 진흙 속에 빠지면서 애마와 함께 최후를 마쳤다.

이때 김면은 손인갑 부장의 전사를 애도하는 만사輓詞를 써서 그의 명복을 빌었다.

"임진년 난리판에 몇몇 영웅이 일어나 내가 거창 땅에서 머리를 들고 날로 너를 바랐노라.

창을 짚고 길에 나가보니 그대가 고령으로부터 오더라.

서로의 심중을 꺼내보니 생각과 의기가 똑같고 그대의 절개를 알겠더라.

서로 칼을 들고 왜적 치는 것을 맹서하니 나라를 위한 근심과 백성을 걱정하는 마음이 한가지더라.

마진馬津 땅에서 죽음을 아끼지 않고 홍모鴻毛(기러기 털같이 아주 가벼운 사물)같이 하니 그 높은 성가聲價(평판이나 소문)는 삼강오륜 만고에 통하고 아비에 대한 행실은 대효大孝요 위국충정이더라.

우애友愛와 금슬琴瑟의 원통한 마음 가슴속 열렬함이 시종일관하니 왕에게 아뢰는 날에는 벼슬이 영롱하리라. 의를 취하고 생명을 버린 곳에 진중한 몸인 것을 알리다…."

또한 박대복의 진중 순절에 김면은 "박공이 의를 취하고 생명의 진중함을 놓았다"라며 그의 전공을 김성일에게 전하니 김성일 역시 가슴 아파하며 장계를 올렸다.

장계를 받아온 한음 이덕형李德馨 등 조정 대신들이 "무계승첩의 큰 공이 박 공에게 있고 당당한 충의는 일월日月로 빛난다"라며 격찬하자 선조 역시 그 공을 높이 사 병조참판에 증직했다.

"대감, 어서 오십시오."

김면의 도착 소식을 듣고 마중을 나와 있던 김홍한이 말에서 내려 군례를 올렸다.

"그래, 고생이 많구나."

김면이 재종질 홍한의 어깨를 감싸며 격려했다.

"산성(212m) 축성은 진척이 있느냐?"

"적의 눈을 피해서 성을 쌓다 보니 생각보다 시간이 많이 걸립니다. 그리고 이곳은 흙산이라 주변에서 석재石材를 구하는 것도 쉽지 않습니다."

"힘이 드는 일이지만, 병사들의 안전을 그 무엇보다 우선으로 생각하거라."

"예, 대감."

의병들이 쌓는 석축은 산 정상부를 빙 둘러싸는 테뫼식으로 높이가 12척쯤 되었다.

"축성이 언제쯤 끝날지 모르나 모두 연결하면 400보는 될 듯합니다."

"알겠다."

좁은 산길을 한 식경 정도 걸어 산 정상에 도착했다.

정상에 서니 동서로 길게 이어진 낙동강이 손을 뻗으면 잡힐 듯이 가까이 보였다.

김홍한이 김면과 참모들에게 무계 일대의 지리와 왜군 동향을 설명했다.

"저 앞 오른쪽에 보이는 나지막한 산이 봉화산인데, 정상에 올라서면 나루터가 훤히 보입니다. 나루터 왼쪽은 새터라는 곳으로 가옥이 10여 채쯤 있습니다. 대감도 잘 아시다시피 새터에서 강 상류로 이어진 길은 성주와 김천으로 가는 길목입니다. 적의 퇴로 차단을 위해 병력을 둘로 나눠 협공하는 것이 좋을 듯합니다. 그리고 봉화산과 새터 쪽으로 우회해서 들어가면 시간이 조금 더 걸리겠지만, 적에게 노출될 위험을 줄일 수 있습니다."

"나도 대충 그림이 그려지는구나. 전장에서 적을 속이는 것이 상책은 아니더라도 중책은 되니 그렇게 하자."

"예, 대감."

옅은 석양이 강물에 실려 내려가며 반짝였다.

이때 적정을 살피러 간 척후병이 돌아와 보고했다.

"지금 무계와 인근 마을은 텅 비어 있고 왜군 300여 명이 막사와 창고에 쌓아놓은 물자를 배 2척에 싣고 있었습니다. 그리고 적 후방 10리 안에는 주둔하고 있는 병력이 없는 것 같습니다."

"수고했다. 적의 일거수일투족을 계속 감시하고 무슨 일이 있으면 즉각 알리도록 하라."

"예."

김면이 부장들에게 말했다.

"척후의 보고대로라면 적은 늦어도 사나흘 후 물자를 현풍 쪽으로 이동시킬 것 같네. 어둠을 이용하여 기습 공격하면 어떻겠나?"

김준민이 답했다.

"묘책입니다. 쇠뿔도 단김에 빼라 했듯이 이 호기를 놓쳐서는 안 될 것입니다. 병법에도 군사의 움직임은 신속하고 은밀하게, 형체조차 없는 것처럼 해야 한다고 했습니다. 어둠을 이용하여 일거에 치면 적은 분명히 혼란에 빠질 것입니다. 그러나 지난번 손인갑 장군과 박대복에게 타격을 입은 적들이 경계를 더 촘촘히 하고 있을 것이니 십분 주의해야 할 것입니다."

"좋소, 백번 맞는 말이오. 그럼 모레 새벽 김홍한 부장은 봉화산 쪽에서 왜선 경계병을 먼저 처치한 후 군막을 공격하고, 김준민 부장은 새터 쪽에서 김홍한 부장의 효시嚆矢(우는살)를 신호로 들이치기로 하지. 나는 중군을 이끌고 여기서 마을 뒤쪽으로 바로 가겠네."

강 안팎의 풍경들이 회색빛 어둠속으로 잠겨 들고 있었다.

어둠은 생각보다 일찍 왔다.

멀리 보이는 마을에는 콩알만 한 불빛 몇 개가 희미하게 깜빡거렸다.

* * *

왜장 촌상경친이 주둔하고 있는 나루터.

왜군들은 나루터를 점령했지만, 집은 부수지 않고 집 앞 넓은 공터에 10여 개의 장막을 쳐 병사들의 숙소로 사용하고 있었다.

대청마루 벽에 걸린 등불이 바람에 흔들리며 두 사람의 그림자를 만들었다.

술잔을 기울이고 있는 촌상경친과 그의 수하 부장이다.

촌상경친이 술잔을 내려놓으며 말했다.

"김면과 정인홍이란 놈에 대해 들어온 정보는 없느냐?"

"예, 아직 척후병이 돌아오지 않아 알 수 없습니다만, 합천과 거창 골짜기에 틀어박혀 벌벌 떨고 있을 겁니다."

"벌벌 떨고 있다고? 그놈들은 지난번 개산포와 이곳 1차 전투에서 승리로 기세가 올라 있을 거야. 언제 또 습격할지 모르니 방심은 절대 금물이야."

"그런데 장군, 조선이라는 나라는 참 이상합니다."

"무엇이 이상하단 말이냐?"

"예, 왕이라고 하는 자와 관군들은 싸워보지도 않고 도망을 치는 데 반해 밑바닥 백성들까지 의병이라는 이름으로 스스로 일어나 곳곳에서 우리 보급로를 끊고 덤비니 골치 아픈 일이 아니겠습니까?"

"맞는 말이다. 도성을 점령하고 조선왕만 잡으면 전쟁이 끝나는 줄 알았는데, 그게 아니단 말이다. 우리가 조선에 오기 전 부장이 지금 말한 것들은 전혀 몰랐던 것들이지. 어쩌면 이번 전쟁은 태합太閤 전하의 크나큰 오판인지도 모르겠구나. 한두 달 내로 조선왕을 잡아 항복을 받아내지 못하면 우리도 살아서 돌아가기 어려울 것 같구나."

왜국에선 상상도 하지 못할 일이 일어난 것이다.

전쟁은 일반 백성이 아닌 무사들의 싸움이었고, 성주들은 최후까지 성을 지키다 성이 무너지면 할복자결割腹自決로 패배를 인정했다.

"장군, 우리 군이 살아남지 못하다니 무슨 말입니까?"

"조선 백성들이 하는 말이 이곳 조선은 겨울 석 달 내내 추위가 혹독해 문밖출입도 꺼린다고 한다. 그게 사실이라면 따뜻한 곳에서 살아온 우리 군사들이 어떻게 견뎌내겠나? 총칼로 조선군을 쓸어버리기 전에 우리가 먼저 얼어 죽을 수도 있다는 말이지."

"장군, 소서행장과 가등청정 부대가 조선왕을 추격하고 있으니 곧 잡을 것으로 생각하지만, 지금 가장 걱정되는 것은 군량입니다. 장군도 아시다시피 의병들이 육로와 수로를 막고 있어 쌀 한 톨 구경하기 어렵지 않습니까? 이 상황이 지속되고 추위가 몰려오면 어떻게 될까 두렵습니다."

"우리가 이곳 나루터에 주둔하고 있는 이유가 군량 수송이니 그 책임을 다해야 할 것이야."

촌상경친이 귀퉁이가 깨진 막사발을 요리조리 살피며 말했다.

"부장, 노획품들을 하루라도 빨리 태합 전하께 보내야 하지 않겠나?"

"태합 전하의 입에서 장군의 이름이 제일 먼저 거명되게 지금 확보한 것이라도 먼저 보내야겠습니다."

"그런데 말이야. 그게…"

촌상경친의 얼굴색이 살짝 변하며 목소리가 낮아졌다.

"장군, 그런데라뇨? 무슨 걱정거리라도 있습니까?"

"노획한 것들을 보면 어느 것 하나 귀중하지 않은 것이 없지만, 태합께서 찾는 성한 막사발을 아직 한 점도 못 구했으니 내 체면이 서겠나?"

"그건 그렇습니다. 조선 백성들이 피난하면서 밥그릇을 가져가거나 땅에 묻어버려 집을 다 뒤져봐도 온전한 것은 하나도 눈에 띄지 않는다고 합니다. 며칠 전 함인 쪽으로 간 병사들에게 기대해봐야지요."

"자, 밤이 늦었으니 오늘은 이만하고 잠자리에 들지."

"예, 장군."

개 짖는 소리가 가끔 들려왔다.

덩어리진 구름이 초승달을 가리고 구름 사이로 총총한 별 무리가 반짝였다.

18일 인시(새벽 4시)가 가까워졌다.

달의 기울기를 주시하고 있던 김면이 부장들에게 영을 내렸다.

"자, 출정이다. 제군들은 죽음을 각오하고 끝까지 싸우라."

이에 장졸들은 환호 대신 군례로 의기를 보였다.

병사들은 새끼줄로 신을 감고 말은 재갈을 물려 소리를 죽이며 이동했다.

봉화산 정상에 도착한 김홍한이 병사들에게 작전을 다시 한번 주지시켰다.

왜군은 다가오는 죽음의 그림자를 전혀 알아차리지 못했다.

한편, 새터 군막 100보 앞까지 전진한 김준민이 손짓으로 병사들을 멈춰 세웠다.

쉬이익 쉭쉭!

눅눅한 강바람이 물안개를 몰아왔다.

김홍한 부장 쪽에서 효시가 오르기를 기다렸다.

병사들의 표정에 긴장감이 역력했다.

김준민이 이마의 땀을 닦고 있는 앳된 얼굴의 병사에게 다가가 말했다.

"올해 나이가 몇이냐?"

"예, 부장. 열일곱입니더."

"아직 어린 나이인데…. 그런데 왜 그토록 땀을 흘리느냐?"

"예, 왜군이 무서워서 그렇심더."

또 다른 한 병사는 어깨를 잔뜩 움츠려 떨고 있었다.

김준민이 병사에게 물었다.

"너는 땀이 나지 않느냐?"

"예, 저는 왜군이 무서워서 땀이 나지 않습니다."

김준민이 병사의 어깨를 토닥이며 말했다.

"그래 목숨이 걸린 싸움인데, 두려운 것이 당연하지. 저 하늘금(하늘과 산 능선이 맞닿은 곳)의 큰 나무를 봐라. 수많은 세월의 풍파에도 쓰러지지 않고 굳건하게 서 있지 않으냐. 시련이나 두려움이 닥쳐도 용기로 바꾸면 분명히 이겨낼 수 있다. 전쟁의 목적은 이겨 사는 데 있지, 져서 죽는 데 있는 것이 아니다. 죽기를 각오하고 싸우면 그게 바로 사는 길이다."

"예, 부장 말씀대로 죽기를 각오하고 싸우겠습니다."

김준민의 말에 용기를 얻은 병사들이 활과 칼을 더 단단히 잡았다.

곧 해가 뜰 모양이다.

동쪽 하늘이 불그스름하게 물들자 띄엄띄엄 있던 별도 하나둘씩 빛을 잃었다.

물안개도 강 너머에서 불어오는 바람에 밀려났다.

적선 두 척과 군막이 모습을 드러냈다.

군막 옆엔 제7군 사령관 모리휘원 부대를 상징하는 붉은색 깃발이 세로로 길게 늘어져 바람을 따라 움직이고 있었다.

군기는 상단에 흰색으로 쓴 한 일(一) 자와 3개의 동그라미가 그려져 있었다.

한편, 왜선 쪽으로 간 김홍한이 왜군 상황을 확인하고 병사들과 말없이 눈빛을 주고받았다.

강변 비탈길을 미끄러지듯 내려갔다.

길길이 자란 억새들이 강변을 뒤덮고 있었다.

인기척에 놀란 노루가 후다닥 달아났다.

경계병 6명이 뱃전과 군막 옆에서 허리를 꼬부린 채 꾸벅꾸벅 졸고 있었다.

새벽이라 강물이 바위에 부딪혀 철썩거리는 소리가 크게 들렸다.

손에 찐득한 땀이 묻어났다.

담대한 그도 긴장한 기색이 역력했다.

의병으로 나선 후 어쩌면 오늘이 전투의 시작인지 끝인지 알 수 없었다.

목숨을 장담하지 못하는 격전을 피할 수 없음을 느꼈다.

강변 장막에도 모두가 곯아떨어졌는지 인기척이 없었다.

"적선의 경계병부터 먼저 처치해야겠다. 자, 가자."

김홍한이 손을 적진을 향해 뻗었다.

이를 신호로 병사들은 쥐를 노리는 고양이처럼 소리 없이 움직였다.

김홍한과 천막달, 작개, 바우가 배 밑창을 따라 선미로 가더니 금세

갑판에 올라섰다.

갑판에서 꾸벅꾸벅 졸고 있던 경계병이 일어나더니 배 뒤쪽으로 갔다.

소변을 보려는 것 같았다.

왜군이 무슨 인기척을 느꼈는지 뒤를 돌아보며 "누구냐?"라고 소리쳤다.

김홍한은 일순간 움찔했지만, 재빠르게 단도를 던졌다.

단도는 왜군의 가슴에 정확히 꽂혔다.

"으윽!"

단말마가 강물 소리에 묻혔다.

이물(배 앞부분) 쪽으로 간 천막달과 작개도 왜군 두 명을 순식간에 해치웠다.

솟구쳐 나온 왜군의 피가 뱃전을 흥건히 적셨고 피비린내가 확 풍겼다.

김홍한이 바우에게 지시했다.

"지금이다. 효시를 쏘아 올려라."

"예, 장군."

효시가 밤하늘을 가르며 날아갔다.

잠시 뒤 전고가 빠르게 울리며 새벽 정적을 깼다.

이를 지켜보던 김면이 중앙군에게 소리쳤다.

"총공격하라, 한 놈도 남김없이 쓸어버려라."

군막에서 왜군이 쏟아져 나왔다.

잠결에 기습을 당해 갑옷은커녕 병장기조차 제대로 챙기지 못했다.

화살이 소나기처럼, 메뚜기가 날아오르는 것처럼 적을 향해 날아갔다.

왜군들이 가슴을 움켜쥐고 나뒹굴었다.

북소리와 총성에 놀란 말과 소가 고삐를 끊고 날뛰었다.

탕 탕 탕!

총소리가 산발적으로 났다.

일부 왜군은 급하게 총을 들었지만, 날아오는 화살을 피하느라 제대로 쏘지 못했다.

장검을 든 촌상경친이 꼬리에 불붙은 여우처럼 이리 뛰고 저리 뛰며 왜병들을 독려했으나 역부족이었다.

김홍한은 지난번 연강 전투에서 확인한 조총 발사 시간을 병사들에게 다시 한번 알렸다.

"조총을 장전하고 쏘는 데 60초 정도의 시간이 걸리니 총소리가 나면 즉시 몸을 숙이고 그다음에 바로 활을 쏘아라."

조총 한 번 쏠 시간에 활은 세 번 정도 당길 수 있어 이런 근접전에서는 효과가 배가되었다.

"작개야, 저놈이 왜장이겠지?"

"그런 것 같습니더."

김홍한이 편전을 들었다.

촌상경친과의 거리가 약 200보쯤 되니 사정거리가 충분했다.

팽팽하게 당겨진 시위를 놓았다.

살은 눈 깜짝할 새 날아갔고 금방 비명이 날아들었다.

"악!"

촌상경친이 왼쪽 어깨를 감싸며 휘청거렸다.

이를 본 왜군들이 방패로 촌상경친 앞을 가리고 부축해 뒷걸음질쳤다.

작개가 소리쳤다.

"왜장이 화살을 맞았다. 모두 살을 퍼부어라."

시간이 지날수록 왜군 진영은 썩은 짚단 쓰러지듯 사상자가 늘어났다.

전세는 이미 의병 쪽으로 기울었다.

군막의 경계병을 해치운 김준민도 무서운 기세로 군사를 몰았다.

삼면에서의 협공.

왜군은 완전히 포위됐다.

탈출구를 찾지 못한 왜군들은 총 대신 검을 휘두르며 달려들었다.

치열한 백병전.

손을 뻗으면 의병과 왜군이 서로 닿을 수 있는 거리라 작전이랄 것도 없었다.

왜군 한 명에 의병 세 명이다.

챠앙! 창!

부딪히는 창과 칼에 불꽃이 튀면서 연이어 날카로운 쇳소리가 났다.

누가 먼저 쓰러지는지는 보지 않아도 알 수 있었다.

옷은 핏빛으로 물들고 얼굴에 튄 피가 땀과 함께 흘러내렸다.

목이 떨어진 시체가 뒹굴고 잘린 팔다리가 발에 채였다.

"부장, 저기 왜장이 도망가고 있습니더."

왜장이 도망치는 것을 본 병사들도 살길을 찾아 달아나기 시작했다.

새터 쪽의 김준민이 중앙으로 들어오면서 퇴로가 열린 것이다.

작개가 말머리를 돌린 왜장을 가리키자마자 김홍한이 활시위를 놓았다.

시위를 떠난 화살이 촌상경친을 따르던 왜군의 등에 연이어 꽂혔다.

"이랴, 이랴!"

승기를 잡았다고 생각한 김홍한이 박차를 가하며 촌상경친을 급히 뒤쫓았다.

천막달과 작개, 바우가 뒤따라 뛰었지만 김홍한과의 거리는 갈수록 멀어졌다.

"이놈들, 게 섰거라, 내 칼을 받아라."

왜군을 거의 따라잡은 김홍한이 고함을 치자 도주하던 왜군 20여 명이 단기필마單騎匹馬인 김홍한을 보고는 돌아서 반격을 가해왔다.

이 틈을 이용해 촌상경친은 눈에서 멀어지고 있었다.

'장수란 놈이 병사들을 사지에 두고 도망을 간단 말이지.'

김홍한의 혼잣말이 끝나자마자 왜군의 장창이 날카롭게 찔러왔다.

홍한의 말이 놀라며 엉거주춤했다.

김홍한은 장창을 칼로 쳐내며 빈틈을 파고들었다.

째쨍 챙!

차가운 금속음과 함께 칼을 잡은 손에 저림과 묵직함이 전해왔다.

다음 순간 칼은 왜군의 가슴을 노리고 들어갔다.

비명과 함께 검붉은 피가 솟구쳤다.

찌르고 베는 동작은 한 치의 오차도 없이 이어졌다.

먹이를 두고 달려드는 한 마리의 맹수를 보는 것 같았다.

왜군이 연이어 피를 토하며 쓰러졌다.

하지만 왜군의 숫자가 너무 많았다.

겨드랑이에 날개가 솟아나거나 적을 다 죽이기 전에는 꽁무니를 빼는 것도 어렵게 되었다.

김홍한을 둘러싸 공격하던 왜군이 갑자기 10보 정도 물러나 활을 들었다. 창검으로 대적은 안 되겠다고 생각한 것 같았다.

백병전에서 활을 드는 건 무인으로서 흔치 않은 행동이다.

여러 개의 화살이 한꺼번에 날아들었다.

김홍한이 급히 말고삐를 죄며 말머리를 돌려 화살을 쳐냈으나 수 개의 살이 말의 앞가슴과 엉덩이에 박혔다.

말이 비명을 지르며 앞발을 쳐들었다.

순간 김홍한도 말에서 떨어지며 강변 언덕으로 굴렀다.

조총 소리에 강을 건너던 새들도 방향을 틀어 흩어졌다.

한편 김홍한의 뒤를 따르던 천막달과 작개, 바우가 현장에 도착했을 땐 왜군의 시신들만 있었다.

"바우야, 홍한 부장이 보이지 않는구나. 어디로 갔을까?"

"적을 쫓아간 게 아닐까요?"

"그럴 수도 있겠다. 각자 흩어져서 찾아보자. 너무 깊이 들어가지 말고."

잠시 뒤 세 사람 모두 빈손으로 돌아왔다.

"성님, 왜군들은 이렇게 많이 죽었는데, 장군이 보이지 않으니 이상합니더. 우리가 장군을 찾는 사이 본진으로 돌아간 게 아닐까요?"

"그렇다면 다행이고…. 일단 돌아가서 확인해보자."

"예, 성님."

수 시간의 전투가 끝나고 동이 트기 시작했다.

왜군의 시체가 강변 곳곳에 널브러져 있었다.

호남으로 진격하려던 왜군에게 엄청난 타격을 가하고 사기를 꺾은 김면 부대의 두 번째 대승이었다.

"와~ 이겼다! 우리가 또 왜군을 무찔렀다."

병사들이 서로 얼싸안고 우레와 같은 함성을 질렀다.

승리의 함성 속으로 천막달과 작개, 바우가 숨을 헐떡이며 뛰어들었다.

6개의 눈이 사방으로 흩어졌다.

하지만 김홍한은 그들의 눈에 들어오지 않았다.

세 사람은 그 자리에 털썩 주저앉고 말았다.

무슨 큰일이 일어난 것을 직감한 것이다.

천막달이 풀린 다리를 이끌고 김면에게로 갔다.

"대감마님, 김홍한 부장이…."

김면과 참모들의 얼굴이 일순 창백해졌다.

"무슨 소리냐, 김 부장은 어디에 있느냐?"

작개가 눈물을 훔치며 말했다.

"부장이 왜군을 추격할 때 우리도 쫓아갔으나 뒤처지고 말았습니더. 일각쯤 지나 도착한 곳엔 왜군 시신들만 있고 부장이 보이지 않아 주변을 찾아보았으나 없었습니더."

승리의 환호성이 뚝 끊기며 모두의 눈길이 사방으로 흩어졌다.

그러나 보이는 건 왜군 시체뿐 살아 움직이는 것은 하나도 없었다.

"모두 나가 다시 샅샅이 찾아보도록 하라. 부상을 당했거나 전사했다면 그 어디에 흔적이라도 있을 것 아니냐? 특히 강가를 놓치지 말고."

병사들이 흩어져 이 잡듯이 수색했으나 홍한은 그 어디에도 보이지 않았다.

곽준이 말했다.

"대감, 시신이 없다면 혹시 왜군들이 가져갔을 수도 있습니다."

"으음! 그럴 수도 있겠지."

"그렇다면 지금이라도 적을 추격해야 하지 않겠습니까? 아니면 김 부장의 애마愛馬라도 찾아봐야…."

"늦었네. 지금 적을 추격하다가는 또 다른 위험에 빠질 수 있네. 연강과 정암진 전투에서도 용맹을 떨쳤는데, 아! 여기가 끝인가. 사슴을 뒤쫓되 숲을 보지 못하면 사슴을 놓치고 만다더니 틀린 말이 아니구나."

김면은 왜군의 퇴각로를 예상하고 매복병을 두지 않았던 것을 자책했지만, 이미 늦었다.

김준민이 고개를 숙인 채 말했다.

"대감, 제 잘못입니다. 퇴로를 철저히 막았어야 했는데…."

"아니네. 격렬한 전투에서 작은 틈이 생기는 것은 어쩔 수 없는 일이오."

전장에서 그 누구라도 희생 없는 승리는 있을 수 없다는 것을 실감했다.

자식 같은 스물다섯 살의 종질 홍한을 잃은 김면은 한쪽 팔이 떨어져 나간 듯한 아픔에 흐르는 눈물을 감출 수 없었다.

"남자로 태어나 나라를 위해 죽는 것은 뼈에 새긴 결심이라고 말하더니…. 내 너를 지켜주지 못하고 오늘 이렇게 보내지만, 저 흉악한 왜적을 토멸하고 반드시 다시 찾아 청사靑史에 그 충의를 적어 천만세에 전하리라."

"대감, 저기를 보십시오."

바우가 손으로 가리킨 곳에 말 한 마리가 금방이라도 쓰러질 듯한 걸음으로 걸어오고 있었다.

말 옆구리에는 화살로 보이는 여러 개의 꼬챙이가 햇빛을 받아 반짝였다.

말은 멀리서 봐도 정상이 아닌 것 같았다.

"대감, 김홍한 부장의 말인 것 같습니다."

"그런 것 같구나. 누가 가서 이리로 끌고 오라."

작개가 급히 뛰어갔다.

잠시 뒤 작개가 고삐를 잡고 온 말의 몸에는 화살뿐만 아니라 창상創傷으로 인해 피칠갑을 하고 있었다.

김면이 말머리를 손으로 쓰다듬자 말이 한 번 울부짖더니 무릎을 꺾고 풀썩 주저앉았다.

숨소리는 금방이라도 멎을 듯했고 두 눈엔 눈물이 흘러내렸다.

작개가 말머리를 끌어안았다가 내려놓자 숨이 끊어졌다.

김준민이 말했다.

"주인의 죽음을 알리려 저 몸을 이끌고 여기까지 왔구나."

김면은 눈으로 직접 본 삶의 무거움과 죽음의 가벼움을 가슴 깊이 담으며 강변 산기슭에서 시신 없는 초혼장招魂葬을 치르고 '임란 선봉장 고령인 김홍한 지묘'라고 쓴 나무 푯말을 세웠다. 그리고 말도 몸을 깨끗이 하여 푯말 옆에 묻었다.

슬픔을 이기지 못한 병사들의 흐느낌이 강물처럼 이어졌지만, 김면은 마냥 슬퍼할 수만은 없었다.

산자의 할 일을 준비하는 것, 이것이 전장의 법칙이다.

김면이 치료 중인 병사에게 말했다.

"자네 이름과 나이는 어떻게 되는가?"

"예, 지는 성주 대가면에 사는 대장장이 이가라고 하는데, 올해 스물세 살입죠."

"아니 성과 이름을 물었네."

병사가 '이름'이라는 김면의 말에 놀라는 표정을 지으며 답했다.

"예에, 이춘삼입니더."

"그런가? 성주 대가라면 동강 김우옹金宇顒(1540~1603)과 한강(정구)이 사는 동네인데."

"맞습니더. 동강과 한강 나리는 우리 고장의 큰 자랑이지예."

"그러고도 남을 것이야. 그런데 의병엔 어떻게 해서 들어오게 됐나?"

"예, 동네 담벼락에 나붙은 격문을 보고 동리 사람들과 함께 오게 됐습죠. 그리고 가족들은 모두 피난을 했는데, 죽었는지 살았는지 알 수 없습니더."

"별탈 없을 거네. 꼭 살아서 다시 만나야 하지 않겠나?"

"예에, 대감."

"여하든 장하네, 정말 장하네!… 그래 상처는 괜찮은가?"

병사가 벌떡 일어나 목청을 높였다.

"괜찮습니더. 상처가 나으면 저 원수들을 갈기갈기 찢어놓을 것입니더. 그리고 내 손으로 직접 김홍한 장군의 원혼도 달래주겠십더."

"그래, 자네의 충정이 한없이 고마울 따름이네."

김면은 장수가 아무리 뛰어나도 혼자서 많은 적과 싸울 수 없다는 것을 알기에 병사들도 똑같이 존중하고 세심하게 보살폈다. 그리고 힘들고 어려운 일일수록 병사들을 통해 이루고 밝히려 했다.

장졸들의 눈에 눈물이 비쳤다.

그 누구도 묻지 않는 천인의 이름 석 자를 묻고 사람대접을 해주는 김면의 마음을 올봄 고령에서 거창으로 갈 때 보고 또 보았기 때문이다.

김면이 대장장이 병사에게 말했다.

"자네는 여기서 창검을 드는 것보다 더 중하게 할 일이 있는데, 하겠는가?"

대장장이가 궁금한 표정을 지으며 대답했다.

"무슨 일이든지 하겠심더. 시켜만 주이소."

"고맙네. 그러면 고령 반룡사(합천 야로冶爐 인근의 사찰) 대장간에 가서 병장기 만드는 일을 돕도록 하게. 이 또한 나라와 백성을 위하는 일이니까."

야로는 가야산 들머리에 있는데, 대가야大伽倻 때부터 철鐵 제련소가 있어 붙여진 지명이다.

"알겠심더. 그건 지가 젤 잘하는 일입니더."

김면은 개산포 전투 후 고령 관아 옆 대장간을 왜군의 습격을 피할 수 있고 무쇠 조달이 용이한 미숭산(757m) 계곡으로 옮긴 터였다.

"춘삼이 자네, 바위라도 뚫고 벨 수 있는 창검을 부탁하네. 허허!"

병사들이 한목소리로 대장장이 병사를 응원했다.

"예에, 꼭 그렇게 하겠심더."

"예끼 이 사람, 바위를 뚫는 창검 만든다고?"

들어서 싫지 않은 이야기가 화약 냄새와 함께 바람에 실려 갔다.

김면의 병사도 수 명이 전사하고 크고 작은 부상을 입었지만, 왜군은 80여 명이 죽임을 당했다.

김홍한의 죽음으로 침통해 있던 김준민이 말했다.

"대감, 적의 수급首級(전장에서 목을 베어 얻은 머리)은 조정에 올려야 하지 않겠습니까?"

"전투 때마다 수급을 올려 전공을 말한다면 저 흉악무도한 적과 다를 게 무엇이겠는가?"

이때 조정에서는 적의 장수를 벤 자는 가선嘉善(종2품)으로 올리고 사족과 양인, 공사 노비도 수급 숫자에 따라 관직을 제수하고 면천免賤(천민의 신분을 벗어나 평민이 됨)시켰다.

이에 벼슬과 면천을 위해 없는 전공을 조작하는 것도 모자라 조선 백성의 머리를 왜군의 수급이라고 속이거나 심지어는 관군을 반란군으로 몰아 죽인 후 진압했다고 조정에 보고하여 그 상으로 부사府使(정3품) 자리에 오르는 일도 있었다.

후텁지근한 바람이 불어왔다.

김면이 이마의 땀을 닦으며 김준민에게 말했다.

"날이 어두워지기 전에 산성으로 이동하고 노획품도 빠짐없이 옮기도록 하게."

"예, 대감."

노을이 병사들의 얼굴에 음영을 드리웠다.

왜선에는 군량은 물론 궁궐 내탕고內帑庫(왕실의 재물을 보관하는 창고)에서 약탈한 포목과 비단, 도자기 등 진귀한 보물들이 쌓여 있었다.

모두 본국에 진상품으로 보낼 것들이다.

김면이 재종제 김연에게 말했다.

"연아, 너는 내일 개산포와 무계 왜선에서 노획한 물품들을 진주에 있는 초유사 영감에게 전하도록 해라. 그리고 개산포 박정완 부장에게는 따로 서찰을 써줄 테니 전하고…."

"예."

풍신수길은 조선 출병 전 부하들에게 특명을 내렸다.

"조선에 가면 반드시 도공을 잡아 와라. 그리고 조선에는 이런 찻사발이 많이 있을 것이다. 이것을 구해 본진으로 보내라. 이 명령이 제군들의 첫 번째 책무인 것을 절대 잊어서는 안 될 것이다."

이에 왜군은 전리품을 담당하는 6개의 부서를 부대마다 두고 닥치는 대로 쓸어 모아 풍신수길과 다이묘(영주)들에게 보냈다.

그 6개의 부서 중 첫째가 도자기 등 예술품과 장인匠人들을 담당하는 공예부이고, 둘째는 서적과 그림을 담당하는 도서부, 셋째는 금은보화 등을 담당하는 보물부, 넷째는 학자와 관원, 젊은 남녀 등 인적자원을 담당하는 포로부, 다섯째는 활판과 무기 등을 담당하는 금속부, 끝으로 여섯째는 소, 돼지, 말 등 가축을 담당하는 축생부였다.

왜장들의 전리품 진상 경쟁에 포로로 잡혀가는 조선인과 귀중한 물건은 날로 늘어나 정유재란 땐 그 수를 헤아리기 어려웠다.

짐승처럼 끌려간 사람들은 일본과 유럽 전역에 노예로 팔려나갔다.

이 중 도공(사기장)은 몸값이 가장 높았는데, 이는 당시 다이묘들 사이에서 다도茶道가 유행하여 도자기가 사치품으로 거래되었음을 의미한다.

좋은 찻사발 하나는 성城 하나와 맞바꿀 만큼 가치가 있어 다이묘들은 도공에게 관직과 토지를 주며 회유하거나 협박하여 최고의 찻사발을 빚도록 했다.

개전 후 한 달 동안 14일 부산진성, 15일 동래성, 18일 밀양, 19일 김해, 21일 경주, 24일 상주, 26일 문경, 28일 충주 탄금대 전투 등에서 조선 관군이 일방적으로 패한 터라 김면 부대의 개산포와 무계에서의 잇단 승전은 언 땅을 뚫고 올라오는 새순처럼 일어나는 도처의 의병들에게 '이길 수 있다'라는 자신감을 주고 왜군의 기세를 꺾은 매우 의미 있는 승리였다.

다음날 아침 김면은 천막달과 작개, 바우 세 사람을 불렀다.

"대감, 부르셨습니까?"

"그래, 왔구나. 어제 전투에서 그동안 함께한 김홍한 장군이 전사해 누구보다도 상심이 클 것이라 생각한다. 그렇지만 무계 산성과 나루터는 우리나 왜군에게 절대적으로 중요한 곳이다. 해서 너희 세 사람에게 병사를 100명 정도 붙여줄 터이니 이곳에서 개산포 박정완 장군과 연락하며 왜군의 동향을 감시하고 무슨 일이 있으면 즉각 보고토록 하라."

세 사람이 울먹이며 답했다.

"예, 대감. 이곳을 반드시 지키겠심더."

"고맙네. 목숨은 그 무엇보다 중한 것이니 절대 가벼이 하지 말고."

김면은 천막달에게 병사 지휘권을 주고 거창으로 철수했다.

* * *

우곡 대장 산성.

하늘엔 별이 총총하고 달빛은 강물을 따라 흐르고 있었다.

지난번 개산포 전투 후 낙동강을 오르내리는 왜선은 없었고 왜군 그림자도 보이지 않았다.

병사들은 식량 비축을 위해 농사일을 겸하고 있지만, 지루하고 답답한 시간은 여전했다.

장졸들 모두 며칠 전에 있었던 무계 전투의 승전과 김홍한 부장의 죽음을 모르고 있었다.

"어험!"

"장군, 나오셨습니까?"

경계를 서던 병사가 박정번 부장을 알아보고 군례를 갖췄다.

"그래, 무슨 일 없지? 오늘따라 달이 참 밝구나."

"그렇습니다. 강의 잔물결까지 보입니다. 장군, 그나저나 이 전란이 하루라도 빨리 끝나 마음 놓고 농사일을 했으면 좋겠습니다."

"우리가 한마음으로 싸우고 있으니 그 시간이 그리 멀지 않을 것이야."

박정번은 매일 똑같은 이야기를 하며 병사들을 다독거리고 있으나 불안한 마음을 감출 수 없었다.

잠시 뒤 한 병사들의 막사에서 두런거리는 소리가 들리더니 노랫소리가 흘러나왔다.

"현문을 올라가니 수운이 적막하다
초패왕은 첫월행차 어디메로 가려는가
칼 짚고 일어나니 사면이 초가로다
우에우에 내려가오 난들 너를 어이하리
한평생 원했지만 불의에 패망이다
어찌 다시 낯을 들고 조강 사람 어이 보리"

곡조는 잔잔한 호수 위를 걷는 듯, 격랑의 바다 위를 걷는 듯했다.

박정번이 군막 앞으로 다가가 귀를 세웠다.

"누가 초나라 우미인虞美人의 이야기를 알고 부르는 걸까?"

김면은 궁금했지만, 끝까지 들어보기로 했다.

백배천배 영웅호걸들아 처한 승부 들어보소
병마장군 도원수는 한나라 장군 한신이라
대장 깃발 높이 들고 천하를 호령할제
평생 도백이 그리기리 보더니오
초패왕을 인도하고 옥동소를 띄우러
팔천제자 그 노래 했으되 깊은 밤 하늘 높고
달 밝은데 청천에 울고 가는 저 기러기야
가련하다 초패왕은 죽었는가 살았는가…"

– 한국구비문학

"달빛이 저토록 청청하니 피난 간 가족이 더 그립고 쓸쓸한 건 당연하지."

박정번은 무겁고도 아픈 가슴을 안고 군막으로 향했다.

삼경이 지나고 있었다.

한편 성 아래 삼거리에 매복을 서고 있는 병사들은 쏟아지는 졸음과 싸우고 있었다.

한 병사가 졸고 있던 병사의 옆구리를 손으로 툭 쳤다.

"조금만 참게. 곧 날이 밝으면 철수해야지."

"이놈의 매복도 하루 이틀이지 두더지처럼 밤마다 이러니…. 차라리 누가 죽든 살든 한바탕 싸워봤으면 좋겠네."

꾸벅꾸벅 졸던 병사가 불평을 늘어놓았다.

"나도 그리 생각은 하지만, 어쩌겠나. 왜군에게 습격당해 생목숨 잃는 것보다야 낫지 않겠나? 그리고 피난 간 처자식 소식은 들은 게 있는가?"

"무소식이 희소식이라고 한다지만, 끼니라도 제대로 챙기고 있는지 걱정이네."

"걱정 말게, 그곳 지리산 쪽에 왜군이 들어갔다는 이야기를 아직 들어본 적 없으니."

새벽이라 이슬이 내려 몸이 으슬으슬했다.

"소쩍 소쩍 소쩍!"

갑자기 소쩍새 소리가 났다.

앞쪽의 매복병이 내는 소리였다.

매복은 3명씩 두 군데 운용하고 있었다.

"쉬이! 이 소리는?"

누가 이리로 오고 있다는 신호다.

잠이 확 달아났다.

의령 쪽으로 난 길에 눈과 귀를 집중했다.

잠시 뒤 돌이 채이고 나뭇가지가 밟히는 소리가 약하게 들려왔다.

"이건 분명히 사람 발자국 소리인데."

"그런 것 같으이."

아니나 다를까 50보쯤 앞에 10명의 형상이 희미하게 보였다.

그들은 모두 등에 봇짐을 메고 있었고, 두세 명은 총으로 보이는 뭔가를 들고 있었다.

걸음걸이가 생각보다 느렸다.

"이 새벽에 피난민은 아닐 것이고 도둑인가?"

"소쩍!"

소쩍새 소리가 이번엔 짧게 났다.

왜군이라는 신호다.

무계의 왜장 촌상경친이 민가 약탈을 위해 보낸 병사들이다.

10명 중 앞에 선 세 명은 총을 메고 있었다.

개산포 전투 후 왜군을 이렇게 가까이에서 보는 것은 처음이다.

활을 든 손에 땀이 났다.

잠시 뒤 왜군들이 길옆 나무 그늘에 쪼그려 앉아 주위를 살피더니 그 중 한 명이 품속에서 종이를 꺼내 보고는 손으로 길 방향을 가리켰다.

무계로 가는 길을 찾는 것 같았다.

매복병과의 거리는 어림잡아 20보쯤 됐다.

"왜놈이다. 활을 쏴라."

고함이 터졌다.

여섯 명의 매복병이 동시에 시위를 놓았다.

쇄애액

화살이 공기를 가르며 날아갔다.

"악, 으윽!"

비명이 새벽 공기를 찢었다.

조준하여 쏜 화살은 한 발도 빗나가지 않았다.

살을 맞지 않은 왜군 서너 명이 길을 따라 뛰었다.

하지만 두 번째 화살이 왜군의 등과 목에 정확히 꽂혔다.

왜군은 워낙 가까이서 살을 맞은지라 세 걸음도 못 옮기고 엎어졌다.

병사들이 급히 뛰어가 창칼로 왜군의 숨을 끊었다.

봇짐 안에는 제사에 쓰는 사기그릇과 책 등이 들어 있었다.

"이보게, 봇짐과 조총은 가져가서 장군에게 보이도록 하고 시신은 얼른 치우고 철수하세."

"그러세."

어느새 동이 트고 있었다.

"장군, 매복조가 복귀했습니다."

"그래, 모두 수고했다고 전해라."

"매복조들이 왜군 수 명을 죽였다고 합니다."

"뭐이라, 왜군이라 했나?"

"그렇습니다."

"매복병들이 저기 오고 있습니다."

"왜군이 걸려들었다고? 어디 다친 사람은 없느냐?"

"예, 장군."

병사들이 박정번에게 상황을 설명하며 봇짐을 펼쳤다.

"자네들의 전공을 초유사에게 알려 큰 상을 내리도록 하겠네."

"상이라뇨? 저 철천지원수들을 죽인 것으로 속이 시원합니다."

"오늘 중화엔 돼지라도 잡아 잔치를 해야겠네."

"장군, 그게 참말입니까?"

"그렇다네. 이렇게 기쁜 날을 그냥 보낼 수는 없지."

경상감사 김수와 곽재우의 갈등을 수습하다

모든 일에 절대적인 옳음과 그름은 없다

태양은 아침부터 불덩이처럼 이글거렸다.

칠성이가 헐레벌떡 군막에 들어왔다.

"대감마님, 해인사에서 범려 스님이 왔습니더."

"범려 스님이? 어서 뫼시거라."

잠시 뒤 범려가 이마의 땀을 훔치며 들어섰다.

"대감, 소승 범려라고 합니다. 소암대사께서 보내서 왔습니다."

"어서 오십시오, 스님."

두 사람은 합장으로 인사를 나눴다.

"스님, 해인사에 무슨 일이 있습니까? 아니면?"

"예, 대감. 이달 초 소서행장이 보낸 별동대가 해인사에 들이닥쳐 격전을 치렀습니다. 승병의 피해가 적지 않았지만, 1천 명이나 되는 왜군도 대부분이 죽고 살아서 돌아간 자는 수십 명 정도였습니다."

김면이 깜짝 놀라는 표정을 지으며 말했다.

"1천 명이라고 했습니까? 정인홍 대감께서 합천지역을 지키고 있지만, 적들이 소규모로 움직였다면 다 잡을 수는 없는 일이지요."

"조선인 길잡이가 왜군을 이끌었던 것 같습니다. 결국 대사님의 손에 죽기는 했지만요."

"여하튼 승병들이 큰일을 해냈습니다. 대장경판과 대사님은 무탈하신지요?"

"예, 대사님은 무사하지만, 그날 이후로 건강이 나빠져 걱정이 큽니다."

"제가 더 도울 일은 없겠습니까?"

"왜군이 물러가긴 했으나 언제 다시 올지 모를 일입니다. 해서 만반의 준비를 하고 있으니 괜찮을 겁니다. 그리고 대사님께서 이형 장군과 의병들의 활약이 대단했다면서 의병 지원에 고마움을 전하라는 당부도 있었습니다."

"의병들이 힘이 됐다니 다행입니다. 그나저나 대사님의 건강이 속히 좋아지셔야 할 텐데…. 대사님께 건강 잘 돌보시라고 전해주시오. 그리고 송이장 부장은 다른 지시가 있을 때까지 해인사에 남아 소암대사를 도우라고 전해주시오."

"예, 대감. 고맙습니다."

칠성이가 차茶를 내왔다.

은은한 향기가 코를 자극했다.

"이건 산죽山竹 차인데, 구수한 맛이 일품이지요."

차 한 잔을 비운 범려가 장삼을 여미며 일어섰다.

"대감, 돌아가는 길에 정인홍 대감도 찾아뵈어야 해서 이만 가보겠습니다. 다음날 다시 대감의 산죽 차를 맛볼 기회가 있겠지요."

"당연한 말씀입니다. 점심 공양이라도 하시고 가야 할 텐데…."

"아닙니다. 여기 주먹밥이 있으니 그럼…."

아쉬움과 쓸쓸함을 담은 두 사람의 눈물 어린 눈빛이 미풍에 실려 갔다.

의병들이 처처에서 일어나 피를 흘리며 왜군과 싸우던 6월 22일 미시(오후 2시) 무렵, 김면은 정인홍과 함께 거창에서 초유사 김성일을 만났다.

검정소의 뿔도 익어서 빠진다는 무더운 날씨다.

"어서 오십시오, 초유사 영감."

김성일은 퇴계 이황의 제자로 퇴계의 문하에서 수학한 경험이 있는 김면과는 구면舊面이었고, 조식의 수제자인 정인홍도 잘 알고 있었다.

김성일은 김면보다 세 살이 많고 정인홍보다는 세 살이 적었다.

세 사람은 수인사를 나누고 좌정했다.

김성일의 허리춤에 찬 패도佩刀가 햇빛에 튕겨내며 하얀 파장을 만들어 보는 이의 눈을 아리게 했다.

칼날 양면에는 작은 칼이라도 능히 100만의 군사를 상대한다는 명문과 칠보 문양이 새겨져 있었다.

잠시 뒤 김성일이 거무스름한 색의 조그마한 나무통을 열더니 눈거울(안경)을 꺼내 썼다.

접이식으로 만든 눈거울은 근엄함을 더했다.

안경을 처음 본 정인홍과 김면이 신기한 표정을 지으며 동시에 말했다.

"영감, 그 눈거울 참 잘 어울리십니다."

"그런가요? 이건 제가 평소 시력이 안 좋아 명나라에 사신으로 갔을 때 구한 것입니다. 테는 바다거북 등껍질로 만든 것이라고 하는데, 눈거울이 무거워 오래 쓰면 콧등이 눌리고 조금 아프기도 하지요. 허허!"

김성일金誠一(1538~1593)의 본관은 의성. 호는 학봉鶴峰이다.

1567년 대과에 합격하여 여러 관직을 지냈는데, 강직한 성품에 왕실의 비리를 탄핵하는 등 '대궐의 호랑이'로 불리었다.

김성일은 선조에게도 거리낌 없이 비판을 가한 적이 있었다.

한번은 선조가 중국의 역대 명군과 같은 반열에 서기를 생각하며 대신들이 모인 자리에서 "내가 중국의 어느 왕과 비슷하다고 생각하오?"라며 김성일에게 묻자 "학문에서는 요임금과 같사오나 정치에 있어서는 폭군인 주왕과 같사옵니다"라고 답하자 선조의 얼굴이 일그러지며 분위기가 싸늘했다. 대신들이 "요임금처럼 정치도 잘해달라는 충언일 것입니다"라며 가까스로 선조의 불편한 심기를 보살폈다.

김성일이 먼저 말문을 열었다.

> "최근 두 분의 전공은 잘 알고 있습니다. 송암, 지난번 개산포와 무계에서 보여준 신기한 지모智謀와 계책은 사람이 생각할 수 있는 정도를 넘어섰네. 그리고 경상우도 여러 고을이 왜군의 분탕을 면하고 오늘이 있을 수 있었던 것은 우부우부愚夫愚婦(어리석은 남자와 어리석은 여자)로 하여금 토적의 의리를 알게 했기 때문이라고 생각하네" 라며 찬사를 아끼지 않았다.
>
> – 孤臺日錄(고대일록)

이에 김면이 "이제 시작일 뿐인데, 과찬이십니다. 초유사 영감과 내암의 적극적인 지원과 장병들의 죽음을 피하지 않은 의기義氣에 힘입은 작은 승리일 뿐입니다"라며 스스로를 낮췄다.

"허허! 그런가요. 그리고 손인갑과 김홍한 장군의 죽음은 저 역시 가슴이 아픕니다. 해서 장계를 올려 그 공을 치하하도록 하겠습니다."

"고맙습니다, 영감."

김성일이 말을 이었다.

"오늘 두 대감님을 뵙자고 한 것은 잘 아시겠지만, 지금 각 군현 단위 근거지 위주의 의병과 관군으로는 대규모의 적을 물리치기에 한계가 있소. 일원적인 통제와 군세의 배가를 위해 상호 연합하면 좋을 듯한데, 대감들의 의견은 어떠신지요?"

김면이 말했다.

"그렇습니다. 몇 차례 전투에서 아군의 열세를 실감했습니다. 향후 의병과 관군을 총괄하여 지휘하지 않으면 의병이나 관군이나 소규모 기습작전으로 갈 수밖에 없을 것입니다. 이는 군세가 약한 쪽이 강한 쪽을 정면으로 상대하기가 어렵다는 것이지요. 그리고 전장에서 상호 보완은 말은 맞는 듯하나 신속하고 적격한 판단을 하는 데 장애가 될 수도 있습니다."

"맞는 말이오."

"내암의 생각은 어떻습니까?"

김면에 대한 김성일의 극찬이 이어지자 정인홍은 심기가 조금 불편해 보였다.

"흠흠!"

정인홍이 헛기침과 함께 말했다.

"병력 확보와 원활한 군량 조달을 위해서라도 영감과 송암의 말씀이 맞습니다만, 고집스럽고 자존심 강한 관리들이 의병장의 영을 따를지가 문제입니다. 의병과 관군 단일 지휘체제를 느슨하고 형식적으로 처리하면 득보다 실이 더 크니 영감께서 잘 살펴 해결해주실 것이라 믿습니다."

정인홍이 김성일을 에둘러 압박했다.

"잘 알겠습니다. 선비들이 의기를 맞춰 떨칠 때가 지금이 아니면 또 언제이겠습니까? 우선 거창과 합천 일대의 관군부터 연합하도록 제가 요청 아닌 지시를 할 터이니 두 대감께서 통솔해주시길 바랍니다. 조만간 호남지역의 의병과 관군도 가능하다면 합세하도록 설득해보겠습니다. 그리고 오늘 두 대감을 만난 차에 한 가지 덧붙여 말하면 지금 곽재우와 관찰사 김수의 갈등이 걷잡을 수 없이 커지고 있습니다. 지난번 제가 곽재우의 행동에 대해 꾸짖음과 격려로 계속 의병을 지휘하게 했지만, 적을 앞에 두고 저렇게 자중지란自中之亂을 일으켜 관군과 의병의 전투력을 약화시키고 있으니 큰 문제가 아닐 수 없습니다. 조정에서도 김수가 쓴 '신臣의 생사가 경각에 달렸습니다'라는 장계를 보고 발칵 뒤집혔다고 합니다. 두 사람의 문제를 해결하려는 것보다 이젠 곽재우를 처형하자는 이야기까지 돌고 있어 제가 문제를 풀어보겠다고 장계를 올렸습니다만, 일이 어떻게 될지 걱정입니다."

정인홍이 일그러진 표정을 지으며 말했다.

"아니, 곽재우를 처형한다는 말입니까? 관찰사의 빗나간 행동거지가 만백성의 분노를 부른 건 자명한 일인데, 관찰사가 그걸 모르고 곽재우에게 책임을 돌리려고 하니 한심하기 이를 데가 없습니다. 하루빨리 갈등을 풀지 않고 계속 싸우면 의병과 관군의 사기 저하는 물론 적을 이롭게 하는 이적행위와 다를 바가 무엇이겠습니까?"

김성일이 역적이라는 말에 약간 놀란 표정을 지으며 말했다.

"난세에 역적이라? 내암의 말씀이 틀리지는 않습니다만, 송암은 이 문제를 어떻게 했으면 좋겠습니까?"

"곽재우가 분개한 것은 충분히 이해가 가나 관찰사의 목을 베라고 의병들에게 통문을 돌리는 것은 패역悖逆스러운 행위로 비판받을 여지가 있습니다. 제가 미약하지만, 망우당을 한번 설득해보겠습니다. 무릇 사람이 망상을 가지면 상대방의 충심을 의심하고 어진 아내를 홀대하며 내쫓는 일이 많지요. 이는 나라를 망치고 집안을 허무는 일이 아니겠습니까? 해서 스스로 깨치지 못하면 주변에서 바른 처세를 일러주는 것도 나쁘지 않을 것입니다."

"고맙네, 송암이 나서준다면야…."

그날 밤 김면은 장문의 편지를 썼다.

> "행재소가 막히고 멀어서 주청이 통하지 않으니 우리와 같이 초야에서 의병을 일으킨 자는 의지할 곳이 없으므로 왕명을 받고 온 사람에게 영을 받아야 명분이 바르고 말이 순하여 적을 공격할 수 있고 근왕도 할 수 있으며 체통이 서고 조리가 있을 것이네. 만약 일을 그르쳤다고 하여 목을 베어 높게 매단다면 의기는 당당해질 수는 있지만, 순리에 따라 공을 세우는 방법에는 벗어날까 저어되네.

망우당이 충성을 분발하여 한번 외치자 무수한 군중이 그림자처럼 따라나서며 물에서 공격하고 뭍에서 전진하니 흉악한 왜군이 도망쳐 낙동강우안일대洛東江右岸一帶가 편안하게 된 것은 참으로 망우당의 공이 아니겠나.
고루하고 촌스러운 말이라 하여 버리지 말고 일에 임해서는 반드시 그 순리를 생각하여 정도에서 지나친 것은 억누르고 부족한 것은 더 노력하게나.
의를 모아 길게 나아가 결합된 것이 없으면 한 세대에 우뚝 솟고 만고에 환하게 비치는 것이 어찌 다른 곳에 있겠는가? … 위태하고 어려운 때를 당하여 국가의 흥망이 조석에 달렸으니 신하가 된 자로서 그 도리에 순종하고 의에 분발하는 도道에는 자연히 그 차례가 있음에 망우당은 마음을 돌려 생각하는 것이 어떻겠는가? 두 범(김수·곽재우)이 서로 싸워서 그 형세가 서로 용납되지 못할 지경이면 나랏일에 대한 책임이 돌아갈 곳이 있을 터인데, 어찌 혼미하게 시비是非와 이해利害를 알지 못하고 이렇게 광망狂妄한 일을 하는가? 자기 한 사람의 뜻만 행하려 하면 자기가 죽임을 당하고 가족들이 멸망하는 화禍를 면하기 어려울 것이니 깊이 생각하여 사소한 일 때문에 충성을 해치지 말고 마침내 화를 바꾸어 복이 되기를 간절히 바라네."

- 松庵先生實錄(송암선생실록)

* * *

김면의 간절한 충고를 읽은 곽재우가 며칠 뒤 김면을 찾아왔다.

붉은 갑옷 차림에 위엄이 서려 있었다.

곽재우가 남명 문하의 연장자인 김면에게 예를 갖춰 먼저 인사를 올렸다.

"대감, 오랜만에 뵙습니다. 건강은 어떠하신지요?"

"건강은 괜찮네. 어서 오시게, 망우당."

"대감, 흉적들의 군세가 날로 더해 만백성이 다 죽을 지경인데, 여러 일로 심려를 끼쳐 송구합니다."

김면이 말했다.

"얼마 전 소모관 정경운鄭慶雲(1556~?)이 보내온 편지를 보면 관찰사가 병사들을 관아에 모으니 관리들에 대한 적개심이 보통이 아니었고 관찰사가 성을 쌓는 일을 그만두고 먼저 민심의 화합을 도모했다면, 나라가 일시에 붕괴되는 일이 있겠나며 원성이 많았다고 하네. 망우당, 생각해보게. 적을 앞에 두고 자중지란이 일어나면 그 고통은 온전히 백성들에게 돌아가지 않겠나. 그리고 관찰사의 언행이 사리에 어긋남은 모두가 아는 바 조정에서 시비를 가릴 것이네. 우리는 오로지 백성을 위하고 신하 된 자의 역할을 다하면 될 것이네. 하나 더 덧붙여 말하면 자벌레가 몸을 굽히는 것은 다시 펴기 위함인 것을 잊지 말게나."

"대감의 깊은 뜻 잘 새기겠습니다. 마음을 고쳐 왜적 분쇄에 전력을 다하겠습니다."

"옳은 말일세. 내 생각을 이렇게 받아주니 고맙네."

"아닙니다. 제가 부족한 탓입니다. 그럼 저는 그만 일어서겠습니다."

"그렇게 하게나. 또 언제 만날 날이 있겠지. 그날은 맘 놓고 술이라도 한잔 하세."

"예, 대감. 기억하겠습니다."

두 사람은 왜군 격멸에 힘을 모으기로 하고 헤어졌다.

곽재우의 참모가 말했다.

"장군, 김면 대감을 만나보니 어떻습니까?"

> "내 익히 김면 대감을 알지만, 오늘 보니 대감은 기도企圖가 엄의하고 행동거지가 편안하여 흉적을 소멸하고 영남을 보전할 분이네."
>
> - 亂中雜錄(난중잡록)

"그렇습니다. 병사들도 사기가 높고 김면 대감에 대한 믿음이 깊은 것 같습니다."

"제대로 봤네. 이런 난세에 시비지심是非之心(옳고 그름을 가릴 줄 아는 마음)을 분별하는 저런 분이 있어 그나마 백성들이 작은 희망이라도 가질 수 있지 않겠나?"

이후 곽재우는 김면과 약속한 대로 김수에 대한 적의敵意를 다소 풀었다.

산척의 충정이 빛난 우척현 전투

화려한 수레는 경계를 늦춘다

부산에 상륙한 왜군이 호남으로 들어갈 수 있는 길은 정상 코스와 우회 코스가 있었다.

정상 코스는 먼저 창원과 함안을 지나 의령 남동쪽 정암진에서 진주 남강을 건너 함양 안음(안의) 육십령六十嶺(734m)을 넘어 전북 진안과 전주 사이에 있는 웅치熊峙(427m)로 가거나 거창에서 함양 팔량치八良峙(513m)를 넘는 것이고, 둘째는 창원과 진주로 들어가 단성, 산음을 거쳐 함양에서 팔량치를 넘거나 함양에서 거창 쪽으로 들어가 육십령을 넘는 것이다.

셋째는 진주에서 하동을 거쳐 섬진강을 통해 광양, 구례로 들어가는 길이다.

우회 코스로는 영산, 창녕에서 낙동강을 건너 초계, 합천, 거창을 따라 무주로 가거나 낙동강 상류인 고령 무계와 성주에서 거창으로, 또는 금릉군 대덕이나 지례에서 우척현牛脊峴(580m, 우마현·우두령: 거창 웅양면과 금릉군 대덕면 경계)을 넘어 거창, 장수로 가는 길이 있었다.

왜군 제6군 수장 소조천륭경은 곽재우와 김시민 등의 선전으로 호남으로 들어갈 길이 막히자 김천으로 물러나 병력을 재편성하여 한양으로 올라갔다. 또 왜군의 조선팔도방할론에 따라 전라도 통치 임무를 부여받은 소조천륭경 휘하의 승장僧將인 안국사혜경安國寺惠瓊(안코쿠지에이케이)도 5월 24일 정암진에서 패전한 후 현풍과 성주를 거쳐 소조천륭경 부대에 합류했다.

한편 한양까지 올라간 왜군은 육지와 바다 보급로가 모두 끊겨 북진이 쉽지 않자 총사령관 우희다수가宇喜多秀家(우키타 히데이에)는 군량 확보와 이순신의 후방을 치기 위해 소조천륭경을 충남 금산錦山과 김산金山(현재 김천)으로 남하하도록 명령했다.

* * *

거창에 본영을 설치하고 왜군의 진격에 대비하고 있던 김면은 산새들의 부산스러운 소리에 잠을 깼다.

요 며칠 동안 잠이 멀어지는 밤을 연거푸 보내 눈꺼풀이 천근만근이었다.

군막 밖으로 나왔다.

병사들은 아직 기척이 없었다.

풀내음을 실은 잔잔한 바람이 코끝을 스치며 지나갔다.

정신이 한결 맑아졌다.

새벽이슬에 젖은 등걸에 앉아 꾸벅꾸벅 졸던 보초가 인기척에 놀랐는지 후다닥 일어서더니 어설픈 군례로 머리를 숙였다.

"그래, 고생이 많구나! 간밤에 무슨 일 없었지?"

"예, 장군."

아침이슬이 물방울을 만들며 장막 위로 또르르 굴러 내렸다.

"저기 저 사람은 누군가?"

"곽준 참모장이십니다. 잠이 오지 않는다고 하시며 나와 계신데, 벌써 한 식경이나 됐을 겁니더."

곽준이 김면을 보고 다가왔다.

"장군, 왜 더 주무시지 않고 일어나셨습니까?"

"새벽잠이 줄어드는 걸 보니 나도 이제 나이가 들어도 많이 들었는가 보네. 허허! 그건 그렇고 참모장, 편전 부대 훈련은 진척이 있는가?"

"예, 장군. 변혼 부장이 정예병으로 선발된 50명 훈련을 지휘하고 있습니다만, 지난번 궁시장이 준 편전으로는 부족해 한번 쏘면 다시 찾아와야 하니 어려움이 있습니다."

"편전을 만들려면 신누대(조릿대)를 1년 이상 그늘에서 말려야 한다고 하니 시간이 걸리겠지. 궁시장에게 편전을 빨리 만들 수 있는 다른 방안이 있는지 물어보고 필요한 재료는 병사들을 동원하여 적극적으로 지원하게. 편전으로 무장하면 조총을 능가할 정도의 전투력을 확보할 수 있지 않을까 싶네."

"그렇습니다. 장전과 달리 왜군은 통아 사용법을 전혀 모르니 우리가 쏜 편전은 재사용할 수도 없습니다. 조만간 궁시장을 찾아가서 편전 제작에 속도를 내도록 한번 이야기해보겠습니다."

자욱했던 안개가 서서히 밀려나고 태양이 세상의 모든 것을 바싹 말려 죽이려는 듯이 열기를 내뿜었다.

칠월칠석七月七夕이다.

"대감마님, 나와 계셨습니까? 밤공기가 차가운데…."

"그래, 칠성이구나. 왜 자지 않고 나와 있느냐?"

"오늘이 칠석이지예? 달이 너무 밝아서인지 잠이 영 안옵니더."

"허허! 너도 칠석날을 잊지 않았구나. 연화 생각이 난 것이냐?"

사실 그랬다.

칠성이는 깨어서는 연화를 생각하고 잠들어서는 연화를 꿈꾸었다.

"예, 엄니와 마님 생각도 나구요."

"걱정 말거라. 모두 무탈하게 잘 있을 것이니…. 지난해 칠석날은 비가 많이 왔는데, 올해는 하늘이 저렇게 맑고 은하수가 총총하니 까막까치가 놓은 오작교烏鵲橋에서 견우와 직녀가 상봉할 것 같구나."

"어느 것이 견우와 직녀 별입니꺼?"

"저 동쪽 하늘 거문고처럼 생긴 별 중 가장 밝은 것이 직녀성織女星이고, 서쪽 독수리 모양의 가운데 빛나는 별이 견우성牽牛星인데, 조금 더 있으면 더 가까워질 것이다."

두 사람은 하늘을 쳐다보며 회상에 젖었다.

이날 각 가정에서는 부녀자들이 밀전병과 햇과일 등 시절 음식을 준비하여 칠성맞이굿을 하거나 정화수를 떠놓고 수명신壽命神으로 생각하는 북두칠성에게 가족의 무병장수와 집안의 평안을 위해 치성致誠을 드렸다.

남자들은 샘을 깨끗이 청소하고 농사 풍작을 위해 천신天神에게 제祭를 지냈고, 처녀들은 직녀성을 바라보며 바느질과 길쌈 솜씨를 점치고 백년가약을 맺을 짝을 만나기를 빌기도 했다.

또 소치는 아이들이 잡귀를 막는다고 복숭아 나뭇가지로 소의 꼬리를 치며 동네를 돌고, 선비와 학동은 책을 볕에 내다 말리고 시를 짓거나 글공부를 잘하기를 기원했다.

달빛 아래 풀벌레 소리가 높고 낮고, 길게 짧게 일정한 간격을 유지하며 고즈넉한 밤을 깨웠다.

김면이 나지막한 목소리로 읊조렸다.

> "삼백예순닷새 서쪽과 동쪽 하늘에 떨어져 그리움에 애가 탔을 견우와 직녀
> 서로 만날 믿음 있었기에 금풍옥로金風玉露(가을바람과 맑은 이슬로, 가을을 말함) 칠월칠석을 잊지 않고 기다렸는가 보다.
> 맑은 구름으로 짠 옷에 은하가 촘촘하고
> 옥으로 빚은 듯한 얼굴은 연꽃처럼 환하네.
> 그리움에 잠 못 이루는 전장의 병사
> 구곡간장은 찢어지고 두 눈은 눈물로 젖었네.

그 언제 다시 찾을 천 리 고향을 바라보니 근심은 언덕을 이루고
맑은 술잔 두고도 마음 나눌 이 없구나."

시가詩歌는 다시 천천히 낮게 이어졌다.

"직녀는 구름을 아름답게 물들이고
견우는 한을 안고 날아
남몰래 은하수를 건너와서
금풍옥로 칠월칠석 단 한 번 만나지만
오히려 인간 세상 숱한 만남보다 나으리
부드러운 정 물같이 흐르고
꿈같은 만남
어찌 차마 고개 돌려 오작교 밟고 돌아갈까
지난날 아름다운 정이 이늘처럼 영원할지라면
아침저녁 늘 같이 있기만을 바라리"

후자는 북송의 문인 진관秦觀이 지은 작교선鵲橋仙이다.

"대감마님, 저기 두 별이 가까워졌습니더."

"그렇구나."

칠성이가 자기도 모르게 두 손을 모았다.

"대감마님, 지금 마님과 연화도 저 별을 보고 있겠지요?"

김면이 가라앉은 목소리로 답했다.

"아마 그럴 것이야."

소리 없이 내리는 찬 이슬이 어깨를 무겁게 했다.

찬 공기가 옷 속을 파고들었다.

"대감마님, 이제 들어가셔야죠? 이 여름에 고뿔이라도 들까 염려됩니더."

"그래, 이만 들어가자. 내년 칠석날은 예전처럼 함께할 수 있겠지."

다음날 아침. 어제 김산의 척후로부터 소조천륭경 휘하의 정예부대 1,500여 명이 우척현으로 올 것이라는 첩보를 받은 김면은 참모회의를 소집했다.

우척현은 남쪽으로 해발 1천 m가 넘는 삼봉산과 양각산이 있고, 북쪽은 대덕산, 수도산, 민주지산 등 고봉준령에 둘러싸여 산 능선의 생김새가 마치 소머리를 닮아 붙여진 이름이다.

군막 안에 모인 참모진과 부장들의 표정에서 긴장감이 묻어났다.

김면이 말했다.

"모두 첩보를 들어서 아시겠지만, 우리가 김산의 적을 막지 못하고 이곳을 잃으면 호남의 후방이 위태로워짐은 물론 전라좌수영까지 놀라 떨게 될 것입니다. 경상우도 역시 적을 앞뒤로 위태로움을 피하기 어려울 것입니다. 하여 뼈를 묻을 각오로 이곳 우척현을 지켜내야 할 것이오. 첩보대로 왜군이 오늘 아침 일찍 출발한다면 유시(오후 6시)쯤엔 당도할 것 같은데, 계책이 있으면 말해보시오."

정용 부장이 말했다.

"김산서 이곳 우척현까지는 대략 100리가 됩니다. 적이 계곡을 따라 올라온다면 행렬이 길게 이어질 수밖에 없습니다. 병사 2천여 명 중 활에 능한 1천 명을 선발하여 고개 좌측과 우측에 길게 매복하여 협공하는 것이 어떨겠습니까? 그리고 만에 하나 우리 뜻대로 되지 않더라도 왜군 식량은 반드시 탈취하거나 불태워야 할 것입니다."

"정 부장, 좋은 계책이오. 그런데 적이 길게 늘어서 온다면 그 길이가 10리는 족히 될 것인데, 우리가 그에 맞춰 늘어서 공격하다가 중간이 뚫리기라도 하면 우리 쪽 피해도 크지 않겠소?"

"지형이 병력 이동에 속도를 내지 못하는 계곡이라 적의 머리와 허리를 동시에 치면 적은 혼란에 빠져 무너질 것입니다. 우리가 일단 승세를 잡으면 절반은 이긴 것이나 마찬가지입니다."

김면의 시선이 윤경남 부장에게 향했다.

"윤 부장도 이곳 거창 출신이니 의견이 있으면 말해보시오."

윤경남이 기다렸다는 듯이 말했다.

"예, 장군. 정 부장의 계책에 공감합니다. 덧붙여 말씀드리면 이곳 우척현 일대에는 사냥과 약초로 생업을 잇는 산척山尺들이 있습니다. 그들은 화승총을 가지고 있을 뿐만 아니라 지형과 산의 돌 하나, 풀 한 포기까지 손바닥 보듯 잘 알고 있어 이들에게 도움을 청하면 어떻겠습니까? 지난번 전투에서 이형李亨(?~1592) 부장을 도와 큰 활약을 한 적이 있으니…."

"산척에게? 그들이 목숨을 내놓아야 하는 전투에 또 나서겠습니까? 응하지 않으면 하는 수 없겠지만, 다시 한번 불러보시오."

"예, 장군."

윤경남이 병사를 보내 산척들을 불러오도록 했다.

윤경남은 일찍부터 학문에 진력하며 과거를 통한 입신양명立身揚名을 멀리했다. 전란 후 군기시 주부와 사헌부 감찰 등에 제수되었으나 나아가지 않다가 부득불 광흥창 주부와 장수·개령·운봉 현감 등을 역임했다.

"다른 의견은 없으시오?"

무언가 골똘히 생각하던 류중룡이 말했다.

"이곳 우척현의 지리적 조건은 우리가 공격과 방어를 하는 데 절대적으로 유리합니다. 정용 부장과 윤경남 부장의 의견에 함께합니다. 적이 계곡으로 들어오면 우거진 숲에 시야 확보가 어려울 것입니다. 적도 마찬가지겠지요. 하여 고개 좌우에 바위를 준비하여 일시에 굴려 내리면 효과가 크지 않겠습니까? 화살도 아낄 수 있고요."

"정말 좋은 생각입니다. 다른 의견이 없으면 정용 부장과 류중룡 참모의 계책대로 합시다."

류중룡은 전란 후 문과 별시에 급제해 예조 좌랑과 사헌부 장령, 금산 군수 등을 역임하고 인조반정 후엔 홍문관 수찬과 성균관 사성에 올랐다.

김면은 참모들의 의견을 모아 좌부장에는 황응남, 우부장에는 거제 현령인 김준민을 임명했다.

한 시진이나 지났을까. 갑자기 막사 밖이 소란스러웠다.

"무슨 일이냐?"

"장군, 산척들을 데려왔습니다."

김면과 부장들이 막사 밖으로 나와보니 산짐승 털옷에 화승총을 멘 수십 명이 모여 있었다.

"장군, 저는 서인손(생몰년 미상)이라 합니더. 우리 산척들은 이곳 우척현 일대 지리에는 '귀신'이나 마찬가지입죠. 저희도 이번 전투에 꼭 참여시켜주십시오. 이 총으로 들짐승을 사냥하듯 왜군을 싹 쓸어버리겠습니더. 그리고 지난번 전투서 전사한 이형 부장의 원한도 반드시 갚아야 하지 않겠습니까?"

"자네들의 그 충정 헛되지 않을 것이네. 반드시 큰 힘이 되기를 바라네."

"고맙습니더, 장군. 우리 모두 미천하나 이 한목숨 바칠 각오가 돼 있습니더."

이형은 관찰사 김수의 군관이었는데, 전투 때마다 앞장서서 큰 공을 세운지라 그의 죽음은 안타까움이 더 컸다.

그날 눈을 감기 전 이형은 이렇게 말했다.

"장부가 묻힐 곳을 얻었으니 다시 무엇을 원하겠습니까? 다만 저를 이 우척현에 묻어주십시오. 혼령이 되어서라도 적들을 괴롭히겠습니다."

이형의 충정 가득한 이 한마디에 장졸 모두가 고개를 떨어뜨리고 눈물을 훔쳤던 일이 생생하게 떠올랐다.

7월 10일(양력 8월 16일) 김면의 군막.

척후가 부리나케 뛰어들었다.

"장군, 왜군 1,500명이 묘시(오전 6시)에 이쪽으로 출발했습니다."

"올 것이 왔구나. 기다리고 있었다."

김면이 부장들에게 다시 한번 강조해 말했다.

"우리 모두 죽기를 각오하고 적을 막아야 할 것이오. 이곳이 뚫리면 살아도 산 목숨이 아니니…. 자, 갑시다."

김면은 산척들의 의견을 들어 방어진을 구축했다.

김준민과 윤경남에게는 수천 골이 내려다보이는 산 중턱에 군사를 배치하여 굴러 내릴 바위를 쌓도록 했다. 황응남은 산척을 지휘하고 류중룡에겐 적 후미의 군량을 탈취하되 여의치 않으면 화공으로 모두 태워버리라고 명령했다.

해가 중천을 지난 지 한참이 지났지만, 바람 한 점 없어 가만히 있어도 땀이 줄줄 흘렀다.

전장은 항상 그렇듯이 극도의 긴장감이 짓눌렀다.

부장들이 병사들의 어깨를 일일이 다독이며 이길 수 있다는 용기를 북돋워주었다.

유시가 막 넘어가고 있었다.

"장군, 왜군 선봉이 수천골 중간을 지났답니다. 일각쯤 후에 모습을 드러낼 것 같습니다."

"알았다."

의병들이 매복하고 있음을 전혀 모르는 왜군이 삼룡태기三龍太旗를 앞세우고 2열 종대로 늘어서 들어오고 있었다.

적의 땅에 들어가기 전에 척후를 내보내 돌발적 상황에 철저히 대비하고, 특히 계곡을 지날 땐 신속히 통과하되 급경사를 올려다보며 싸우는 것을 무조건 피해야 하는 용병의 기본 원칙도 모르는 것인지, 알고도 무시하는 것인지 왜군의 발걸음은 마냥 여유로워 보였다.

잠시 뒤 말을 탄 왜군 정찰병 3명이 본대와 200보 거리를 두고 올라왔다.

하늘에 효시가 연이어 오르고 북소리가 산을 울렸다.

전라도 웅치熊峙와 이치梨峙에 이은 임진란 세 번째 산악 전투가 시작되었다.

왜군 정찰병이 유효 사거리 안으로 들어오자 선봉장 변혼이 활시위를 연이어 당겼다.

가슴에 살을 맞은 한 명이 비명을 지르며 말에서 떨어졌다. 이를 본 한 명이 비상 나팔을 불려다 그대로 꼬꾸라졌다.

잠시 뒤 정찰병 뒤를 따르던 기병 선두가 말에 채찍을 가하며 고개 8부 능선까지 치고 올라갔다.

변혼이 소리쳤다.

"활을 쏘아라. 기병을 놓치면 안 된다."

왜군 기병을 막지 못하면 아군의 후미가 뚫려 역공을 당할 위험에 빠질 판이었다.

바로 이때 고개 정상 부분에서 산척들을 이끌고 대기하고 있던 황응남이 말을 몰아 왜군 앞으로 뛰어들었다.

순식간의 일이었다.

깜짝 놀란 왜군 서너 명이 좌우로 비켜서며 황응남을 에워쌌다.

마상에서 칼이 부딪쳤다.

좁은 공간에 말들이 서로 엉키며 발이 꼬였다.

황응남을 뒤따라온 산척들이 조준사격을 하려 했지만, 잘못하면 황응남이 맞을 수도 있어 총을 겨눈 채 쏠 기회만 노리고 있었다.

승패를 가늠할 수 없는 혼전 속에서 황응남의 칼이 먼저 빛을 발했다.

왜군 한 명이 가슴을 움켜잡으며 뒹굴었고, 다른 한 명은 목이 떨어졌다.

"황 부장, 뒤쪽을 보십시오. 적이 너무 많습니다. 일단 피하십시오."

화승총을 겨누고 있던 서인손이 다급하게 말했으나 황응남은 고개를 흔들며 산이 울릴 정도로 소리쳤다.

"무슨 소리. 하늘이 내게 기회를 준 것인데, 죽더라도 묻힐 곳은 이곳이다."

"그래도 위험합니다. 총을 쏠 것이니 일단 물러나십시오."

서인손이 다시 목소리를 높였다.

어느새 왜군의 숫자가 예닐곱 명으로 늘어나 있었다.

황응남이 왜군 한가운데 서 있는 꼴이 되고 말았다.

창과 칼이 불꽃을 튀겼다.

흙먼지가 일어 누가 누군지 분간도 안 되었다.

시간이 흐를수록 황응남이 밀렸다.

황응남은 물러나고 싶어도 좌우 앞뒤가 모두 왜군이라 말머리를 돌릴 공간이 없었다.

황응남의 움직임이 눈에 확 드러날 정도로 둔해졌다.

"여기가 끝인가?"

황응남이 죽음을 각오하고 다시 칼을 드는 순간 좌측에서 왜군의 칼이 날아들었다.

"크억!"

허리가 꺾인 황응남이 무의식적으로 박차를 가했다.

말이 놀란 듯 앞발을 들고 땅을 한 번 찍더니 왜군 사이를 뚫고 나갔다.

황응남의 위험을 뻔히 보면서도 손 쓸 틈이 없었던 서인손이 소리쳤다.

"지금이다! 총을 쏘아라."

화승총의 도화선이 '쉬 쉬 쉬' 하는 소리를 내며 타들어갔다.

탕 탕 탕!

화승총이 일제히 불을 뿜었다.

왜군 기마병이 잇따라 말에서 떨어졌다.

산척들의 총은 단 한 발도 빗나가지 않았다.

두 번째 총소리가 났을 때 왜군 기마병 20여 명이 한꺼번에 피를 쏟았다.

한숨을 돌린 서인손이 황응남을 말에서 내려놓고 말했다.

"부장, 상처가 깊은 것 같은데, 갑옷을 잠시 벗어야겠습니다."

"아니오. 장수가 전쟁 중에 갑옷을 벗을 수는 없소."

황응남의 기개에 서인손은 하는 수 없이 피가 배어 나오는 옆구리의 옷을 찢어 동여매었다.

"고맙네, 청학(산척의 별칭) 장군. 내가 내 용맹을 너무 믿은 것 같으이. 허허!"

"부장, 이 상황에 웃음이 나옵니까?"

황응남이 산척의 부축을 받으며 뒤로 빠졌다.

"나는 괜찮으니 어서 적을 소탕하시오."

"알겠습니다."

서인손이 산척을 이끌고 적진으로 내달렸다.

주인을 잃은 왜군 말들이 이리저리 날뛰며 흩어졌다.

한편 전방 상황을 전혀 모르고 계곡 길을 올라오던 왜장은 고갯마루에서 들려온 총소리에 자기 귀를 의심했다.

"부관도 총소리 들었지?"

"예, 총소리가 맞는 것 같습니다."

"우리 기마병은 조총을 휴대하지 않았는데…. 그렇다면 조선군이 조총이라도 가졌다는 것인가?"

그랬다. 왜장은 조선에 화승총이 있다는 것을 몰랐다.

"저놈들이 조총을 가졌더라도 어쩔 수 없다. 부관, 조선군의 기습이다. 전군에 전투 시작을 알리고 이 계곡을 신속히 빠져나가야 한다."

"예, 장군."

뿌우우! 뿌우!

왜군 진영에서 총공격을 알리는 뿔나팔 소리가 났다.

갑자기 울리는 뿔나팔 소리에 왜군들이 바위와 나무를 엄폐물로 삼아 산을 기어오르며 보이지 않는 의병 쪽을 향해 뛰기 시작했다.

이때 산 위에 바위를 쌓아놓고 적을 기다리고 있던 김준민이 말했다.

"적이 100보 앞까지 올라온 것 같다. 모두 바위를 굴려라."

"예, 부장."

"바위를 굴려라! 바위를 굴려라!"

병사들이 복창했다.

수많은 바위가 굴러 내려가며 숲을 짓뭉갰다.

바위 하나가 땅에 박힌 바위를 치자 두세 개가 함께 굴렀다.

"아악!"

비명이 잇따랐다.

바위에 맞아 쓰러지고 뒹구는 왜군이 선명하게 보였다.

김준민이 다시 소리쳤다.

"적이 30보 안으로 들어왔다. 이젠 활을 쏘아라."

조총 소리가 띄엄띄엄 났다.

몸을 피하기 바쁜 왜군은 총을 쏠 여유가 없었다.

대신 산 위에서 쏟아지는 화살을 그대로 안았다.

죽지 않은 적들은 끊임없이 산을 기어 올라왔다.

양측의 거리가 10보 정도로 좁혀졌다.

서로의 얼굴을 보고 싸우는 백병전이 시작되었다.

산을 힘겹게 오르며 숨이 턱 밑까지 차오른 왜군보다 의병들은 여유와 힘이 있었다.

한편 중앙군 쪽에서도 백병전이 펼쳐졌다.

"나를 따르라. 적을 쓸어버려라. 한 놈도 살려 보내서는 안 된다."

정용이 고함을 치며 왜군을 향해 내달렸다.

그 기세는 마치 먹구름이 일고 땅이 꺼지는 것 같았다.

이를 본 김면이 소리쳤다.

"정 부장, 조심하시오."

"걱정 마십시오. 제가 나약한 모습을 보이면 어느 누가 명령을 따르겠습니까? 한번 죽어 나라의 은혜에 보답하는 것이 제 뜻입니다."

정용이 휘두르는 칼은 전혀 빈틈이 없었다.

한바탕 검무劍舞를 보는 듯했다.

쉰네 살이라는 나이가 믿기지 않았다.

칼을 잡은 손이 올라갔다가 내려오는 순간 왜군의 머리가 떨어졌다.

거친 산을 오르며 체력이 떨어진 왜군은 의병들의 창과 칼을 피하기 어려웠다.

왜군의 숫자가 눈에 띄게 줄었다.

부우웅 부우웅!

적진에서 퇴각 나팔 소리가 울렸다.

산자는 총과 칼을 내동댕이친 채 목숨을 부지하려 도주하기 바빴다.

하지만 퇴각도 여의치 않았다.

도망치는 왜군 뒤로 다시 바위가 굴렀고, 화살이 날아갔다.

살아 돌아간 왜군은 왜장을 포함한 수십 명에 불과했다.

죽은 왜군과 말이 계곡을 메웠다.

참혹했다.

간간이 들려오던 왜군 부상자의 신음도 뚝 끊겼다.

한 시진 조금 넘는 전투에서 의병은 대승을 거뒀다.

후텁지근한 바람에 피비린내가 실려 왔다.

김면이 한숨을 돌리고 있는 사이 병사가 뛰어오며 소리쳤다.

"장군, 황응남 부장이…."

"황응남 부장이 어떻게 됐다고?"

"적의 칼날에 허리를 다쳤습니다."

김면이 급히 황응남을 찾아 놀란 표정을 지으며 말했다.

"황 부장, 상처는 어떠시오? 많이 다친 것이오?"

"칼날이 조금 스쳤을 뿐입니다. 제가 방심했나 봅니다. 허허!"

"그래도 이만하니 정말 다행이긴 합니다만, 금창金瘡(칼이나 창에 질려 쇠독이 든 상처)은 그냥 두면 골수까지 상할 수 있으니 바로 치료해야 할 것이오."

"예, 장군."

"황 부장과 산척들이 적의 선봉을 막아주는 바람에 이렇게 대승을 거뒀습니다."

"아닙니다. 우리의 계책이 통한 것이고 장졸들 모두의 공이 아니겠습니까?"

"그런가요? 허허!"

온 산을 물들인 핏빛 저녁노을이 어둠에 자리를 내주고 있었다.

김면이 산척들의 손을 일일이 잡고 말했다.

"오늘 황응남 부장이 부상을 입었지만, 이 승전은 그대들의 공이오. 그리고 이형 부장의 한도 풀었으니…. 절대 잊지 않을 것이오."

서인손이 말했다.

"그렇지 않습니다, 장군. 우리 모두의 승리입니다."

장졸들과 산척들이 덩실덩실 춤을 추며 기쁨을 나눴다.

병사들의 환호에 우척현이 들썩거렸고 메아리는 대덕산과 수도산까지 울렸다.

우척현은 왜군에게 지옥이었지만, 의병들에겐 성스러운 곳으로 기억될 것임이 분명해 보였다.

군막의 김면이 붓을 들었다.

전란으로 갈기갈기 찢긴 강산과 피로 물든 아픈 현실을 한 자, 한 자 써 내려갔다.

國破家亡虜報忙

나라를 깨뜨리고 집을 망친 오랑캐 잡기가 바빠서

領軍三度到新倉

군사를 거느리고 세 번이나 신창(거창 웅양면 노현리 일대)에 왔네

莫言賊衆吾兵少

적병이 많고 우리 군사 적다고 말하지 말라

思漢民心不敢忘

고향 그리는 백성 어찌 감히 잊으리

– 松庵先生實錄(송암선생실록)

붓을 든 손이 파르르 떨렸다.

하지만 가슴은 더없이 붉게 물들었다.

우척현에서 대패한 왜군은 군사력이 급격히 약화돼 더 이상 호남을 쉽게 넘볼 수 없었다.

이 전투 후 김면은 초유사로부터 거창과 안음현의 식량 통제권과 함양·산청·합천지역의 군사 지휘권까지 얻어 휘하의 병력이 3천여 명으로 불어났다.

며칠 뒤 초유사의 명을 받은 강희보姜希輔(1560~1593)가 의병을 이끌고 왔다. 강희보는 진주 출신으로 용맹이 남달랐다.

전쟁이 발발하자 의병을 일으켜 고경명 휘하에서 금산 전투에 참전하여 패했으나 남원에서 적을 깨뜨리고 진주성 2차 전투에서 순절했다.

김면이 말했다.

“강 공이 나를 찾아주니 이제 나는 고기가 물을 얻은 듯하오. 나의 한쪽 팔이 되어 적을 섬멸하는 데 선봉장이 되어주길 바라오.”

“과찬이십니다. 멀리서나마 장군을 흠모했는데 이렇게 가까이서 모시게 되니 기쁘고 더없는 영광이옵니다. 보잘것없는 이 한 몸 다 바쳐 왜적 격멸에 앞장서겠습니다.”

“고맙소.”

김면이 강희보의 두 손을 움켜잡았다.

지례 관아에 치솟은 화염과 비명

전쟁에서 중요한 책략은 속임수와 기습이다

전란 석 달이 지나며 새벽이슬을 머금고 쳐져 있던 풀잎이 떠오르는 태양과 함께 조금씩 고개를 세우듯이 조선군도 전열을 가다듬어가고 있었다.

7월 15일. 거창 김면 부대 진영.

칠성이가 한 병사와 함께 군막 앞에서 무언가 이야기하고 있었다.

"장군, 고령 현감이 편지를 보내왔습니더."

"고령 현감이?"

"예, 밖에 있는 저 병사가 가져왔습니더."

전란 초기 왜군을 피해 도망갔다가 돌아온 현감 황집중의 편지였다.

"성주 안언, 무계, 개산포에서 적을 마주쳤으나 적세가 워낙 강해 부득이 합천으로 물러나고 말았습니다. 산척들의 말을 빌리면 왜군은 고령 관청과 향교 등을 약탈하고 양전에도 들어갔다고 합니다. 또 인근 산을 뒤져 피난민 50여 명을 살해하고 부항 고개와 무주 나제통문羅濟通問(삼국시대 신라와 백제의 경계 관문)을 거쳐 호남으로 가든지 아니면 지례를 통해 거창으로 갈 준비를 하고 있다는 소문도 있으니 미리 방비하시길 바랍니다."

– 松庵先生實記(송암선생실기)

"으음!"

깊은 탄식이 입 밖으로 흘러나왔다.

고령현이 왜군의 수중에 떨어지면 대장 산성에 주둔하고 있는 박정완 형제가 고립될 수도 있어 큰 걱정이 아닐 수 없었다.

김면은 고령에 군사를 보내고 싶었지만, 호남으로 가는 길목인 거창 방어가 급한지라 적은 병력을 나눌 수 없었다.

선택과 집중, 어느 것이 옳은지 판단이 쉽게 서지 않았다.

"이런 일을 두고 강 건너 불구경이라 하던가?"

잠시 뒤 말발굽 소리가 김면의 근심을 깨뜨렸다.

다그닥다그닥!

"장군, 김회 초모관으로부터 편지가 왔습니다."

김면이 편지를 펼쳤다.

"금산 군수가 가노와 함께 한양으로 가던 길에 왜군에게 잡혀 죽임을 당하고 정병 몇 명은 왜적의 앞잡이도 모자라 관리들을 유인하여 척살하고 있습니다.

고성현에선 왜군이 산을 뒤져 피난살이 노약자를 살육하고 처녀들은 끌려가거나 욕辱을 보고 목을 매는 일이 줄을 잇고 있습니다.

불쌍한 백성들이 날뛰며 하는 말이 관찰사도 겁에 질려서 전라도로 몸을 숨겼는데, 우리는 누구를 믿고 살아가나 하며 도적의 길로 나서고 있습니다. 도망간 군졸과 백성을 설득하여 초모를 했으나 바로 도망을 쳐 다시 모으기가 하늘의 별 따기처럼 어렵습니다. 또 낙동강을 거슬러 올라온 왜장이 관찰사 직인을 위조하여 곳곳에 방榜을 붙여 유민들에게 왜군을 겁내지 말고 제 집으로 돌아가거나 의병과 관병을 신고하면 곡식을 나누어준다고 하니 수십 명씩 떼를 지어 왜군 진영으로 몰려가고 있습니다. 정말로 안타깝고 한스러운 마음뿐입니다. 이 모두가 적의 계책임을 널리 알려야 할 것입니다. 그리고 관병들이 후퇴하면서 관아의 곡식을 불태워 보리 한 톨도 구하기가 어렵습니다.

군량 조달에 각고의 노력을 하고 있으나 시간이 다소 걸릴 것 같으니 참작하여주시길 바랍니다."

– 松庵先生實錄(송암선생실록)

김면이 "참으로 통탄할 일이다"라며 황집중과 김회의 편지를 참모들에게 돌렸다.

그리고 시선은 본인도 모르게 남쪽으로 향했다.

기병 후 집을 나올 때 선조의 위패位牌들을 그대로 두고 나와 안전한지, 또 피난지를 떠돌고 있을 부인에게 무슨 변고라도 생긴 게 아닌지 심란했다.

"장군."

조군 조종도였다.

"고령현이 왜군의 손에 들어가면 합천도 눈앞에 적을 두게 되니 잠을 못 이룰 것입니다. 해서 병사 300명 정도 대장 산성과 무계 산성으로 파견하고 정인홍 장군의 지원을 요청하는 것이 좋을 듯합니다."

"정인홍 장군에게 지원 요청은 하겠지만, 우리가 군사를 뺄 여력이 없지 않소."

"300명이 안 되면 그 절반이라도 보내 박정완 부장과 천막달을 지원해야 합니다. 우리의 전초기지인 두 곳 중 한 곳만 잃더라도 성주의 적은 더 활개를 칠 것입니다."

본진도 병력 사정이 좋지 않음을 아는지라 다른 참모들은 말이 없었다.

"다른 의견이 없으시면 종사관의 말대로 내일이라도 출발할 수 있게 병사를 선발해주시오."

며칠 뒤면 모기 입이 삐뚤어진다는 처서處暑지만, 한낮에는 더위가 여전했다.

후텁지근한 날씨에 병사들은 입술에 붙은 밥풀 뗄 힘도, 숟가락 들 힘도 없었다.

나무 그늘이 지친 병사들을 불러들였다.

드르렁드르렁!

코를 고는 사람, 눈시울을 붉히며 피난살이 가족을 걱정하는 사람, 왜군을 몇 명이나 베었다며 무용담을 늘어놓는 사람….

더위에 긴장의 끈을 놓은 듯한 모습이다.

맴 맴 매애앰!

매미가 귀가 멍할 정도로 요란스럽게 울어댔다.

날이 더워서 매미가 우는 것인지, 매미가 울어서 날이 더운 것인지 알 수 없었다.

"저기, 저 사람들은 뭐지? 왜군인가?"

한 병사가 손을 뻗쳐 방향을 가리키며 말했다.

말을 탄 사람과 걷는 듯 뛰는 듯 10여 명이 흙먼지를 일으키며 다가오고 있었다.

"이보게, 문위 참모장에게 먼저 알려야겠네."

"누군지도 모르고요?"

"그렇더라도 먼저 알려야지."

병사들이 후다닥 병장기를 챙겨 경계 태세에 들어갔다.

200여 보 앞에서 하얀 깃발이 오르며 목소리가 들려왔다.

"우린 관군이오. 순찰사(김수) 영감이시네."

병사들이 엉거주춤 마상의 순찰사에게 군례를 표했다.

"고생이 많으이. 김면 장군은 어디 계시느냐?"

멀리서 이 상황을 지켜보고 있던 문위가 달려왔다.

"김면 장군의 참모로 있는 문위라고 하옵니다. 어서 오십시오, 순찰사 영감."

"그런가? 고맙네."

"저기 군막으로 모시겠습니다."

잠시 뒤.

"장군, 순찰사 영감께서 오셨습니다."

"순찰사가? 미리 통기도 없이 무슨 일이지?"

김면이 서둘러 나갔다.

"어서 오시오. 영감."

"반갑습니다. 장군, 노고가 많으십니다."

"그런데 이 더위에 어인 행보이십니까?"

"예, 뭔가 도울 일이라도 있는가 싶어 온 게지요."

"그렇습니까?"

두 사람이 수인사를 나누고 자리에 앉자 작은 술상이 들어왔다.

"더덕주입니다. 향기가 그리 나쁘지 않을 겁니다."

"고맙습니다."

김면이 김수의 술잔을 채우며 말했다.

무더운 날씨라 술 한 잔에 얼굴이 금세 달아올랐다.

"영감, 지금 전황은 어떻습니까?"

"김 장군도 잘 아시다시피 왜군의 기세가 꺾이지 않으니 걱정이 아닐 수 없습니다. 그건 그렇고 무계와 우척현에서 대승을 거뒀다는 소식을 들었습니다. 정말 대단하십니다. 이는 팔도 의병들에게 큰 희망이 될 것입니다."

"모두가 병사들의 공이지요. 우리 측 손실은 그리 크지 않았지만, 앞으로가 문제입니다. 군세가 왜군에 비해 절대적으로 열세입니다. 전란이 언제 끝날지 모르는 상황이라 초모와 군량 확보가 그 무엇보다 중요한데 쉽지 않으니 고민입니다. 한 가지 더 부탁을 드리면 무계에서 전사한 김홍한 장군과 우척현에서 전사한 이형 장군에 대해서도 조정의 합당한 처사가 있었으면 합니다. 작은 공을 내세우는 건 아니지만, 병사들의 사기 앙양도 중요한 것이 아니겠습니까? 초유사에게 한번 말씀드렸지만, 영감께서도 살펴주시길 바랍니다."

"잘 알겠습니다. 장계를 올려 김홍한 장군과 이형 장군의 죽음이 헛되지 않도록 힘쓰겠습니다."

"고맙습니다."

"그리고 장군, 지난번 망우당 곽재우를 달래 갈등을 풀어주신 데 대해 늦었지만 감사드립니다. 제 부덕의 소치이고 불찰입니다."

"다 지난 일입니다. 괘념치 마십시오."

김수가 술잔을 내려놓으며 말했다.

"지금 금산과 성주의 적은 어떻게 하고 있습니까?"

"적이 무계에서 큰 타격을 받았다 하더라도 군세가 워낙 강합니다. 첩보에 의하면 성주와 금산에 군사를 집결한 적은 지례현까지 들어와 호남으로 들어가려고 기회를 노리고 있는 듯합니다. 군세가 약한 우리로서는 전면전보다 이소격중以小擊衆(적은 군사로 많은 적을 공격함), 이일대로以逸待勞(쉬면서 적을 지치게 함) 하는 유격 전술을 구사해야 하지 않을까 생각합니다."

"맞습니다, 지금 우리의 형편에 딱 맞는 전략입니다. 장군만 믿습니다. 자아, 장군도 한잔 받으시오."

김면이 잔을 내밀자 술이 잔을 넘쳤다.

"어이쿠! 내가 취했나."

"허허! 괜찮습니다. 술은 넘쳐야 제맛이지요."

김면이 마음에도 없는 말을 하며 술잔을 살짝 입에 대었다가 내려놓았다.

취기가 오른 김수가 말을 돌렸다.

"난세로다! 난세! 질곡의 시대야! 김 장군, 저는 이만 가봐야겠습니다. 무슨 놈의 날씨가 이리도 더운지…. 기우제라도 지내야겠습니다."

"지금 가시면 어디로 가시려는지요?"

"호남에 가서 군량 확보를 알아봐야겠지요. 내가 하는 일이 그것인데."

"영감, 이곳 거창 일대도 왜군 정찰대가 밤낮없이 움직이고 있어 언제 어디서 적이 튀쳐나올지 모르니 필히 조심하셔야 할 것입니다."

"예, 고맙습니다. 장군도…."

"이랴!"

김수는 한결 편한 마음으로 말고삐를 잡았다.

산마루에 걸린 석양이 김수 일행을 안내했다.

* * *

해가 뉘엿뉘엿 넘어갈 무렵 거창 진영으로 병사 한 명이 다리를 절뚝거리며 다가오고 있었다.

병사는 심하게 다쳤는지 지팡이에 몸을 의지하고 있었다.

"멈춰라, 누구냐?"

경계병이 창을 겨눴다.

"예, 저는 장응린 군관의 수하입니다."

"장응린이 누구지? 아, 그러니까 보름 전 병사 10명을 이끌고 지례 일대 왜군 동향을 살피러 간 장 군관 말인가?"

"예, 맞습니다."

"그런데 여긴 무슨 일이오? 몸도 다친 것 같은데."

"김면 장군에게 급히 알릴 말이 있습니다."

"그럼, 군막으로 가세."

"이보게, 저 사람을 장군 군막에 데려다주고 올 테니 경계 잘 서고 있게나."

“알았네, 얼른 갔다 오게.”

장응린張應麟(?~1592)은 거창 출신으로 김면이 의병을 모집하자 동생 장응사張應獅와 함께 의병에 참가했다.

장응린 형제는 용맹하고 기사騎射에 능해 전투 때마다 앞장서 장졸들로부터 신뢰와 존경을 받았다.

“장군, 장응린 군관의 수하가 장군을 뵙겠다고 왔습니다.”

“장 군관 수하가? 들여보내라.”

“예.”

군막으로 들어온 병사는 금방이라도 쓰러질 듯했다.

“어디 많이 다쳤느냐?”

“괜찮습니다. 참을 만합니다.”

“장 군관의 수하라면 지금 지례에 있어야 할 것인데, 무슨 일이냐?”

병사가 무릎을 꿇고 흐느꼈다.

이를 지켜보던 문위 참모장이 다그치듯 말했다.

“지금 장군께서 무슨 일이냐고 묻지 않느냐?”

“예, 장 군관께서… 전사했습니다.”

“뭣이라? 장 군관이 전사했다고? 자세히 말해보거라.”

“그러니까 어제 비가 억수같이 쏟아졌지요. 두곡역豆谷驛 인근에서 피난민을 만났는데, 역 앞에 왜군 20여 명이 있다는 이야기를 듣고 기습공격을 했습니다. 장 장군이 왜군 수 명을 사살하며 분전 중 장 군관의 말이 왜군이 쏜 총에 맞아 넘어지면서 장 군관도 말에서 떨어졌습니다. 그때 장 군관이 쓰러진 상태로 마지막 남은 화살로 왜군을 쏘고 칼을 잡는 순간 왜군 서너 명이 장 군관을 사방에서 포위하고 창으로 찔러오자 피하지 못하고 그만…. 그리고 장 군관께서 마지막으로 남긴 말이 있습니다.”

“무엇이냐?”

“예, 장 군관은 이 한 몸 죽어 없어지지만, 내 원혼은 이 땅과 백성을 지킬 것이라 했습니다."

병사의 이야기를 듣고 있던 김면과 문위의 눈에서 눈물이 흘렀다.

"나머지 병사들은 어떻게 되었나?"

"격전 중에 모두 죽고 저만 이렇게 살아 돌아왔습니다. 흑흑!"

병사가 땅에 머리를 찧으며 분憤함을 토해냈다.

문위가 말했다.

"그럼 장 군관과 병사들의 시신은 그대로 있겠구나. 그리고 왜군들은?"

"예, 저 혼자서 시신을 어찌할 수 없었고 왜군은 두 명인가 살아 돌아갔습니다."

"참모장, 우리 병사들의 시신을 속히 수습해야 하지 않겠나?"

"예, 장군. 지금 병사들을 보내 시신을 운구하도록 하겠습니다."

김면이 애석함을 표하며 칠성이를 불렀다.

"칠성아, 병사를 데리고 나가 상처를 보살펴주고 쉬게 하라."

"예, 장군."

다음날 장 군관과 병사들의 시신이 돌아왔다.

형의 전사 소식을 듣고 달려온 장응사가 시신을 부둥켜안고 울부짖자 장졸들 모두 눈물을 그치지 못했다.

사자死者들을 안장한 후 김면이 초유사에게 장 군관의 전사를 알렸다.

이에 초유사도 상심하여 부물賻物(상장喪葬에 부의賻儀로 주는 물건)을 보내와 명복을 빌었다.

* * *

7월 29일 아침.

김면은 왜군 본거지 중 하나인 금산 출정을 위해 병력을 사열했다.

충 충 충!

병사들의 함성이 하늘과 땅을 울렸다.

청천 하늘에는 색색의 깃발이 나부꼈다.

엄한 군율로 다져진 병사와 군마의 대오는 누가 보더라도 위압감을 느끼기에 충분했고, 사기도 하늘을 찌를 만큼 높았다.

군마 사열을 마친 김면이 장수들에게 말했다.

"오늘 우리에게 전장의 승패를 결정짓는 중요한 요소 중 하나인 군사력과 높은 기개가 있음은 촉한의 대장군 강유와 견주어도 손색이 없는 부장들의 지휘력 덕분입니다. 이 자리를 빌려 충의를 다시 한번 치하합니다…. 지금 김산의 왜군 본진을 쳐야 하나 전라도 금산에서 패하고 무주를 거쳐 지례에 들어온 왜군 500여 명이 관아官衙를 점거하고 있어 김산으로 바로 가는 것이 쉽지 않을 것이오. 김산은 우회로인 고령과 성주를 통해 가는 방법이 있기는 하나 군사들의 피로감이 클 것이라 먼저 지례의 적을 칠 생각인데, 부장들의 생각은 어떻소?"

김해 부사로 있던 중 왜장 흑전장전이 김해성을 공격하자 하루를 버티다 한밤에 초계 군수 이유검李惟儉(1538~1592)과 함께 성을 버리고 도망친 죄로 삭탈관직당한 이후 김면의 휘하에 들어와 중위장 직책을 맡은 서예원徐禮元(?~1593)이 말했다.

"우리가 김산으로 들어갔을 때 지례의 적이 우척현을 넘는다면 자칫 퇴로가 막힐 뿐만 아니라 후방을 적에게 내주게 될 수도 있어 지례의 적을 먼저 치는 게 좋을 듯합니다. 그리고 지례는 지형적으로 협소해 화공을 병행하면 분명히 승산이 있을 것입니다."

다른 부장들도 서예원의 전략에 고개를 끄덕였다.

"좋소, 그러면 서 부장이 내일 아침 선발대 300명을 이끌고 지례 인근에 가서 적의 동태를 살피시오. 나는 저녁 무렵 합류하겠소. 그리고 여대로 부장과 권응성 부장은 화공을 위한 화구도 충분히 준비하도록 하시오."

"예, 장군! 명 받들겠습니다."

전투 준비는 빈틈없이 진행되었다.

우척현에서 지례까지는 20리가 조금 넘었다.

길은 계곡을 따라 뱀처럼 구불구불 나 있어 그 끝이 어디인지 쉽게 가늠이 안 되었다.

두 시진 조금 넘는 행군 끝에 지례에 도착한 서예원은 관아가 내려다보이는 산 중턱에 병사들을 배치하고 관아 주변의 지형지물을 상세하게 그렸다.

"장군!"

"무엇이냐?"

"이 사람이 지례에 사는 심마니라고 해서 데려왔습니다."

"그런가? 이곳에 산다고 하니 하나 묻겠네."

심마니가 말을 더듬으며 답했다.

"예, 장군."

"저 앞쪽 관아 오른쪽 위 골짜기에 보이는 작은 집은 무엇을 하는 곳인지 아시오?"

"예, 저곳은 관아에서 곡식을 쌓아놓은 사창인데, 골짜기는 '관창골'이라고 부르지요. 요 며칠 전부터 왜군이 저곳에 곡식을 쌓아놓고 10여 명이 밤낮없이 지키고 있읍죠. 그리고 저 관아 뒤 산 밑에 보이는 집은 향교입니다."

"저곳이 사창이고, 향교라…. 고맙네! 관아엔 조선 백성들도 있는가?"

"예, 있습니다. 50명쯤 되는 것 같은데, 부역하는 남자들은 피난 갔다가 잡혀 온 사람들 같았고 부녀자 중에는 전라도에서 끌려온 사람도 있는 것 같습니다. 창唱인가 하는 노랫소리가 끊이지 않는 것으로 봐서…. 그리고 왜놈들이 민가를 분탕질하고 사람을 죽이기까지 하니 이곳 지례 주변 마을에는 남아 있는 사람이 한 사람도 없습니다."

"잘 알겠네."

서예원은 부장에게 말했다.

"심마니라고 하는 저자는 전투가 시작될 때까지 잘 감시하도록 하라. 혹시 왜군 앞잡이라면 우리의 위치가 노출돼 되레 당할 수도 있으니…."

"예, 장군."

부장이 심마니를 데리고 나갔다.

"길가에는 굶어 죽은 사람이 널려 있는데, 저곳에선 고기와 술이 썩어나가는구나. 흉적들, 어디 두고 보자. 모조리 불구덩이 속으로 보내 버릴 것이니."

서예원이 원한 가득한 마음을 내보였다.

산기슭에 어둠이 내릴 무렵 김면이 700여 명의 병사를 이끌고 도착했다.

"어서 오십시오, 장군."

"서 부장, 지금 적 동향은 어떻습니까?"

"아직 이렇다 할 움직임이 없는 것으로 보아 우리가 기습하리라는 것을 전혀 눈치채지 못하고 있음이 분명합니다."

서예원이 심마니에게 들은 이야기와 지도를 꺼내 막 설명하려는데, 갑자기 바람이 불고 먹장구름이 몰려오더니 비가 삼대같이 쏟아졌다.

김면이 부장들을 불렀다.

"이렇게 비가 오면 조총은 물론 화공도 어려워 자칫 우리 측 희생도 클 것이니 비가 그치면 공격하도록 합시다. 그리고 병사들에게 절대 불을 켜서는 안 된다는 것을 단단히 전하시오."

김면은 경계병만 남겨두고 병사들을 산 너머로 물렸다.

만에 하나 적에게 발각되는 것을 피하기 위함이었다.

세찬 비는 멈출 줄을 몰랐다.

순식간에 불어난 계곡물은 요란한 소리를 내며 바위와 나무를 휩쓸었다.

병사들은 나뭇가지를 꺾어 지붕을 만들어 눕거나 바위틈에 웅크리고 앉았다. 그러나 온몸이 젖어 턱까지 덜덜 떨렸다.

서로 등을 대고 온기를 나누며 불면의 밤을 보냈다.

8월 1일 아침이 밝았다.

비가 그치고 햇빛이 쏟아졌다.

척후로부터 적의 동향을 다시 보고받은 김면은 병사들을 관아가 내려다보이는 곳으로 이동시켰다.

전날 서예원이 그린 지도를 토대로 부장들에게 작전을 지시했다.

"지금부터 군령을 내리겠소. 황응남 부장은 군사 300명으로 향교 좌우 측에 매복하고, 여대로 부장과 권응성 부장은 군사 300명으로 사창을 공격하시오. 사창에 있는 곡식은 우리에게도 절대적으로 중요하니 적을 처치하고 반드시 확보해야 하네. 그리고 조선 백성들도 수십 명 있다 하니 잘 살펴야 할 것이네. 그리고 서예원 부장은 관아와 향교 안으로 잠입하여 화공이 시작되면 호응하시오. 나는 관아 정면에서 들어갈 것이니."

"예, 장군. 명 받들겠습니다."

오후가 되자 계곡을 따라 올라오던 산바람이 산 위쪽으로 방향을 틀었다.

높은 산 탓인지 땅거미가 내려앉는 속도가 다른 곳보다 빨랐다.

한 시진이나 지났을까. 사창과 관아에 등불이 켜지고 부녀자들이 저녁밥을 짓느라 왔다 갔다 했다.

김면이 말했다.

"바람도 오늘은 우리를 돕는구나. 지금이다. 효시를 쏘아 올려라."

효시 소리를 들은 병사들이 관아와 향교 담 너머로 섶과 생솔가지를 던졌다.

"불화살을 쏴라."

잠시 뒤 섶에 붙은 불이 바람을 타고 치솟았고 검은 연기가 관아를 뒤덮었다.

담장도 허물어졌다.

"와아아!"

의병들이 함성을 지르며 담장을 넘었다.

마당으로 황급히 뛰어나온 왜군들은 연기로 인해 방향 감각을 잃고 허둥댔다.

어둠과 연기 속에서 날아오는 화살을 피할 수 없었다.

비명과 아우성이 뒤범벅돼 밤하늘에 퍼져 나갔다.

쾅 콰앙!

관아 옆 무기고에선 화약이 폭발하며 지붕이 내려앉았다.

조총 소리는 몇 번 나더니 끊겼다.

피비린내 나는 백병전이 펼쳐졌다.

왜군은 탄환을 장전하고 쏠 시간이 없었다.

시간이 지날수록 왜군 사상자는 늘어만 갔고 살아남은 자의 선택은 어둠을 타고 도망치는 방법밖에 달리 없었다.

김면이 성주 가장假將(임시 장수) 배설과 선봉장 변혼을 급히 불렀다.

"지금 힘들겠지만, 퇴각하는 적을 타격해 그 기세를 완전히 꺾어야 할 것입니다. 해서 이곳 지리와 지형을 잘 아는 배 장군과 변 장군은 지금 즉시 기병 30기를 이끌고 김산으로 가는 길목에 매복했다가 도주하는 왜군을 추격하시오. 그 숫자가 얼마인지 모르나 그리 멀리 못 갔을 겁니다."

"예, 장군."

서예원이 품속에서 지도를 꺼내 보이며 배설에게 말했다.

"배 부장, 적이 추격당한다는 것을 알면 되레 역공을 당할 수도 있으니 이 길로 우회해서 가시오. 기병이니 적보다 앞서갈 수 있을 겁니다."

"예, 잘 알겠습니다. 자, 변 부장 출발합시다."

배설裵楔(1551~1599)은 본관이 성산星山으로 9년 전 1583년 무과에 급제하여 변방에서 관직을 수행하며 전생서주부典牲署主簿(종6품)로 승진했다. 왜란이 발발하자 경상우도방어사 조경趙儆(1541~1609)의 군관으로 활동하다 조경이 황간과 추풍에서 패해 군적도 없는 잔병 신세가 됐지만, 성주 관군과 향병을 규합해 여러 전투에서 전과를 거두자 김수가 지난 6월 가장에 임명하여 김면 부대에 합류하게 했다. 배설은 이후 합천 군수와 부산 첨사, 진주 목사, 밀양·선산 부사 등을 역임하고 경상우수사까지 올랐다.

경상우수사에 임명된 배설은 1597년 2월 웅천 해전에서 큰 승리를 거뒀다.

그해 칠월엔 삼도수군통제사 원균이 조선 수군 전부라 할 수 있는 판옥선 134척을 이끌고 부산포 공격에 나섰다가 왜군에게 쫓겨 가덕도와 거제도 영등포를 거쳐 칠천량에 들어갔다. 이에 배설이 칠천량은 수심이 얕고 폭이 좁아 적의 협공을 받으면 전멸당할 수 있다며 넓은 한산도로 곧바로 돌아가자고 말했으나 원균은 듣지 않았다.

결국 왜군의 급습을 받고 조선 수군 1만여 명과 전함 100여 척이 수장될 위기에 처하자 배설은 도망을 가려 했는지, 훗날을 도모하려 했는지 알 수 없으나 자신이 지휘하던 판옥선 12척을 이끌고 한산도로 빠져나와 식량과 무기를 불태워 없애고 군사를 뭍으로 피난시켰다.

배설은 왜선 여덟 척을 격침시키며 포위망을 뚫고 나왔으나 나머지 조선 수군은 궤멸되었다.

이때 배설이 보존한 열두 척의 판옥선은 백의종군하던 이순신李舜臣(1545~1598)이 3도 수군통제사에 재기용돼 이룬 명량대첩의 밑바탕이 되었다.

하지만 1598년 11월 전쟁이 끝나고 서인 정권에 의해 동인 류성룡이 탄핵되자 조정은 전란의 책임을 묻고 피폐해진 민심을 안정시킨다는 명분으로 배설에게 칠천량 패전과 모반謀反 죄목을 씌워 처형했다.

육지와 바다에서 전공을 세우며 보여준 가없는 충절이 선조와 조정 대신들의 권력욕과 삐뚤어진 정치에 희생된 것이다.

배설과 변혼이 우회로를 반 시진 정도 달려 금산 길목에 토착하니 사위는 풀벌레 소리만 가득했다.

변혼이 말했다.

"왜군이 아직 이곳을 지나가지 않은 것 같습니다."

"그런 것 같습니다. 변 부장, 말에게 재갈을 물리고 매복합시다."

"왜군이 이쪽으로 올까요?"

"금산으로 가는 다른 길이 없으니 분명히 이 길로 올 것입니다. 좀 더 기다려봅시다."

일각, 이각… 시간이 초조하게 흘러가며 긴장감으로 인해 온몸이 움츠러들었다.

"무슨 소리가 들리는 것 같습니다."

변혼히 재빨리 귀를 땅바닥에 갖다 대었다.

"왜 그러시오? 변 부장."

배설이 고개를 갸우뚱하며 물었다.

"땅 울림으로 적과의 거리를 가늠할 수 있지요."

"아아! 그렇지요?"

"적이 가까이 오고 있다. 모두 전투 대형을 갖춰라."

잠시 뒤 달빛이 내려앉은 산길에 왜군의 형체가 어슴푸레 보였다.

50명쯤으로 보이는 왜군 중에 10여 명은 부상을 입은 듯 다리를 절뚝거렸다.

왜군이 30여 보 앞으로 다가왔다.

무기도 없이 맨손인 자도 여러 명 보였다.

배설이 고개를 돌려 공격 신호를 보냄과 동시에 말을 탄 왜장을 향해 화살을 날렸다.

"아악!"

단말마와 함께 왜장이 마상에서 꼬꾸라졌다.

"쳐라. 한 놈도 남기지 말고 참살하라!"

변혼의 고함이 밤공기를 갈랐다.

화살을 맞은 왜군 10여 명이 골패짝 쓰러지듯 뒹굴었다.

뒤이어 거리가 좁혀지며 백병전이 시작되었다.

창 차창 창!

칼과 창 부딪치는 금속성이 폐부를 찔렀다.

"이놈들, 내 칼을 받아라."

병사들 뒤쪽에 있던 배설이 왜군 사이로 뛰어들며 몸을 360도 회전시켰다.

몸과 칼이 돌아가는 것이 그야말로 눈 깜짝할 새였다.

무예 고수의 신기(神技)를 보는 듯했다.

배설의 발이 땅에 닿자마자 그를 둘러싸고 있던 왜군의 처절한 비명이 핏줄기와 함께 뿜어져 나왔다.

"헉, 크윽! 으아악!"

왜군의 칼과 창은 그저 지팡이에 불과했다.

10여 리를 도주하며 힘이 빠진 터에 기습을 당한지라 맞수가 되지 않는 것은 당연했다.

"부장, 저놈들이 도주하고 있습니다."

두세 명이 꼬리에 불붙은 여우처럼 산으로 달아나고 있었다.

"그냥 놔두거라. 저놈들이 살아 돌아가 의병의 무서움을 본진에 알리면 우리에게 나쁠 게 없으니."

일방적인 공격에 전투 시간은 그리 오래 걸리지 않았다.

널브러진 주검에서 흘러나온 피가 달빛에 선명하게 비쳤다.

의병은 서너 명만 창상을 입은 완벽한 승리였다.

"크게 다친 사람 있느냐?"

"보시다시피 없습니다."

배설의 눈빛이 변혼에게 닿았다.

"변 부장, 대단하십니다."

"아닙니다. 전 배 부장의 검술에 깜짝 놀랐습니다. 언제 한 수 가르침을 받겠습니다."

"가당치 않게 무슨 말씀입니까? 허허!"

배설과 변혼이 서로 격려하는 사이 병사들도 부둥켜안고 승리의 기쁨을 누렸다.

한 병사가 말했다.

"장군, 왜장으로 보이는 저놈의 수급이라도 가져가야 하지 않겠습니까?"

"아니다. 마땅히 죽어야 할 놈들이 죽은 것. 시체는 한쪽으로 모아 나뭇가지로 덮어주고 가자. 영혼마저 짓밟을 수는 없으니."

"예, 장군."

불탄 전각에서 피어나는 매캐한 검은 연기가 코를 찔렀다.

우두두두!

말발굽 소리가 한밤의 정적을 깨며 들려왔다.

"장군, 변혼 부장과 배설 부장이 돌아오는 것 같습니다."

기병이 추격전에 나선 후 이를 초조하게 기다리던 김면이 말했다.

"이렇게 빨리?"

잠시 뒤 기병들이 개선장군처럼 들어왔다.

"배 부장, 변 부장, 어떻게 되었소?"

"예, 장군. 모두 불귀의 객으로 만들었습니다."

"대단하오, 우리 병사들은 괜찮은가?"

"보십시오. 이렇게 멀쩡합니다."

김면과 참모들이 병사들의 어깨를 다독이며 공을 치하했다.

승리의 기쁨을 말로 다 할 수 없는 감격에 덩실덩실 춤을 추는 자, 소리 없이 눈물을 훔치는 자, 목이 터져라 외치는 자…. 정말 각양각색이었다.

이번 전투에서 안타깝게도 왜군에게 끌려와 있던 호남의 부녀자 대부분이 왜군과 함께 불타 죽고 가장 권응성 등 50여 명이 다치거나 전사했지만, 양곡 수백 섬과 수십 필의 소와 말을 얻은 것은 또 다른 성과였다.

김면은 지례에 경계병을 배치하고 새벽 무렵 거창 신창으로 돌아왔다.

거창 진영은 그 어느 때보다 조용했다.

해가 따갑게 내리쬐고 있었다.

병사들은 전날 격한 전투에 녹초가 돼 아직 깊은 잠에 빠져 있었다.

김면 역시 조금 전에 일어나 막 군막을 나서는데, 경계병이 숨을 헐떡이며 뛰어왔다.

"장군, 저쪽에 짐을 실은 것으로 보이는 우차牛車(소가 끄는 수레)가 줄지어 오고 있습니다."

"이 시각에 우차라니?"

"예, 사람도 20명쯤 돼 보입니다."

병사가 말한 쪽을 보자 우차 10여 대가 삐걱거리며 다가왔다.

잠시 뒤 우차를 끌고 온 자가 허리를 숙이며 말했다.

"장군, 소인들은 산음현山陰懸(산청의 옛 지명)의 아전과 나졸입니다. 이것은 쌀인데 100석이 조금 넘습니다. 단성 기병유사 이로와 수속관 박성이 열읍에서 모아 전송轉送하는 것이라고 본 현감께서 전하라 하셨습니다."

아전들은 온몸이 비를 맞은 듯 땀에 흠뻑 젖어 있었다.

"산음에서 이곳까지 100리가 넘는 거리인데, 정말 고생이 많았네. 내 김락金洛(1545~1604) 현감에게 잘 받았다는 편지를 써줄 것이니 돌아가는 길에 잘 전하게."

"예에."

변혼 부장이 진영을 순찰하려고 나왔다가 무슨 일인가 싶어 달려왔다.

"장군, 무슨 우차입니까? 그리고 이 사람들은?"

"이로와 박성이 열읍에서 모아 보내온 군량이라네."

"그렇습니까? 큰 도움이 되겠습니다."

"변 부장, 군량은 창고에 넣고 고생한 이 사람들에게 먹을 것을 내주고 편히 쉬도록 하게. 오늘 중으로 돌아가야 하니."

"예, 장군."

명장의 길을 열어준 사랑암 전투

인재를 내치는 것은 나라를 망치는 일이다

금산에 주둔하고 있는 왜장 소조천륭경은 무주와 장성을 통한 남진 기회를 엿보고 있었다.

8월 1일, 김면은 조반을 물리자마자 참모들과 중위장 서예원, 황응남, 금산 의병장 여대로呂大老(1552~1619), 조군 김회를 불렀다.

"어제 소조천륭경이 사랑암砂郞巖(지례 인근)으로 움직인다는 첩보가 있었네. 사랑암은 개활지라 보병이 주축인 우리로선 군세와 기동력에서도 불리하다고 생각하네. 해서 기병을 보유하고 있는 진주 관군과 연합작전을 펼치면 효과적으로 적을 섬멸할 수 있을 것 같아서 백성들의 신망을 얻고 있는 진주 판관 김시민金時敏(1554~1592)에게 지원을 요청하려고 하는데, 장군들의 생각은 어떻소?"

서예원이 말했다.

"적이 사랑암을 통과하면 잡기가 쉽지 않을 것입니다. 그제 치른 지례 전투로 장졸들의 피로감이 크지만, 적을 보고 그냥 둘 수는 없는 일이 아니겠습니까? 기병이 합세한다면 군세는 물론 기동력으로 적을 격멸하는 데 큰 도움이 될 것이라고 생각합니다. 중요한 건 김 판관이 응할지입니다."

"맞는 말이네. 진주도 적을 앞두고 있는 상황이라 군사를 움직이는 것이 쉽지 않을 것이야. 어찌 되든 원군 요청은 한번 해봐야지…. 누구를 진주로 보내면 좋겠소?"

"장군, 제가 가겠습니다."

조군 김회가 나섰다.

"네가 가겠다고?"

"예, 제가 장군의 아우이니 김 판관에게 더 믿음이 가지 않겠습니까?"

"그럴 수도 있지. 그럼 지금 즉시 진주로 가서 김 판관에게 우리의 전략을 전하라."

"예, 명 받들겠습니다."

"그리고 부장들은 지금 즉시 사랑암 출전 채비를 하시오."

"예, 장군."

숨 한번 돌릴 틈 없는 강행군이 시작되었다.

* * *

신시(오후 4시) 진주목 동헌.

"판관 나으리, 거창에서 김회라는 사람이 찾아와 뵙기를 청합니다."

"김회라? 처음 듣는 이름인데…. 이리로 모셔라."

김시민은 조상 대대로 충북 괴산에서 살다가 선대 때 충남 목천으로 이주했다.

스물다섯 살 때 무과에 급제하고 훈련 판관(종5품)을 거치며 무관의 길로 나섰다.

이후 부평 부사 등을 거쳐 진주 판관으로 전임되었는데, 이때 나이가 서른일곱 살이었다.

서른아홉 살 때 임란이 발발하자 진주목사인 이경李璥과 함께 성을 버리고 지리산 상원동으로 피신했다.

피신 얼마 후 목사 이경이 산속에서 등창으로 죽자 목사를 대신하여 왜적을 막으라는 김성일의 권유에 다시 성으로 들어가 병사들을 조련하며 사천, 진해, 고성 등에서 적을 크게 무찔렀다.

김시민은 기교보다 '강한 자가 약한 자를 이긴다'라는 병법의 정도를 신봉하는 선이 굵은 전략가로 4천 명 규모의 병력 양성은 물론 비격진천뢰 등 무기 제작에도 심혈을 기울였다.

"판관 나으리, 처음 뵙겠습니다. 저는 고령과 거창에서 기병한 김면 장군의 아우로 조군 직책을 맡고 있는 김회라고 합니다."

"김면 장군의 아우님이시라? 그런데 무슨 일로 오셨습니까?"

"예, 나으리. 지금 거창 의병들이 사랑암을 향해 움직이고 있는 왜군을 치려고 하는데, 고령으로 군사를 움직였습니다. 그러나 보병이 주축인 우리로서는 승리를 장담할 수 없습니다. 하여 진주 기병의 도움을 요청합니다."

"기병과 보병의 연합작전이라? 그거 볼만하겠군! 그렇지 않아도 얼마 전 경상 감사께서 김면 장군의 원군 요청이 있으면 적극적으로 지원하라는 연락이 있었네. 하지만 이곳 사정도 있으니 참모들과 상의하여 알려주겠네."

"잘 알겠습니다. 덧붙여 말씀드리면 사랑암은 시내 좌우로 바위가 많이 있으나 폭이 넓어 기병 운용에 큰 무리가 없을 것입니다."

김 판관이 김회의 이야기를 듣고 장수회의를 소집했다.

판관 성수경成守慶(?~1593), 곤양 군수 이광악李光岳(1557~1608), 전(前) 만호 최덕량(생몰연대 미상) 등이 모였다.

"지금 거창의 김면 장군이 김산에서 거창으로 진격하려고 하는 왜군을 공략하기 위해 사랑암 연합작전을 청해왔소. 여러분의 생각은 어떤지 주저 없이 말해보시오."

이광악이 대답했다.

이광악은 충주 출신으로 김시민보다 세 살 연하로 무과 급제도 6년 후배였다.

"거창이 뚫리면 호남은 물론 이곳 진주도 앞뒤로 적을 맞이해야 할 상황이 올 수도 있습니다. 잘만하면 적의 기세를 꺾고 진주 관군의 위상을 더 높일 수 있는 기회라고 생각합니다."

"성 판관 생각은 어떠시오?"

"예, 적이 언제 몰려올지 모르는 상황에 주력군을 비우는 것에 우려가 있습니다만, 출병한다면 척후를 먼저 보내 적 동향을 탐지하고 이동하는 것이 좋을 듯합니다."

"좋은 생각이오. 다른 의견은 없소?"

"없습니다."

"그럼 출병하기로 하고 이곳은 성 판관과 이 군수가 지켜주시오."

김 판관은 수하 부장들도 연합작전에 동의하자 김회를 불렀다.

잠시 뒤 김회가 회의장으로 들어왔다.

"김 부장, 진주 기병이 출전하기로 했으니 오늘 내로 출발할 수 있을 것 같소."

"감사합니다, 판관 나으리. 그러면 저는 그렇게 알고 김면 장군에게 보고하겠습니다."

"그렇게 하십시오."

김회가 떠나고 한 시진 조금 지나 은안백마銀鞍白馬(은으로 꾸민 안장을 얹은 흰 말)를 탄 김시민과 기병 1천여 명은 빠른 속도로 기동하여 해가 떨어질 무렵 고령에 도착했다.

김회가 관군을 맞이했다.

"판관 나으리, 먼 길 오시느라 고생이 많았습니다. 우선 동헌으로 드시지요. 비좁고 누추하지만, 혜량하시기 바랍니다."

"이런 전시에 따질 게 따로 있지. 염려 놓으십시오. 그런데 이곳 고령 현감은 어디에 있습니까?"

"아, 그게…. 현감은 난리가 나자 겁을 먹고 어디론가 사라졌습니다. 그러나 현의 일부 나졸들은 김면 장군 부대에 들어가 제 역할을 하고 있으니 그나마 다행이죠."

김시민이 혀를 차며 말했다.

"나라의 녹을 먹고 있는 관리라는 자가 백성의 안위를 팽개치고 제 목숨만을 구하려고 하니 이 지경이 되지 않았겠습니까?"

"판관 나으리, 저는 먼저 사랑암으로 가서 김면 장군에게 진주 관군의 도착을 전하겠습니다."

"그렇게 하십시오."

고령에서 하루를 쉰 김시민은 다음날 이른 아침에 출발하여 두 시진 정도 말을 몰아 사랑암 인근에 도착했다.

김회가 마중을 나와 있었다.

"김 부장, 왜군 숫자는 얼마나 됩니까?"

"척후의 보고에 따르면 1천 명 정도입니다."

"1천 명이라…. 적지 않은 숫자인데, 자, 갑시다."

참모들과 작전을 논의하던 김면이 김시민을 맞았다.

"어서 오시게, 김 판관. 이렇게 와주어서 고맙네."

"진주 판관 김시민입니다. 장군의 명성은 익히 들어 잘 알고 있습니다. 먼저 인사 올립니다."

"과찬이시네. 이런 곳에서 만나다니 이것도 큰 인연인가 보네. 허허!"

"그런가 봅니다, 장군."

함께한 부장들도 서로 통성명을 하며 인사를 나눴다.

"김 판관, 지금 한시가 급하니 전략과 지형을 말하겠네. 우리 보병이 냇가 갈대숲에 매복하여 적의 선두를 급습하면 적은 분명히 우왕좌왕할 것이네. 이때 기병이 토끼몰이하듯 적을 압박하면 승산이 있을 것으로 보네. 그리고 저곳 냇가 바닥은 모래와 자갈이 섞여 있으나 기병을 운용하는 데 큰 어려움이 없을 것이네."

김 판관이 이해했다는 듯이 고개를 끄덕이며 말했다.

"무릇 적과의 싸움에서 이기려면 적보다 먼저 준비하고 끌어들여야 하는 법. 장군의 계획대로 군사를 배치하도록 하시지요."

"예, 맞는 말씀입니다."

김면이 말했다.

"부장들은 지금 즉시 군사를 매복하라."

"예, 장군."

후텁지근한 바람이 갈대를 흔들며 지나갔다.

유시 무렵 왜군은 의병들이 매복하고 있음을 아는지 모르는지 2열 종대로 강을 타고 올라왔다.

"장군, 저기를 보십시오. 왜군이 오고 있습니다."

"그래, 어서 오너라. 이놈들, 기다리고 있었다."

왜군이 100보 안까지 들어왔다.

부우웅 부우웅 부우웅!

나각(나팔)이 세 번 울렸다.

기병은 말에 오르고 보병은 무기를 잡았다.

"총공격하라."

왜군이 조총 사격 자세를 취했지만, 화살은 조총을 장전할 시간을 주지 않았다.

화살이 쏟아지자 왜군은 예상한 대로 대오가 흐트러지기 시작했다.

조총 소리가 처음 몇 번 나더니 더 이상 들리지 않았다.

이때 김면이 말에 박차를 가해 적진으로 지쳐 들어갔다.

북소리와 군사들의 함성에 냇물도 흐름을 멈춘 듯했다.

그러나 김시민과 강희보는 앞으로 나아가지 않고 의병들의 전투를 보고만 있었다.

멀리서 이를 본 김면이 말머리를 돌려 달려가 서릿발 같은 말을 던졌다.

"김 판관, 이 절호의 기회를 놓칠 셈이오? 어서 공격 명령을 내리시오. 국가가 공을 높은 벼슬로 대접한 것은 실로 오늘을 위함이 아니겠소. 남아는 차라리 죽음이 있을지언정 패퇴는 있을 수 없는 일이오."

- 茅谿先生日記(모계선생일기)

이에 김시민과 강희보는 자신들의 머뭇거림이 부끄러웠던지 질풍처럼 적진으로 뛰어들며 공격 명령을 내렸다.

"돌격하라. 한 놈도 남김없이 도륙하라."

김시민이 선두에서 칼을 휘두르니 기병들이 앞을 다투며 돌진했다.

왜군은 산사태가 난 듯 떠밀리며 기병과의 거리가 10보 정도로 좁혀졌다.

백병전이다.

마상에서 휘두르는 관군의 창검에 왜군은 밀리고 밀렸다.

강희보가 적의 앞을 막으면 김면이 좌우의 왜군을 베고, 김면이 왜군의 뒤를 추격하면 강희보가 활을 쏘아 쓰러뜨렸다.

마치 강풍에 쓰러지는 풀잎 같았다.

"윽!"

적진을 종횡무진하던 김시민이 다리에 왜군이 쏜 화살을 맞고 휘청거렸다.

그리 멀지 않은 곳에서 이를 본 김면이 말에 박차를 가하며 외쳤다.

"김 판관을 보호하라! 김 판관을 보호하라!"

김면의 목소리를 들은 기병들이 김시민의 앞을 가로막고 날아오는 화살들을 칼로 쳐냈다.

"나는 괜찮다. 한 놈도 남김없이 쓸어버려라."

김시민이 자신을 둘러싼 기병들을 제치고 앞으로 나갔다.

칼날이 번뜩일 때마다 왜군의 목이 떨어졌다.

뿌우 뿌우웅!

왜군 진영에서 퇴각을 알리는 뿔피리 소리가 났다.

하지만 퇴각은 쉽지 않았다.

기병이 왜군의 퇴로를 막아섰다.

다급한 왜군들이 물로 뛰어들었다.

그도 잠시, 화살이 왜군을 그냥 두지 않았다.

한 시진 남짓의 전투에서 의병도 100여 명의 사상자가 났지만, 왜군의 피해는 막대했다.

냇물은 왜군 피로 물들고 모래 위엔 주검이 즐비했다.

왜군 1천 명 중 살아 돌아간 자는 300여 명에 지나지 않았다.

피비린내가 바람에 밀려가고 뜨거운 태양도 노을과 함께 옅어졌다.

"와아~ 대승이다."

병사들의 함성이 울렸다.

김면이 말했다.

"김 판관, 상처는 좀 어떠시오?"

"괜찮습니다. 갑옷을 조금 뚫었을 뿐입니다."

"다행입니다. 그렇더라도 상처가 덧나지 않게 잘 살펴야 할 것입니다."

"고맙습니다. 장군."

김면이 장졸들을 향해 말했다.

"모두 들어라. 오늘 이 승리는 장부가 나라를 위해 바치는 귀한 선물이 되었다. 특히 진주 관군은 하늘을 떠받칠 만한 기둥임을 다시 알게 되었다."

김면의 칭찬에 모두가 감격하며 함성과 함께 눈시울을 적셨다.

김시민이 김면에게 다가왔다.

"장군의 명성이 왜 높은지 오늘 제 눈으로 똑똑히 보았습니다."

"아닙니다. 내가 되레 김 판관과 장졸들의 용맹에 감탄했소."

"과찬이십니다. 이번 전투에서 겁을 잔뜩 먹은 적이 당분간은 방어에 치중하며 대대적인 공격을 준비할 것입니다. 해서 전력을 보강하고 철저히 대비해야겠지요."

"맞는 말씀이오."

"장군, 사로잡은 저놈들은 어떻게 처리하실 요량이십니까?"

"닭장에 한 번 들어온 족제비는 다시 놔줘선 안 되지요. 언젠가 다시 돌아와 닭을 해칠 테니까요. 허나 이번엔 살려 보낼 생각입니다. 저놈들이 돌아가 진주 관군과 거창 의병의 무서움을 왜군들에게 생생하게 알리게 말입니다."

"탁견卓見이십니다. 왜군 몇 놈을 더 죽인다고 해서 분憤이 풀릴 일이 아니지요. 제갈량의 칠종칠금七縱七擒은 아니더라도 우리가 왜놈들보다 한 수 위에 있다는 것을 보여주는 것은 병사들의 사기에도 도움이 되겠습니다. 허허!"

이날 김면과 김시민은 사상자를 수습하여 신창으로 돌아왔다.

다음 날 아침.

김시민이 김면의 막사를 찾았다.

"장군, 오늘 진주로 돌아가야겠습니다. 왜군들이 언제 또 쳐들어올지 몰라서 한시도 비워놓을 수 없습니다. 부디 옥체 보존하시길 바랍니다."

"고맙소, 김 판관도…."

김면이 참모들에게 말했다.

"진주 관군에게 아침밥을 넉넉하게 차려주고 불편함이 없도록 해주시오."

"예, 장군. 한 치의 모자람도 없게 하겠습니다."

반 시진 뒤 김시민은 내리쬐는 태양을 안고 진주로 출발했다.

김면과 장병들은 비록 짧은 시간이었지만, 생사를 함께한 김시민과 관군의 무운武運을 빌며 오랫동안 시선을 거두지 못했다.

* * *

김시민이 떠난 며칠 뒤 조정에서 선전관이 왔다.

김면과 참모들이 선전관을 맞았다.

"어서 오시오. 이 먼 곳까지 어떻게?"

선전관이 말했다.

"상감의 교서를 가지고 왔습니다. 장군을 합천 군수에, 박성은 공조 정랑에, 곽준은 예빈시 부정副正에, 조종도에게는 장악원 검정檢正을 제수한다는 상감의 명입니다. 지난 6월 개산포와 무계 전투 승전 소식을 받은 상감께서 그 공을 치하하는 것입니다."

김면과 참모들이 무릎을 꿇었다.

선전관이 교서를 읽어 내려갔다.

> "면沔이여, 네가 자진하여 남들보다 앞서 군사를 규합하여 죽음을 무릅쓰고 적을 치니 수천의 병사가 모여들어 의기가 하늘에 닿았구나….
>
> 揚兵鼎津則遁賊褫魄
> 적진을 들이치니 달아나는 적이 혼을 잃었고
> 接刃茂溪則流屍混江
> 무계에서 칼을 휘두르니 적의 시체가 강을 덮었다.
>
> 관군은 붕괴되고 의병은 승리하는구나.
> 마침 명나라가 가련히 여겨 용감한 장수들이 명령을 받들고 와서 미친 도적들의 행패에 천벌을 가하리니 너희들은 다시 힘을 내어 한

결같이 충성하기를 바라노라. 내가 어찌 너의 공을 잊으리…. 충의는 벼슬을 원함이 아니지만 내가 은혜를 베푼다는 것이 이 밖에 또 무엇이 있으랴. 내 뜻을 잘 받아 더욱 힘쓰기를 다하여라. 의주에 홀로 남아 운명도 기구한데 예서 갈 곳 어드메냐. 인정이 너무 급하여 천리天理만 기다린다. 교서를 신민들이 보게 되면 나를 가련하다고 슬퍼하리라. 언제나 원릉園陵의 무사함을 알려주고서 답답한 이 마음과 상로霜露의 괴로움을 풀어주려나? 이에 모든 신민이 잘 알도록 교서를 보내노라."

– 松庵先生實錄(송암선생실록)

교서를 받은 김면과 박성, 곽준, 조종도가 예를 갖춰 성은에 읍하니 장병들도 엎드려 기쁨의 눈물을 흘렸다.

교서를 받은 김면은 난감했다.

군수직을 제수받은 것은 감읍感泣할 일이지만, 적을 눈앞에 둔 상황에 일개 군郡의 행정에 전념한다는 것은 앞뒤가 맞지 않는 일이라 생각했다.

그렇다고 해서 조정의 명을 거역하기도 어려웠다.

군수 부임을 놓고 애를 태우고 있던 차에 며칠 전 경상좌도감사에 임명된 김성일이 김면의 공을 치하하러 왔다.

"영감, 오랜만에 뵙습니다."

"그렇네, 송암. 건강은 어떠하신가?"

"제가 원래 병약한 몸이지만, 아직은 견딜만합니다."

"상감께서 군수직을 내린 것을 알고 있네."

"그렇습니까?"

"제 몸에 맞지 않는 옷을 입은 것 같습니다."

작은 술상이 들어왔다.

김면이 김성일의 잔을 채우며 말했다.

"병사와 백성들의 말처럼 지금 왜적이 강토를 유린하고 있는 마당에 군수 임명을 이유로 제가 지금 당장 진중을 비우면 어떻게 되겠습니까? 우감사에게 부탁할 것이지만, 영감께서도 장계狀啓를 올려 군수 부임을 늦추도록 하시고 병사들을 위무하심이 좋을 듯합니다만…."

"알았네, 내 생각도 그러하니 장계를 올려 부임 보류를 요청해보겠네."

"고맙습니다. 조정은 지금 어찌하고 있습니까?"

"내가 여기 있어 정확히는 알지 못하지만, 들은 이야기로 상감은 신립 장군이 탄금대에서 패전한 소식을 접한 다음 날인 4월 30일 의주로 파천播遷(임금이 도성을 버리고 피난하는 일)했다네. 전대미문의 국란에서도 신하 된 자들은 옥신각신하다가 영의정 이산해가 과거에도 파천한 사례가 있다며 앞장서 피난을 주창하고, 도승지 이항복은 명나라에 망명한 후 재기를 모색하자고 말했고, 또 윤두수 등도 지세가 험한 함경도로 가든지 아니면 우선 평양으로 가서 명나라에 군사를 청하여 도성 수복을 도모하자며 파천 당위성을 쏟아내자 곳곳에서 이산해를 탄핵하고 죽여야 한다는 상소가 빗발쳤다고 하네. 이에 반해 신립 장군의 형인 우승지 신잡申磼은 사직과 신민臣民이 여기 있는데, 전하는 어디로 가시느냐며 전하가 자신의 말을 멀리하여 가벼이 움직이면 자신은 종묘 앞에서 자결하겠다며 파천을 만류했다고 하네. 그러나 상감은 '내가 갈 곳이 어딨나?'라며 백성들과 함께 왜적에 맞서 싸울 것이라고 했지만, 처음부터 파천을 넘어 명나라로 피난할 생각까지 가지고 있었던 듯하네. 이에 류성룡이 일의 형세가 여기에 이르렀지만, 대가大駕(임금이 타는 수레)가 나라 밖으로 나가면 조선은 이미 우리 것이 아니라며 명나라에 의탁하는 것만은 막으려고 적극 간언하자 상감은 대신들의 의견을 저울질하다 월경越境 의지만은 접은 것이지."

사관史官은 당시 급박했던 상황을 이렇게 기록했다.

"새벽에 상감이 인정전에 나와 보니 백관百官들과 인마人馬가 대궐 뜰을 가득 메웠다. 비가 쏟아져 임금은 사인교四人轎를 타고 먼저 떠났고 이후 도승지 이항복이 파천 소식을 듣고 궁궐에 들어가 보니 중전中殿이 시녀 10여 명과 함께 나오고 있어 촛불을 잡고 인도했다. 중전이 옥교屋轎(양반집 부인들이 타는 가마)를 타고 홍제원에 이르니 빗줄기가 굵어져 숙의淑儀 이하는 가마를 버리고 말을 탔다. 상감의 곤룡포가 흙탕물에 다 젖자 궁인들이 통곡했지만, 누구 하나 살펴보는 사람이 없었고 호위 군사 수십 명이 달아나 임금과 종친을 호종扈從하는 문무관은 채 100명도 되지 않았다. 또 중화를 벽제관에서 먹으려는데, 밥반찬이 준비 안 돼 하는 수 없이 장단長湍으로 가니 장단 부사는 이미 도망을 가서 없고 고을은 텅 비어 있었다…."

임금이 파천 후 왜군이 도성에 들어오자 백성들은 물론 궁궐을 지키던 위사와 금군들도 모두 흩어져 조선 역사상 처음으로 궁궐의 문들이 제시간에 닫히지 않았고, 경루更漏(밤에 시간을 알리는 물시계)조차 울리지 않았다.

도성을 지키고 싶어도 그럴 형편이 못 되었던 것이다.

도망가는 조정을 왜군이 쫓는 형국.

나라에 대한 백성들의 울분은 결국 왜군을 피해 도망간 함경 감사와 군현의 수령은 물론 선조의 장남 임해군과 6남 순화군을 붙잡아 왜군에게 갖다 바치는 것으로 이어졌다.

김성일이 말을 이었다.

"상감이 개성에 도착하자 사간원과 사헌부 관원들이 교대로 글을 올려 이산해는 일인지하 만인지상의 자리에 있는 몸으로 일개 후궁인 인빈仁嬪 김씨의 오라비 김공량金公諒과 협잡하여 종묘사직을 왜적의 손에 들어가게 하고 백성을 어육으로 만든 죄가 커서 마땅히 문책해야 한다고 하니 궁지에 몰린 상감은 진노하면서도 어쩔 수 없었던지 이산해를 파직하고 좌의정으로 있다가 귀양 간 정철鄭澈(1536~1593)을 다시 불러들이라고 했다네. 또 서인 중심의 언관들이 좌의정 류성룡도 면직시키고 귀양 보내라며 들고 일어나자 이항복이 펄펄 뛰며 '당파싸움으로 아까운 인재를 내치는 것은 나라를 망치는 것이다'라며 상감을 설득하자 류성룡을 영의정에 올리고 세 가지 조치를 취했는데, 그 첫째가 광해군을 왕세자로 책봉하고 분조分朝를 이끌도록 했다네. 둘째는 각 지역에 초유사를 파견하여 의병을 모집하게 하고 마지막으로 의병을 정식 부대로 인정, 관군으로부터 식량과 무기를 지원받을 수 있도록 한 것이지. 이후 상감의 행차가 의주에 이르렀을 때는 일부 사관들이 사초를 불구덩이에 던지고 달아나 상감이 사관들의 벼슬을 삭제했다고 하네. 그리고 국왕이 야반도주한 것을 뒤늦게 안 도성의 성난 백성들이 '나라가 저희를 버리면 누굴 믿고 살란 말입니까?'라며 공사 노비의 문적이 보관돼 있던 장례원掌隷院과 형조刑曹에 불을 질러 죄인들이 모두 달아나고 경복궁, 창덕궁, 창경궁, 종묘에도 화염이 치솟아 주춧돌만 남았다고 하네."

김성일의 이야기를 듣고 있던 김면이 반신반의하며 말했다.

"왜군이 아닌 백성들이 불을 놓았다고요? 조선 200년 역사가 담긴 궁궐이 어찌 하루아침에 한 줌의 재가 될 수 있단 말입니까?"

"그러니 나도 참담하다는 말밖에 안 나오네. 나라의 기강이 이미 무너졌고…."

"영감, 백성들이 정말 불을 질렀다면 상감과 무능한 신하뿐만 아니라 양반들마저 불태워 죽인 것이라 해도 과언이 아니지요. 어진 자가 있어 백성을 가르친 지 7년이면 그들을 무장시켜 충의를 다하게 할 수 있고, 또 어진 자가 있어 나라를 다스린 지 100년이면 잔혹한 자도 감화되어 살육이 없어진다는 논어의 글귀가 틀리지 않음을 영감도 잘 아시지 않습니까?"

김성일이 입술이 마른지 술잔을 직접 채우며 말했다.

"송암이 그렇게 생각해도 전혀 틀림이 없을 걸세. 난리판에 분노한 천민 등 일부 백성들이 내탕고의 재물을 훔쳐간 것은 있을 수도 있겠으나 궁궐에 방화했다고 하는 것은 왜적의 침략에 야반도주한 조정이 자신들의 무능을 덮으려는 의도가 있어 보이네. 그리고 방화가 누구의 소행인지 관리들이나 백성들이 직접 본 것이 아니고 소문이니…. 그렇지만 종묘 방화는 그곳에 주둔한 소서행장 그놈이 한 짓이 분명하다고 보네."

"저도 그렇게 생각이 듭니다. 조상 숭배를 죄악시한다는 야소교 소서행장인데, 불을 지르고도 남겠지요."

막사 밖은 어느새 어둠이 짙게 내려앉았다.

"송암, 이 한 잔의 술이 이렇게 이로움을 오늘에서야 알겠네. 내 허한 가슴을 이렇게 달래주니. 허허!"

"그렇습니까? 다행입니다. 오늘은 예서 유하시죠."

"예, 재워준다면 그래야겠습니다."

"영감, 재워준다니 그 무슨 섭섭한 말씀입니까?"

"아닐세. 농으로 해본 소리네. 허허!"

달빛이 내려앉은 산기슭에서 이리의 울음소리가 들려왔다.

아우웅 우우웅 우웅~

뒤이어 이름 모를 산새들도 어둠의 두려움을 떨쳐버리려는 듯 음산하게 울어댔다.

"송암, 저 산짐승들 소리가 무슨 변고라도 말하는 것 같으이."

"짐승들도 자신에게 위기가 닥치던지 뭔가 불안하면 존재감을 키우고 천적을 대비하려는 것이 아니겠습니까? 지금의 우리 형편도 어쩌면 저들과 별반 다르지 않은 것 같습니다. 허허!"

"그런데 오늘따라 왜 저 산짐승 소리가 슬프게 들리는지 모르겠습니다."

김성일이 어리는 눈물을 감추려는 듯 고개를 돌려 술잔을 비웠다.

"칠성이 밖에 있느냐? 술이 있으면 더 가져오너라."

"예에, 장군."

한 순배 두 순배.

술잔이 새벽녘까지 오갔다.

다음날 김성일의 참모로 있던 이탁영李擢英(1541~1619)이 김성일의 명으로 김면과 백성들의 뜻을 담은 장계를 올렸다.

"신臣이 이미 좌도 감사가 되었으니 우도의 일은 간섭할 바 아니오나 신이 처음부터 의병을 관섭關涉했은즉 이제 상규常規만을 지켜서 목격한 위험스러운 일을 계달啓達(임금에게 의견을 아룀)치 아니한다면 이는 실로 신하 된 자의 옳음이 아니기 때문에 한두 가지 일을 피력하고, 월권의 혐의를 피하지 않습니다. 김면이 당초에 고령과 거창에서 기병하여 힘을 다해 싸우며 군성軍聲을 떨치고 있습니다. 이러한 때에 김면에게 합천 군수를 제수하면 고령과 거창 양 읍의 장수와 사졸들은 마음이 흩어져 왜적을 토멸할 의지가 꺾일 것이니 진실로 작은 근심이 아닙니다. 그러니 조금 일이 평정되기를 기다려 부임하게 하고 군軍을 통솔하여 적을 치게 하는 것이 시기에 합당할까 합니다."

장계를 올린 지 보름 정도가 지나자 조정에서 "김면의 합천 군수 부임을 미루니 본도에 머물러 적을 토멸하고 백성을 수호하라"라는 전갈이 왔다.

밀고 밀린 성주성 격전

닭의 목을 쳐 원숭이에게 본보기가 되게 하다

지례와 사랑암 전투 후 김면은 작전 반경을 성주와 금산 방면으로 확대하기로 하고 본영을 거창의 속현인 가조로 옮겼다.

이는 성주와 금산 지역을 탈환하려는 강한 의지의 표시였다.

구름 한 점 없이 맑은 8월 15일.

"칠성아, 정인홍 대감을 뵈러 한 식경 뒤에 출발할 것이니 준비하거라."

"예, 알겠습니다. 그런데 이렇게 더울 때 가야 합니까?"

"오늘 갔다가 돌아와야 하니 하는 수 없구나. 산기슭 지름길을 이용하면 그리 힘들지 않을 거다."

내리쬐는 햇빛에 합천 황산리로 가는 발걸음은 더뎠다.

두 시진 조금 더 걸어가니 마을이 눈에 들어왔다.

"대감마님, 저 마을인가 봅니다."

"그래, 그런 것 같구나."

기와집이 여러 채 있었다.

집 담장에 드리운 적황색 능소화는 구중궁궐의 여인이 칠보단장을 한 것처럼 화려했다.

말고삐를 잡고 가던 칠성이가 말했다.

"대감마님, 저 능소화를 왜 양반 꽃이라고 합니꺼?"

"능소화는 양반가에서 즐겨 심는데, 이는 선비의 입신양명立身揚名을 기원함이지. 그리고 장원급제한 사람의 머리에 화관으로 얹어 '어사화', '하늘의 꽃'이라고도 한단다. 해서 양민이나 천민은 가까이할 수 없지. 또 지어낸 이야기라고 할 수도 있겠지만, 통꽃 가장자리 톱니 같은 비늘이 있어 가까이서 보거나 손으로 만져 눈을 비비면 눈을 멀게 한다는구나."

"그것이 참말입니꺼?"

"허허! 그렇다니까. 내가 왜 너한테 허튼소리를 하겠나."

"그러면 저 꽃이 독을 가진 것이네요?"

"그래, 네 말이 맞을 수도 있겠다."

마을 큰길을 돌아서니 시원하고 맑은 바람이 불어왔다.

숨쉬기가 한결 편했다.

"대감마님, 저기 냇가에 정자가 보입니더."

"그래 저기구나."

정자는 정인홍이 열두 해 전 사헌부 장령을 제수받고 상경하던 해에 건립했는데, 그 모습이 주인의 올곧은 성품을 보여주는 듯 단정했다.

정자 주변에서 경계를 서고 있던 병사가 김면 일행을 알아보고 쫓아와 군례를 표했다.

잠시 뒤 이를 본 정인홍이 정자를 내려와 김면 일행을 맞았다.

"송암, 반갑습니다. 더운 날씨에 여기까지 오시느라 수고가 많았습니다."

"아닙니다, 대감. 오랜만에 뵙습니다."

김면이 인사에 답하자 정인홍이 말했다.

"오늘 어려운 걸음 하셨으니 지친 심신을 달래고 가셔야죠?"

"그리하여도 되겠습니까? 허허!"

정인홍이 미리 준비한 술상을 끌어당겼다.

"송암, 우선 이 술 한 잔 받으시오. 동동주인데 맛이 괜찮을 겁니다."

술잔은 소나무 관솔을 깎아 만들어 소나무 향이 은은하게 묻어났다.

"대감, 목넘이가 부드럽고 맛이 일품입니다."

"그런가요?"

술이 한 순배 오간 후 정인홍이 입을 열었다.

"믿음과 신뢰를 가지고 술을 마시면 허물이 없다는 뜻을 담은 이 부음정孚飮亭의 당호처럼 오늘이 그런 자리인 것 같습니다. 허허!"

"그렇게 생각해주시니 고맙습니다."

"아, 그리고 송암, 우척현 승첩 소식을 들었습니다. 이는 왜군의 기氣를 꺾은 일대 사건이 아닐 수 없습니다."

"아닙니다. 산척들의 분투에 힘입은 작은 승리였습니다."

하지만 두 사람의 표정에는 보일 듯 말 듯한 어색함이 묻어 있었다.

정인홍도 그 전공이 작지 않았는데, 고령 출신 김면이 합천 군수직을 제수받은 것에 대해 약간의 불편함이 없지 않았다.

또 지난번 "우척현 전투를 지원하라"라는 초유사 김성일의 지시를 받고도 김면의 동태를 살피며 지원하지 않은 것에 대한 거리감이었다.

김면 역시 지난 6월 무계 1차 전투 때 김면이 병장기가 제대로 준비 안 됐다는 것과 손인갑이 여러 사람의 의견을 듣지 않는다는 이유로 적극적으로 돕지 않은 것에 대해 정인홍이 섭섭함을 토로한 적이 있었다.

– 大東野乘(대동야승)

훗날 "김면의 상구喪柩가 합천 인근을 지나가고 있는데도 정인홍이 조문을 하지 않았다는 것"과 "평소 김면과의 정의가 형제 같았던 정인홍이 왜군과 대치 중 무장을 풀 시간이 없어서 그리된 것"이라는 이야기로 이어졌기 때문이다.

– 宣祖實錄(선조실록), 宣祖修正實錄(선조수정실록)

이는 사실관계를 떠나 두 사람 사이에 보이지 않는 알력이 싹트고 있음을 방증하는 것일 수도 있다.

김면이 말을 이었다.

"지금 성주성에는 모리휘원의 부장인 계원강桂元綱(가쓰라 모토쓰나)이 성주를 사수하기 위해 1만여 명의 대군을 주둔시켜놓고 있다는 첩보입니다. 계원강은 지난 열하룻날 왜군 제9군 사령관인 우시수승과 병력을 교대했다고 합니다. 왜군 세력이 더 커지면 우리 의병들이 고령과 합천, 거창에 묶여 운신의 폭이 좁아질 수 있어 대책을 강구하고자 이렇게 뵙자고 한 것입니다."

당시 성주는 풍부한 물산과 인구가 많아 정3품의 목사가 파견되었다.

성주의 동쪽은 대구부 인동현, 남쪽은 고령현·현풍현, 서쪽은 지례현, 북쪽은 개령현과 맞닿아 교통의 요충지로 왜군이 북상하는 서로西路에 놓였다.

병력과 물자 수송의 요충지임을 간파한 왜군은 성주를 4월 27일쯤 점거하여 경상우도와 호남 침략의 거점으로 활용하고 있었다.

김면이 성주성 일대를 그린 지도를 펼쳤다.

"척후의 보고에 따르면 성주성은 동서남북이 확 트여 어느 곳에서나 조망이 가능합니다. 이곳 서문과 남문 앞에는 큰 하천(이천)이 있고 길게 이어진 둑방엔 밤나무가 숲을 이루고 있습니다. 하천 안쪽은 작은 버들나무가 빽빽이 들어서 습지와 다름없답니다. 이곳은 병사를 매복하여 공격하기가 좋으나 자칫 퇴각해야 하는 상황이 온다면 하천이 장애가 될 수도 있는 지형이죠. 배수진을 각오하지 않고서 섣불리 군사를 배치하기 어려운 곳입니다. 해서 동문과 북문을 공격하는 게 좋을 듯합니다만…"

정인홍이 말했다.

"습지에 군사를 배치하면 자멸로 이어질 수 있습니다. 송암의 말대로 동문과 북문을 공격하도록 합시다. 지피지기면 백전불태라 했습니다. 적에 대한 정보를 좀 더 수집하도록 합시다. 들어앉아 요지부동인 왜군을 성 밖으로 끌어내기만 한다면 우리에게 승산이 있을법도 한데…."

"그렇습니다. 일단 성주성을 에워싸고 적을 고립시키는 것이 어떻겠습니까? 상황에 따라 그 시간이 얼마나 걸릴지 모르나 겨울이 오면 불리한 건 우리보다 왜군일 것입니다."

"성 전체를 포위하려면 병사 수가 중요한데, 그렇게 되겠습니까?"

"이중 삼중 포위는 어렵지만, 영감의 군사와 합치면 가능할 것입니다."

"세밀한 작전은 현장서 다시 논의하기로 하고 이른 시일 내 군사를 정비하여 출정하도록 합시다."

"예, 영감."

김면과 정인홍이 함께 든 술잔에 노을이 어느새 들어와 있었다.

성주성. 그곳은 한 폭의 그림 같았다.

산을 가로질러 쌓은 여느 성들과 달리 평지에 쌓아 올려 어느 대가大家의 안채처럼 포근해 보였다.

새떼가 무리 지어 성 위를 유유히 날아갔다.

저렇게 아름다운 성에 흉적이 들어앉아 살육을 일삼고 있는 것을 그 누가 꿈엔들 그려보았겠는가?

김면과 정인홍 연합군은 21일 각각 성주성 북쪽과 동쪽에 진을 쳤다.

반나절 동안 치고 빠지는 작전을 펼치며 왜군을 끌어내려고 했지만, 왜군은 성안에서 조총만 쏠 뿐 한 발짝도 움직이지 않았다.

시간이 지날수록 의병 피해만 늘어나고 별다른 성과를 거두지 못했다.

"이거 참, 손바닥도 마주쳐야 소리가 나는데…. 저놈들이 우리의 계책을 알아차린 것인가?"

정인홍이 혼잣말로 들릴 듯 말 듯 말했다.

김면과 정인홍은 더 이상의 공격이 무의미하다고 판단하고 병사들을 5리 뒤로 물려 2차 공격을 준비했다.

의병이 물러난 틈을 확인한 왜장 계원강은 개령開寧(김천의 옛 지명) 본진의 모리휘원에게 지원군을 요청했다.

신시쯤 모리휘원의 부장 길견원뢰吉見元賴(요시미 모도요리)가 수천 명의 지원군을 이끌고 의병 후방으로 들이닥쳤다.

"장군, 적의 급습입니다."

"무슨 소리냐, 어느 쪽이냐? 왜군이 성문을 열고 나왔단 말이냐?"

"아닙니다. 남문 쪽입니다. 적 지원군인 것 같습니다."

이때 의병들은 경계병만 배치하고 모두 휴식을 취하고 있던 참이라 왜군의 공격에 전열을 갖출 시간이 없었다.

지쳐 들어오는 왜군의 살기는 날카로웠다.

조총이 불을 뿜고 화살이 쏟아졌다.

의병들은 강풍에 풀잎처럼 쓰러졌다.

이를 본 성안의 왜군도 성문을 열고 나왔다.

앞뒤에서 적을 맞아 잘못하면 전멸을 당할 수 있는 위험한 상황에 빠졌다.

사상자가 더 늘기 전에 퇴각하지 않을 수 없었다.

병사는 물론 부장들도 당황하며 어쩔 줄을 모르고 허둥댔다.

"장군, 전세가 크게 불리합니다. 일단 후퇴해야겠습니다."

김준민이 김면의 신속한 판단을 요청했다.

"맞는 말이네. 이 상태로는 반격이 어려우니 일단 물러나 다음 기회를 보도록 합시다."

김면이 전군 퇴각 명령을 내렸다.

부우우웅!

퇴각 나팔 소리가 울려 퍼졌다.

하지만 이미 퇴각 대형이 무너진 상태라 방진方陣(병사들을 사각으로 배치한 진)을 칠 수도 없었다.

의병들은 일방적으로 당하며 5리나 후퇴했다.

정인홍 진영에서도 퇴각 신호가 떨어졌다.

날이 저물면서 적들도 더 이상의 공격을 멈추고 성안으로 들어갔다.

성주성 첫 전투에서 큰 피해를 본 김면은 전략 부재를 후회하며 거창으로, 정인홍은 합천으로 군사를 물렸다.

* * *

거창으로 돌아온 김면은 도통 잠을 이룰 수 없었다.

성주성 전투에서 죽어간 병사들의 비명이 환청이 돼 머리를 짓눌렀다.

답답한 마음을 안고 군막 밖으로 나왔다.

하늘은 맑았다.

바람조차 잠이 들어 사위는 융단에 새 깃털이 떨어지는 소리조차 들을 수 없을 만큼 조용했고, 짝을 찾아 나선 개똥벌레의 노란 불빛이 어두운 숲을 밝히고 있었다.

번을 서던 병사가 군례를 갖췄다.

"장군, 밤이 깊었는데, 주무시지 않고요?"

"그래, 수고가 많구나!"

잠시 뒤 촘촘한 별들 사이에서 제법 큰 유성 하나가 서쪽 하늘을 미끄럼 타듯 떨어져 내렸다.

"또 누가 죽어가나?"

생生과 멸滅은 끝없이 반복되는 자연의 섭리라고 믿지만, 오늘따라 꼭 무슨 일이 일어날 것만 같았다.

건너편 군막에서 불빛이 희미하게 새어 나왔다.

"장군, 어디 가시는 겁니까? 저기는 조종도 조군의 처소인데…."

"알고 있느니라. 경계를 철저히 해야 할 것이야."

"어험!"

김면이 헛기침을 하며 장막을 걷어 젖혔다.

느닷없는 김면의 방문에 조종도와 문위, 곽준이 급히 일어서며 "장군, 야심夜深한데 여기는 어인 일입니까? 무슨 일이라도?"라고 말했다.

"도통 잠이 안 와 바람 쐬러 나왔다가 불빛을 보고 온 거지요."

세 사람 중 제일 연장자인 조종도가 말했다.

"그렇습니까? 여기 앉으시지요. 우리도 여러 생각에 잠이 안 와 이렇게 술잔을 기울이고 있습니다."

"그렇습니까? 나도 한 잔 주시오."

"송엽주松葉酒입니다. 쌀이 없어 보리쌀을 넣어 빚은 것이라는데 입에 맞을는지…."

안주는 푸성귀를 소금에 절인 조촐한 술상이었다.

"우리 모두 지금은 붓을 놓고 창검을 들었지만, 다섯 해 전 송암정사에서 시회詩會를 즐기던 때가 문득 생각납니다."

고개를 떨군 모두의 표정에 알 수 없는 쓸쓸함이 묻어났다.

조종도가 술잔을 들다 말고 말했다.

"예, 이 난리가 끝나면 그런 날이 또 오겠지요. 장주(莊周: 장자)가 꿈에 나비가 되었다가 나비가 장주가 되었다는 이야기처럼 이 모두가 한바탕 꿈이었으면 하고 생각해본 적도 있습니다."

"그렇게 됐으면 좋겠습니다. 우리가 기병한 이후 김홍한, 이형 등 여러 장수를 잃었지만, 이렇게 무참하게 패한 것은 내가 부족한 탓이오."

김면의 자책 섞인 말에 문위가 답했다.

"장군, 그렇지 않습니다. 전쟁은 병가지상사라 했으니 너무 상심하지 마십시오. 우리가 훈련을 제대로 받은 정규군이 아닌 이상 어쩔 수 없는 일이기도 하고요."

김면이 술잔을 내려놓고 말을 이었다.

"그렇게 생각해주니 한결 마음이 가벼워지는 듯합니다. 패전을 거울삼아 다음엔 빈틈없는 전략과 전술을 짜도록 하고 오늘은 편안하게 한잔 하십시다."

새벽 별이 장막 틈새를 헤집고 들어왔다.

* * *

왕의 수레가 파천하고 종묘사직이 피난을 간 것도 이미 다섯 달이나 지났다.

곳곳에서 일어난 의병들이 왜군에게 타격을 가하고 있으나 전세는 크게 바뀌지 않고 있었다.

군막 위에 내린 하얀 서리가 햇빛을 받으며 하늘의 별처럼 반짝거렸다.

며칠 후면 상강霜降이다.

9월 10일 아침.

"장군, 박이현이라는 사람이 장군을 뵙기 청합니다."

"박이현이라고?"

김면이 군막을 나서며 기억을 더듬었다.

"맞아, 그 사람."

무명으로 이마를 동여맨 쉰 살쯤 돼 보이는 박이현이 먼저 고개를 숙였다.

표정과 몸짓에서 기개가 묻어났다.

"장군 처음 뵙겠습니다. 성주에 사는 순천인 박이현朴而絅(1544~1592)이라 합니다."

"어서 오십시오. 박 공의 존함은 한강(정구)에게서 익히 듣고 있었습니다."

함께 온 100여 명의 군사도 군례를 갖췄다.

군사들은 규율이 엄하고 대열이 정연했다.

박이현은 남명의 문인으로 높은 학문에도 출사하지 않고 충효를 숭상하며 은거 생활을 하던 중 왜적이 쳐들어왔다는 소식을 듣고 향병을 모아 무계와 성주 가천, 안언역 등에서 유격전을 펼치며 적을 옥죄고 있었다.

박이현이 말을 이었다.

"장군께서 성주에 진을 쳤다는 이야기를 듣고 달려온 것입니다."

"박 공, 정말 잘 왔소. 천군만마가 될 것입니다."

"장군, 내 임금이 어떤 사람인 줄은 모르나 나라가 누란累卵에 처했는데 충효를 배운 사람이 어찌 살기를 탐하여 죽음을 피하겠습니까? 도움이 될지 모르겠으나 충심으로 앞장서겠습니다."

"허허! 그 무슨 말이오. 천군만마와 다름없습니다. 지난번 무계 전투 전 성주 일대에서 일어난 의병들이 왜군을 괴롭히고 있다는 이야기를 몇 번 들었는데, 그 사람이 박 공인 줄 몰랐소. 박 공, 성주 군사들은 당분간 저와 함께 본진에서 움직이는 것이 어떻겠소. 이곳 지리에도 밝으니."

"예, 그렇게 하시죠."

박이현과 참모들도 밝은 표정으로 인사를 나눴다.

성주 사대촌沙臺村에 진을 친 김면과 정인홍은 다시 성주성 탈환에 나섰다.

김면은 동문을, 정인홍은 서문을 치기로 했다.

성주성 수장인 계원강은 여전히 성 밖으로 나오지 않았다.

병법에 밝은 김준민이 말했다.

"적을 성 밖으로 끌어내어 기병으로 몰아치면 승산이 있겠으나 적이 성을 나오지 않으면 지난번처럼 우리 측 피해만 커질 것입니다. 적의 빈틈을 찾아 찌르는 완벽한 작전을 세워야 할 것입니다. 해서 성 주변에 연기를 피워 올려 적의 시야를 가린 뒤 공격하는 것이 어떻겠습니까?"

윤경남이 말을 받았다.

"김 부장의 말대로 화공이 좋은 계책이긴 하나 바람이 불 때까지 기다릴 수만 없습니다. 성을 에워싸면 적의 수비가 분산될 것이니 그중 가장 약한 곳을 일거에 쳐야 합니다."

김준민이 덧붙여 말했다.

"출기제승出奇制勝이라고 했습니다. 적이 강하면 기묘한 전략을 써야 이길 수 있다는 것이지요. 아군이 완전히 노출된 상황이라 전면 공격을 하더라도 승리를 장담할 수 없습니다."

의견이 분분했다.

"박 공의 생각은 어떻습니까?"

"김준민 부장의 계책이 성공하려면 바람이 관건입니다. 일단 섶과 솔가지를 준비하고 바람이 성 쪽으로 불기를 기다려보는 것이 어떻겠습니까?"

박이현의 의견에 정인홍도 "좋습니다. 승패는 병가에서도 쉽게 기약할 수 없는 일이긴 하나 일단 그렇게 해봅시다"라며 깃발의 움직임을 주시했다.

의견이 일치하자 김면이 병사들에게 마른 풀을 준비하여 성 외곽에 100보 간격으로 쌓도록 했다.

그리고 김면은 배설에게 말했다.

"배 부장, 지난번 지례에서처럼 이번에도 큰일을 하나 맡아줘야겠소."

"장군, 큰일이라뇨?"

"내 생각이 맞는다면 개령 남쪽에 주둔한 적이 지원군으로 올 것이오. 이를 막지 못하면 이번 작전에 심대한 차질이 생길 것입니다. 해서 장군에게 군사 200명을 내줄 터이니 부상현扶桑峴 골짜기에 매복하여 적을 차단해주시오."

"예, 장군."

배설은 엄중한 군령을 따른다고는 했지만, 적 지원군 규모도 알 수 없는 상황에서 소규모 군사를 매복하여 효과를 볼 수 있는지에 대해서는 의문스러운 표정을 지었다.

배설의 표정을 본 윤경남이 말했다.

"배 부장, 내일 적 지원군이 올지 안 올지는 아무도 알 수 없는 일이긴 하나 만약의 사태를 대비하고자 하는 것이 아니겠소?"

"그렇긴 합니다만…. 죽든 살든 군령이니 따라야죠."

부상현을 향해 출발하는 배설의 발걸음이 가볍지 않아 보였다.

바람은 여전히 어제 그대로 아군 진영으로 불고 있었다.

적은 가끔 조준사격만 할 뿐 나올 낌새가 전혀 없었다.

의병들이 지쳐 퇴각하기만을 기다리는 것 같았다.

김면이 김준민에게 말했다.

"오늘은 공성 자체가 어려울 것 같으니 정인홍 장군에게 계책을 미루고 군사를 물리는 게 어떻겠냐고 이야기해보시오."

"예, 장군."

어둠이 내리자 성벽이 하늘에 닿았고 별은 사위를 비추며 반짝였다.

* * *

다음날 아침 햇살이 산을 넘어오고 있었다.

매복지 인근에서 밤을 보낸 배설은 자신감인지, 자만감인지 그 어느 때보다 느긋한 표정을 지으며 부상현을 응시했다.

전날 배설은

"수령인 내가 어찌 저런 글 하는 선비의 명을 따를 것인가?"라며 불편한 심기를 감추지 않았다.

- 亂中雜錄(난중잡록)

이때 배설은 가장에서 승차하여 합천 군수직(정4품)에 있었고, 합천 군수였던 김면은 첨지중추부사僉知中樞府事(정3품)에 임명된 상태였다. 하지만 배설은 품계를 떠나 선비 출신인 김면의 명령을 따르는 것이 껄끄러웠던 것이다.

경계병이 넘어질 듯 급하게 뛰어왔다.

"장군, 큰일났습니다. 지금 왜장 길견원뢰가 이끄는 3천 명 정도가 부상현 고개를 내려오고 있습니다."

"그게 정말이냐? 길견원뢰라면 지난번 전투에 구원병으로 온 놈이 아니더냐?"

"예, 맞습니다. 곧 이곳에 도착할 것입니다."

김면의 예상이 적중한 것이다.

"뭐라, 3천 명이라고?"

"예, 부장."

배설이 놀라움을 애써 감추며 병사들에게 말했다.

"지금은 공격할 때가 아니다. 호들갑 떨지 말고 모두 제자리를 지켜라. 적의 숫자가 우리의 10배가 넘는데 기습공격을 하더라도 승산을 장담할 수 없다. 차라리 군령을 어겨 나 혼자 죽을지언정 어찌 너희들을 사지死地로 몰아넣을 수 있겠는가?"

하지만 병사들은 동요했다.

"지금 적이 오고 있는데 공격할 때가 아니라니 무슨 말입니까? 우리 모두 죽음을 각오하고 있습니다. 전투 명령을 내리고 본진에 알려야 하지 않겠습니까?."

배설이 말했다.

"목숨은 함부로 버리는 것이 아니다. 싸움은 이길 것을 염두에 두고 하는 것이다. 내 계책이 따로 있으니 영을 거역하는 자는 목을 벨 것이다."

낯빛이 변한 병사들이 들릴 듯 말 듯 수군거렸다.

"배 부장이 무얼 믿고 저리 군령을 거역하는지 모르겠네."

"그게 아닐 것이야. 왜군의 수가 저리 많은데, 우리가 지금 공격한다는 것은 달걀로 바위 치기 아니겠나?"

배설이 군사를 묶어놓은 사이 왜군은 거리낌 없이 성주성을 향해 지나가고 있었다.

배설이 말했다.

"저놈이 왜장이구나. 조금만 기다려라. 내 칼맛이 어떤지 보여줄 테니."

이에 반해 적을 앞에 두고도 지켜봐야 하는 병사들이 한목소리로 말했다.

"부장, 우리가 여기 온 것은 왜군을 치기 위함이지 목숨을 구하려고 한 것이 아니지 않습니까? 이는 군령입니다. 우리라도 적을 추격하겠습니다."

배설이 끝내 공격 명령을 내리지 않자 병사들이 되레 배설의 명령을 무시하고 적을 향해 뛰었다.

배설의 표정이 일그러졌다.

"저놈들이…. 부관, 명령을 거역한 저놈들을 참하라."

"예, 부장."

칼을 빼든 부관이 말에 박차를 가해 병사들의 앞을 가로막고 소리쳤다.

"멈춰라. 군령을 거역한 죄로 목을 베겠다."

"거, 무슨 말이오? 영을 거역한 건 우리가 아닙니다."

병사의 말이 떨어지자마자 부관의 칼이 번쩍였다.

"으윽!"

눈앞에서 벌어진 참극을 보고도 병사들은 한 번 뗀 걸음을 멈추지 않았다.

아군이 아군을 베는 어처구니없는 일이 벌어진 것이다.

병사들이 눈앞에서 멀어질 즈음 배설이 군사를 움직였다.

적의 후미를 치기 위함이었다.

성주성 동문 앞.

김면은 다시 공성을 위해 운제雲梯와 비루飛樓 등을 준비하고 있었는데 급보가 날아들었다.

부상현 쪽에서 왜군이 몰려오고 성안에서 조총만 쏘아대던 계원강이 성문을 열고 나왔다는 것이다.

의병들은 1차 전투 때처럼 앞뒤에서 협공을 받는 처지에 놓였다.

이는 병서에서 말하는 필패의 형국이다.

탕 타탕 탕!

눈에 보이지 않는 조총의 탄환이 사방에서 날아들었다.

의병들이 잇따라 쓰러졌다.

더 이상 버티다가는 전멸을 면치 못할 상황이었다.

지난 4월 상주에서 대패한 순변사 이일이 조총을 "귀신같은 무기"라고 한 말이 전혀 틀리지 않았다.

서문을 공격하던 정인홍도 군사를 수습할 수 없는 혼란에 빠졌다.

머뭇거릴 시간이 없었다.

김면이 정인홍 진지로 말을 몰았다.

"영감, 배설이 무너진 것 같소. 하여 퇴로를 확보하는 것이 시급합니다. 군사를 양쪽으로 나눠 한쪽이 활로를 찾는 동안 한쪽은 왜군의 공격을 지연시키는 게 좋을 듯하오."

상황이 다급함을 느낀 정인홍이 말했다.

"우리 부대가 퇴로를 찾겠소."

들판에 깔린 왜군 기병과 보병이 파도처럼 밀려왔다.

걷잡을 수 없는 혼란에 빠진 의병들은 제대로 한번 싸워보지도 못하고 꼬꾸라졌다.

다른 방법이 없었다.

급히 퇴각 나팔을 울렸지만, 대열이 무너지며 사상자가 늘어났다.

사정거리가 더 가까워진 조총이 공기를 찢고 화살이 바람을 갈랐다.

이에 더하여 왜장 흑전구침黑甸句沈(구로다 구싱)은 장창으로 의병을 몰아쳤다.

단 한 번의 공격에 서너 명이 나가 떨어졌다.

잠시 뒤 한 발의 살이 흑전구침을 스치며 왜병의 가슴을 뚫었다.

우두두두!

단기필마가 흙먼지를 일으키며 달려오고 있었다.

뒤늦게 석을 추격해온 배설이었다.

왜장을 발견하고 마상에서 시위를 당긴 것이다.

깜짝 놀란 흑전구침이 얼굴을 찡그리며 말했다.

"저놈은 뭐냐? 보통 놈이 아니구나."

배설과 흑전구침의 거리가 10보 정도로 좁혀졌다.

배설이 병사들에게 소리쳤다.

"모두 물러나라."

의병들이 옆으로 비켜나자 흑전구침을 호위하던 왜병 서너 명이 배설의 앞을 가로막았다.

하지만 무과 출신인 배설 앞에선 힘없는 지푸라기에 불과했다.

"으아악!"

비명과 함께 목이 잇따라 떨어졌다.

이를 본 흑전구침이 아연실색하며 앞으로 나왔다.

배설의 고함이 터졌다.

"네놈이 왜장인가? 누가 살고 죽을지 모르나 통성명이나 하고 싸우자. 나는 조선의 무장 배설이다."

"그런가? 용맹이 보통이 아니구나. 나는 나는 새도 벤다는 흑전구침이다. 어디 한번 겨뤄보자. 내 창을 받아라."

흑전구침의 장창이 일직선으로 지쳐 들어왔다.

창과 칼의 대결.

배설이 몸을 말 등에 바짝 붙여 피하며 흑전구침의 허리를 노리고 들어갔다.

흑전구침도 무예가 보통이 아니었다.

"허허! 네놈이 제법이구나."

배설의 예리한 공격을 받아내고는 역으로 찔러 들어왔다.

신경전과 함께 칼과 창이 부딪치기를 30여 합. 두 사람 모두 흐트러짐이 전혀 없었다.

승부가 쉽게 끝날 것 같지 않았다.

쨍 채쟁 챙!

창과 칼이 부딪치는 소리가 들판을 울렸다.

배설이 일갈했다.

"하룻강아지 범 무서운 줄 모른다더니 네놈이 그 꼴이구나. 내 칼을 받아라."

배설의 말이 떨어지자마자 회오리바람이 불더니 흙먼지를 일으켰다.

전장에서도 운이 따라야 한다던가?

바람을 안고 싸우던 흑전구침이 흙먼지를 피하려고 갑자기 말머리를 돌리자 말이 그만 허방을 짚었다. 그러자 흑전구침의 몸도 한쪽으로 쏠리며 창을 든 오른손이 땅바닥을 향했다.

눈 깜짝할 찰나, 이때를 놓칠 배설이 아니었다.

배설의 칼이 흑전구침의 목을 밑에서 위로 그었다.

"윽, 커억!"

너무나도 순식간의 일이라 짧은 비명은 바람 소리에 묻혔다.

단 한 번의 실수가 치명상을 부른 것이다.

흑전구침의 말 등에는 목 없는 몸통만 엎어져 있었다.

"왜장의 목이 떨어졌다."

의병들의 고함이 퍼져나갔다.

아무리 전장을 누비고 살인을 밥 먹듯이 하던 왜군들이라 해도 자기들의 장수가 한 번에 나가떨어지는 광경을 보고 기겁하지 않을 수 없었다.

장수를 잃은 왜군들이 꽁무니를 빼기 시작했다.

한편 많은 사상자를 내고 간신히 활로를 찾은 김준민이 군사를 되돌려 역공했으나 역부족이었다.

계속 밀리던 김준민이 김면에게 말했다.

"장군, 의병 대기大旗가 왜군의 말발굽에 짓밟혔습니다. 지금 즉시 퇴각 명령을 내려야 더 큰 희생을 막을 수 있습니다."

"김 부장 말대로 전세를 회복하기는 이미 늦었네. 칠성아, 퇴각 나팔을 불어라."

"예, 대감."

결국 고령 가장 전前 봉사奉事 손승의孫勝義(?~1592)가 단기로 적진에 뛰어들어 적 10여 명을 베며 분전하다가 안타깝게도 왜군의 총탄에 전사하고 300여 명의 병사가 피를 뿌렸다.

어처구니없는 패전이었다.

"아! 이렇게 참담한 일이…. 내 손 장군과 많은 병사를 잃은 죄, 결코 가볍지 않다. 미흡한 계책으로 승리만 탐해 실로 부끄럽고 한스럽구나."

김면의 자조自照 섞인 말에 병사들도 고개를 떨궜다.

흙바람에 군기가 찢어질 듯 펄럭거렸다.

정인홍도 한스러운 눈물을 흘리면서 물러났다.

"배설 부장은 어디에 있느냐? 지금 즉시 불러와라."

김면이 부장들에게 명령했다.

잠시 뒤 한쪽 어깨를 늘어뜨린 배설이 김면 앞에 섰다.

김면이 차분하게 물었다.

"배 부장, 이게 어떻게 된 일이오?"

배설이 무슨 말인가 하려다 입을 다물었다.

병사들이 흥분하며 말했다.

"배 장군은 부상현에 매복하지 않았습니다. 그리고 적이 오고 있는데도 공격 명령을 내리지 않았습니다. 그리고 장군의 부관이 왜군을 추격하던 병사의 목을 베었습니다."

김면의 얼굴이 붉어지며 목소리가 커졌다.

"왜 그랬소, 배 부장. 상황을 미리 본진에 알리기라도 했으면 이런 참패는 없었을 것인데…. 주어진 책임을 다하지 못했다면 그 책임을 지는 것이 당연한 일이 아니겠소?"

속내를 감춘 배설은 말이 없었다.

군령을 어긴 죄는 절대로 용서받지 못할 일이었다.

분노의 감정을 삭이지 못한 병사들의 험한 말이 백출했다.

"명령 불복종 죄로 참수하여 군기의 엄중함을 보여야 합니다. 참하지 않으면 군령이 무너집니다. 죽어간 병사들의 원혼을 달래야 합니다. 전시에 명령을 거역하면 어떻게 되는지 본보기로 삼아야 합니다."

김면의 결단을 촉구하는 말이었다.

웬만해서는 감정을 잘 드러내지 않는 곽준과 류중룡이 한목소리로 말했다.

"장군, 군령을 어긴 죄는 참형을 피할 수 없지만, 아군보다 10배나 많은 적을 감안해야 합니다. 지나친 의심은 사람을 상하게 하고 일을 그르치게 합니다."

지례 전투에서 배설의 용맹을 본 변혼이 나섰다.

"배 부장 나름의 판단과 계책이 있었을 것입니다. 전장에 나선 장수는 비록 임금의 영이라 해도 물리칠 수 있다고 하지 않았습니까? 이는 현장의 결정을 존중한다는 뜻입니다. 또 그동안의 전공과 적장을 벤 것을 생각하여 이번 한 번만큼은 용서하시지요. 전장에서 수백 수천의 군사는 얻기 쉬우나 뛰어난 장수 한 명을 얻기는 어렵습니다."

다른 몇몇 부장도 곽준과 류중룡, 변혼의 말에 동의하며 참형을 만류했다.

하지만 원망 가득한 눈빛의 병사들은 "목을 베어야 한다"라며 목소리를 높였다.

고민에 빠진 김면이 혼잣말로 되뇌었다.

"살계경후殺鷄儆猴인가?"

'닭의 목을 쳐 원숭이에게 본보기가 되게 한다'라는 뜻이다.

중국의 한 노인이 원숭이에게 곡예를 가르쳐 돈을 벌려고 장터에 자리를 폈다. 구경꾼들이 모여들었는데도 원숭이는 무슨 이유인지 노인의 지시를 따르지 않고 사람들의 표정만 살폈다.

구경꾼들의 비아냥거리는 소리가 있었지만, 노인은 닭 한 마리를 사와서 원숭이가 보는 앞에서 목을 쳤다.

피를 싫어한다는 원숭이의 속성을 이용한 것이다.

시뻘건 피를 보고 겁이 난 원숭이는 그제야 노인의 말을 듣고 재주를 넘기 시작했다.

김면이 잠깐의 생각을 가다듬고 말했다.

"모두 칼을 거두고 물러나라. 병사의 목을 함부로 벤 부관을 지금 즉시 참하라. 부당한 영을 받아 그것도 아군의 목숨을 해쳤으니 용서할 수 없는 일이다."

배설이 아닌 부관의 목을 베라는 말에 병사들은 일의 이치가 맞는 것인지, 틀린 것인지 의아한 표정을 지었다.

"배설 부장은 명령 불복종 죄로 당장 목숨을 거둬야 하나 명색이 관리이고 적장을 베어 전세를 되돌린 공을 참작하여 처벌을 보류할 것이다. 또다시 이런 일이 생기면 그때는 누구를 막론하고 내 손으로 직접 목을 칠 것이다."

김면의 군령은 간명했지만, 그 어떤 호령보다 강했다.

전장에서 이기고 지는 것은 항용 있는 일이고, 죽여야 할 목숨과 살려야 할 목숨이 분명히 있지만, 모두가 한목소리로 '죽여라'라고 말할 때 차마 죽이지 못하고 살려야 하는 그 고뇌를 그 누가 헤아릴 것인가? 순간의 빛이 다른 그림자를 낳을 수도 있지만, 전장에서 단 한 번의 실수는 다시 일어설 수 없는 치명상을 불러옴을 생각하지 않을 수 없다. 밖의 적보다 몇 곱절이나 무서운 것이 안에 있는 적이나 생사가 달린 전장에서 제 역할을 완벽히 해낼 사람은 흔하지 않다. 이 모두를 엄격한 법으로만 따진다면 살 사람보다 죽을 사람이 더 많을 것이다. 많은 사상자를 냈지만, 사실 성과라면 배설이 왜장의 목을 벤 것뿐이었다.

한참 침묵을 지키던 배설이 말했다.

"적은 군사로 적을 상대하기가 역부족이었습니다. 해서 적의 후미를 치는 것이 승산이 높다고 판단하여 기회를 본 것입니다. 경솔하게 군사를 움직여 병사들을 어지러운 총탄 속으로 몰아넣을 수는 없었습니다."

사실 배설의 명령 불복은 있을 수 없는 일이지만, 기습공격을 했더라도 아군 숫자보다 훨씬 많은 왜군의 적수가 될 수 있었는지는 의문이다.

김면은 불편한 심정을 뒤로하고 저 멀리 흔들리는 나뭇가지를 말없이 바라보며 발걸음을 옮겼다.

김면과 박이현이 마주 앉았다.

"박 공, 함께한 첫 전투에서 웃지 못해 면목이 없습니다."

"아닙니다. 낙담하지 마십시오. 이기고 지는 것은 밤낮이 바뀌는 것처럼 늘 있는 일이 아니겠습니까?"

"고맙소. 나는 일단 거창으로 이동하여 군사를 재정비하고 다음 기회를 볼 것이니 박 공은 이곳에 남아 적의 동태를 주시해주시오."

"잘 알겠습니다. 장군. 적의 목을 베지 못하면 발목이라도 분질러놓겠습니다. 그리고 상황이 발생하면 즉각 전령을 보내겠습니다."

"고맙소. 조만간 다시 만날 것입니다."

태양의 빛이 엷어지며 스산한 바람이 불어왔다.

김면은 수많은 주검을 아무 말 없이 보낼 수는 없다고 생각하여 부장들에게 지시했다.

"지금 즉시 남은 병력을 점고하고 병사들의 시신을 모두 수습하라."

명령을 받은 장졸들이 지친 몸을 이끌고 두 번 다시 가고 싶지 않은 격전지로 떠났다.

까마귀가 무리 지어 하늘을 날아오르고 내려앉기를 반복했다.

시신 타는 냄새와 피비린내가 들판을 가득 메웠다.

"훠이훠이!"

병사들이 팔을 휘둘러 시신을 물어뜯는 까마귀를 쫓았지만, 까마귀는 마치 숨바꼭질이라도 하듯 종종걸음으로 맴돌며 시체를 쪼아댔다.

전사자들은 목이 잘리거나 팔다리가 떨어져 나가 눈 뜨고는 볼 수 없는 광경이었다.

어둠이 내릴 무렵 시체를 한곳에 모으고 조그마한 제단을 차렸다.

김면이 전사자들 앞에 무릎을 꿇고 눈물로 쓴 제문을 읽어 내려갔다.

"흉악무도한 왜적에 맞서 나라와 백성을 구하겠다는 일념으로 일어서 목숨을 걸고 여기까지 왔다. 하지만 오늘 이 참담한 일을 그대들이나 나나 어찌 알았겠는가? 그날 창의한 이후 장졸들 모두 아비와 자식같이, 또 친동기같이 동고동락하며 수많은 죽음의 고비를 넘어왔건만, 내가 심히 부족하여 그대들을 지켜주지 못했네. 부디 용서하시라! 구국의 혼은 해마다 피는 저 들꽃들처럼, 흐르는 강물처럼 끊임없이 만대에까지 기억되리라…. 여기 살아남은 우리 모두 흐르는 눈물을 주체할 수 없구려. 그대들의 원한을 갚고, 못 다 이룬 꿈 우리가 반드시 이루어 전하리라. 아! 영령이시여, 고이 잠드소서."

힘겨운 삶이 꽃이 된 전장

한 사람의 마음은 천 사람의 마음이다

김면은 군사를 다시 고령으로 옮겼다.

아침저녁으로 서늘한 바람이 불며 성큼성큼 다가오는 가을이 눈에 보였다.

여름을 난 찌르레기가 겨울 속으로 떠날 채비를 하고, 돌 틈에선 귀뚜라미가 쉼 없이 울어댔다.

며칠 후면 한가위다.

하지만 그 누구도 전장의 긴장감에 눌려 한가위라는 말을 꺼내지 않았다.

예년 같으면 추수 갈무리를 하고 차례상 준비에 부산스러울 시간이다.

그러나 지금은 내일의 일을 어림잡을 수도 없었다.

칠성이는 휘영청 밝은 달을 하염없이 쳐다보았다.

티없이 맑은 하늘에 뭉게구름이 지나가고 있었다.

구름 사이로 연화가 보였다가 이내 사라졌다.

"연화도 지금 저 달을 보고 있겠지."

가을걷이가 끝나고 혼례를 올리기로 했는데, 언제 끝날지 모르는 전쟁 때문에 물거품이 되고 말았다.

다음날 중화 무렵, 분홍색으로 물든 산모퉁이에 보따리를 안은 두 사람이 잰걸음으로 다가오고 있었다.

양전에서 거창으로 피난 간 만석이와 연화였다.

칠성이가 단박에 알아보고 급히 뛰어갔다.

"연화야! 네가 여길 어떻게?"

"오늘이 추석이라 마님께서 대감마님께 안부 여쭙고 오라고 해서 온 게지."

칠성이와 연화는 그동안의 그리움에 와락 껴안고 싶었지만, 주위에 눈이 많아 그러지도 못하고 곁눈으로 서로의 마음을 어루만졌다.

"칠성아, 연화만 보이고 나는 안 보이는 모양이지?"

"아닙니다. 그럴 리가 있겠습니꺼?"

칠성이가 고개를 깊이 숙였다.

"그래, 이렇게 모두 살아있어 다행이네. 대감마님은 어디 계시나? 먼저 인사를 드려야지."

"대감마님, 만석이 아저씨가 왔습니더."

"무슨 소리냐? 이 전쟁 통에 여기가 어디라고?"

만석이와 연화가 큰절을 올렸다.

"그래, 마님은 별고 없느냐?"

"예, 마님께서 대감마님께 옥체를 잘 보존하시라고 하시면서 대감의 건강은 거창과 인근 고을만이 아닌 만백성의 한결같은 뜻이라고 하셨습니다."

"내 건강이 만백성의 뜻이라고? 허허!"

연화가 울먹거리며 말을 이었다.

"마님께선 잘 계시기는 합니다만, 혹시 왜놈들의 눈을 피해 조석朝夕으로 거처를 옮겨 다니시기에 드시는 것은 말할 것도 없고 자칫 큰 병이라도 날까 걱정이 큽니다."

"알았다. 모두가 힘든 상황이니 조금만 더 참으면… 그리고 이곳은 전장이니 너희들이 오래 머물 곳이 못 된다. 내일이라도 바로 떠나도록 하여라. 그리고 마님께는 내 걱정은 말고 건강 잘 살피시라 전하고…."

김면은 고단한 피난 생활을 하고 있을 부인을 위해 그 무엇 하나 해 줄 수 없는 고통스러운 현실에 가슴 아파하며 더 이상의 말을 보태지 않았다.

그러나 살아있다는 말 한마디가 큰 위안이 되었다.

이때 왜군은 무사 수십 명을 조선인으로 변장시켜 김면의 가족을 잡기 위해 고령과 합천, 거창 등 경상우도 일대 고을을 이 잡듯이 샅샅이 뒤지고 다녔다.

식솔을 인질로 김면을 잡거나 의병의 힘을 빼보려는 계산이었다.

비록 산막 등지를 전전하지만, 어디서나 "김면의 일족이다"라고 말하면 양식을 얻거나 옷가지도 구할 수 있었다.

하지만 금전과 벼슬을 바라고 왜군과 내통하는 사람들이 있어 항상 조심할 수밖에 없었다.

피난민 대부분이 한곳에 모여 서로 의지하며 풀뿌리를 캐서라도 생계를 이었으나 김면의 가족은 하루 한 끼 먹는 것도 어려운 극한의 생활을 면치 못했다.

칠성이가 연화를 밖으로 데리고 나갔다.

연화의 입성도 말이 아니었다.

곧 겨울이 올 텐데 해진 여름 무명옷 그대로다.

"몸은 어디 아픈 곳 없고, 괜찮아? … 우리 엄니도?"

"어머님도 무탈하세요."

서로의 애달픔은 더했으나 구멍 난 가슴에 따스함이 전해졌다.

잠시 뒤 김면이 칠성이와 연화를 불렀다.

"너희들도 잘 알겠지만, 풍요롭던 땅을 거친 뫼와 쇠한 풀로 만든 이 전란의 끝을 알 수 없구나. 하여 내 너희들과 한 약속을 어쩌면 지키지 못할 수도 있을 것 같아 이르는 말인데, 연화가 여기 온 김에 모든 것이 부족하지만, 혼례를 올리는 게 어떻겠느냐?"

칠성이가 쑥스러운 듯 뒷머리를 긁으며 "대감마님의 뜻이 그러하시면 저야 두말할 나위없이 좋지만, 연화가 어떻게 생각할지?" 하고 연화를 쳐다보며 대답을 기다렸다.

연화가 부끄러운 듯한 표정을 지으며 답했다.

"저도 대감마님의 뜻에 따르겠습니다."

"내 뜻을 알아주니 고맙구나. 너희들도 알겠지만, 이 난리가 아니면 인륜지대사人倫之大事를 온 동네 사람들이 모여 축하해주고 성대하게 치를 것인데, 그렇지 못해 안타깝구나."

"아닙니다. 대감마님."

칠성이와 연화의 눈에 눈물이 돌았다.

"그러면 그리 이해하는 것으로 알고 글피 유시에 혼례를 올릴 것이니 마음을 정리하거라."

"예, 대감마님."

김면이 동생 김회에게 혼례식을 준비하도록 하고 군막에 들어와 몸을 뉘고 쉰 지 일다경이 지났을까. 김회가 들어왔다.

"장군, 순찰사 영감께서 보냈다는 병사가 왔습니다."

"순찰사가? 병사를 들여보내라."

잠시 뒤 군막으로 들어온 병사가 군례를 갖추며 말했다.

"순찰사 영감께서 장군께 전하라는 편지를 가져왔습니다."

"순찰사는 지금 어디 있느냐?"

"산음에 며칠 있다가 어제 함양에 들어와 있습니다."

병사가 품속에서 편지를 꺼내 김면에게 전했다.

"김 장군, 지금 부산에 주둔하고 있는 왜군이 전라좌수영으로 가는 육로를 열기 위해 창원까지 들어와 곧 진주성을 칠 것 같소. 해서 거창의 사정은 알지만, 속히 군사를 지원해주길 바라오."

편지 내용은 짧았다.

"진주성이 무너지면 큰일이다!"

"회야, 지금 즉시 참모와 부장들을 이곳으로 불러라."

"예, 장군."

"진주성이 아무리 요새라 해도 적은 군사로 대규모 적을 막기는 쉽지 않을 것인데…."

참모와 부장들이 모였다.

김면이 순찰사가 진주성 원병을 요청해온 것을 말했다.

"나는 지금 가벼이 움직일 수 없고 누군가 지원군을 이끌고 진주로 가야 하는데, 어떻게 했으면 좋겠소?"

문위가 말했다.

"그렇습니다. 적을 눈앞에 두고 있는 본진이 움직일 수는 없습니다. 거창의 윤경남 부장에게 출전하도록 하는 것이 어떻겠습니까?"

"그게 좋겠소. 허나 윤 부장의 군사로는 미약하니 본진에서 얼마간의 병력을 지원해야 할 듯한데, 누가 가겠소?"

"장군, 제가 가겠습니다. 저를 보내주십시오."

김준민이 기다렸다는 듯이 나섰다.

"김 부장이?"

"예, 지난번 김 목사의 사랑암 원병에 대한 빚을 제가 반드시 갚고 오겠습니다."

김준민의 강한 의기에 참모들도 원군을 찬성했다.

"다른 의견이 없으니 김 부장은 지금 산음으로 가서 초유사의 지휘를 받도록 하시오."

"예, 장군."

병사들은 언제라도 출전할 수 있게 준비된 상태라 반 시진이면 충분했다.

김준민은 해가 떨어질 무렵 군사 300명과 함께 진주를 향해 출발했다.

김면은 윤경남에게도 출전 명령을 적은 편지를 보냈다.

화양연화花樣年華, 인생의 가장 아름답고 행복한 시간. 그 첫걸음을 내딛는 아침이 밝았다.

구름이 걷혔다 뭉쳤다 했지만, 공기는 부드러웠다.

"나으리."

"무슨 일이냐?"

만석이가 작은 보따리를 풀어 김회에게 내밀었다.

"가져왔느냐?"

근동近洞에서 빌려온 사모관대紗帽冠帶와 활옷이었다.

"나으리, 동네에 간 김에 신방도 하나 구해놨습니다."

"허허! 잘했네. 옷을 돌려줄 땐 빈손으로 가지 말고…."

"예, 그렇게 하겠습니다."

사모관대는 원래 벼슬아치의 복장이었으나 혼인날에는 일반 백성들도 사용하는 것이 허용되었다.

"칠성이와 연화를 데리고 오너라."

잠시 뒤 군막으로 들어온 칠성이와 연화는 눈이 휘둥그레졌다.

"어르신, 이걸 어디서 구했습니꺼?"

"아무리 전쟁 중이라지만 혼례식에 갖출 건 갖추어야지. 어쩌면 평생에 한 번인데."

"고맙습니더, 아저씨. 이 은혜를 우째 갚을지."

"아니다. 은혜는 나보다 대감마님과 나으리에게 갚아야지."

"나으리…."

김회가 허리를 깊게 숙인 칠성이와 연화를 다독이며 말했다.

"은혜라니? 앞으로 서로 아끼며 남보란 듯 잘살면 되는 것이지."

"예."

어느새 영채에 대례상代禮床이 차려졌다.

병사들이 난데없는 풍경을 보고 하나둘씩 몰려들었다.

"무슨 일인가?"

"글쎄, 나도 모르네."

"오늘 칠성이가 장가간다는구먼."

"그게 정말인가? 신부는?"

"오래전 혼인 이야기가 오간 연화라고 하는데, 연화는 김면 장군이 딸처럼 귀히 여겼다고 하네."

작은 웅성거림이 바람에 실려 갔다.

중년의 병사가 말을 던졌다.

"신부 나이가 올해 몇인가?"

"열일곱이라는데."

"칠성이가 부럽네, 부러워!"

"예끼, 이 사람. 한번 장가 간 사람이 뭐가 그리 부럽단 말인가?"

"허허! 한번 웃자고 객쩍은 소리 해본 걸세."

대례상에는 장수와 건강, 다산, 금슬을 기원하는 송죽과 닭 대신 나무를 깎아 만든 원앙새 등이 제자리에 놓여 있었다. 부족하지만, 그런대로 갖출 것은 갖추었다.

김회가 호롱불을 밝히자 사모관대를 한 칠성이와 활옷에 족두리를 쓴 연화가 대례상 앞에 마주 섰다.

연화는 이름 그대로 칠팔월의 연꽃같이 아름다웠다.

"신부가 절색이네그려!"

만석이가 말했다.

"거기 조용히 좀 하소. 자아 자, 혼례를 시작합니다."

사주단자나 납채서를 주고받는 절차는 이미 없었다.

"신랑 배에! 신부 재배!"

음양의 조화를 위해 신랑은 양의 최소 숫자인 한 번 절하고, 신부는 음의 최소 숫자인 두 번 절했다.

그다음 표주박으로 술잔을 서로 나누는 것으로 부부의 연緣이 맺어졌다.

전장에서 치르는 혼례식이라 간략하고 소박했다.

"두 사람은 오늘 이 시간부터 검은 머리가 파뿌리가 되도록 백년해로하고 아들 아홉에 고명딸 하나 낳고…."

"신방은 어디로 하지?"

"이런 전장에 신방이라니?"

"이보게, 세상에 천금, 만금을 주고도 바꿀 수 없는 것이 운우의 정인데, 아무리 난리판이라 해도 신방이 없어서는 안 되지."

싱거운 농담에 연화가 부끄러워 얼굴 둘 곳을 찾지 못하자 이를 본 만석이가 끼어들며 말했다.

"그런 걱정은 놓으셔도 됩니다. 벌써 다 구해놨으니까요."

그 흔한 주례의 말은 없었지만, 병사들의 따뜻하고 싱거운 덕담으로 혼례의식은 끝났다.

모두의 마음은 두 사람이 서로 사랑하여 영원히 함께하기를 바랄 뿐이었다.

연화의 두 눈엔 슬픔과 기쁨을 담은 눈물이 하염없이 흘러내렸다.

진주성의 '별'이 떨어지다

천 리 밖에서 전황을 통찰하고 사기를 북돋우다

팽창했던 왜군의 기세도 가을로 접어들며 확 꺾였다.

시간이 지날수록 의병들의 전장 적응 속도와 능력은 빨라지고 높아졌다.

이순신이 부산포 등 잇단 해전에서 승전하고, 함경도에선 북평사 정문부가 왜장 가등청정을 몰아냈다. 또 경상좌도 경주성과 영천성이 수복되었다.

왜군은 어디서 얼마나 죽었는지 확인하기도 어려웠다.

전쟁의 흐름이 바뀐 것이다.

고령 의병영.

김면이 참모들과 막사에서 적정을 이야기하고 있는데, 갑자기 말발굽 소리가 들렸다.

우두두두! 히이이잉!

"허허! 누가 말을 저렇게 거칠게 다루나?"

모두의 눈길이 막사 밖으로 쏠렸다.

잠시 뒤 경상우도 일대에서 왜군 동향 탐색과 의병 모집에 나섰던 조군 김회가 말 등에서 내리자마자 막사로 뛰어 들어왔다.

"장군, 장군, 큰일났습니다."

곽준이 놀란 표정을 지으며 말했다.

“아니, 김회 부장이 아니시오?”

김면도 여느 때와 다르게 목소리를 높였다.

“다짜고짜 큰일이 났다니? 지금 왜군이 습격이라도 했다는 것이냐?”

“형님, 그게 아니고 지난 10월 5일 왜군 총사령관 우희다수가와 세천충여細川忠興(호소카와 다다오키) 등 왜장 13명이 식량 확보와 이순신의 전라좌수영을 치기 위해 부산의 예비병력 3만여 명을 이끌고 창원, 함안을 거쳐 진주에 들이닥쳤답니다. 왜군은 엿새 동안 밤낮없이 진주성을 공격했는데, 3,800명의 민관군을 이끌고 전투를 지휘하던 김시민 목사께서 적이 쏜 총탄을 맞고 순절했답니다. 그리고 2천 명의 군사를 이끌던 경상우도병마절도사 유숭인柳崇仁(1565~1592)이 창원에서 크게 패하고 진주로 퇴각해 진주성 입성을 원했으나 김시민 목사가 자신보다 품계가 높은 우병사가 성내로 들어오면 지휘계통 혼란을 우려했음인지 입성을 거부하고 성 밖에서 응원해달라고 했답니다. 해서 우병사는 어쩔 수 없이 돌아가다가 왜군을 만나 격전 중 전사했다고 합니다.”

“뭐라, 김시민 목사와 우병사가?…”

모두의 낯빛이 하얗게 변했다.

“장군, 진주성 지원군으로 간 김준민 부장은 아직 소식이 없습니까?”

“아직 없네. 지난번 밤에 큰 유성이 떨어지는 걸 보고 불길한 마음을 가지고 있었는데, 변고를 예고라도 한 것인가?”

“장군, 별똥별이라니 무슨 말씀인지?”

“아니네.”

김면이 김회를 재촉했다.

“들은 대로 다 말해보라.”

“예, 형님도 잘 아시다시피 진주성은 난공불락의 요새가 아닙니까? 외성 둘레는 10리나 되고 내성은 5리 정도 됩니다. 또 성의 높이는 13척

석축으로 견고하기가 이를 데 없습니다. 성의 남쪽은 남강에 연해 있고, 서쪽은 하천과 깎아지른 절벽이 우뚝 서 있고, 또 북쪽은 자연 연못인 해자가 깊게 파여 있어 접근 자체가 어렵습니다. 이를 안 왜군은 결국 동쪽의 말티고개를 넘어 공격해왔다고 합니다."

"마현馬峴을 넘었다고?"

"그렇습니다."

김회가 말을 이었다.

"7일 새벽엔 김 목사가 기병 500기를 이끌고 왜군 진영을 급습하여 큰 피해를 주었는데, 이에 성난 왜군이 진주성 10리 안팎의 모든 집에 불을 질러 잿더미로 만들고 성을 포위했답니다. 보지 않아도 기가 질리는 광경이었겠지요. 왜군은 동문 앞 해자를 메우려 했지만, 관군의 격렬한 저항에 여의치 않자 토산을 쌓아 그 위에 통나무로 우물 정井 자형의 움직이는 망루를 만들어 4천여 명의 조총수가 성안으로 총포 난사와 동시에 사다리를 성에 걸쳐 넘으려고 하자 관군이 현자총통, 황자총통을 쏘아 망루를 초토화했답니다.

9일에는 왜군이 거짓으로 물러났다가 10일 대대적으로 공격했는데, 개미 떼처럼 성벽을 기어오르는 왜군을 죽여도 죽여도 끝이 없었다고 합니다. 성 밑에는 죽은 왜군과 말이 물에 둥둥 떠다녔고 흘러내린 피는 내를 이루어 눈 뜨고는 못 볼 정도로 참혹했다고 합니다. 성안의 민관군 역시 800여 명의 사상자가 났고요.

시신 더미에서 죽은체하고 있던 왜군이 전투를 독려하던 김 목사의 왼쪽 이마를 저격했답니다. 이에 북문을 지키던 곤양 군수 이광악이 김 목사의 총상을 숨긴 채 전군을 지휘하며 왜장을 활로 쏘아 죽이니 왜군은 1만여 명의 전사자를 화장火葬하고 함양으로 퇴각했답니다.

또 곽재우, 최경회, 정유경, 김준민 등이 이끄는 의병들이 진주성 북쪽과 서쪽에서 적의 배후를 교란하여 적을 물리치는 데 큰 힘이 되었다고 합니다. 그리고 총탄을 맞은 김 목사는 며칠간 사경을 헤매다 회복하지 못하고 안타깝게도 숨을 거두고 말았답니다."

이야기를 다 듣고 난 김면과 참모들의 눈가에 뜨거운 눈물이 흘러내렸다.

김면이 김시민의 빼어난 기상을 떠올리고 슬픈 감정을 쏟아냈다.

"오늘 새벽녘 큰 별똥별(유성)이 떨어지는 걸 보고 잠자리에 들었는데, 꿈자리가 어수선하더니 이런 일이…. 백척간두의 나라와 백성을 구하려 충의를 맹세하고 사랑암을 누빈 자취 지워질까 두렵네.
때론 맹호처럼, 때론 학처럼.
장판교에서 용맹을 떨친 상산의 조자룡 이야기를 듣고 그대를 보았네.
삶과 죽음이 뒤엉킨 전장에서 칼끝 같은 희망을 붙들고도 겸양지덕謙讓之德을 보인 그 모습 이제 어디 가서 대하리오.
아아! 슬프구나. 서러워 웃는다.
목숨이 길고 짧은 것은 하늘에 달린 것이라 하나 그 누가 공을 북망산 험한 길로 불렀는가?
처량한 상여의 요령 소리 속에 기러기가 홀로 산을 넘네."

김면은 지난번 사랑암 전투 때 보여준 김 목사의 용맹스러운 모습이 어제의 일처럼 생생하게 떠올랐다.

"내 그날 이후 김 목사의 무운을 마음 깊이 빌었건만…. 이제 간성干城의 장수를 잃었으니 진주 관민은 누구를 의지하고 따를 것인가?"

김면은 종일 아픈 마음을 감추지 못했다.

진주성 전투가 끝난 다음날 진주성 동헌.

"영감, 다녀왔습니다."

사저관(곡식을 관리 징발하는 직책) 이로가 초유사 김성일에게 고개를 숙이며 말했다.

김성일은 진주성 외곽에서 예비대를 지휘하다 왜군이 패퇴하자 곧바로 진주성에 들어와 전후 수습을 하고 있었다.

"고생이 많았네. 그래, 지금 성주의 전황은 어떠한가?"

"성주성 공략이 쉽지 않은 것 같습니다. 김면과 정인홍 장군이 총력전을 펼치고 있지만, 쥐새끼처럼 성안에 들어앉은 적이 전혀 움직이지 않아 별다른 성과가 없습니다. 아군은 지치고 희생만 늘고 있습니다."

"적이 나오지 않고 버티면 달걀로 바위 치기 아니겠나? 공성하려면 상대방보다 군세軍勢가 최소 10배는 돼야 승산이 있는데, 우리 사정이 그렇지를 못하니…"

"공성이 힘들지만, 적이 스스로 성문을 열고 나오기를 마냥 기다릴 형편이 못 됩니다. 적도 그러하겠지만, 군사가 적고 양식 조달이 어려운 상황에 큰 추위가 오면 우리 스스로 물러나야 할까 두렵습니다. 또 일부 관군들이 군령을 거역하는 등 지휘체계에 흠집을 내고 있어 걱정입니다. 차후 내홍이 생기지 않도록 명확한 조치가 필요합니다."

"지휘체계에 틈이 생기면 영이 제대로 설 리가 없지. 전장의 저울은 균형감도 있어야겠지만, 더 중요한 건 무슨 일이든 명확해야 하는데…"

며칠간 고민하던 초유사가 장계를 올렸다.

"김면은 원래 병이 많아 산림에서 요양하며 세상일에 뜻이 없더니 병란이 일어난 처음부터 몸을 돌보지 않고 의병을 일으켜 왜적과는 같이 살지 않으리라 맹서하고 혈전을 거듭하며 적의 예봉을 꺾었으니 경상우도가 지금까지 보존된 것은 대부분이 그의 공로였나이다. 여름이 지나고 겨울에 접어들자 사뭇 서리와 눈 속에서 누구나 반드시 죽으리라는 것을 알았지만, 그는 몸과 마음을 조금도 움직이지 않았나이다. 나라를 위하는 지성은 병연炳然(어떠한 사물이나 사실이 밝게 빛나 뚜렷하게 드러남)하기가 단심丹心과 같았사옵니다. 하여 그의 공에 합당한 직책을 내려 위무하고 적 토멸에 힘을 실어주기를 바라나이다."

\- 松庵先生實錄(송암선생실록)

꽃은 져도 그 아름다움과 향기는 남는다

인연이 있으면 천 리 밖에서도 만날 수 있다

"대감마님, 안음에 가서 마님과 어머님을 뵙고 오겠습니더. 닷새면 돌아올 것입니더."

"그리하거라. 무슨 일이 있더라도 연화를 잘 챙겨야 하느니라."

"염려 거두셔도 됩니더. 연화가 누구입니꺼? 손끝 하나 다치지 않게 하겠심더."

"그래도 지 색시라고 생각하는 것이 허허! …"

칠성이와 연화, 만석이가 안음을 향해 길을 나섰다.

인기척에 놀란 뱁새들이 숨바꼭질이라도 하듯 이 나무 저 나무를 옮겨 다니며 짹짹거렸다.

아침 냉기 속에 새 소리가 맑고 경쾌한 화음을 이루었다.

"어르신, 이 길로 가는 게 맞습니꺼?"

"그렇네, 지금은 낮이라 조심해야 할 것이야. 어쩌면 왜군들이 우리를 보고 있을지도 모르니."

"말이 씨가 된다 안 캅디꺼. 그런 말 하지 마이소."

"알았다. 얼른 가자."

고령을 벗어나니 불타지 않은 촌락이 드문드문 보였다.

"여기는 아직 왜군이 들어오지 않았나 봅니더."

"고령보다 덜하겠지만, 이곳도 왜군들이 헤집고 다닌단다."

마을은 성했으나 사람들은 어디에 있는지 전혀 보이지 않았다.

세 시진이나 걸었을까.

옅은 태양이 중천을 지나가고 있었다.

서너 발짝 앞서가던 만석이가 말했다.

"저기 움막이 하나 있네. 잠시 다리 쉬임 하며 요기나 하고 가자꾸나."

움막은 집주인이 피난을 가 사람이 기거하지 않은 지가 오래돼 보였다.

작은 부엌이 하나 있고 벽은 구멍이 숭숭 뚫려 있었다.

색이 누렇게 바랜 창호지는 곳곳이 찢어져 너덜거렸다.

그래도 햇빛이 들어와 언 몸을 녹이기에는 부족함이 없었다.

칠성이가 툇마루의 먼지를 손으로 쓱쓱 쓸더니 자기의 겉옷을 벗어 두 겹, 세 겹 접어 내려놓았다. 그러고는 연화의 손을 당겨 앉혔다.

이를 본 만석이가 부러운 표정을 하며 말했다.

"칠성이가 색시 챙기는 게 보통이 아니구먼."

"그런가요? 히히! 아저씨도 장가 가이소."

"예끼, 이 사람. 내 나이가 얼만데."

"나이가 무슨 상관입니꺼? 마음이 젤 중허지."

만석이가 먼 하늘을 물끄러미 쳐다보며 말했다.

"아주머니께서 무척이나 좋아하실 거야. 그리고 마님께서도 늘 올 가을엔 혼례식을 올릴 수 있을까 하고 안타까워하셨는데…."

설렘이 가득한 연화의 눈에 눈물이 비쳤다.

"마님과 어머님을 빨리 보고 싶어예."

"그래, 걱정 말거라. 해거름이면 도착할 거니까."

거무스름하게 색깔이 변한 보리밥 한 덩이와 감자를 입에 넣으려는 순간,

"이놈들, 뭐 하는 놈들이냐?"

조총과 칼을 든 왜군 세 명이 움막 뒤에서 뛰쳐나오며 소리쳤다.

의병들의 동향을 탐지하러 나온 척후병이었다.

"아이구머니나!"

깜짝 놀란 연화가 손에 든 감자를 떨어뜨렸다.

백주에 왜군을 맞닥뜨린 칠성이와 만석이도 낯빛이 하얗게 변했다.

왜군에게 붙잡혀 가면 부녀자는 노리개가 되고 남자는 성을 쌓는 일에 동원되거나 왜국으로 끌려가 노예보다 더한 고초를 겪고, 또 말을 듣지 않으면 총으로 쏴 죽이거나 검으로 온몸을 난자해 들짐승 밥으로 내던진다는 소문을 이미 듣고 있었기 때문이다.

부지불식간에 일어난 일이라 피할 수도 없었다.

꼼짝없이 잡히고 만 것이다.

왜군이 보따리를 낚아채 땅바닥에 쏟아부었다.

보퉁이에 든 것은 혼례상에 올렸던 원앙새 조각 한 쌍과 옷가지, 주먹밥, 감자 몇 개가 전부였다.

"제발 살려주이소."

"그래 죽이지는 않을 테니 조용히 하라."

세 사람은 무릎을 꿇고 싹싹 비는 수밖에 없었다.

칠성이가 무릎걸음을 하며 연화 앞을 막았다.

"이놈은 뭐야? 뭐라고 지껄이는 거야?"

왜군이 칠성이의 가슴팍을 걷어찼다.

"어이쿠! 사람 죽네."

칠성이가 뒤로 벌렁 나자빠졌다.

야릇한 미소를 짓던 왜군 중 한 놈이 연화의 머리칼을 잡아채며 말했다.

"길들어지지 않은 계집이네. 조선에 이토록 아름다운 여자가 있었단 말인가? 아침 햇살에 빛나는 한 떨기 모란인들 이에 비할 수 있을까? 화용월태花容月態(꽃다운 얼굴과 달 같은 자태)가 따로 없구나. 장군에게 진상하기는 아까운데 이걸 어쩌나, 히히!"

"안 된다, 안 돼! 이놈들아, 그 손을 당장 놓아라."

칠성이가 무릎걸음으로 왜군의 바짓가랑이를 붙잡고 애원하는 순간 검이 번쩍하더니 칠성이의 목과 가슴을 내리그었다.

"아악!"

선혈이 메마른 땅바닥에 흩뿌려졌다.

온몸을 사시나무 떨듯 떨던 연화가 왜군 옷자락에 매달리며 울부짖었다.

"서방님, 서방니임!… 이 살인귀 같은 놈들, 천벌을 받을 것이다."

왜군이 조선말을 알아듣지는 못했지만, 자신에게 욕하는 것으로 알았는지 연화의 뺨을 연거푸 후려쳤다.

연화는 눈앞에서 불이 번쩍 일어나는 것을 느끼며 맥없이 쓰러졌다.

눈에 실핏줄이 터져 피눈물이 흘러 내렸다.

어금니를 사려 문 연화가 가슴속에서 은장도를 꺼냈다.

은장도가 햇빛에 반짝였다.

이를 본 왜군이 놀란 표정을 하며 두세 걸음 물러섰다.

조선 여인들의 은장도 용도를 알고 있었기 때문이다.

은장도를 쥔 연화의 손과 몸이 파르르 떨렸다.

생에 대한 희망을 버리고 아주 단념한 것처럼 보였다.

연화의 입에서 봄바람처럼 부드러운 목소리가 흘러나왔다.

"세상에 이별이 있는 줄 일찍이 알았네.
이젠 피는 꽃 함께 즐길 사람 없고
지는 꽃 함께 슬퍼할 사람 없지만,
우리 아름다운 연분이 있어
천 리 밖에서도 만날 수 있습니다.
씨줄 날줄로 이어진 그 사랑 저버리지 말아요.

한쪽이 끊어져 한 번 놓으면 다시 잇기 어려우니
북풍한설 몰아쳐도 함께한 이날을 기억해요.
원앙은 절대 혼자 잠들지 않는다고 합니다.
다음 생에서도 서로 보듬고 기대어 저 청산에서 살아요."

"으윽!"

연화의 외마디 소리와 함께 한 줄기 바람이 빈 나뭇가지를 흔들며 지나갔다.

삶과 죽음의 경계는 너무나도 짧았다.

"연화야, 안 돼!"

만석이가 소리치자 왜군이 연화의 죽음을 확인하려고 걸음을 놓았다.

"지금 용케 목숨을 부지한다 해도 개, 돼지보다 못할 것이다. 아니면 왜국으로 끌려가 갖은 고초를 겪다 죽는 일만 있을 것 아닌가?"

만석이가 왜군을 밀치고 냅다 뛰었다.

하지만 발이 돌부리에 걸려 몇 걸음도 못 떼고 엎어지고 말았다.

그와 동시에 차디찬 칼이 만석이의 목과 등을 그었다.

왜군들이 침을 뱉고 낄낄거리며 돌아서는 순간 화살이 바람을 가르며 날아들었다.

"아악! 윽! 으윽!"

왜군이 잇따라 비명을 지르며 꼬꾸라졌다.

화살을 맞은 것이다.

잠시 뒤 의병으로 보이는 다섯 사람이 뛰어와 쓰러진 왜군을 걷어차며 말했다.

"흉악무도한 놈들, 아무 죄 없는 사람을 죽이고도 살아남을 줄 알았느냐? 이 보게들, 저 불쌍한 사람들은 묻어주고 왜놈들은 짐승 밥이 되도록 숲에 던져버리세."

"그리하세."

세 사람을 정성스레 묻은 의병들이 가슴 아픈 표정을 지으며 가던 길로 돌아갔다.

길가 봉분 없는 무덤 위에 따뜻한 바람과 햇볕이 내려앉아 한동안 머물렀다.

아직 떠나지 않은 영혼을 위로하려는 것처럼.

의병도대장직에 오르다

산 자는 죽은 자를 슬퍼할 겨를이 없었다

어느덧 들풀에 하얀 서리가 내려앉고 개울가엔 색이 바랜 수양버들이 가을의 한기를 털어내고 있었다.

여름날 무성했던 잎들도 하나둘씩 서럽게 떠나고 있었다.

또 겨울잠을 준비하는 벌레들은 허리를 굽혀 땅을 헤집었다.

김면의 군막.

엷은 햇빛이 군막 틈을 비집고 들어왔다.

"회야."

"예, 형님. 따로 무슨 시키실 일이라도 있습니까?"

"그게 아니고 칠성이가 아직 돌아오지 않고 있으니 무슨 일이 있나 싶어서…"

"그러고 보니 그렇습니다. 닷새 말미로 가지 않았습니까? 돌아올 시간이 좀 지나기는 했지만, 무슨 일이야 있겠습니까? 며칠 더 기다려보시지요."

"그래야겠구나."

기병 이후 줄곧 자신을 뒷바라지한 칠성이가 약속을 어기거나 어긋난 일을 한 적이 한 번도 없었기에 걱정이 일었다.

참모들이 들어왔다.

개령의 왜군을 치기 위해 전략을 논의하기로 한 터였다.

김면이 먼저 입을 뗐다.

"다들 조반은 잘하셨나요?"

"예, 장군."

"가을도 이제 끝나가고 있소. 겨울이 오기 전에 군량과 병장기는 물론 병사들의 의복도 다시 한번 점검하여 전투에 차질이 없도록 해야 할 것입니다."

김회가 말했다.

"물론입니다. 그런데 장군도 잘 아시다시피 겨울옷을 만들 천이나 솜을 구하기 어렵고 군량 조달도 쉽지 않습니다."

곽준이 걱정스러운 얼굴을 하며 김회의 말을 받았다.

"백성들이 모두 피난을 해 지난봄부터 이 가을까지 들녘에 사람 하나 없었으니 그럴 수밖에 없지요. 지금 있는 양식이라도 최대한 아끼고 대책을 찾아봐야하지 않겠습니까?"

하지만 묘안이 없었다.

김면은 항상 전투 준비에 만전을 기하라고 말했지만, 수확의 계절에 쌀 한 톨 구하기 어려운 현실이 슬프기만 했다.

"장군."

칠성이의 일을 대신하고 있는 병사가 급히 들어와 말했다.

"무슨 일이냐?"

"전라좌의병장 임계영任啓英(1528~1597) 장군이 군사 수백 명과 함께 오고 있습니다."

말 발자국소리가 희미하게 들려왔다.

모두의 시선이 군막 밖으로 향했다.

"임계영이라고? 호남에 원군을 요청한 일이 있기는 하지만, 원군이 이렇게 빨리 도착한다는 전갈은 없었는데…."

임계영이라는 이름은 지난번 순찰사에게 들어본 적 있으나 대면은 처음이다.

"모두 나가보세."

김면과 참모들이 장막을 젖히고 급히 나갔다.

"장군, 저 깃발을 보십시오. '전라좌의병장'이라고 쓰여 있습니다."

잠시 뒤 임계영이 말에서 내렸다.

"임 장군, 어서 오시오. 처음 뵙습니다. 이렇게 먼 곳까지 와주셔서 뭐라 감사의 말을 드려야 할지 모르겠습니다."

"아닙니다. 더 일찍 왔어야 했는데, 군량을 준비하느라 출정이 지체되었습니다. 그리고 병사들에게 입힐 솜옷도 약간 챙겨왔습니다."

"군량과 솜옷이라고요?"

"예, 그렇습니다."

김면과 참모들의 표정이 갑자기 밝아졌다.

"장군, 어찌 그런 표정을 지으십니까?"

"아닙니다. 그렇지 않아도 지금 군량 문제로 걱정하고 있었는데, 임 장군께서 군량을 가져왔다기에."

"그렇습니까? 요는 칭찬받을 일이라는 말씀이지요? 허허!"

임계영이 말을 이었다.

"경상도가 무너지면 호남인들 어디 온전하겠습니까? 김 장군에 대해선 익히 들어 잘 알고 있습니다. 지난번 우척현과 지례에서 적을 궤멸했다고 들었습니다. 그로 인해 웅치와 이치에 들어온 적이 지원군이 끊기자 힘을 잃고 패퇴했지요."

"과찬이십니다. 웅치와 이치 전투는 호남 의병과 관군의 충정이 만든 승리가 아니겠습니까?"

"김 장군이 전라 감사에게 원군을 요청한 것을 알고 있습니다. 그리고 초유사께서 보낸 편지를 받고 이렇게 달려온 것입니다."

"정말 고맙소, 임 장군."

김면이 임계영의 두 손을 잡았다.

임계영은 선조 초 문과에 급제하여 진보 현감 등을 지낸 전직 문관이었다.

예순다섯 살의 고령임에도 지난 6월 전남 보성에서 장정 200명으로 거병하여 남원에 이르러서는 병력 규모가 1천여 명으로 커졌다.

이후 장수, 고성, 진주 등에서 전과를 올리며 10월 18일 천 리나 떨어진 경상도 안음에 들어와 다음 날 19일 산음에 도착했다.

임계영의 원군은 가뭄에 타들어가던 화초花草가 한 줄기 물에 생기를 되찾듯이 김면 부대에겐 생명수나 다름없었다.

임계영이 말했다.

"아직 이곳 지형에 익숙하지 않으나 합동 작전에는 별문제가 없을 것입니다. 큰 힘이 될지는 모르겠으나 이곳 경상도에서 묻힐 각오로 싸울 것이니 선봉을 맡겨주십시오. 그리고 이 사람은 장윤張潤(1552~1593) 부장입니다. 지략과 무재를 겸비해 저뿐만 아니라 우리 전라좌의병의 큰 자랑이지요."

"그렇습니까? 반갑습니다. 장 부장."

임계영의 칭찬에 상기된 표정의 장윤이 말했다.

"장군을 뵙게 되어 영광입니다. 소임을 맡겨주시면 분골쇄신하겠습니다."

"허허! 고맙소이다."

장윤은 목천 사람으로 무과에 오른 후 선전관과 훈련원정을 거쳐 사천 현감에 제수되었다. 전란이 발발하자 임계영의 부장으로 있으면서 전투 때마다 큰 공을 세웠으나 안타깝게도 진주성 2차 전투에서 왜군의 총탄을 맞고 순절했다.

의병장 임계영과 장윤의 결기 넘치는 어조에 김면은 "두 분의 우국충정은 하늘을 감동케 하고도 남을 것입니다"라며 칭송을 아끼지 않았다.

11월 26일. 성긴 눈발이 쉭쉭 소리를 내며 미친 듯이 흩날렸다.

병사들은 장막 주위에 쌓인 눈을 치우느라 분주히 움직이고 있었다.

"장군, 조정에서 사람이 왔습니다."

"이런 추위에 조정에서 사람이?"

김면이 서둘러 나갔다.

"장군, 저는 주부主簿(관의 문서를 주관하는 종6품 벼슬) 황윤이라 합니다."

"그렇습니까? 그런데 이곳까지 어떻게?"

"예, 장군을 1도道의 군사를 통솔케 하는 의병도대장에 임명한다는 상감의 교서입니다"

황윤이 천천히 교서를 읽어 내려갔다.

"지금의 의로움은 왜적을 물리치는 것보다 소중한 것이 없으며 충성함은 제 몸을 잊고 나라에 목숨을 바치는 것보다 큰 것이 없다. 임금의 명령을 받아 그 책임을 다함은 신하의 항규恒規요. 벼슬자리에서 정성을 다함 또한 직분의 상도常道다.

감독하지 않아도 부지런히 힘쓰며 재촉하지 않아도 어려움에 나아감에 그를 일러 충신열사라 할 수 있을 것이다.

이 어려운 때를 당하여 굳센 병사는 진열 밖에서 아무것도 하지 못하고 금장옥패金章玉佩의 귀현貴顯들은 수풀 속에 몸을 숨기고 있는데, 너는 능히 위험에 몸을 나타내어 선대로부터 이어받은 무기武氣를 이어가니 의사들은 뒤를 따라 풍기風氣를 이어받고 무부武夫들은 입을 헤벌려 기운을 잃었도다.

공리功利만 가지고 되겠는가? 높은 직책이 있어야 할 것임에 그 밝은 충의의 마음을 생각하여 너를 경상도 의병도대장에 봉하노라. 깊은 원수 갚고 나라 회복함을 너 아니고 누가 하겠는가? 원근의 관군과 의병을 모두 관할하고 통섭하여 오직 명령과 약속만을 들어서 군령을 시행하고 강토를 회복함을 그대가 능히 하라."

– 松庵先生實록(송암선생실록)

김면이 왕명에 읍하고 눈물을 흘리며 말했다.

"부끄럽구나! 내 전장에 나와 품은 꿈은 공훈을 바라는 데 있지 않았거늘 오늘 또 성은을 입었으니 왜적을 물리치고 백성을 위해 온몸을 바치리라…."

지난 9월 당상관 품계인 장악원정掌樂院正(정3품) 벼슬을 받은 터라 도대장직 제수는 그 기쁨이 더 컸다.

"김면 장군 만세! 김면 장군 만세!"

장졸들의 환호성이 귀를 먹먹하게 했다.

그리고 황윤이 덧붙여 말하기를 합천 군수 배설은 진주 목사 겸 조방장에 임명한다는 상감의 전교가 있었다고 했다.

저녁이 돼도 눈은 그치지 않았다.

막사 안 호롱불이 하늘하늘 쓰러지다 일어나기를 반복했다.

삼경(밤 11시~새벽 1시)이 지나가고 있었다.

잿빛 구름이 가득 찬 하늘엔 별빛 한 점 보이지 않았다.

김면은 한동안 잡지 않은 붓을 들었다.

自愧龍鐘撲陋稠　스스로 부끄럽다 못나고 미련한 자질이
獲蒙英主寵恩優　임금님 은총을 두터이 받았네
東海一霜揮尺劒　동해에 서리 내려 칼을 휘두르고
北辰千里望危樓　천리 먼 곳 대궐을 높은 다락에서 바라보네

– 松庵先生實錄(송암선생실록)

의병도대장 임명 며칠 후 참모장과 부장 회의를 소집했다.

"지금 이대로는 성주성 공략이 쉽지 않소. 그래서 직접 적정을 살펴보고 병력과 군량 확보를 위해 강우 일대 의병과 관군 순시에 나설 참인데, 어떻게들 생각하시오?"

곽준이 말했다.

"장군 말씀에 동의합니다만, 왜군이 언제 성문을 열고 나와 공격할지 모르는 상황이라 순시에 나서는 것은 우리의 빈틈을 보이는 게 아닌지 걱정됩니다. 꼭 가시겠다면 많은 군사보다 정예병을 차출하여 기동하는 게 좋을 듯합니다."

윤경남이 덧붙여 말했다.

"그렇습니다. 왜군은 지금 정탐병을 풀어 우리의 일거수일투족을 주시하고 있어 장군의 움직임을 감출 수는 없을 것입니다. 그리고 이동 시 적의 기습을 당할 수도 있어 아무리 정예병이라 해도 소규모 병력 대동은 위험합니다. 기병과 보병 최소 300명은 갖춰야 하지 않겠습니까?"

류중룡이 미간을 찡그리며 윤경남의 말을 받았다.

"눈앞에 적을 두고 장수가 자리를 비운다는 것은 패퇴의 모습을 보이는 거나 다름없습니다. 돌발 상황 시 관군 통솔은 물론 병사들이 불안해할까 저어스럽습니다. 하여 며칠 더 상황을 본 뒤 순시에 나서는 것이 좋을 듯합니다."

잠시 침묵이 흘렀다.

엇갈린 의견들이 나오자 변혼이 말했다.

"류 참모의 우려를 모르는 바 아니나 《손자병법》에서 '어떤 상황에서든 정보활동은 필수다'라고 한 것은 비상시가 아니더라도 항상 적정을 정확하게 살피는 것이 승리의 기본 조건이라는 뜻입니다. 성 밖의 적은 지금 소규모로 움직이고 있습니다. 해서 많은 병력보다 기병과 보병 100명 정도 대동하면 어떻겠습니까?"

김면이 깊은 생각에 잠긴 듯한 문위에게 물었다.

"참모장 생각은 어떠시오?"

"예, 장군. 변혼 장군이 말한 첩보 활동이 그 무엇보다 중요하기는 하나 그것은 척후를 보내 알아봐도 충분할 듯합니다. 해서 제 생각은 대동하는 군사의 수보다 순시 자체를 잠시 미루는 것이 어떨까 합니다."

문위가 분분한 의견을 정리라도 하듯 쐐기를 박자 김면이 말했다.

"여러분의 우려를 충분히 이해합니다. 그러나 이번 순시는 의병과 관군의 사기를 진작시킴은 물론 방백과 수령들이 조서鳥鼠(새와 쥐)처럼 달아나 절망에 빠진 백성들을 위무慰撫하는 효과도 클 것입니다. 윤경남 장군의 의견대로 준비하시지요."

"장군의 생각이 꼭 그러하시다면…."

문위는 김면의 생각을 꺾을 수 없다고 판단하여 한발 물러섰다.

참모와 부장들의 의견이 엇갈렸지만, 순시는 진행하는 것으로 정리되었고 군사는 병사 150명과 비장裨將(무관) 40명으로 꾸렸다.

다음날 초유사 김성일은 김면이 순시에 나선다는 보고를 받고 편지를 보내

> "도대장이 많은 군사를 내어 진영을 비우면 개령 방어에 차질이 생기고 폐해를 끼치는 것이 심하니 국가에 전혀 도움이 되지 않는다"
> 라며 힐난했다.
> 또 일부에서는 도대장이 위세와 위력을 뽐내고 측근들이 자만하여 떠벌이는 것이 아닌지 의심하기도 했다.
>
> – 孤臺日錄(고대일록)

순시를 앞둔 김면은 군량 조달 방안에 골몰했다.

강우 일대에서 모은다 해도 불과 몇 섬에 지나지 않을 것이 명약관화하다.

"그렇지. 호남이다, 호남."

당시 호남은 왜군이 지난 7월 웅치와 이치를 한 차례 침범한 일이 있었으나 온전하게 보전돼 농사와 곡식 수확에 별문제가 없었다.

붓을 들었다.

"나라를 걱정하는 흰 머리털은 1천 줄기이고 적을 토벌할 단심은 한 말이나 됩니다. 한밤중에 쓸개를 맛보니 태산과 화산이 가슴에 버티어 있고 반년 동안 섶에 누워있으니 갑옷에 이가 생겼습니다. 하늘을 적과 함께 대할 수 없고 국가는 강을 건너 한쪽만 편안할 수 없습니다. 병을 치료하는 데 머리와 다리를 구분할 것이 없듯 나라를 구하는 데 어찌 동쪽과 서쪽을 가릴 것이 있겠습니까? 임금이 욕을 당하면 신하는 능히 죽어야 하는 것이니 의거義擧는 경영經營에 급해야 하고 입술이 망가지면 이가 시린 것입니다. 한 임금을 한 땅에서 어찌 피차 구분하겠습니까? 적을 앞에 두고도 양식이 모자라 걸을 수 없는 지경입니다…. 주공周公과 소공召公이 비록 지역은 나누어졌으나 한마음으로 주周나라를 보좌하기는 다름이 없었습니다…. 호남은 온전히 보존되어서 피폐한 본도本道와는 다릅니다. 상처를 입고 쇠잔한 군사가 원조를 빌고 배고프고 목말라서 피곤한 군사가 든든하게 배부른 군사에게 도움을 얻는다면 장차 사람마다 앞서 나가려는 용맹을 분발할 것이고 군사마다 목숨을 바치려는 충성을 품을 것이니 적벽赤壁의 까막까치가 남쪽으로 날아가고 곤양昆陽의 물소와 코끼리가 사방으로 흩어져서 남쪽 하늘의 요망한 기운이 깨끗이 사라지고 북궐北闕에 계신 요堯임금의 얼굴을 다시 보게 될 것입니다…. 해서 한 가지 부탁을 드립니다. 지금 호남의 상황이 어떠한지 정확히 알 수 없으나 군량 지원을 정중히 요청하니 부디 혜량 바랍니다."

전라 감사 권율에게 띄우는 편지였다.

권율은 전란이 일어나자 광주 목사에 임명되었다. 이후 6월 초 전라도 감사 이광의 근왕병과 함께 북진 중 용인에서 어처구니없는 참패를 당하고 광주로 물러나 있다가 이치에서 왜장 소조천륭경의 정예부대를 대파했다.

이 공으로 권율은 파직된 이광의 뒤를 이어 7월 전라 감사로 승진해 있었다.

김회를 불렀다.

"부르셨습니까? 형님."

"그렇다. 너는 내일 날이 밝는 대로 이 편지를 전라 감사에게 전하라."

"무슨 편지입니까?"

"군량 지원을 요청하는 것이니 정중하게 전하거라."

"예, 잘 알겠습니다."

다음날 아침 김면은 본대를 황응남 부장에게 맡기고 참모장 윤경남과 변혼 부장과 함께 출발했다.

행로는 삼가, 합천, 가조, 고령, 의령현 등으로 잡았다.

김면이 고령 선영 근처에 도착했을 때 아전衙前(지방 관청에서 행정을 담당하는 하급 관리) 차림을 한 자와 하얀 보따리를 얹은 지게를 진 10여 명이 다가와 고개를 숙이며 말했다.

"장군, 소인은 고령현의 아전이온데 이것은 장군께서 선영을 지난다는 소식을 듣고 현감께서 준비한 작은 제물祭物이니 받아주시길 바랍니다."

김면이 말했다.

"허허! 그 마음은 고마우나 받을 수 없다. 이 전란에 주상께서도 능침陵寢(왕릉)에 제사할 수 없는데, 신하 된 자로서 어찌 감히 공물을 받아 사사로이 내 조상에게 바칠 수 있겠는가? 그리고 현감은 지금 어디 계시냐?"

"예, 현감은 성주의 적정을 살피러 나갔습니다."

"알았다."

아전이 무슨 죄라도 지은 표정을 하며 "장군의 마음을 헤아리지 못해 송구합니다. 현감에게 장군의 말씀을 그대로 전하겠습니다"라며 제물을 들고 돌아섰다.

그 대신 김면은 선영에 글을 올렸다.

"섬 오랑캐가 침략하여 종묘사직이 폐허가 되고 임금께서는 서쪽으로 피난하셨습니다. 이때를 당하여 혼자 편히 있을 수 없어 향병을 모아 급한 것을 먼저 하고 급하지 않은 것은 뒤로 하나 구업舊業이 흔적도 없이 사라졌으며 충성과 효도를 온전히 하기가 어렵습니다. 제사도 지낼 수 없었으나 해를 넘겨서까지 고을을 지켰습니다. 지금 고향산천을 지나며 선영을 바라보고 절하오니 호천망극昊天罔極입니다."

병사들도 공과 사를 엄격히 구분하는 김면의 행동에 감동하며 고개를 숙였다.

의령을 향해 출발할 즈음 김면의 소식을 다시 접한 초유사가 금산군수를 통해 "이왕 시작한 순시라 어쩔 수 없지만, 적세가 너무 성하니 가히 너무 깊게 적진에 들어가지 말라"라는 말을 다시 전해왔다.

이에 김면은 "호랑이 굴에 들어가지 않고 어찌 호랑이 새끼를 얻을 수 있겠느냐?"라며 얼굴을 붉혔다.

도대장의 권위와 위엄을 내비친 것이다.

마침내 손잡은 영·호남 의병

호남도 우리 땅이고 영남도 우리 땅인데 어찌 원근을 말하랴

경상우도 일대 순시를 마치고 거창으로 돌아온 김면은 12월 6일 정인홍과 전라좌의병장 임계영, 전라우의병장 최경회와 성주성 3차 공격을 위해 한자리에 모였다.

김면이 먼저 말했다.

"어서 오시오, 최 장군. 엄동설한에도 원군 요청에 응해주셔서 정말 고맙소이다."

최경회가 4척이나 되는 장검을 내려놓으며 응답했다.

"두 분의 명성은 익히 들어 잘 알고 있습니다. 이번 경상도 출정은 지난번 진주성 전투 후 초유사와의 논의에 따른 것입니다. 김 장군, 먼저 도대장에 오르심을 경하드립니다. 제가 장군보다 연장이기는 하나 말씀을 편하게 해주십시오."

"고맙습니다. 부족한 제가 소임을 다해낼지 그저 저어스러울 뿐입니다. 최 장군과 임 장군께서 많이 도와주십시오. 그리고 지난번 진주성 전투에서 큰일을 해냈다고 들었습니다."

"가당치 않습니다. 저야 성 밖에서 소리를 지른 것밖에 없습니다. 성안 민관군의 처절한 사투가 없었다면 어찌 승리가 있었겠습니까? 입술이 없으면 이가 시리다고 했습니다. 호남도 우리 땅이고 영남도 우리 땅인데, 어찌 원근을 말하며 영남이 죽어가는 걸 가만히 앉아 보고만 있겠습니까. 도탄에 빠진 백성을 구하고 나라와 임금을 위한 일, 우리 호남 의병도 당연히 힘을 합쳐야지요. 그리고 공성에 필요한 승자총통 勝字銃筒(화약과 실탄을 장전하여 불을 붙여 발사하는 휴대용 화기) 30문과 질려탄(나무로 만든 둥근 통 속에 쇠 파편인 질려와 화약, 쑥을 넣은 뒤 심지를 꽂아놓고 불을 붙여 던지면 터지는 무기)을 가져왔으니 도움이 될 것입니다. 조금 있다가 승자총통의 위력을 한번 보여드리겠습니다."

최경회의 겸손함과 의기 서린 말에 김면과 정인홍도 고개를 끄덕였다.

잠시 뒤 최경회가 부하 장수를 불러 승자총통 시연 준비를 지시했다.

김면은 말로만 듣던 승자총통이라는 말에 놀라는 표정을 지으며 답했다.

"허허! 최 장군답습니다. 승자총통이 있다면 공성에 큰 힘이 되고도 남을 것입니다. 왜군의 상황은 들어서 잘 아시겠지만, 지금 성주성은 모리휘원의 수하 장수 계원강이 군사를 지휘하고 있습니다. 공격적인 성향을 가지고 있지만, 지원병과 식량이 거의 끊긴 상태라 굶주림에 허덕이며 전투력도 떨어져 있을 겁니다. 그러나 같은 시기, 같은 장소에서 같은 전법은 두 번 다시 통하지 않을 것입니다. 이번엔 계책과 병력을 총동원하여 끝을 보아야 할 것 같소. 병사들도 피로감이 쌓여 전투력이 떨어지고 있으니…. 그리고

> 성주 고을은 왜군 진격로의 요충지로서 참으로 성도成都의 검각劍閣(중국 삼국시대 장안에서 촉으로 가는 중요한 길목)과 다르지 않고 한 도都의 웅부雄府(웅장하게 큰 고을)로서 동오東吳의 수도 형주荊州와도 다를 바 없습니다. 곡식은 수년을 지탱할 수 있는 오창敖倉의 곡물 창고와 같고 병장기는 다른 고을에 비해 갑절이 되는 한韓나라의 굳센 노弩보다 많습니다. … 성주를 지키면 국가의 회복을 꾀할 수 있으나 이곳을 잃으면 국가의 대사를 그르칠 수 있어 우리가 반드시 차지해야

할 곳입니다."

– 성주신문(성산가야문화의 복원과 활용 방안)

최경회가 결기 찬 어조로 말했다.

"도대장의 말씀을 들으니 성주는 전략적인 측면에서 그 어느 곳보다 중요한데, 공성이 시작되면 적도 결사적으로 나오겠지요. 이곳에 뼈를 묻겠다는 작정으로 앞장서겠습니다."

이에 정인홍이 실타래 같은 턱수염을 쓰다듬으며 답했다.

"좋습니다. 최 장군이 적을 치는 데 피차가 따로 없다고 하니 이는 듣는 이들을 감동케 하고도 남음이 있으며 강토가 회복되려는 징조임에 분명합니다. 이번엔 반드시 승전고를 울리도록 우리 모두 천지신명께라도 빌어야겠습니다."

최경회崔慶會(1532~1593)는 전남 화순 출신으로 대학자 기대승 문하에서 공부하며 서른여섯 살에 문과에 급제한 후 사헌부 감찰, 형조좌랑, 담양 부사 등을 역임하고 고향인 화순에 거주하다 이순耳順의 나이에 지난 7월 26일 광주에서 거병했다.

이때 최경회는 선비先妣(돌아가신 어머니)의 3년 시묘살이 중이었는데, 의병장 고경명이 7월 10일 금산성 전투에서 순절하자 적잖은 충격을 받고는 "진실로 귀한 것은 스스로 본분을 지키는 일이다. 이제 부모님이 다 돌아가셨으니 내 한 몸 나라에 바쳐 백성 된 도리를 다할 것이다"라며 상복을 군복으로 갈아입었다.

후덕한 성품의 최경회는 고경명 전사 후 와해 직전의 2천여 의병을 수습하여 무주, 진안, 장수, 금산을 왕래하며 유격전으로 왜군을 격파하고 "영남을 보전치 않으면 호남도 없다"라며 10월 6일 함양에 당도하여 진주성 외곽 단성과 살천창에서 왜군을 압박해 진주성 1차 전투 승리에 큰 역할을 했다.

이후 최경회는 김면이 진중에서 순절하자 경상우도 병마절도사에 임명되어 왜군 토멸을 지휘하다 진주성 2차 전투에서 최후까지 싸우다 남강에 몸을 던져 순절했다.

"장군, 승자총통 화력 시연이 준비됐답니다."

"그래, 알았다."

"그럼 최 장군, 나가서 승자총통의 위력을 한번 볼까요?"

막사 밖에는 장졸들이 도열해 있었다.

최경회가 말했다.

"장군, 승자총통은 구리와 주석, 납을 합금하여 만드는데 총신 길이가 2척으로 무게는 조총보다 조금 무겁고 명중률은 조총보다 떨어집니다. 하지만 사거리는 600보 정도로 조총보다 길고 유효 살상 거리는 조총의 두 배인 150보 정도 됩니다. 움직이는 물체는 맞히기 어려운 단점이 있으나 공성전이나 속도가 느린 전함 공격엔 효과가 큽니다."

시연을 준비하는 병사가 먼저 약실에 화약을 채우고 진흙을 다져 넣었다. 그다음엔 철환을 넣고 철환이 흘러나오지 않게 다시 진흙으로 총구를 막았다.

최경회가 다시 말했다.

"이제 심지에 불만 붙이면 됩니다. 탄환은 철환이나 납환을 사용하는데, 총구 하나에 열다섯 개 정도 들어갑니다."

처음부터 신기한 표정으로 지켜보던 김면과 정인홍이 동시에 말했다.

"한 번의 발사에 탄환 열다섯 개가 동시에 산개해 날아간다는 말이군요?"

"그렇습니다. 파괴력이 뛰어나지요. 점화하라!"

병사가 약실에 심지를 끼우고 불을 붙였다.

뿌지직!

총구는 전방의 목표물을 겨눴다.

잠시 뒤 심지가 다 타들어가자 쾅! 하는 굉음과 함께 총구에서 화염이 쏟아져 나왔다.

날아가는 탄환이 잠깐 보이더니 전방에 하얀 흙먼지가 일었다.

탄환이 떨어진 곳엔 항아리 크기의 구멍이 생겼다.

"위력이 실로 대단합니다."

"승자총통이라는 이름처럼 이것만 있으면 어떤 무기 앞에서도 이긴다는 것이 아니겠습니까? 오래전 니탕개의 난 때 효과가 입증되었습니다."

정인홍이 말했다.

"발사에 시간이 조금 걸리는 게 단점이긴 하지만, 움직이는 적이라도 밀집 진형에서는 누가 맞아도 맞지 않겠습니까? 최 장군, 이번엔 반드시 승전고를 울리도록 합시다."

"꼭 그렇게 될 것입니다, 장군."

* * *

12월 7일 오시(12시) 김면의 군막.

"장군, 이걸 보십시오."

"무엇이냐?"

"척후가 가져온 것입니다."

화살에 묶인 종이 뭉치였다. 종이를 펼쳐보니 급하게 쓴 것으로 보이는 글씨가 적혀 있었다.

"장군, 저는 성주성에 포로로 잡혀 있는 관인官人 황언黃彦이라고 합니다. 며칠 전 의병의 활에 맞은 왜군이 6명인데. 그중 6명이 즉사했습니다. 그리고 왜장이 서문으로 정찰을 나갔다가 말에서 떨어져 손목이 부러지는 등 크게 다쳐 왜병들의 사기도 급격히 저하되어 성을 빠져나갈 기회를 찾고 있는 것 같습니다. 상황을 봐서 공격하면 제가 성안에서 호응하겠습니다."

편지를 다 읽은 김면이 말했다.

"이는 적을 쳐부술 절호의 기회다."

김면과 정인홍에게 성안 사정을 이야기하고 총공격을 위해 성을 에워쌌다.

매서운 추위와 함께 진눈깨비가 내렸다.

성 위에는 왜군이 꽂아놓은 붉은 깃발이 바람을 따라 움직였다.

전란 후 처음으로 맞는 겨울.

병사들은 홑바지를 두 겹, 세 겹 겹쳐 입었으나 파고드는 찬 기운이 뼛속까지 얼렸다.

활과 창을 잡은 손이 얼어 움직임이 진창에 빠진 소처럼 느렸다.

하지만 왜군 토멸에 대한 전의는 식지 않았다.

뿌우웅 부우웅!

나팔 소리를 신호로 공성이 시작되었다.

의병들의 공격에 왜군이 조총과 화살 쏘아댔으나 진눈깨비에 조총의 점화 시간이 느려졌고, 시위를 떠난 화살은 바람에 흔들리며 명중률이 떨어졌다.

방패를 앞세운 의병들이 성 앞까지 진격했다.

쾅 콰광 쾅!

승자총통이 굉음을 내며 성벽을 때리고 성안으로 날아갔다.

성 안팎에서 돌조각이 튀고 하얀 먼지가 날았다.

질려탄과 쇠뇌(노弩라고도 하는데, 나무로 만든 활 틀 위에 활을 얹고 손이나 기계를 이용하여 활시위를 당긴 후 방아쇠로 발사하는 무기)를 퍼붓는 의병들의 파상 공격에도 왜군은 쉽게 무너지지 않았다.

공성의 어려움을 다시 한번 실감했다.

승산이 없자 의병들은 조총 사거리 밖으로 물러났다.

"왜강도들아! 네놈들의 운은 여기까지다. 쥐새끼처럼 숨어 있지 말고 이리 나와 대가리를 내놓아라. 살점을 한 점 한 점 도려내 의병들의 영전에 바쳐 한을 풀 것이다."

병사들이 손짓, 발짓을 섞은 온갖 욕질을 해대며 부아를 돋우었으나 왜군은 별다른 반응 없이 급한 성미를 용케도 잘 참아내고 있었다.

왜군을 성 밖으로 끌어내 기병으로 짓밟으려는 작전에 차질이 생겼다.

병사들은 점차 지쳐갔다.

진눈깨비가 그치자 이번엔 짙은 안개가 바람에 밀려와 시야를 흐리게 했다.

한편 북쪽 성문을 맡은 임계영은 병력 500명으로 나아감과 물러섬을 반복했다.

임계영이 병사들에게 말했다.

"농성은 지원군을 기대하고 하는 것인데, 지원군이 오지 않으면 굶어 죽게 되니 저놈들은 반드시 성문을 열고 나올 것이다. 조금만 더 기다려보자."

일각이나 지났을까. 임계영의 유인 작전을 전혀 눈치채지 못한 왜군이 성문을 열고 쏟아져 나왔다.

드디어 적을 성 밖 들판으로 끌어내는 데 성공했다.

임계영이 소리쳤다.

"모두 조총 사거리 밖으로 물러나라."

빠르지도 느리지도 않게 적당한 거리를 두고 응대하며 후퇴했다.

왜군은 의병들이 조총의 위력에 밀려 도망가는 줄 알고 5리 가까이나 추격해왔다.

성과의 거리가 점점 더 멀어졌다.

성은 안개에 가려 가물가물했다.

임계영이 말머리를 돌렸다.

"이 정도 꾀어냈으면 됐다. 전군, 반격하라."

둥 둥 둥!

북소리와 함께 일부러 쫓기던 의병들이 일제히 돌아서 활시위를 당겼다.

의병들의 갑작스러운 반격에 왜군들은 하나둘 쓰러지며 사상자가 늘어났다.

피이이잉!

의병 진영에서 세 발의 효시가 날아올랐다.

임계영의 좌우 측에 매복하고 있던 성주 목사 제말諸沫(1552~1593)과 고령 현감 곽천성郭天成(생몰연대 미상)에게 왜군의 후방을 차단하라는 약속된 신호였다.

뒤늦게 의병의 기만 작전임을 알아차린 왜군이 후퇴하기 시작했다.

어쩌면 독 안의 쥐 신세가 돼 전멸을 당할 수 있기 때문이다.

그런데 왜군의 퇴각은 막힘이 없었다.

이때쯤이면 관군이 왜군 퇴로를 막았어야 할 시각이었다.

"어찌 된 일이지? 제말 목사와 곽천성 현감이 왜군의 후방을 차단하고 북문을 장악하고도 남을 시간인데?"

임계영은 뭔가 크게 잘못되었음을 직감했다.

하지만 공격을 멈출 수 없었다. 군사들을 다그쳤다.

둥 두둥 둥둥!

전고가 휘몰이장단처럼 빨라졌다.

"멈추지 말고 추격하라. 한 놈도 남김없이 도륙하라."

들판에서 쫓기며 성문 앞에 몰린 왜군은 서로 뒤엉켜 풀잎 눕듯 엎어졌다.

먼저 입성한 왜군이 전멸을 피하려 아군이 모두 들어오기도 전에 성문을 닫아버린 것이다.

왜군의 등 뒤로 화살이 날아오고 창검은 어지러웠다.

의병들의 일방적인 살육이었다.

왜군의 머리가 나뒹굴고 시체가 언덕을 이루었다.

성을 수복하지는 못했지만, 전라좌의병 단독으로 일군 큰 승리였다.

한편 관군을 이끌던 제말과 곽천성은 죽음을 두려워했음인지 진격하지 않았다.

왜군을 일망타진하고 입성할 기회를 놓치고 만 것이다.

이를 안 정인홍이 두 사람을 불렀다.

"임 장군이 적을 성 밖으로 끌어낸 것은 성을 수복할 절호의 기회였는데, 왜 나아가지 않고 머뭇거렸소?"

제말이 말했다.

"효시의 울림을 듣지 못 했습니다."

격분한 임계영이 목소리를 높였다.

"무슨 말이요? 귀가 열렸다면 효시 소리를 들었을 것이고 눈을 감지 않았다면 효시를 봤을 것 아니오? 설령 듣지도 보지도 못했다면 척후병이라도 내보냈어야 하지 않았소? 우리가 호남에서 이곳까지 와서 피를 흘리는 의미를 경상도 관군은 정녕 모른다는 것이오?"

곽천성도 무슨 변명을 하려고 입술을 움직이더니 이내 입을 다물고 고개를 숙였다.

임계영의 말에 아무런 변명도 할 수 없었다.

정인홍 본인도 그 책임을 피할 수 없는지라 짐짓 험악한 표정을 지으며 말했다.

"장수로서 스스로 책임을 등한시하여 아군에게 피해를 주고 사기를 떨어뜨린 것은 이유를 불문하고 참형으로 다스려야겠으나 이번만큼은 곤장으로 대신하겠소. 끌고 나가 영을 시행하라."

병사들이 두 사람을 끌고 나가 곤장을 쳤다.

제말은 본관이 칠원漆原으로 고성에서 서자庶子로 태어나 무과에 급제했다. 전란이 발발하자 의병을 모아 웅천, 김해, 무계 등 여러 전투에서 전과를 올렸다.

> "제말은 적을 우레처럼 깨뜨리고 바람처럼 떨쳐서 사나운 새가 순간을 포착하듯, 민첩하고 맹수가 날쌔게 덮치듯 하여 비장군飛將軍으로 불리며" 성주 목사에 임명되었는데, 당시 지역사회에서는 다소 충격적인 인사로 말들이 많았다.
>
> – 燃藜室記述(연려실기술)

하지만 김성일은 제말이 공을 세울 때마다 조정에 장계를 올려 칭찬하는 것을 마다하지 않았다.

이듬해 성주성에 주둔한 왜군이 퇴각하자 "제말은 미천한 신분에 과도한 군공軍功이다"라는 비판이 끊이지 않자 넉 달 만에 목사직을 물러나고 말았다.

개인의 능력보다 출신 성분을 앞세우는 일부 위정자들의 강압에 항변할 힘과 방도가 없었던 것이다.

임계영 장군의 대승을 들은 김면이 말을 몰아왔다.

"임 장군, 정말 놀라운 성과입니다. 제말과 곽천성의 협공이 이루어지지 않은 것에 화가 많이 나겠지만, 이번은 이 정도로 해두시지요. 제가 대신 사과하겠소."

임계영이 답했다.

"관군에게 배신을 당한 느낌 지울 수 없지만, 장군의 사과도 있고 하니 이번 한 번은 넘어가겠습니다."

"고맙소, 임 장군."

* * *

청승스럽게 찌푸린 날씨에 세찬 바람이 일고 어둠은 더 빨리 내리는 것 같았다.

김면과 정인홍은 더 이상의 공격이 무리라고 판단하여 병사들을 변암弁巖으로 물렸다.

다음날 먼동이 틀 무렵, 척후병으로부터 첩보가 들어왔다.

"장군, 개령에 주둔하고 있는 모리휘원이 성주성으로 출정 채비를 하고 있습니다."

김면이 참모들을 불렀다.

"개령의 모리휘원이 협공을 준비하고 있는 듯한데, 어떻게 하면 좋겠소?"

문위가 말했다.

"병서에 이르기를 전투는 속전속결! 새삼 더 설명할 것도 없습니다. 상황에 따라 다르기는 하겠지만, 교묘한 작전은 작은 것을 취할 수는 있으나 장기전을 불러 병사들을 지치게 해서 원하는 만큼의 승리는 요원하다고 했습니다. 해서 기동성을 살려 치고 빠지는 작전을 펼쳐야 합니다."

김면이 말했다.

"탁월한 생각입니다. 다른 의견은 없으신지요?"

곽준 등 다른 참모들도 "문 참모장의 계책대로 하시지요. 이견 없습니다"라며 한목소리로 답했다.

"그럼 누가 모리휘원의 진격을 막겠소?"

"장군, 제가 가겠습니다."

"아닙니다. 저를 보내주십시오."

장윤 장군과 선봉장 변혼이 서로 다투듯 나섰다.

김면이 환한 표정을 지으며 말했다.

"자칫 죽음의 길이 될 수도 있는데, 두 장수가 서로 가겠다고 하니 고맙소. 그렇다면 이거 제비뽑기라도 해야 하나?"

장윤이 의기양양하게 말했다.

"변 장군이나 저나 모두 목숨을 걸고 나온 마당에 굳이 따지고 견주어본들 무슨 득이 있겠습니까마는 이번엔 제게 양보하시지요. 적을 한 놈도 남김없이 짓밟고 오겠소."

장윤의 용맹스러움에 변혼이 답했다.

"좋습니다. 장 부장의 기개가 하늘을 치솟고도 남으니 이번 한 번은 제가 양보하지요. 다음에는 반드시 제 차례입니다"라고 못을 박고는 유쾌하게 물러났다.

모두가 손뼉을 치며 두 장수를 연호했다.

김면이 장 부장을 따로 불렀다.

"장 부장, 이번 전투에 우리의 명운이 걸려 있다고 해도 과장이 아니네. 지금 모리휘원이 들이닥치면 앞뒤의 적과 싸워야 하니 크게 불리할 것이야. 해서 반드시 적을 쳐부수고 모두 살아서 돌아오길 바라네."

"복명! 장군의 영을 따르면 항상 이긴다는 것을 병사들이 저보다 더 잘 알고 있습니다."

"허허! 그런가? 믿고 따라주니 고맙네."

사실 그랬다. 병사들이 김면을 따르는 것은 단순한 존경심만이 아니었다.

전장에서 죽음보다 살길을 열어준다는 깊은 믿음을 가지고 있었다.

아침부터 안개비가 하얗게 내렸다.

장윤이 척후를 먼저 파견하고 반 시진 뒤 출발했다.

이때 왜군은 성주성을 향해 부대를 움직이기 시작했다.

척후병이 달려와 보고했다.

"장군, 왜군이 지금 이곳으로 출발했습니다. 반 시진 전에 도착할 것 같습니다. 그리고 왜군 대열 후미에 조선 백성들도 많이 있습니다."

"조선 백성까지? 지금 즉시 전투 준비를 하고 백성들은 다치지 않게 하라."

병사들이 사전 연습이라도 한 듯 빈틈없이 움직였다.

장윤은 신속하게 쇠못을 박은 널빤지를 왜군이 지나올 길목에 묻고 군사를 좌우로 나누어 매복시켰다.

실로 병략가兵略家다운 전략이었다.

왜군 기마병이 시야에 들어왔다.

매복지점 중간에 접근하자 장윤의 기수가 붉은 깃발을 올렸다.

총공격 신호였다.

선두에 선 왜군의 말이 비명을 지르며 잇따라 꼬꾸라졌다.

끝이 뾰족한 마름쇠를 줄에 묶어 위장해놓은 철질려를 밟은 것이다.

뒤이어 조준하고 기다리던 화살이 쏟아졌다.

왜군은 전열이 무너지며 우왕좌왕하기 시작했다.

둥 둥 둥!

이번엔 전고가 울렸다.

기병이 바람같이 말을 몰아 돌진했다.

왜군들이 반사적으로 기병에게 달려들었지만, 마상에서 휘두르는 창칼을 피할 수 없었다.

적진이 둘로 쪼개졌다.

이때를 놓치지 않고 창검으로 무장한 보병이 진격하며 백병전이 시작되었다.

왜군은 조총병이 뒤로 빠지고 창병이 나섰다.

비명과 병장기 부딪치는 소리가 폐부까지 찌를 듯 날카로웠다.

시간이 흐를수록 왜군이 밀리며 사상자가 늘어났다.

적진에서 성 쪽으로 퇴각하라는 깃발이 오르고 나팔 소리가 이어졌다.

후퇴하는 왜군의 등짝에 기병이 쏜 화살이 고슴도치처럼 박혔다.

많은 사상자를 남기고 성안으로 들어가 분풀이라도 하듯 조총을 쏘아댔지만, 허공만 가를 뿐이었다.

두 시간이 조금 넘는 전투에서 왜군 200여 명이 목숨을 잃었다.

의병은 30여 명이 전사했지만, 포로로 잡혀 끌려가던 백성 400명을 구출하는 등 왜군의 간담을 서늘케 하는 전과를 올렸다.

의병 본진에서도 성 밖으로 나온 왜장 무라카미에게 또 큰 부상을 입히는 등 200여 명을 사살했다.

왜군의 시신이 들판을 덮었다.

이로써 모리휘원의 협공 계획은 물거품이 되고 말았다.

장윤을 맞은 김면이 호탕하게 웃으며 말했다.

"역시 장윤 부장이오."

"아닙니다. 죽음을 두려워하지 않은 병사들의 공입니다."

장윤의 겸손함에 장병들 모두가 "장윤 장군 만세!" 하며

환호가 그칠 줄 몰랐다.

장윤은 이 전투의 공으로 사천 현감에 제수됐으나 그가 세운 전공에 비해 부족함이 없지 않았다.

수속관 박성이 김면을 찾았다.

"장군, 식량이 부족합니다. 지금 상태라면 열흘을 넘기기 어렵습니다. 며칠 전부터 세끼 중 한 끼는 죽을 쑤어 배식하고 있지만, 한계가 있습니다. 이 추위에 배고픔보다 더 무서운 적이 있겠습니까? 어젯밤에도 여러 명이 얼어 죽었습니다."

김면이 어두운 표정을 지으며 말했다.

"잘 알겠네. 그리고 장윤 장군이 적진에서 구출한 백성 중 몸이 성한 장정들은 군사로 편입시키고, 나머지는 거창으로 보내 삶을 찾도록 하게. 공명孔明이 남만 왕 맹획을 잡으려 불모지로 들어가 갖은 고초를 겪었다지만, 겨울 산야에서의 혹독한 추위와 굶주림만큼 어렵기야 했을까? … 이 대치 상태가 얼마나 갈지 장담하기 어려운 상황이니 급한 대로 초유사에게 편지를 보내 지원을 요청해보겠네. 하니 단 며칠만이라도 어떻게 해보세. 그리고 병사들에게는 체력 소모를 줄이도록 하게. 지금 더 급한 것은 왜군일 것이야. 여러 정보에 의하면 조총 탄약과 식량이 거의 바닥을 보이고 식수도 부족해 조만간 성문을 열고 탈출을 감

행할 것이라 생각하네."

당시 종군승 게이넨이 쓴 일기를 보면 "성안의 왜군도 굶주림과 수토병水土病으로 잇따라 쓰러져 죽음의 공포가 만연했고 얇은 입성으로 추위를 버티는 것은 형언할 수 없는 고통이었다"라고 적었다.

한편 왜군은 부상을 입은 무라카미가 두문불출 누워만 있어 사기마저 뚝 떨어져 있었다.

전장에선 영원한 강자도 영원한 약자도 없다.

상황에 따라 강약이 뒤바뀔 수 있기 때문이다.

굶주리고도 강함은 없는 것이다.

문위가 급히 군막에 뛰어들었다.

"장군, 밖에 나가 보셔야겠습니다."

"무슨 일인데 그러시오."

"저기에."

늦가을 지푸라기 같은 머리칼에 앙상한 얼굴을 한 유민流民 수십 명이 오고 있었다.

어른과 아이 할 것 없이 짚신은 닳아 구멍이 숭숭 나 있고 손발 곳곳엔 피딱지가 엉켜 있었다.

죽음보다 더 고통스러운 세상.

지독한 기근에 아이들도 태어나지 않았다.

설령 태어난다 해도 무시로 죽었고 굶주린 아이들은 노비로 팔려갔다.

"장군, 이 천한 것들을 불쌍히 여겨 한 번만 살려주이소! 살려주이소!"

유민들은 가슴이 찢어질 듯이 울부짖었다.

"이를 어찌하나? 문위 장군, 일단 유민들을 거두세. 이곳에서 굶어 죽게 내버려둘 수는 없는 일이 아니겠소."

"그렇기는 하지만…. 군량이 절대적으로 부족합니다."

김면이 조심스러운 표정을 지으며 말했다.

"참모장, 대인대의大仁大義의 세상을 위해 일어선 우리가 아닌가? 푸성귀 한 끼라도 먹여 거창으로 돌려보내도록 하세."

사실 김면이 지금 이 정도의 군세를 유지하고 백성들의 존경을 받는 것은 인의仁義를 실천했기 때문이다.

"알겠습니다, 장군."

문위는 "백성이 가장 귀하고 사직은 그다음이며 임금은 가장 가벼운 존재다"라는 맹자의 말을 되뇌며 유민들을 인솔해갔다.

하지만 굶주림 앞에선 나라의 근본인 백성을 보살핀다는 것도 행동보다 말이 앞서는 것은 어쩔 수 없었다.

* * *

"박성 수속관, 조군 김회를 좀 불러오시오."

"무슨 일이신지?"

"내 전할 말이 있어서 그러니…."

"예, 알겠습니다."

잠시 뒤 김회가 군막으로 들어왔다.

"회야, 이 편지를 의병과 관군 순시 차 진주에 있는 초유사에게 전하고 오너라."

"지금 말입니까?"

"그렇다. 한시가 급하니 지금 출발하거라."

"예, 장군."

서신 내용은 이랬다.

連三日伏奉辱復 指揮之意 皆合事宜 益服爲國盡誠之義 無以爲謝 强賊未易爲滅 湖兵亦難爲倚 誠如令教 區區妄料 已陳於前狀 今不復縷縷 湖南諸軍 皆爲盡往星州云 會同之期 恐未及來 而尙州亦許來援

深恐彼此日期相違不得擧事也 如果擧事 則敢不如令教十分愼重耶 晉山炮手 亦如教督送至仰 火藥乏絶 幷迎優下 皆在前狀所陣 伏惟令鑑 謹拜上答狀

"사흘 동안 연이어 보내주신 답장은 모두 사의事宜에 합당하니 나라를 위하여 충정을 다하는 의리에 더욱 감복하여 사례할 길이 없습니다.
강포한 왜군은 섬멸하기가 쉽지 않고 호남의 병사 또한 의지하기 어려움은 진실로 영감께서 하신 말씀과 같습니다.
구구한 저의 생각은 지난번 보낸 편지에서 이야기했으니 지금 다시 길게 말씀드리지 않겠습니다.
호남의 군사들이 성주로 간다고 하는데 회동할 기일에 오지 못할까 염려스럽고, 상주 또한 원조를 허락했으나 약속 날짜가 어긋나서 거사를 도모하지 못할까 두렵습니다.
거사가 계획대로 이루어진다면 영감의 말처럼 십분 신중하지 않겠습니까.
군량과 화약이 매우 부족하니 최대한 빨리 넉넉히 보내주시길 바랍니다."

– 松庵先生實錄(송암선생실록)

다음날 진주 관아.

"초유사 영감, 거창 김면 장군의 조군이라는 김회가 뵙기를 청합니다."

"김면의 조군이?"

"예."

잠시 뒤 김성일의 처소에 들어온 김회가 예를 갖춰 말했다.

"초유사 영감, 김면 장군의 서신입니다."

"그런가? 어디 보세."

서신을 읽어본 김성일이 종사관과 초모관 역할을 겸하고 있는 이로에게 말했다.

"종사관, 성주성 공격을 준비하고 있는 김면 부대가 군량이 절대적으로 부족하다 하니 지금 즉시 의령과 함안 고을로 가서 곡식을 징발하여 보내주고 호남에도 지원을 요청하라. 만약 최전선의 김면 부대가 무너지면 호남의 안위도 장담할 수 없다고 하여라."

이로가 초유사의 지시를 받고 급히 떠났다.

이로李魯(1544~1598)는 본관이 고성이며 의령 출신으로 임란 전 1590년 대과에 급제한 뒤 직장(종7품) 벼슬에 임명되었다. 대과에 급제하면 보통 종5품 관직이 제수되었으나 무슨 연유인지 이로는 낮은 품계를 받았다.

이로는 관직 생활 중 전란이 일어나자 곧바로 귀향하여 김성일의 종사관으로 활동하며 열다섯 달 동안의 전쟁 상황을 기록한 용사일기를 남겼다.

열흘 뒤 이로가 백방으로 뛰어 함양 등지에서 징수한 쌀 100여 석과 화전·염초 등을 김면 진영에 보내기로 했으나 호남에선 하나같이 군량 지원을 꺼린다는 편지를 보냈다.

편지를 받은 초유사가 여느 때와 달리 벌컥 화를 냈다. "어찌 이럴 수가 있단 말인가? … 호남이 지금까지 왜군의 침략을 당하지 않고 온전한 이유를 그들은 정녕 모른다는 것인가? 그리고 호남의 곡식이 어디 자기 집 물건인가?"라며 탄식했다.

김면 역시 한 달 전에 소모관 정경운鄭慶雲(1556~?)을 전라 감사에게 보내 군량 지원을 요청했으나 어렵다는 소식을 듣고 "전란이라는 한 배를 탄 조선 백성들, 너와 내가 따로 없거늘 어찌 한 곳에서는 그 누구를 위하여 곡식을 쌓아놓고 있단 말인가?"라며 격앙했다.

초유사가 다시 도체찰사인 정철에게 병력 지원을 요청해 운봉과 구례에서 관군 5천 명을 모아 김면 부대에 합류시켰다.

이로써 화순에서 기병한 최경회·임계영 의병과 함께 총 병력이 2만 명으로 늘어 왜군과 비슷해졌다.

* * *

겨울 중 작은 추위인 소한小寒이 지난 12월 14일 아침.

밤새 고사목의 삭정이를 부러뜨리던 삭풍도 먼동이 트면서 조금 누그러졌다.

김면은 다시 성주성을 포위하고 대대적 공격에 나섰다.

돌격장 정용의 군사들이 공성을 위해 수십 개의 운제를 성벽에 걸치고 기어오르기 시작했다.

다른 쪽에선 충차衝車가 성문을 향해 돌진했다.

충차가 성문에 두세 번 충돌하자 성문 한쪽 일부가 깨져나갔다.

그러나 왜군의 저항이 만만찮았다.

의병들의 진입을 쉽게 허락하지 않았다.

왜군은 성 위에서 조총과 활을 쏘고 펄펄 끓는 물과 불을 붙인 짚단 뭉치를 굴러 내렸다. 화염과 검은 연기가 하늘로 치솟았다.

의병 본진에서 성 위로 화살을 빛처럼 쏟아부었지만, 상황은 의병들에게 불리하게 돌아갔다.

"으아악!"

무당벌레가 나뭇가지를 타고 오르다 작은 흔들림에도 떨어지듯이 성벽을 오르던 병사들은 열에 아홉이 떨어지며 비명을 질렀다.

몸뚱이는 마른 장작이 되어 불탔고 열기에 벗겨진 얼굴을 감싸고 뒹굴었다.

성문을 공격하던 충차도 화염에 휩싸였다.

잠시 뒤 왜군은 전세의 유리함을 판단했는지 성문을 열고 밀물처럼 쏟아져나왔다.

하지만 왜군은 자욱한 연기에 방향 감각을 잃고 우왕좌왕했다.

"화살을 집중하라."

의병 쪽에서 고함이 터지며 전고가 울렸다.

성을 먼저 나온 왜군이 비명과 함께 잇달아 꼬꾸라졌다.

순간 말발굽 소리가 요란했다.

수십 기의 왜군 기병이 엎어진 왜군을 짓밟으며 성 왼쪽으로 말머리를 돌렸다.

탈출구를 찾으려는 듯했다.

둥둥 두둥둥!

의병 본진에서 북소리와 함께 붉은 깃발이 올랐다.

이를 신호로 보병들은 뒤로 빠지고 변혼이 이끄는 기병이 적진으로 내달렸다.

왜군 기병이 좌우로 갈라지며 틈이 생겼다.

마상 백병전이다.

양측의 엇비슷한 숫자에 우열을 분간하기 어려웠다.

"모조리 도륙하라."

변혼의 외침은 바로 힘이 되었고, 시퍼런 비수가 되었다.

일대 혼전 속 왜군이 하나둘씩 쓰러지는 사이 의병들이 화살을 퍼부었다.

불리했던 전세가 의병 쪽으로 기울기 시작했다.

뿌우우 삐이이!

성 위에서 후퇴를 알리는 뿔피리가 울렸다.

왜군이 성문 쪽으로 말머리를 돌렸다.

수 시간의 전투가 막을 내리고 있었다.

양측 모두 수백 명의 사상자를 냈다.

이긴 자도 진 자도 없었다.

널브러진 주검과 피비린내가 정신을 혼미하게 했다.

살아있음이 죽음보다 못했다.

성 밖 벌판 장막에 어둠이 내리며 살을 에는 추위가 몰려왔다.

군막에 우등불을 피웠지만, 한기寒氣를 몰아내기에는 역부족이었다.

얼음 같은 주먹밥과 비린내 나는 콩 한 줌으로 허기를 달래며 밤을 보냈다.

다음날 동이 틀 시각.

경계병이 김면의 군막에 뛰어들었다.

"장군, 왜군들이 성 밖으로 나왔습니다."

"뭣이라? 지금 즉시 전군 전투 준비 나팔을 불어라."

"예, 장군."

부우우웅 부웅!

성 밖으로 나온 왜군은 30명 정도였다. 병장기도 휴대하지 않았다.

"저놈들이 뭘 하러 나온 거지?"

"싸우려고 나온 것 같지는 않은데요."

잠시 뒤 왜군들이 땅바닥의 시신을 줄에 묶어 질질 끌고 들어갔다.

성안에선 검은 연기가 피어올랐다.

시신을 화장하는 것 같았다.

김면이 말했다.

"저 흉악한 놈들도 인간의 도리를 하려는 것인가? 우리도 경계병을 배치하고 시신을 수습하라."

병사들이 들것을 들고 나갔다.

시신이 땅에 얼어붙어 창을 지렛대 삼아 들어올려야 했다.

산 자의 몫이고 고통이었다.

반 시진 정도 지나 시신을 모두 거뒀다.

성 위의 왜군 경계병은 성 밖을 우두커니 쳐다보기만 했다.

의병들이 지쳐 물러나기를 기다리는 것 같았다.

공방 없는 지루한 시간이 이어졌다.

유시(오후 5시)가 되자 찬바람이 조금 잦아드는가 싶더니 하늘이 흐려지며 굵은눈발이 날렸다.

날씨와 눈발로 보아 쉬이 그칠 것 같지 않았다.

의병 측은 경계병만 세우고 모두 군막으로 들어갔다.

이렇게 눈이 쏟아지거나 비가 퍼붓는 날은 전장의 시간도 멈췄다.

밤새 내린 눈은 발목을 넘어 무릎까지 쌓였다.

날이 밝자 일부 병사들이 인근 산으로 토끼몰이와 날짐승 사냥을 나갔다.

징과 꽹과리를 치며 산과 들을 뛰고 활을 쏘는 이 모두 하나의 전투나 마찬가지였다.

1월 11일 저녁 무렵, 조군으로 나가 있던 김회가 돌아왔다.

"장군, 근왕병으로 간다는 소문이 있는데, 혹시 알고 계십니까?"

"금시초문今始初聞인데, 전장에 있는 내가 어떻게 알겠느냐? 그 이야기는 어디서 들은 것이냐?"

"예, 함안에서 오는 길에 들었습니다."

"소문이 사실이라면 조정에서 전갈이 있을 것이니 좀 더 기다려보자."

김면에게 '근왕'이라는 소문은 진위를 떠나 큰 걱정거리가 되었다.

그날 밤을 하얗게 새웠다.

다음날 행재소에서 왔다는 호남의 관리 여응망呂應望이 며칠 내로 근왕 하라는 선조의 명을 직접 가져왔다.

소문은 사실이었다.

청천벽력!

장졸들 모두 깜짝 놀랐다.

조종도가 흥분하며 말했다.

"근왕병이면 장군 홀로 가시는 것도 아니고 많은 군사를 대동해야 하는데, 그렇게 되면 지금 거의 다 잡은 적을 놓아주는 꼴이 되지 않겠습니까? … 왕명이긴 하나 지금은 아니 될 말입니다."

조종도의 말을 듣고 있던 김면은 말이 없었다.

왕명을 따를 것인가? 왕명을 거역하고 백성을 지킬 것인가?

두 가지 생각을 하나로 매듭짓지 못하고 고민만 깊어갔다.

> 한편 도대장의 근왕 소식을 들은 영남 각처의 의병들과 원근의 백성이 "김면 대장이 떠나면 우리는 의지할 곳 없고 왜적을 소탕할 길 없으니 영남 일대는 장차 어찌할 것인가"라며 통곡하며 큰 소란이 일었다.
>
> – 茅谿先生日記(모계선생일기)

이 소식을 접한 김성일이 한걸음에 김면을 찾아왔다.

"조정의 신료들은 도대체 이곳 상황을 제대로 알기나 하고 근왕을 말한단 말인가?"

김성일이 탁자를 내리치며 평소 그답지 않게 목소리를 높였다.

김면은 지난번에도 전투 지휘 중 합천 군수에 제수돼 부임을 철회시킨 일이 있었는데, 또 도대장에 임명되고 근왕을 명받았으니 실로 난감할 뿐이었다.

김면이 말했다.

"영감, 고정하시지요. 상감이나 대신들이 무슨 생각이 있어서 결정한 일이 아니겠습니까?"

"무슨 생각이라뇨? 지금 도대장이 근왕을 위해 이곳을 비운다면 지금까지 어렵게 만들어놓은 의병과 관군의 협력 체계를 누가 이끌 것이며, 또 저 흉적들을 치는 데 큰 차질이 생길 것이 명약관화明若觀火한 일이 아니오?"

"해서 제가 근왕을 철회해달라고 장계를 올릴 수는 있겠으나 이는 어쩌면 불충이라 영감께서 지난번처럼 이곳 상황을 알려 상감이 명을 거두시도록 청원하심이 어떻겠습니까?"

"당연히 그래야겠지요, 허나…"

"영감, 무슨 걱정이라도."

"걱정이 아니라 상감이나 대신들이 백성보다 자신의 안위를 먼저 생각한다면 받아들이지 않을 수도 있어 그렇소. 얼마 전 비변사備邊司의 관문關文(상급 관부에서 하급 관부로 보내는 공문서)에 의하면 이천伊川에 도착한 동궁東宮 역시 의병을 끌어모으고 사방에서 근왕 할 사람을 불러 모아 도성을 회복할 계획을 세우고 있기는 한데, 이곳 상황이 여의치 않으니…"

"저나 영감의 생각을 가감 없이 말하면 변명으로 오해할 수도 있으니 이곳 민심을 그대로 전하면 어떻겠습니까?"

"그게 좋겠소. 민심이 천심이라."

이날 김성일이 급히 장계를 올렸지만, 병사들의 두려움과 불안감은 가라앉지 않았다.

"나는 절대 가지 않겠네. 죽어도 여기서 죽을 것이야."

"가지 않으면 왕명 거역 죄로 참수형을 당할 텐데."

"이래 죽으나 저래 죽으나 매한가지 아니겠소?"

글깨나 읽은 것으로 보이는 이립 나이의 병사가 목에 핏대를 세우며 말했다.

"근왕병 그거 잘됐네. 이참에 우리 영남 의병들의 힘을 조선 천지에 보여줍시다. 임금이나 조정 대신들이 지금까지 누구의 덕으로 죽지 않고 살아있는지 똑똑히 보여주자고요. 임금이 백성의 소중함을 모른다면 물고기가 물의 소중함을 모르는 것과 무엇이 다르겠습니까? 맹자는 이렇게 말했습니다. '세상에서 백성이 제일 귀하고 나라가 그다음이고 군주가 가장 가볍다'라고 했소. 임금이 크게 잘못하면 간언하고 여러 번 간언해도 듣지 않는다면 그때는 임금을 폐하고 덕이 있는 다른 사람을 임금으로 세우라고 했소. 말 나온 김에 한마디 더 하면 난세에 영웅이 태어나고 영웅이 세상을 바꾼다고 했습니다. 이 조선도 역성혁명으로 만든 것이 아닌가요? 이 판에 썩어빠진 조정을 뒤엎고 새 나라를 열어야 합니다. 해가 뜨면 일하고 해가 지면 쉬는 세상, 격양가擊壤歌를 부르는 날이 하루빨리 와야 하지 않겠습니까?"

'역성혁명'과 '새 나라'라는 말에 모두가 깜짝 놀란 모습을 하며 주위를 살폈다.

머리가 희끗희끗한 병사가 말했다.

"이 사람이 큰일날 소리 하네. 우리끼리 하는 말이지만, 누가 들을까 무섭네."

가노인 것 같은 병사가 말을 되받았다.

"이 난리에 무슨 말인들 못하겠수. 그리고 우리가 뭉치면 그 무엇인들 못 하겠습니꺼. 괜히 겁 주려고 하지 마이소."

"내가 발고라도 하려는 것이 아니라 다 생목숨을 지켜주려는 것이지. 거사는 민심이 함께하는 때를 알아야 하는 것이라네."

"우리 같은 사람도 어깨 펴고 사는 날이 왔으면 좋겠다는 말입니다."

"자네 말대로 역성혁명을 하면 또 얼마나 많은 사람이 죽어야 하는지 생각이나 해봤나?"

이립의 병사가 다시 말했다.

"모든 일, 특히나 큰일을 하는 데는 땀과 피가 반드시 따르는 법이지요. 난세에 영웅이 태어나고 영웅이 나라를 바꾼다고 하지 않습니까?"

잠자코 듣고 있던 젊은 병사가 두 사람에게 바투 앉으며 말했다.

"그래, 자네 말대로 역성혁명을 한다면 이번엔 누가 왕이 될 것이라 생각하나?"

"그야 지금 알 수 있나요? 하지만 우리의 처지를 알아주는 훌륭한 의병장들이 얼마나 많습니까. 곽씨, 김씨, 권씨가 아니면 또 다른 이씨….”

“자, 근왕병으로 가면 가는 것이고 안 가면 안 가는 것이네. 우리는 장군의 명을 따르면 되니 실없는 이야기는 그만하고 또 출정해야 할지 모르니 병장기나 손보자구.”

병사들의 원성은 커져만 갔고 손에 든 창칼이 그 어느 때보다 무거워 보였다.

장계가 올라간 지 수일이 지나 조정에서 김면에게 도대장직을 계속 수행하라는 전갈이 왔다.

이를 들은 병사들이 춤을 추며 환호성을 질렀다.

그리고 눈물을 흘리며 북쪽을 향해 절하는 병사도 있었다.

폭풍우에 꺾인 풀이 다시 일어서는 것 같았다.

군세가 크게 위축된 왜군은 열흘간의 공방전에 사상자가 늘며 고립무원 상황에 이르자 1월 15일 밤 성을 나와 개령의 본대와 합류하여 선산 방면으로 철수했다.

의병들의 끊임없는 압박의 결과였다.

이는 왜군에게 있어 빠져나가려고 발버둥칠수록 더 조여오는 올가미와 다름없었다.

이로써 왜군 손아귀에 들어간 성주가 여덟 달 만에 해방되고 왜군의 보급로인 낙동강 수운水運도 의병들이 완전히 장악했다.

다음날 해가 뜨자마자 김면이 병사들과 함께 성 앞에 가보니 성 앞은 10자 깊이의 해자가 파여 있었다.

해자는 왜군이 지난번 전투 후 방어용으로 구축한 것인데, 물은 별로 없고 얕은 얼음이 얼어 있었다.

병사들이 반쯤 열린 성문을 제쳤다.

끼이익!

육중한 성문이 부서질 듯한 소리를 내며 열렸다.

성문은 연기에 그을리고 화살이 수도 없이 박혀 치열했던 전투를 말해주었다.

성안은 가옥들도 불에 타고 무너져 온전한 것은 거의 없었다.

그 어디에도 살아 숨 쉬는 것은 보이지 않았다.

식량이 부족해 굶어 죽기 직전이던 왜군이 먹을 수 있는 것이라면 모두 쓸어간 것이다.

김면이 말했다.

"성안을 샅샅이 수색하라."

병사들이 사방으로 흩어졌다.

잠시 뒤 한 병사가 달려오며 소리쳤다.

"장군, 저쪽 나무에 사람의 목이 매달려 있고 담벼락 밑에는 수십 구의 시신이 있습니다."

"시신이라고?"

"예, 흉측한 모습이라 자세히는 보지 못했습니다."

병사가 말한 곳으로 가보니 짚 거적 밖으로 검푸른색의 손발이 삐죽이 나와 있었다.

"거적을 들쳐보아라."

"예, 장군."

한눈에 봐도 왜군이 노비로 부리거나 노리개로 삼기 위해 끌고 간 조선 백성들이었다.

그런데 모두 목이 잘리고 코가 없었다.

허리가 잘린 사람도 있었다.

몸서리칠 정도로 끔찍한 모습에 병사들이 고개를 돌렸다.

"소문대로군."

"장군, 소문대로라니 무슨 말씀인지?"

"왜군들이 승전의 증표로 삼으려 조선인의 코를 소금에 절여 풍신수길에게 바친다는구나."

"장군, 저쪽에도 시, 시신이 있습니다."

얼굴이 새파랗게 변한 병사가 더듬거리며 말했다.

"어디냐?"

장졸들이 병사가 말한 곳으로 우르르 몰려갔다.

긴 나무 위에 시체를 마치 빨래처럼 걸어놓았다.

몇몇 시신은 이미 부패해 살과 뼈는 땅바닥에 떨어져 머리털만 걸려 있었다.

또 한쪽에는 머리는 없고 망건만 대롱대롱 매달려 있었다.

"부관참시剖棺斬屍해도 시원찮을 놈들, 지옥도 이렇지는 않을 것이야."

장졸들 모두 왜군의 잔혹함에 치를 떨었다.

김면이 말했다.

"저 주검들을 양지바른 곳에 고이 묻어주거라."

병사들이 언 땅을 파고 시신을 묻었다.

성 밖 상황도 참혹했다.

왜군들의 살육, 약탈, 방화로 그 무엇 하나 온전한 게 없었다.

"장군, 저기를 보십시오. 사람들이 있습니다."

누더기에 봉두난발을 한 10여 명이 빠른 걸음으로 마을 골목길을 돌아 의병 쪽으로 오고 있었다.

잠시 뒤 노인으로 보이는 사람이 김면 앞에 서더니 머리를 걸어 올리며 말했다.

"우리는 성주의 사족들입니다. 김산 증산 문예촌으로 피난 갔다가 왜군이 물러갔다는 소식을 듣고 오는 길입니다. 장군의 명성과 잇단 승전을 들어서 잘 알고 있습니다. 그리고 저쪽 독용산으로 피신한 사람도 많은데, 다 죽었는지 살았는지 몰라 애가 탑니다."

김면이 노인이 손짓한 곳으로 시선을 옮기며 말했다.

"그렇습니까? 다 무사하기를 빌어야죠. 지금 왜군이 물러가긴 했으나 안심하긴 이르니 조심하셔야 할 것입니다."

"예, 장군."

노인이 다시 말을 이었다.

"왜군들은 이곳에 들어오자마자 반상班常 간의 괴리감과 조정에 대한 백성들의 반감을 이용하려 사족들만 골라 죽였습니다. 또 천한 것들은 쌀 몇 되박에 왜군의 앞잡이도 모자라 상전을 죽이는 일이 다반사였습니다. 우리는 용케도 살아남아 일부러 거지 몰골을 하고 숨어다녔지요. 피난을 가지 못한 사람들은 왜군에게 부역하거나 끌려가 마을에 남아 있는 사람은 하나도 없습니다. 그리고 8월 초부터 염병(장티푸스)이 산속까지 파고들어 초근목피로 목숨을 연명하는 사람들을 쓸어가 이젠 왜군보다 염병이 더 무섭다고들 합니다."

"잘 알겠습니다. 그래도 산목숨이니 끝까지 살아야죠. 그것이 이 전란을 이겨내는 것 아니겠습니까?"

사실 백성 중에는 왜군에게 순응하는 이들이 많았다.

특히 노비 등 하층민들은 한평생 신분제도의 굴레에 갇혀 인간 취급 받지 못하고 개, 돼지처럼 사느니 이 판에 재물을 챙겨 팔자 한번 고쳐 보자는 생각에 왜군의 눈에 들려고 무슨 일이든 시키는 대로 했고, 탐관貪官의 수탈과 핍박에 신음하던 양민들도 왜군이 파죽지세로 북상하는 광경을 보고 살아남기 위해 어쩔 수 없이 그들과 내통하며 부역했다.

당시 성주도 마찬가지였다.

성주성이 왜군의 수중에 떨어지자 많은 사대부士大夫까지 부역에 나섰다.

이에 성주 향교 교수로 있던 배설의 부친 배덕문裵德文이 앞장서 격문을 써 순왜順倭(왜군에 협력)를 말리고 의병에 나서기를 설득했지만, 엎질러진 물을 주워 담는 것처럼 쉽지 않았다.

한편 왜군이 퇴각했다는 소식을 들은 성주 백성들이 삼삼오오 모여들기 시작하면서 하루가 지나자 수백 명으로 늘어났다.

당장 급한 것이 추위를 피할 거처를 마련하고 양식을 마련하는 것이라 김면은 우선 군사들을 동원하여 불타고 쓰러진 가옥을 수리했다.

그러나 식량이 절대적으로 부족하여 백성들이 굶어 죽어가는 것을 더 이상 막지를 못했다.

태평성대가 아닌 전쟁 때 빈민 구제는 나랏님도 못한다는 말이 틀리지 않았다.

엎친 데 덮친 격이라더니 전염병도 기승을 부렸다.

아침에 멀쩡하던 사람이 오후엔 앓아누웠다.

마을 순찰을 나갔던 병사가 달려와 말했다.

"장군, 저쪽 집에서 뭔지는 모르지만, 썩는 냄새가 진동합니다."

"집안에 사람은 있더냐?"

"담 너머로 보았는데, 인기척은 없습니다."

"가보자."

집은 사랑채가 딸린 세 칸 초가집이었다.

"안에 누구 있습니까?"

병사가 방문 앞에서 여러 번 불러보았지만, 대답이 없었다.

김면이 병사에게 말했다.

"방문을 열어보거라."

"예, 장군."

방 문고리를 잡아당긴 병사가 무엇을 보았는지 깜짝 놀라며 입을 틀어막고 뒷걸음질을 했다.

방안에는 부부와 아이 셋이 숨이 끊어진 채 누워있었다.

시신에 새까맣게 붙어있던 파리들이 날아올랐다가 다시 시신 위에 내려앉았다.

심한 냄새 상태로 봐서 죽은 지 그리 오래돼 보이지는 않았다.

"장군, 이를 어찌합니까?"

"이대로 매장하면 세균이 번지든지 남아 역병疫病이 될 수도 있으니 화장해야 한다. 마당에 장작으로 단을 쌓아라. 또 연기는 소독 효과가 있으니 쑥대와 청솔가지를 많이 넣도록 하라."

병사들이 장작을 쌓고 시신을 올렸다.

"그만 됐다. 불을 놓아라. 그리고 시신을 만진 병사들은 손을 깨끗이 씻고 입은 겉옷도 벗어 태우도록 하라."

병사들이 옷을 벗어 불속에 던졌다.

시커먼 연기 속에 불꽃이 너울너울 춤을 추며 하늘 높이 치솟았다.

집 주변의 공기가 불속으로 빨려 들어가는 듯 찬 기운이 얼굴을 스쳐 지나갔다.

다음날 김면은 열은 열로 다스려야 한다며 병사들을 동원하여 마을 곳곳에 솔 연기를 피워 마을을 소독했다.

그리고 마시는 물은 반드시 끓여 먹는 등 몇 가지 전염병 예방수칙을 정했으나 역부족이었다.

백성들뿐만 아니라 병사들도 하나둘씩 쓰러졌다.

산 자들은 내일을 알 수 없었다.

경상우도 병마절도사에 임명되다

죽음보다 무서운 사면초가에 든 왜군, 끝내 성을 나서다

흐르는 물 같은 세월. 나흘 뒤면 낮이 밤보다 길어지는 춘분春分이다.

해가 바뀐 지 두 달이 지난 2월 4일 아침.

새벽에 내린 안개도 해가 고개를 내밀자 조금씩 걷히며 사방이 눈에 들어왔다.

높은 산엔 바람이 부는지 안개가 변화무쌍한 형상을 만들며 하늘로 날아갔다.

텅 빈 산속은 잔설이 깔려 속살이 더 뚜렷하게 보였다.

끼룩끼룩 끼루룩!

대오를 갖춘 기러기 떼가 아침 일찍 어디를 가는지 울음소리로 창공에 점을 찍으며 산을 넘어가고 있었다.

손으로 햇빛 가리개를 하고 한참을 쳐다보던 병사들의 눈에 눈물이 어렸다.

가족에 대한 그리움과 쓸쓸함 때문이었다.

참모 곽준이 급히 군막으로 들어오며 흥분된 목소리로 말했다.

"장군, 조정에서 선전관이 도착했습니다."

"선전관이?"

김면이 예를 갖추어 선전관을 맞아들였다.

선전관이 말했다.

"장군, 처음 뵙겠습니다. 이수훈李受訓이라고 합니다."

"먼 길 오시느라 고생이 많았습니다. 그런데 무슨 일이십니까?"

"예, 다름이 아니라 상감께서 장군을 우병사右兵使(병마절도사)에 임명하고 김준민을 통정대부로 승차시킨다는 어명입니다."

병마절도사는 각 도의 육군을 지휘하는 종2품 무관직이다.

김면과 김준민이 돗자리를 깔고 무릎을 꿇었다.

선전관이 천천히 교서를 읽어 내려갔다.

> "깊은 원수를 갚고 구업을 회복하는 것이 김면 그대가 아니고 누구이겠는가? 너의 큰 공로는 기린각麒麟閣에 초상을 걸 만하고 후한 상으로 모토茅土의 봉작을 어찌 아끼겠는가. 비록 너에게 은비銀緋의 계급을 주었지만 실은 나로 하여금 낯을 붉히게 했다…. 마땅히 한 사람의 사령을 가려 영남 일대의 의병과 군병을 통솔하는 병마절도사에 임명하니 북에서, 남에서 협격하는 적을 추격하여 한 마리의 말과 한 척의 배도 돌려보내지 말고 모두 척살하라."
>
> – 松庵先生實錄(송암선생실록)

"전하아~! 성은이 망극하옵니다. 성은이 망극하옵니다."

김면과 김준민이 두 손을 들어 교지를 받고 북향재배를 했다.

굵은 눈물이 볼을 타고 흘러내렸다.

장졸들도 자기 일처럼 기뻐하며 "김면 장군 만세!", "김준민 장군 만세!" 하며 환성과 함께 기쁨의 눈물을 흘리지 않는 이가 없었다.

김면이 말했다.

"전하께서 오늘 나에게 우병사를 제수함은 장졸들이 죽음을 무릅쓰고 싸워온 공을 높이 치하하시고 기필코 왜적을 토멸하라는 또 다른 어명이라 생각한다. 하여 모두 왜적을 한 놈도 살려 보내지 않겠다는 각오를 다시 한번 새기기 바란다."

장졸들이 한목소리로 답했다.

"장군, 왜적 분쇄 명령만 내리십시오. 언제 어디에서든 불구덩이 속이라 해도 뛰어들겠습니다."

병사들의 감동 어린 말에 김면이 기쁜 표정을 감추지 않았다.

김면과 선전관은 저녁상을 물린 후 따로 자리를 했다.

김면이 먼저 말했다.

"지금 한강 이북의 전황은 어떻습니까?"

"예, 장군. 평양성에서 이달 6일부터 사흘간 네 차례의 전투가 있었습니다. 명나라에서 파병한 이여송 제독의 4만 군사와 별장 김응서, 팔도 도총섭 서산대사, 부총섭 사명대사가 이끄는 승군 1만여 명 등 총 5만여 명의 조명연합군이 치열한 전투 끝에 성을 탈환했지요. 많은 사상자를 내고 전투에 패한 소서행장은 물론 함경도까지 올라간 가등청정도 고립을 우려하여 한양으로 철수했습니다."

"그렇다면 퇴각하는 왜군을 그대로 뒀다는 말입니까? 부산까지 쫓아 바다에 수장시켜야 할 놈들을."

"맞습니다. 다 잡은 쥐를 놓아줬으니 분통 터질 일이 아닙니까? 그리고 27일엔 벽제관에서 전투가 벌어졌는데, 명군이 대패하면서 이여송도 목숨을 겨우 건졌답니다. 전력상의 약세를 확인한 명군은 더 이상 왜군을 공격하지 않고 시간을 벌려는 것인지 심유경을 소서행장에게 보내 강화를 운운하면서 눌러앉아 있으니 한심한 지경을 넘어선 것이지요. 이에 도체찰사(류성룡)가 이여송의 바짓가랑이를 잡고 왜군을 추격해 쳐야 한다고 독촉하고 간청했으나 이여송은 한양에 집결한 많은 왜군을 상대하기는 어렵다는 등 이 핑계 저 핑계를 대면서 요지부동이었답니다. 또 상감께서는 재조지은再造之恩만을 입이 닳도록 말할 뿐 명군의 무지막지한 행동에 대해선 이렇다 할 이야기가 없답니다."

"아무리 대국의 원군이라도 그럴 수 있습니까? 명나라는 조선을 위해 군사를 보낸 것이 아니라 왜군이 자기 나라를 치겠다고 하니 전선을 조선 땅에 친 것이 아닙니까? 이는 조선을 구하려는 것이 아니지요."

"제 생각도 절도사의 생각과 다르지 않습니다. 당초 풍신수길이 말한 정명가도를 명나라가 인정한 것이지요. 그리고 명군의 패악질은 지휘부의 의도가 아닌 병사 개인의 일탈이라고 말하지만, 평양성에는 백성들의 시체가 산을 이루고 있답니다. 왜군의 총칼에 죽은 것도 억울한데 명군이 조선 백성 1천여 명의 머리를 잘라 왜군으로 속여 본국으로 보냈답니다. 전공을 포장하기 위함이지요. 또 툭하면 트집을 잡아 죄 없는 조선 장수와 관원들까지 매타작하는 지경이니 백성들의 고통은 말할 필요도 없겠지요. 송응창이 조선 백성들에게 민폐를 금하는 군령을 내렸지만, 그것이 현장에서 그대로 통한다고 믿는 게 도리어 이상하지 않겠습니까? 명군의 약탈이 얼마나 심했던지 '왜놈은 얼레빗이고 되놈은 참빗'이라고 합니다. 또 군사 작전권마저 명군이 쥐고 있어 우리가 독자적으로 왜군을 칠 수도 없으니 울분이 쌓이고도 남지요."

"그런데 명과 왜의 강화협상 내용은 무엇입니까?"

"그게 참! 기가 찰 노릇인데, 왜군이 철군 조건으로 내세운 것은 다섯 가지입니다.

첫째, 명의 황녀를 풍신수길의 후궁으로 보내라.

둘째, 한강 이남의 4개 도道(경상, 충청, 전라도+경기, 강원도)를 넘겨라.

셋째, 두 왕자(임해군, 순화군)을 인질로 보내고 조정 대신을 사절로 보내 철군에 감사를 표하라.

넷째, 명나라는 왜국과의 무역을 재개하라.

끝으로 다섯째는 조선의 권신이 왜국을 배반하지 않는다는 것이지요.

이에 대해 명의 요구는 왜군의 완전한 철군과 조선의 두 왕자를 송환하고 풍신수길이 이번 전쟁을 공식적으로 사죄하라는 것입니다. 그리고 풍신수길을 왜국의 국왕으로 책봉해주고 책봉을 빌미로 무역 재개를 요구하지 말라는 것이었으나 양측의 요구가 큰 차이를 보여 협상은 애당초 이루어지기가 어려웠습니다."

김면이 말했다.

"왜군의 말도 안 되는 강화 조건도 문제지만, 조정에서는 무슨 대책이 있었습니까?"

"상감은 불구대천의 원수인 왜놈과는 절대 강화할 수 없다는 생각입니다. 하지만 명군에게 입에 담지 못할 수모를 당하고 군량과 마초를 제때 공급하지 않았다는 이유로 조정 대신들을 무릎 꿇게 하는 마당에 설령 공명이 있었다 한들 무슨 뾰족한 수가 있었겠습니까? 힘없는 나라의 치욕이고 슬픔이지요. 그리고 도체찰사께서 장군에게 한 가지 전하라는 말씀이 있었습니다."

"도체찰사께서요? 무엇입니까?"

"예, 왜군은 강화협상의 성패 여부를 떠나 군량과 무기 조달이 안 되고 혹독한 추위가 겹쳐 한양에서 더는 버티기 어려워 조만간 우척현과 진주 쪽으로 남하할 가능성이 크니 철저히 대비하라고 했습니다. 그리고 왜군들은 의병들에 의해 물자보급과 통신망을 끊기자 이를 막기 위해 부산에서 한양 가는 길은 300명, 한양에서 평양 길은 최소 500명이 모여야 이동한다고 합니다."

"왜놈들의 실책이 이제 드러난 것입니다."

"왜놈의 실책이라뇨?"

"예, 그것은 조선의 추위에 대한 대비책이 없었고 왜국에서 자기들끼리 총 쏘고 칼질하는 전략과 전술을 그대로 쓰며 온 백성이 일어난다는 것을 몰랐던 겁니다. 지금 왜군이 남하한다면 그 길목 중 하나가 김천인데, 절대 한 놈도 살려 보내지 않을 것입니다."

두 사람의 가슴 아픈 이야기가 밤이 깊도록 이어졌다.

휘익 휘이익!

음산한 겨울의 한기를 실은 바람이 장막을 흔들며 지나갔다.

* * *

2월 16일. 오늘로 성주 수복 한 달이 지났다.

군사들은 충분한 휴식과 함께 사기도 높아졌다.

김준민이 김면을 찾았다.

"장군, 궁시장이 편전을 보내왔습니다."

"편전을? 어서 가보세."

병사가 내려놓은 지게에 편전이 쌓여 있었다.

김면이 병사에게 물었다.

"이게 모두 얼마나 되는가?"

"예, 150순 정도 된다고 했습니다."

"수고했네. 돌아가거든 궁시장에게 고맙다는 내 뜻을 반드시 전하고…."

"예, 장군."

"김준민 부장, 참으로 놀랍지 않소? 이렇게 빨리 이만큼이나 만들었으니."

"그렇습니다. 이젠 제대로 된 편전부대를 운용할 수 있겠습니다."

"훈련에 속도를 내 다음번 전투에선 편전의 위력을 한번 보여줍시다."

"예, 장군. 화살 하나로 왜군 두 명을 잡는다는 생각으로 훈련 강도를 높이겠습니다."

김면은 계획한 대로 개령에 주둔한 왜군을 치기 위해 군사를 몰아 어둠이 내릴 무렵, 적진 10리 앞에 진을 구축했다.

척후병이 돌아왔다.

"장군, 왜군 경계병이 보이지 않습니다."

"그럴 리가 있나? 내 눈으로 직접 확인해봐야겠다."

김면은 왜군 진영이 내려다보이는 야산으로 올라갔다.

가옥 굴뚝 몇 곳에 옅은 연기만 피어나고 있었다.

척후의 보고대로 왜군은 전혀 보이지 않았다.

의병들이 가까이 온 것을 알고 급히 선산 쪽으로 퇴각한 것 같았다.

한때 병력이 2만 명까지 불어난 성주의 왜군은 세 차례에 걸친 의병들의 끈질긴 공격에 군세가 크게 위축돼 더 이상의 지원군이 없는 상황에서 앞을 헤치고 뒤를 돌아볼 여력이 없었다.

김면이 황응남에게 영을 내렸다.

"적은 아직 얼마 못 갔을 것이야. 황 부장은 지금 기병을 이끌고 적을 추격하시오. 너무 깊게는 들어가지 말고."

"예, 장군. 군령 받들겠습니다."

한 시진이 조금 지났을 무렵 황응남이 수급 10여 개를 가지고 돌아왔다.

"퇴각한 적이 모두 몇 명인지는 모르나 후방을 경계하던 놈들만 잡았습니다."

"역시 황 부장이오. 고생했소."

김면이 황 부장과 병사들을 크게 격려했다.

이로써 경상우도 서쪽 지역이 대부분 수복되었고 왜군은 부산-밀양-대구-문경-용인-한양을 잇는 육로 보급선에만 의존해야 하는 처지에 놓이게 되었다.

김면은 조반을 물리고 김준민과 함께 선산지역에 웅크리고 있는 왜군 동향을 살피러 갔다.

반 시진 조금 넘게 가니 선산을 바라볼 수 있는 산 중턱으로 올라갔다.

"장군, 저기를 보십시오. 왜군들이…."

김준민이 손짓한 곳에 왜군들이 무엇을 하는지 분주히 오가고 있었다.

왜군은 주둔지 10리에 걸쳐 목책을 두르고 방어용 진지를 구축하고 있었다.

"장군, 왜놈들의 방어 시설을 보니 이곳을 최후의 보루로 삼을 모양입니다."

“정확히 봤네. 왜놈도 이제 마지막까지 온 것이 아니겠나?”

“그렇다면 향후에 있을 선산 전투의 승패가 이 전쟁의 흐름을 바꾸는 계기가 될 수도 있겠지요.”

전쟁의 무게중심이 기울어 왜군은 곧 물러날 수밖에 없다는 것을 누구나 눈으로 확인할 수 있었다.

“우리가 이곳을 탈환한다면 왜군은 보급로가 완전히 차단됨은 물론 북상도 남하도 어렵게 되겠지. 왜군은 지금 자결을 앞둔 사람처럼 자포자기 상태일 거야. 해서 면밀한 작전을 세워 완전히 괴멸시켜야 할 걸세.”

“예, 꼭 그렇게 되도록 해야겠습니다.”

이때 한양 북쪽으로 올라가 병력 손실을 크게 입은 황해도 흑전장전과 함경도 가등청정, 강원도 모리길성도 한양으로 패퇴한 소서행장처럼 남하하려고 기회를 엿보고 있었다.

잠시 뒤 산 동쪽 봉우리에 까마귀가 낮게 날고 있었다.

“장군, 까마귀가 낮게 나는 걸 보니 필시 뭔가 있을 것입니다.”

서둘러 말을 몰아 가보니 아니나 다를까 조선 백성 수백 명의 시체가 널브러져 있었다.

참혹한 광경에 모두 할 말을 잃었다.

“훠이!~ 훠이!”

병사들이 까마귀를 쫓았으나 시신 냄새를 맡은 까마귀는 날개를 퍼덕이며 숨바꼭질하듯 앉았다 날았다 할 뿐이었다.

김면이 말했다.

“시신을 모두 땅에 묻도록 하라.”

“예, 장군.”

병사들은 피눈물을 흘리며 시신을 묻었지만, 끓어오르는 복수심은 두 겹, 세 겹 쌓였다.

오직 나라 있는 줄만 알았지, 내 몸 있는 줄 몰랐다

내 죽음을 적에게 알리지 말라

계절은 어느덧 춘삼월로 접어들었고 바람은 한결 부드러워졌다.

유난히 추웠던 겨울도 그 끝을 보이고 있었다.

산속 얼음이 시나브로 녹고 언덕 위 볕 바른 곳에는 복福과 장수長壽를 부른다는 복수초가 언 땅을 들추며 노란 꽃을 피웠다.

또 냇가에서는 조용히 초목이 자라나고 있었다.

땅거미가 드리워질 무렵 곽준이 급하게 김면을 찾았다.

"장군, 조정에서 선전관이 이리로 오고 있답니다."

"선전관이?"

김면이 군막을 나서니 말 한 필이 빠른 걸음으로 다가오고 있었다.

잠시 뒤 말에서 내린 선전관이 목례하며 말했다.

"장군, 상감의 유지諭旨(임금이 신하에게 내린 글)입니다."

"상감의 유지라고 했습니까?"

"그렇습니다."

선전관의 표정으로 봐서 나쁜 일은 아닌 것 같았다.

김면이 선전관 앞에 무릎을 꿇었다.

선전관이 유지를 천천히 읽어 내려갔다.

"면은 들어라…. 명나라 병사들이 평양에서 이겨 승승장구함에 도적들이 틈을 타서 도망을 치니 경卿은 정예의 병사들로 길을 막아 한 놈도 돌아가지 못하게 하라. 그리고 여러 진영에 내 뜻을 전해 장군과 사졸들이 마음을 모으고 용기를 내어 군기를 엄하고 정연하게 하라…"

"신臣 김면 한 치의 흐트러짐 없이 영을 받들겠나이다."

다음날 아침 김면은 선산善山의 왜군을 토멸하기 위해 충청, 전라도 의병과 합세하여 김산에 진을 쳤다.

죽현竹峴(함안군 산인면 입곡리), 마진馬津(합천군 청덕면 삼학리 말징나루), 선산, 지례 등 김산과 통하는 요충지에는 정예병을 보내 왕래하는 적을 격살하라는 명령을 내렸다.

그리고 총공세를 위해 빈틈없는 작전을 세웠다.

한 줄기 바람이 허전한 가슴을 훑고 지나갔다.

이번 전투가 쉽지 않을 것이라는 불안감이었다.

병사들 역시 최후의 일격을 위해 각오를 새롭게 다졌지만, 전쟁만큼이나 무서운 복병이 도사리고 있었다.

지난 7~8월 피난민 주거지와 왜군 점령지에서 발병한 이질과 장티푸스 등 전염병이 10월부터 번지기 시작하더니 12월부터는 사망자가 속출했다.

대기근으로 인한 영양실조와 오염된 물이 원인이었다.

감염자는 얼굴이 풀빛으로 변하고 핏기가 사라지며 열흘을 넘기지 못했다.

매일 쏟아져나오는 시신을 땅을 파고 묻었다.

기아, 혹한, 전염병 삼중고에 지옥 같은 세상이 이어졌다.

이날의 참혹한 상황을 소모관 정경운은 이렇게 기록했다.

"백성들이 거처를 떠나 마을은 텅 비어 황량하고 눈에 보이는 것은 쑥대밭뿐이다. 양식이 될 만한 것은 눈을 씻고 찾아봐도 없고 역병으로 하루에도 수백 명씩 죽어 나가는 바람에 시체가 골짜기를 메우고 있다…"

김면은 봄부터 한겨울까지 밤낮없이 이어지는 전투에 갑옷 한번 벗지 못했다.

본래 약한 몸에 과로가 겹쳐 안색은 창백했고, 기력은 봄 버들잎보다 더 여려 보였다.

습관처럼 또 마른기침이 났다.

어깨가 들썩이며 가슴엔 바늘로 찌르는 듯한 통증이 왔다.

날카로운 숨을 가다듬으려 눈을 감았다.

딱 1년 전인 지난해 봄 부인과 연화가 건강을 염려하며 아침마다 탕약을 내놓던 일이 어제의 일처럼 또렷이 떠올랐다.

부인이 전장에서 가까운 곳에 있었지만, 한 번도 찾아 살피지 못한 미안함이 죄스러움으로 다가왔다.

눈가에 옅은 눈물이 맺혔다.

"장군, 이렇게 몸을 돌보지 않으시다 무슨 일이라도 일어날까 두렵습니다. 건강을 살피셔야 합니다."

참모들의 목소리에 눈을 떴다.

"작은 병을 칭탁해 큰일을 소홀히 할 수 없습니다. 곧 일어날 것이니 내 걱정 말고 가서들 쉬십시오."

김면이 대수롭지 않게 생각하며 참모들을 물리쳤다.

김면은 다시 긴 잠에 빠졌다.

삼경이 지날 무렵 별똥별이 긴 꼬리를 남기며 산 너머로 떨어졌다.

"영감…. 영감…."

홍진紅塵 속에서 꽃처럼 피어나는 부인의 목소리였다.

그리운 저 목소리, 얼마 만인가.

김면이 힘겹게 눈을 떴다.

분홍색 저고리와 남빛 치마를 입은 부인이 방문 앞에 서 있었다.

화사했던 얼굴은 불과 1년 새 많이 수척해 보였다.

"부인이 아니시오?"

떨리는 손을 뻗었다.

그러나 부인의 손은 천 리만큼 먼 곳에 있어 잡을 수 없었다.

부인이 근심 가득한 얼굴을 남기고 군막을 나갔다.

찰나지간의 일이었다.

"부인! 부인!"

물속처럼 조용했던 군막이 바람에 흔들리며 호롱불이 쓰러졌다가 다시 일어섰다.

김면이 부인의 얼굴을 떠올리며 생각을 추스르기도 전에 갑옷 차림을 한 사람이 들어왔다.

기골이 장대하고 흰 얼굴에 눈썹이 짙었다.

어딘가 낯이 익어 보였다.

"아니, 아버님 아니십니까?"

"그렇다. 면아, 어서 일어나라. 지금 왜군의 함성이 들리지 않느냐? 불굴의 의지를 가지면 금석도 깰 수 있다. 기러기 털처럼 가벼운 죽음도 있지만, 이는 아직 네 것이 아니니라."

"예, 아버님. 왜군을 토멸하고 백성을 위해 몸을 곧추세웠지만, 이루지 못할까 두렵습니다."

"허허! 백성을 구하는 것은 두려움이 아니라 천명이니라."

부친 역시 부인처럼 여운을 남기고 멀어져갔다.

"아버님! 아버니임!"

꿈이지만 생시처럼 생생했다.

* * *

3월 8일 아침. 군영 막사에서 작전 회의를 하던 김면이 복통과 어지러움을 느끼며 주저앉았다.

"어! 내가 왜 이러지?"

두 손으로 머리를 감싸 쥐었다.

"장군, 왜 그러십니까?"

화들짝 놀란 참모들이 김면을 침상에 뉘었다.

"큰 탈 없을 것이니 걱정들 마시게. 잠시 쉬고 나면 괜찮겠지."

하지만 김면의 병세가 심상치 않음을 느낀 문위가 급히 행군의자行軍醫子(지금의 군의관)를 불렀다.

김면의 맥을 짚고 이마의 열을 살피던 의자가 굳은 표정을 지으며 말했다.

"장티푸스인 것 같습니다."

"장티푸스라고?"

"예, 장군. 물은 반드시 끓여 드시고 경과를 좀 더 살펴봐야겠습니다…. 그럼 저는 탕약을 준비하겠습니다."

의자가 종종걸음으로 나갔다.

저녁이 와도 김면은 일어나지 못했다.

하늘엔 별이 총총했다.

다음날 아침.

"장군, 수속관 박성이 납설臘雪(눈이 녹은 물로 살충 등 해독약으로 사용)을 보내왔습니다. 이걸 드시면 효험이 있다고 하니 한 모금이라도 드셔 보셔야죠."

"온산의 눈이 녹은 지가 오래되었을 텐데, 이것을 어디서 구했단 말인가?"

"납설을 가져온 병사의 말로는 대암大菴(박성의 호)이 대덕산 골짜기에서 구했다고 합니다."

"그런가? 내, 대암의 정성을 봐서라도 빨리 일어나야 할 터인데 면목이 없구려."

김면은 문위가 건넨 물잔을 다 비우고 다시 깊은 잠에 빠져들었다.

적정 탐지와 요충지에 파견된 군사를 시찰하러 간 곽준도 김면의 병세를 듣고 한걸음에 달려왔다.

"의자, 장군의 병세가 위중하다고? 갑자기 이렇게 나빠질 수 있단 말인가?"

곽준은 놀라는 표정으로 말했지만, 김면의 병세가 갑작스러운 일이 아니었음을 모르진 않았다.

문위가 말했다.

"지금은 절대적으로 안정을 취하셔야 하니 경과를 본 후에 뵙지요."

장티푸스에 한 번 걸리면 백약이 무효인지라 참모들의 속은 바싹바싹 타들어 갔다.

김면은 눈 밑이 검게 변하고 온몸에 열꽃이 피었다.

구토와 설사도 이어졌다.

이틀이 지나고 사흘이 돼도 호전되지 않고 때론 가쁜 숨을 몰아쉬기도 했다.

참모들이 김면의 회복을 위해 정성을 다했지만, 점점 더 나빠지는 병세를 어찌할 수 없었다.

3월 열하루.

햇살은 온 누리에 내려앉아 따사로움이 더했다.

김면이 축 처진 목소리로 말했다.

"이보게 의자, 김회를 불러오시게."

"예, 장군."

잠시 뒤 김회가 군막으로 들어왔다.

"형님, 찾으셨습니까?"

"회야, 너와 함께 의병을 일으켰으나 나는 천명이 다해 여기가 끝인 것 같구나. 너는 더 힘쓰라. 왜군을 토멸하여 나라의 은혜에 보답하는 것이 소원이었는데…. 내가 없더라도 목숨을 다해 저 도적들을 모조리 몰아내야 하느니라. 그리고 너도 이 전란에서 보고 느낀 것이 많으리라 생각한다. 해서 너에게 한 가지 부탁이 있다."

"형님, 부탁이라뇨?"

"그렇다. 국가의 잘못으로 힘없는 백성이 참상을 겪고 있으니 이는 우리 사족들도 책임이 없다고 할 수 없다. 그리고 전란이 끝나면 묵은 제도를 개혁하여 새롭게 할 경장更張이 있어야 할 것이다. 하여 내 떠나기 전에 가노들에게 토지와 집을 내주어 희망을 갖고 살길을 잡도록 해주고 싶구나. 당장 노비 문서를 없애 양민으로 속환하는 것이 어렵겠지만, 네가 나 대신 이 일을 처리해주면 좋겠구나. 너 또한 큰 용기를 가져야 할 텐데 들어주겠느냐?"

"저 역시 이제사 깨닫습니다. 이 세상에 자신이 원하는 신분을 가지고 태어난 사람이 어디 있겠습니까? 선대와 부모가 노비라 하여 그 후대와 자식마저 노비가 된다는 것은 저주詛呪라는 것을 말입니다. 언젠가는 형님 생각대로 하겠지만, 지금 급한 건 형님이 일어나셔야 합니다."

"아니다. 회야, 난 이제…. 아버님이 있는 그곳으로, 병도 고통도 없는 그곳으로 가야…."

"형니임! 흑흑!"

김면이 김회의 손을 잡았다.

"아서라, 만사萬事가 끝났다. 내 언젠가는 가야 할 길 조금 일찍 떠날 뿐이다. 그리고 이것은 장졸들의 군공軍功을 기록한 것인데, 네가 잘 간수해라. 그 공이 잊혀서는 안 될 일이기에…. 공을 세우고도 이름이 알려지면 시기猜忌가 분명히 있을 것이니 물러나 조심하고 또 근신해야 한다. 그것이 하늘의 이치고 너를 지키는 일이니."

"예, 형님. 명심하겠습니다."

"내 뜻을 알아주니 고맙구나. 지금 참모들에게 내가 찾는다고 하거라."

일각쯤 후 참모들이 한걸음에 달려왔다.

김면이 김회의 손을 잡고 상반신을 겨우 일으켰다.

조군 조종도가 손수 들고 온 약사발을 내려놓으며 침통한 표정으로 말했다.

"우리가 공을 받들어 힘을 다해 흉적을 동서로, 남북으로 칠 때마다 승전했는데, 오늘 공이 뜻하지 않게 몸을 눕니 우리는 장차 어디로 돌아가며 국란國亂을 어떻게 해야 합니까? 이 약을 드시고 부디 쾌차하시길 바랍니다."

이 말을 들은 김면이 전신에 힘을 주며 일어났다.

"내 삼가 성은을 받아 일어서 오직 나라 있는 줄만 알았지, 내 몸 있는 줄을 몰랐네. 도탄에 빠진 백성을 구하려 하는데 하늘이 무심하도다. 나와 그대들은 몸과 마음을 나라에 바치기로 맹서하여 왜적을 진멸殄滅하고 영남을 보전해서 조금이라도 임금의 은혜에 보답하려고 했는데, 지금 내 명命이 불행하게도 이제 마치려 하니…. 천운天運이구려."

김면이 가팔라진 호흡을 진정시키려는 듯 숨을 연거푸 들이마시고 내쉬며 말을 겨우 이었다.

"다만 선산의 적을 평정하지 못하면 황천에서도 눈을 감지 못할까 싶소. 내가 죽거든 죽음을 알리지 말고 어두워지면 조용히 신창新倉(거창 웅양면)으로 옮겨서 발상發喪해주길 부탁하오."

김면이 죽음을 비밀에 부치고 운구하라고 한 것은 병사들의 사기가 떨어지고 적의 기습을 우려한 것이다.

문위가 흐르는 눈물을 옷소매로 훔치며 말했다.

"장군, 지난봄 창의 회맹에서 산을 움직이고 바다를 메우며 왜적을 모두 쓸어버릴 때까지 함께하자고 하지 않았습니까? 그런데 이렇게 정녕 가시는 것입니까? 아니 됩니다."

김면의 두 눈에 뜨거운 눈물이 주르르 흘렀다.

호흡이 가팔라지며 목소리는 가늘어져 분간하기 어려웠다.

"내 진실로 미안하오. 금석같이 굳은 언약을 저버리게 되어…. 하늘은 어찌 나로 하여금 저 선산의 흉적을 평정하지 못하게 하는고? 최경회 장군, 문위 참모장, 곽준 참모장, 김준민 장군, 나라가 불행을 되돌려야 하는데, 내가 일을 그르치게 했으니 큰 죄를 짓는 것이나 다름없소. 내가 죽더라도 공들은 흔들리지 말고 군사를 지휘하여 반드시 왜군을 토멸해주시오. 그리고 영웅이란 전쟁을 승리로 이끄는 수장들이기도 하지만, 진정한 영웅은 목숨을 내놓고 싸우는 만백성, 저 의병들임을 잊지 않기를 바라오."

"장군! 장군!"

참모들은 하늘이 무너지는 것 같은 슬픔에 무릎을 꿇고 얼굴을 묻었다.

최경회와 문위가 김면의 두 손을 잡고 말했다.

"장군의 영을 받들어 왜군 토멸에 목숨을 바치겠습니다"라고 하니 김면의 눈이 스르르 감겼다.

하늘의 달조차 빛을 잃은 가운데 넋은 하늘로 돌아갔다.

조종도와 참모들이 김면의 유명遺命을 받들어 김면의 선영이 있는 고령 칠동에 가장假葬 후 신창에서 발상했다.

이후 김면의 죽음을 알게 된 경상우도 백성들이 "이제 김 대장이 돌아가시었으니 이제 왜적을 어떻게 막나?"라며 땅을 치며 방성통곡했다.

지난 10월 김시민 목사에 이어 김면의 죽음을 전해들은 김성일은 "김 공이 죽었어! 하늘이 우병사마저 빼앗아갔어! 이제 영남은 그만이다"라며 슬픔을 감추지 못하고 조정에 장문의 장계를 올렸다.

> "김면의 나라를 위하는 충성심은 밝고 훤하기가 단사丹砂와 같았고 가솔이 전장 10리 밖에서 배고픔과 추위에 시달려도 한 번도 찾아보지 않았습니다. 여름이 지나고 겨울 서리와 눈 속에서 누구나 반드시 죽을 것이라는 알았지만,
> 그는 마음을 조금도 움직이지 않았나이다. 은전恩典을 입어 병사로 제수된 뒤로는 더욱 책임의 중대함을 두려워했나이다. 장성將星이 무너졌습니다. 삼군三軍이 모두 눈물을 삼키고 있습니다. 경상우도

가 지금까지 보존된 것은 모두 김면의 힘입니다. 이제 신이 홀로 남아서 어찌 꾀할지를 모르겠습니다…."

.- 龍蛇日記(용사일기)

초유사의 장계와 강원도 방백方伯을 제수받아 사례하러 조정을 찾은 한강 정구를 통해 김면의 순절을 세세하게 알게 된 선조는 "안타깝구나, 정말 안타까워!"라며 예조좌랑禮曹佐郎을 보내 치제致祭하고 사제문賜祭文에 이렇게 적었다.

"멀리 서쪽 땅 한 구석에 왕가王駕(임금이 타는 수레)를 옮김에 이르니 팔도八道가 무너지고 벼슬아치가 다 달아났는데, 참으로 경卿이 있어 홀로 적을 몰아내기를 하늘에 맹세하고 향병을 모아 일어나니 그 의로운 군사들의 깃발이 향하는 곳마다 흉악한 적은 혼을 잃었다. 경이 본연의 기대에 어긋남이 없다기에 병사兵使 벼슬을 내려 그 충성심에 의지했는데, 뜻밖에 장성將星이 떨어짐을 전해 들으니 어찌 하늘은 그리 빨리 경을 데려갔는고? … 경의 그 공훈에 보답하고자 판서 벼슬을 추작했으나 상심하여도 이제는 소용없는 일이로다. 이에 주찬酒饌(술과 반찬)을 올려 미의微意(변변치 못한 작은 성의)를 표하노니 혼魂이라도 있거든 잊지 말고 와서 응감應感하소서."

* * *

세월이 흘러 뒷사람들도 만사를 지어 그 넋을 기리고 노래했다.

고령, 거창, 김천, 성주를 찾아 의병장들과 의병들의 삶과 죽음에 대해 뭇사람들에게 물으니 의병장들은 그 그릇이 넓었고 병사들의 의기意氣는 하늘에 닿았다고 하더라.

지금 400여 년의 시간이 흘렀지만, 그날의 전장엔 하얀 들꽃이 무수히 피어나고 그사이에 붉은 꽃이 우뚝 서 있네.

재지 사족들 모두 향기로운 금의錦衣를 벗고 충과 의로 일어서니 수많은 민초가 '의병'이라는 이름으로 호응했다네.

창검은 적진을 휘젓고 함성은 산을 흔들고 강물을 출렁이게 했다.

그들 모두 깊은 마음으로 충정을 맹세한 건 애오라지 사직社稷을 위한 것이었다.

백성은 흩어지고 죽어가는데, 조정은 여우비 같은 변덕도 모자라 간신의 모함을 제대로 가리지 않고 충직한 마음으로 분투하는 장수와 의로운 사람들을 죽음으로 내몰았네.

현능賢能한 사람 써서 존망지추存亡之秋의 나라를 구하고 불안한 민심을 안정시키려는 노력은 까마득했네.

진창에 빠진 백성들에게 맺힌 시름과 분노의 불길은 가슴을 휘돌며 떠나지 않았고, 향초香草를 금세 쑥으로 만드는 바람은 끊임이 없었다.

주린 배 움켜잡고 뛰고 또 뛰고 걷고 또 걸어 힘겨운 싸움에 임했다네.

얼음장 같은 바람이 손발을 묶었지만, 한 번도 굴하지 않았다.

뭇 사람들 다투어 전공을 내세우고 꾸며 벼슬을 탐한다는 이야기를 듣고 돌아서 장탄식 한 날도 많았네.

그들의 마음에 급한 것은 흉악무도한 왜적 토멸이었으니 복숭아 꽃 피고 오동나무 잎 지는 것도 몰랐다.

봄옷은 여름과 가을을 넘어 한겨울까지 입었네.

내가 살기 위해 적을 죽이는 것인지, 적을 죽이기 위해 내가 있는 것인지, 설령 무간지옥無間地獄이 있다 하더라도 죽음이 일상화된 전장에 비하랴.

머릿속에서 사라지지 않는 비명에 등불 심지 다 타도록 잠을 이룰 수 없었네.

사람마다 느끼고 생각하는 바 다르겠지만, 피난처에서 부평초처럼 떠도는 가족 생각에 잠 못 이뤘네.

호남의 의병과 관군이 순망치한脣亡齒寒을 말하며 천 리 전장을 한걸음에 달려와 손을 맞잡고 용맹을 떨쳤다.

피를 나눈 형제인들 어찌 이 같을까 싶어 장졸들 모두 스스로 머리를 숙이고 푸성귀 한 잎이라도 서로 나누며 의로운 마음 다잡았네.

환란에도 아랑곳하지 않고 제자리서 무럭무럭 자라는 만물처럼 살아서 고향으로 돌아가 삶의 뿌리 더 넓게 펼치고 싶은 마음 간절했지만, 날은 이미 어두워 한 치 앞도 보이지 않았다.

그리움은 슬픔이 되었고, 깊은 밤 흐르는 여울물 소리에도 깜짝깜짝 놀랐네.

조정에서 선전관이 올 때마다 걱정이 앞섰으나 운이 좋았던 것인지 전공을 세운 장수들 벼슬이 높이 올랐고 병사들도 성은聖恩에 춤추며 내 일처럼 기쁨을 나눴다.

세운 공적과 명성은 깊이 생각해보지 않아도 모두의 피와 땀으로 만들어진 것임을 알았으며 한 번도 드러내 자랑하지 않았네.

장졸들 모두 비익조比翼鳥, 연리지連理枝와 무엇이 다를까?

왜군은 사면초가에 빠져 무기를 든 손은 힘이 빠졌고 혼미한 정신에 약탈과 살육에 이글거리던 눈빛도 어느 날 바다 건너 제 나라로 향했다.

해 뜨는 아침, 해 저무는 저녁이 오갔지만, 이국의 정취가 돌이킬 수 없는 악몽이 되고 고향 가는 길을 잃어버렸음을 뒤늦게 알았네.

전장의 삶이 용케도 해를 넘겼으나 창궐하는 전염병을 이기지 못했네.

말로 다 할 수 없는 큰 공을 세웠는데,

운명은 정해져 있고 죽음은 피할 수 없다지만, 별은 어이 그리 빨리 떨어졌는고?

충의를 기리는 공신각功臣閣은 없어도 그 이름 천세만세 일월과 밝음을 다투리라.

참고문헌

임진란 경상우도 의병들에 관한 역사적 기록이 빈약하고 드러난 내용 역시 중첩된 곳이 많아 사실관계의 정확성과 이해를 위한 인용 책자의 구체적인 페이지를 표기하지 않았다. 또 여기에 다 기록하지 못한 전투지역과 인물들은 언젠가는 재조명되고 바르게 평가 받을 것이라 믿는다.

부족한 사료에도 불구하고 책과 논문을 쓴 저자와 번역가들에게 깊은 감사를 표한다.

저서

松菴先生實錄(송암선생실록), 김도윤 著, 1978

懲毖錄(징비록), 류성룡 著

孤臺日錄(고대일록), 정경운 著, 태학사, 2009

瑣尾錄(쇄미록), 오희문 피란일기

龍蛇日記(용사일기), 이로 著

亂中雜錄(난중잡록), 조경남 著

선조실록

왜란 소설 징비록, 이번영 著, 나남, 2012

7년 전쟁, 김성한 著, 산천재, 2012

茅谿先生日記(모계선생일기), 문위 著

임진왜란과 김성일, 김명준 著, 도서출판 영남사, 2012

征蠻錄(정만록), 이탁영 著, 의성문화원, 2002

임진란 구국공신 의병도대장 김면장군, 김재호 著, 2015

임진왜란과 김성일, 김명준 著, 2012
燃藜室記述(연려실기술), 이긍익 著, 1911
한국향토문화전자대전(2차 무계전)
소암, 바람의노래, 이탁영 著, 트로이목마, 2019
징비록 못 다한 이야기, KBS 징비록 제작팀, 최희수·조경란 著, 글항아리, 2015)
養浩堂日記(양호당일기), 편저자 미상
나무위키 namuWiki
한국구비문학, 김광순 著, 도서출판 박이정, 2006
한국불교전설 99, 최정희 엮음, 우리출판사, 2020

논문

松菴 金沔의 임란 의병 활동과 관련 자료의 검토(정진영)
松菴 金沔의 文學과 思想(윤영옥)
壬亂 의병 都大將 金沔 연구(최효식)
임진왜란 시기 來庵 鄭仁弘의 의병운동(김강식)
송암 김면의 생애와 의병운동(김강식)
임진왜란 시기 대구권역의 의병운동(김강식, 2014)
임진란 초기 거창지역의 의병활동과 우척현전투(김강식, 2019)
경북지역 임진란사(임진란정신문화선양회, 3권, 2018)
임진란기 유학의 전개와 거창 학맥(박홍갑, 2019)
거창지역의 임진란사 연구(사단법인 임진란정신문화선양회, 2019)
조선의 군제와 병참체계(오호성)
임진전쟁 그리고 420년의 기억(국학진흥원)
임진란초기 전라좌의병장과 임계영의 의병활동(조원래)
전라우의병과 崔慶會一家의 의병운동(조원래)
노산 이은상 선생의 임진란 의병사(1978)

'7년 전쟁' 주요 전투 목록

부산진 전투: 1592년 4월 14일
동래성 전투: 1592년 4월 15일
상주 전투: 1592년 4월 25일
충주 탄금대 전투: 1592년 4월 28일
한강 전투: 1592년 5월 2일
옥포 해전: 1592년 5월 7일
합포(마산) 해전: 1592년 5월 7일
적진포(고성) 해전: 1592년 5월 8일
해유령(양주) 전투: 1592년 5월 16일
임진강 전투: 1592년 5월 18일
정암진(의령) 전투: 1592년 5월 24일
사천 해전: 1592년 5월 29일
당포(통영) 해전: 1592년 6월 2일
당항포(고성) 제1차 해전: 1592년 6월 5일
용인 전투: 1592년 6월 5일
무계(고령) 제1차 전투: 1592년 6월 6일
고령 개산포 전투: 1592년 6월 8일
제1차 평양성 전투: 1592년 6월 13~14일
무계(고령) 제2차 전투: 1592년 6월 18일
웅치 전투: 1592년 7월 7일
이치 전투: 1592년 7월 8일
한산도 대첩: 1592년 7월 8일
금산 제1차 전투: 1592년 7월 9일

안골포 해전: 1592년 7월 10일
우척현(거창) 전투: 1592년 7월 10일
평양성 제2차 전투: 1592년 7월 17일
영천성 전투: 1592년 7월 24~27일
지례(김천) 전투: 1592년 7월 29일
평양성 제3차 전투: 1592년 8월 1일
청주성 전투: 1592년 8월 1일
사랑암(거창) 전투: 1592년 8월 3일
금산 제2차 전투: 1592년 8월 18일
경주성 제1~2차 전투: 1592년 8월 20일~9월 8일
성주성 제1~3차 전투: 1592년 8월 21일~1593년 1월 15일
연안성 전투: 1592년 8월 28일
장림포 해전: 1592년 8월 29일
절영도 해전: 1592년 9월 1일
초량목 해전: 1592년 9월 1일
부산포 해전: 1592년 9월 1일
북관 대첩: 1592년 9월 16일~1593년 1월 28일
진주성 제1차 전투: 1592년 10월 6~10일
독성산성(오산) 전투: 1592년 10월 18일~11월
평양성 제4차 전투: 1593년 1월 6~9일
벽제관 전투: 1593년 1월 27일
행주 대첩: 1593년 2월 12일
진주성 제2차 전투: 1593년 6월 21~29일
당항포(고성) 제2차 해전: 1593년 3월 4일
칠천량 해전: 1597년 7월 15일
고령 전투: 1597년 8월 15일
남원성 전투: 1597년 8월 13~16일
황석산성((함양) 전투: 1597년 8월 16일

어란포(해남) 해전: 1597년 8월 27일

직산 전투: 1597년 9월 7일

명량 해전: 1597년 9월 16일

울산성 제1차 전투: 1597년 12월 23일

절이도(고흥) 해전: 1598년 7월 19일

울산성 제2차 전투: 1598년 9월 22일

사천성 전투: 1598년 9월 19일~10월 1일

순천왜교성 전투: 1598년 9월 20일~11월 7일

노량 해전: 1598년 11월 19일